Für alle die, die sich schon einmal unvollkommen gefühlt haben.

1

JAMIE

Angenehm entspannte Lounge-Musik tönt mir entgegen, als ich die Hotelbar des *The Stewart* betrete. Ein wenig müde von der langen Autofahrt lasse ich meinen Blick aufmerksam durch den Raum schweifen und versuche, die Atmosphäre in mir aufzunehmen. Auch wenn überall Menschen herumwuseln, an der Rezeption stehen, in der Lobby sitzen oder Richtung Bar wandern, wirkt es zu keiner Sekunde hektisch und unentspannt. Die Angestellten des Nobelhotels strahlen Ruhe aus, reagieren freundlich und zügig auf die Wünsche der Gäste und alles wirkt eingespielt. Kein Wunder, dass das *The Stewart* über die Grenzen der Stadt hinaus berühmt ist, gehört es doch zu den besten Adressen in Edinburgh und verdankt seinen Namen dem letzten Königsgeschlecht Schottlands.

Ohne Frage kann man sich in diesem Hotel wie eine Königin fühlen. Das barocke Gebäude wirkt aufgrund seiner Größe majestätisch und liegt angenehm zentral, wenige Gehminuten von Edinburghs Ausgehmeile und den Einkaufsstraßen entfernt. Auch wenn man sich an das Labyrinth von urigen Gassen und steilen Straßen vielleicht erst gewöhnen muss und in der Altstadt mehr Touristen als Einheimische antrifft, kommt man kaum umhin, dem Charme dieser Stadt nicht zu erliegen. Ein weiterer Bonus, den die Lage des Hotels mit sich bringt, ist der wunderbare Blick auf Edinburgh Castle.

Als Londonerin bin ich das Großstadtleben gewohnt und kann mich heute nicht dafür begeistern, mich unter die Touristen zu mischen, die an diesem Abend sicherlich die Pubs und Restaurants der Stadt bevölkern. Ich kenne Edinburgh von ein paar vereinzelten Geschäftsreisen und verspüre nicht den Drang, heute noch auf eigene Faust die Stadt zu erkunden. Ich will Ruhe. Nein, nach den letzten Wochen will ich nicht nur Ruhe, ich brauche sie förmlich. Zwar bezweifle ich, dass ich sie ausgerechnet in dieser Hotelbar finden werde, aber heute Abend allein auf meinem Hotelzimmer zu sitzen und nicht zu wissen, wohin meine Gedanken sich verirren werden, hält mich definitiv auf den Beinen und treibt mich noch unter ein paar Menschen. Schummerlicht, leichte Loungeklänge und ein angenehmes Ambiente sind genau das, was ich jetzt brauche, um mich einen Abend abzulenken und dem Alltag zu entfliehen. Vielleicht auch der eine oder andere Cocktail. Den hatte ich nämlich schon lange nicht mehr.

Es war definitiv die richtige Entscheidung, hier in Edinburgh einen Zwischenstopp einzulegen und eine Nacht zu verbringen, bevor ich meine Reise fortsetze. Für mich ist es immer wieder ein Phänomen, zu beobachten, wie sich Menschen von Bars angezogen fühlen. Gerade eine Hotelbar bietet sich förmlich an, Fallstudien zu betreiben. Viele nächtliche Barbesucher lieben es, auf andere Menschen zu treffen, in gehobener Atmosphäre zu trinken, und nicht selten sind vor allem allein reisende Geschäftsmänner darauf aus, jemanden, vielleicht auch nur für einen Abend, kennenzulernen. Stimmungsvolles Licht, ein leckerer Drink und Pianomusik scheinen zu motivieren, Liebesgeflüster auszutauschen und ein Date zu genießen. Mehr als einmal habe ich diese bisweilen kläglichen Annäherungsversuche durch die männliche Spezies meiner Schöpfung erlebt.

Ich streiche den Stoff meines knielangen smaragdgrünen Wollkleids glatt und fahre mir durch meine langen blonden Haare, die mir heute in leichten Wellen über die Schultern fallen. Auch wenn ich sonst niemand bin, dem Luxusoutfits und Designerhandtaschen wichtig sind, fühle ich mich in diesem Moment sehr elegant, als ich mit wenigen Schritten und mit meiner neuen beigefarbenen Pouch-Clutch von Bottega Veneta in der Hand die Bar durchquere und auf den langen Tresen aus dunklem, edel wirkendem Mahagoniholz zusteuere. Behutsam lege ich meine Clutch auf einen Stuhl an der Bar. Aus dem Augenwinkel nehme ich die Blicke einiger Männer wahr, die scheinbar fasziniert die Aussparung am Rücken des Kleides sowie die Spitzeneinsätze im Ausschnitt und auf dem Rücken begutachten. Mir ist durchaus bewusst, dass sie das absolute Highlight dieses Outfits sind und dem Kleid eine edle und elegante Note verleihen. Bis auf meine dezenten goldfarbenen Ohrringe und einen zierlichen Armreif verzichte ich auf Schmuck. Stattdessen runden beigefarbene High Heels das Outfit ab und lassen mich, die ich mit meinen fast eins fünfundsiebzig eh schon nicht klein gewachsen bin, noch einige Zentimeter größer erscheinen.

Es tut gut, sich hier zu präsentieren und anerkennende Blicke auf mir zu spüren, auch wenn ich weiß, dass das heute Abend wohl das letzte Mal für unbestimmte Zeit sein wird, dass ich mich elegant kleide. Einmal wieder wahrgenommen zu werden, mehr will ich gar nicht. Einmal mehr als nur zu funktionieren. Eine stylishe Hotelbar wie diese im *The Stewart* scheint eine schön gestaltete Bühne für so einen Anlass.

Ich setze mich an den Tresen, blicke mich um und betrachte den Raum etwas genauer. Ein mit Glas umrandeter Feuertisch teilt die Bar in zwei Teile. Den Teil, der näher am Eingang liegt, zieren drei schwarze Marmortische mit goldenen Details, an deren Seiten tieftürkisfarbene Samt-Loungesessel stehen. Ihr edelstahlverchromtes Gestell passt durch seine goldene Farbe hervorragend zu den opulenten Marmortischen und strahlt eine gewisse Eleganz aus. Der hintere Teil des Raumes präsentiert sich farblich stimmig. Die gesamte gegenüberliegende Wand ziert eine nicht enden wollende Sitzbank, die ebenfalls mit türkisfarbenem Samt bezogen ist. Davor stehen in gleichmäßigem Abstand kleine runde Bartische mit jeweils zwei weiteren Loungesesseln. Auf der Seite gegenüber der Fenster sind vereinzelt Sitznischen installiert, sodass man auch in der an sich offen gestalteten Bar Rückzugsmöglichkeiten hat. Die Decke ist eingelassen und während im vorderen Teil zwei Kronleuchter für die passende Lichtstimmung sorgen, tauchen gedimmte Deckenleuchten den Raum im hinteren Teil in sanftes Licht. Farblich abgestimmte Kissen und einige Grünpflanzen runden den Bereich ab. Alles wirkt stimmig, elegant und trotz der massiven Möbel nicht erdrückend.

»Was darf es für Sie sein?«

Der gut aussehende Bartender reißt mich aus meinen Gedanken und schaut mich freundlich aus strahlend blauen Augen an.

»Haben Sie vielleicht eine Karte für mich? Dann kann ich mich ein bisschen inspirieren lassen.«

Ich lächle ihn an und nehme im nächsten Moment dankend die Getränkekarte entgegen, die er mir über den Tresen reicht.

»Schauen Sie in Ruhe, und wenn Sie sich nicht entscheiden

können, empfehle ich Ihnen gern etwas. Dafür bin ich ja da.«

Aufmerksam bringt er etwas Abstand zwischen uns und kümmert sich im nächsten Moment bereits um die Bestellung eines anderen Gastes, der etwas weiter am anderen Ende der Bar sitzt.

Ich öffne die Getränkekarte und lasse meinen Blick über die Auswahl schweifen. Neben den lecker klingenden alkoholfreien Drinks hat der Gast die Wahl zwischen Cocktails auf Sekt- oder Champagnerbasis, Sours, süßen und nicht so süßen Cocktails, Caipirinhas, diversen Weinen, Longdrinks sowie Highland- und Lowland-Malts. Das Angebot scheint schier unendlich. Nach einigen Überlegungen entscheide ich mich für einen Manhattan Old Style. Auf Eis gerührt liebe ich die kräftige, trockene und würzige Whiskynote dieses Cocktails.

Ich klappe die Karte zu, winke den Bartender heran und beobachte keine Minute später, wie er gekonnt Rye Whisky, roten Vermouth Cinzano und Orange Bitters in einen Shaker gießt und anschließend mit einigen Eiswürfeln mixt. Obwohl er nur so wenige Zutaten hat, betrachte ich einen gut gemixten Manhattan-Cocktail als reines Kunstwerk, der jeden Fehler des Bartenders sofort ersichtlich macht.

Fasziniert beobachte ich, wie mein Gegenüber die Mischung in eine vorgekühlte Cocktailschale seiht und den Drink anschließend mit einer Brandy-Kirsche garniert. Er legt eine kleine Serviette vor mich und stellt meinen Drink darauf ab.

»Et voilà«, grinst er triumphierend und ich führe das Glas an meine Lippen. Sofort schmecke ich das harmonische Verhältnis und nicke ihm zustimmend zu.

»Sehr lecker.«

»Das freut mich«, erwidert er und stellt eine Schale mit Erdnüssen vor mir auf den Bartresen, die ich sofort ein paar Zentimeter zur Seite schiebe. Erdnüsse gehören zu meinen

Endgegnern. Einmal angefangen, kann ich nicht wieder aufhören.

Während ich ein weiteres Mal an meinem Drink nippe, nehme ich wahr, wie mein Handy neben mir in der Handtasche vibriert. Als ich sehe, dass es meine beste Freundin Bekka ist, nehme ich das Gespräch an.

»Jamie Sloane! Ich hoffe sehr für dich, dass dein Hintern in einer fancy Hotelbar sitzt und nicht den Fahrersitz deines Autos noch platter drückt! Ich verstehe immer noch nicht, warum du die Strecke nicht geflogen bist und lieber stundenlang in deinem Auto hocken willst.«

Für einen Moment überlege ich, dem Bartender als Beweis mein Handy in die Hand zu geben, entscheide mich aber dagegen und nippe stattdessen erneut an meinem Manhattan, bevor ich antworte: »Wie versprochen bin ich in Edinburgh. Ich hatte zu viel Angst, dass du dich herbeamst und meinen Hintern hier festtackerst! Außerdem habe ich nicht umsonst dieses höllisch teure Outfit gekauft und unter deinen prüfenden Blicken in den Koffer gepackt. Und zu deiner Info: Ich habe dir bereits erklärt, dass ich ein bisschen Ruhe wollte und nicht den Stress am Flughafen.«

»Ich habe ja verstanden! Gut, dass du in Edinburgh bist und dort die Nacht verbringen willst. Es war übrigens die totale Schwachsinnsidee, in einem Stück von London in die Highlands nach Schottland durchfahren zu wollen, das muss ich jetzt auch mal loswerden. Eine typische Jamie-Sloane-Idee. Was ist nur in dich gefahren?«

»Ach, die paar Meilen!«

»Die paar Meilen? Du spinnst! Das sind knapp sechshundertfünfzig Meilen und locker elf Stunden Fahrt. Ich hätte heute Nacht kein Auge zugemacht, wenn ich gewusst hätte, dass du das in einem durchfährst!«

»Ich hätte doch zwischendurch Pause gemacht«, versuche ich, sie zu besänftigen.

»Klar, so gefühlt dreimal zwanzig Minuten. Und dann hätten sie dich, in Schottland angekommen, entweder aus irgendeinem Loch gefischt oder aus einer Herde Hochlandrinder retten müssen.«

»Welch Gottvertrauen du doch in deine beste Freundin hast! Ich muss doch sehr bitten!«

Ich kann mir Bekka lebhaft vorstellen, wie sie in diesem Moment mit hochrotem Kopf wild gestikulierend durch ihre kleine Küche in Hampstead Heath läuft. Sicher trägt sie ihre dunklen Haare hochgebunden und steckt entweder in einer dieser schrecklichen Latzhosen, die sie neuerdings immer anzieht, oder sie hat zumindest eine große Schürze umgebunden, die Spuren von Mehl oder dreckigen Kinderhänden aufweist.

»Ich bin ja immer noch der Meinung, du hättest dir die Fahrt im Royal Scotsman leisten sollen«, antwortet meine beste Freundin mir, ohne auf meinen Einwurf einzugehen.

»Ich mag ja vielleicht nicht jeden Penny umdrehen müssen, aber ich habe definitiv keinen Esel im Keller stehen, der mir Geld aus seinem Allerwertesten pustet«, murmele ich ins Telefon.

So verführerisch der Gedanke auch klingt, mit einem der prächtigsten Luxuszüge der Welt von Edinburgh in die schottischen Highlands zu reisen – das wäre wohl doch ein wenig zu viel des Guten gewesen. Außerdem hätte mein Auto dann hier in Edinburgh gestanden und das wäre auch nicht sonderlich sinnvoll gewesen. Wobei es definitiv ein Traum wäre, den fast vierhundert Meter langen und auf einundzwanzig Pfeilern ruhenden Glenfinnan-Viadukt am Loch Shiel mit dem Zug zu passieren. Auch mit fast dreißig Jahren schlägt mein kleines

Harry Potter-Fanherz noch deutlich höher bei der Vorstellung, sich wie Harry, Ron und Hermine zu fühlen, die gemeinsam im Hogwarts Express sitzen und sich auf den Weg in ein neues Schuljahr mit unzähligen Abenteuern machen.

Wenn es eine Sache gibt, auf die ich in meinem Leben wirklich stolz bin, dann ist es meine Freundschaft zu Bekka. Keine Ahnung, welche besondere Konstellation die Sterne an diesem einen Abend vor vielen Jahren eingenommen hatten, als wir uns auf dieser schrecklichen Party in East London über den Weg liefen. Eins steht definitiv fest – unterschiedlicher könnten Frauen nicht sein. Und doch war es wohl Schicksal, dass wir beide zur gleichen Zeit versuchten, eins der wenigen Taxis zu bekommen, die in dieser Nacht fuhren, um diese grausame Absolventenfeier zu verlassen. Spontan entschieden wir uns, das Taxi zu teilen, stellten fest, dass wir beide noch Lust auf einen Absacker hatten, und verbrachten eine der wohl legendärsten Nächte im *Duke* bei guter Livemusik, leckeren Cocktails, Lager und Guinness. Kein Wunder also, dass das *Duke* zu unserem Stammlokal wurde, in dem wir so manche Stunde verbracht haben. Seit dem Abend vor vielen Jahren verbindet uns eine innige Freundschaft, die neben Alltagssorgen, Männern und beruflichen Nöten schon einiges durchgemacht hat. Dass wir auch diese Situation jetzt irgendwie zusammen meistern würden, war zumindest Bekka klar. Dass ich allerdings keinen Ausweg mehr sehe, lässt mich schier verzweifeln, denn in meinem Beruf bin ich es gewohnt, immerzu Lösungen zu finden.

Wenn man im Lexikon einen Eintrag für »Gegensätze ziehen sich an« suchen würde, fände man wahrscheinlich ein Bild von Bekka und mir. Bekka, die kurz nach ihrem Abschluss den Mann ihrer Träume gefunden hat und nun als glückliche Hausfrau mit drei kleinen Kindern und ihrem Mann Gavin in Hampstead Heath lebt, und mir, Jamie Sloane, ihres Zeichens PR-Agentin und Karrierefrau, wie sie im Buche steht. So könnte man das als Außenstehender zumindest vermuten. Gerade wenn man auch unser Äußeres mit ins Spiel bringt, denn während ich groß und schlank bin und meine blonden Haare lang trage, spricht Bekka immer davon, dass sie zu klein für ihr Gewicht ist und ihre Haare am praktischsten zusammengebunden sind. Wahrscheinlich bringt Letzteres das Muttersein mit sich. Außerdem kenne ich niemanden, der so unerschrocken und direkt ist wie Bekka. Zwar waren wir während unserer Studienzeit beide keine Kinder von Traurigkeit. Während ich aber so manches Mal hin und her überlegt habe, ob ich mich auf einen Mann einlassen sollte, lebte Bekka stets nach der Devise: »Im Notfall haben andere Mütter auch schöne Söhne.« Umso erstaunter war ich, als sie sich Hals über Kopf in Gavin verliebte. Inzwischen gibt es sie nur noch als Party of Five.

»Und du bist dir sicher, dass ich keine Belastung für deine Cousine und ihre Familie bin?«, frage ich meine beste Freundin und hoffe, dass ihre Antwort so ausfallen wird wie bereits die Male vorher.

»Jamie, zum dreihundertsten Mal – nein! Soll ich dir noch mal lang und breit erklären, was sie gesagt hat?«

Mit »sie« ist Bekkas Cousine Kenzie gemeint, die Bekka angerufen hat, als ich vor ein paar Tagen weinend in ihrer Küche saß und nicht mehr ein und aus wusste.

»Du brauchst Urlaub und Zeit für dich zum Runterkommen«, hat meine beste Freundin für mich bestimmt und im Anschluss dafür gesorgt, dass ich gefühlt meinen Jahresurlaub nahm, sehr zum Leidwesen meines Bosses, dem ich hoch und heilig versprechen musste, trotzdem in Notfällen jederzeit kontaktierbar zu sein.

Bereits im nächsten Moment hatte sie ihr Telefon in der

Hand und ihre Cousine angerufen, die mit ihrer Familie ein Hotel in den schottischen Highlands führt. Keine zehn Minuten später war alles geklärt und mir blieb nichts anderes übrig, als »Ja« zu sagen. Wenn sich Bekka einmal etwas in den Kopf gesetzt hat, gelingt es nur schwer, aus der Nummer wieder rauszukommen. Und vielleicht ist dieser Urlaub in den Highlands, weit weg von London und allem, was mich an die letzten Wochen und Monate erinnern würde, genau das, was verhindert, dass ich mich ganz verliere.

»Hast du eigentlich schon meinen Zettel gefunden?«, höre ich Bekka sagen und komme aus meinen Gedanken zurück.

»Welchen Zettel?«, frage ich verdutzt und krame in meiner Handtasche herum. Keine fünf Sekunden später halte ich einen sauber zusammengefalteten Zettel in der Hand, auf dem in Bekkas liebevoller Handschrift »To-do-Liste« steht.

»Bekomme ich jetzt einen Schreikrampf, wenn ich den Zettel öffne, oder vielleicht sogar rote Ohren?«, frage ich meine Freundin und hoffe inständig, dass sie sagt, ich solle den Zettel besser später auf dem Zimmer lesen.

»Alles harmlos, Jamie. So dramatisch ist das nicht. Kleinigkeiten quasi. Aber die hast du in den nächsten drei Wochen zu erledigen.«

Warum nur klingt meine beste Freundin so euphorisch?

Ich nehme einen kräftigen Schluck von meinem Manhattan, greife beherzt in die Schale mit den Erdnüssen und falte Bekkas Zettel auseinander. Intuitiv glaube ich, dass ich die Nervennahrung in den nächsten Augenblicken dringend nötig haben werde.

Fast bin ich erleichtert, als ich feststelle, dass die Liste nur aus drei Punkten besteht.

Nummer eins – Schmeiß dich in ein heißes Outfit und genieß die Blicke der Männer um dich herum.

»Bekka, dir ist schon klar, dass ich Nummer eins bereits erledigt habe? Das geht ja gut los«, lache ich. »Wenn die Punkte alle so einfach sind, bin ich fertig, bevor ich in den Highlands angekommen bin.«

»Nummer eins war auch nicht schwierig. Außerdem habe ich dir dabei im Prinzip geholfen. Also in der Vorbereitung. Oder wer war das noch mal, der darauf geachtet hat, dass du dieses schöne grüne Kleid in den Koffer legst?«, sagt sie.

»Viel besser wäre gewesen, wenn du das Outfit nicht nur ausgesucht, sondern auch bezahlt hättest«, lache ich und denke kurz mit einem schlechten Gewissen an die nächste Kreditkartenabrechnung.

»Das kann ich mir vorstellen, aber wer hätte dann meinen Jungs zu Hause erklärt, dass es die nächsten Wochen nur Porridge und Nudeln gibt?«

»Jaja, du Muttertier. Schon verstanden«, grinse ich und nippe erneut an meinem Cocktail, nur um festzustellen, dass mein Glas leer ist. Ich schaue mich nach meinem netten Bartender um, sehe aber, dass er gerade für jemand anderes die Getränke zusammenstellt, und muss also auf die nächstbeste Gelegenheit warten, um mir noch einen Drink zu bestellen.

»Gut«, sagt Bekka und ich konzentriere mich wieder auf unser Telefonat. »Die anderen Punkte schaffst du auch. Ich glaube fest an dich.«

Neugierig blicke ich erneut auf Bekkas Zettel und bin im nächsten Moment froh, dass ich keinen Drink in der Hand habe, den ich sonst wahrscheinlich in hohem Bogen über den Tresen gespuckt hätte. »Bekka!«, rufe ich vielleicht ein wenig zu laut ins Telefon, denn einige Köpfe drehen sich in meine Richtung und scheinen herausfinden zu wollen, wer die ruhige Atmosphäre stört.

»Was denn?«

Ich kann ganz genau hören, wie sich Bekkas Mund zu einem breiten Grinsen verzieht.

»Was denn, fragst du? Was bitte schön hast du denn mit mir vor?«

»Ich? Gar nichts! Das sind alles Dinge, die du ohne mich machen musst.«

Wieder dieses Lachen.

»Was steht denn noch auf deiner To-do-Liste für die nächsten drei Wochen?«, hakt Bekka nach.

»Tu nicht so unschuldig!«

Ich kann nicht glauben, was da schwarz auf weiß auf Bekkas Zettel steht und mir förmlich ins Auge springt.

Meine beste Freundin lässt nicht locker. »Ich kann mich gar nicht mehr so genau daran erinnern. Liest du es mir bitte vor?«, flötet sie ins Telefon.

»Das könnte dir so passen. Ich sitze in der Hotelbar und um mich herum sind lauter Leute«, murmle ich in den Hörer und weiß ganz genau, was als Nächstes kommt.

»Jep. Los. Vorlesen!«

Ich weiß, dass Bekka nicht nachlassen wird, und grummle vor mich hin, bevor ich den nächsten Punkt vorlese.

»Nummer zwei – Habe hemmungslosen Sex. Ohne Verpflichtungen und einfach nur der Sache wegen.«

Ich schaue mich ein wenig besorgt um, dass jemand von diesem Gespräch mitbekommen könnte.

»Ach ja, genau! Da war ja was«, lacht Bekka. »Das passende Outfit hast du ja schon an, um die Grundlage zu legen.«

»Habe ich schon gesagt, dass du unmöglich bist?«

»Heute vielleicht noch nicht so oft«, höre ich sie sagen.

»Warum hast du diese Liste eigentlich geschrieben?«, frage ich und scheue mich davor, mir den letzten Punkt der Liste zu Gemüte zu führen.

Bekka räuspert sich. »Jamie, Schatz, wir kennen uns schon so lange und es tut mir verdammt weh, zu sehen, was in den letzten Wochen, ach was, Monaten, mit dir passiert ist. Du hast sämtliche Leichtigkeit verloren. Das bricht mir das Herz. Du musst wieder mal Spaß haben und deinen Kopf ausschalten. So wie früher.«

Ich weiß, dass Bekka nur mein Bestes will, schüttle aber ungläubig den Kopf und bin mir sicher, dass ich Punkt zwei der Liste mit tödlicher Sicherheit nicht durchziehen werde. Aber wollen wir Bekka für einen Moment ihre beinahe jugendliche Euphorie lassen.

»Und Punkt drei?« Meine Freundin ist wirklich beharrlich.

Erneut halte ich mir den Zettel vor die Augen und lese vor. *»Nummer drei – Sei unbeschwert und glücklich.«*

Ich schlucke und merke, dass mir im nächsten Augenblick die Stimme versagt.

»Das schaffe ich nicht«, sage ich leise und lasse den Zettel sinken.

Für einen kurzen Moment ist es still am anderen Ende. Dann räuspert Bekka sich und ich höre ihre klare Stimme durch das Telefon. »Das schaffst du. Vielleicht nicht in drei Wochen. Aber irgendwann schaffst du das. Wir schaffen das.«

Ich versuche, ruhig zu atmen, und blinzle hastig die Tränen weg, die sich in meinen Augen sammeln. Wieso glaubt Bekka so sehr an mich, wenn ich selbst nicht weiß, wie es weitergehen soll?

Plötzlich nehme ich wahr, dass mein Bartender vor mir steht und ein neues Getränk vor mir platziert.

»Ich habe nichts bestellt«, sage ich hastig, hebe demonstrativ abwehrend eine Hand und schaue ihn irritiert an.

»Von dem Gentleman dort drüben«, antwortet er und nickt zum anderen Ende des Tresens. Dort erblicke ich einen Mann mittleren Alters, durchaus nicht unattraktiv, der mir mit seinem eigenen Drink in der Hand zuprostet. Wie war das mit den allein reisenden Geschäftsmännern?

»Hallo, Jamie? Bist du noch da?«, höre ich Bekkas Stimme durchs Telefon.

»Sorry, Beks, für die kurze Unterbrechung und dass ich für einen Moment abgelenkt war. Ich habe gerade einen Drink von einem Mann spendiert bekommen und muss mal eben freundlich in seine Richtung nicken.«

»Kein Problem, ich muss eh auflegen«, erwidert meine Freundin und ich weiß, dass sie definitiv nicht auflegen muss. »Genieß den Drink und Nummer zwei der Liste«, ruft sie ins Telefon und bevor ich auch nur etwas sagen kann, hat sie das Gespräch beendet.

Kopfschüttelnd lasse ich das Handy in meine Handtasche gleiten, falte Bekkas Zettel zusammen und stecke ihn ebenfalls zurück. Dann wende ich mich meinem neuen Drink zu und nehme das Getränk näher in Augenschein. Das Glas ist mit einem Zuckerrand versehen, eine Scheibe Ananas steckt an einer Seite und der Drink ist mit einer Cocktailkirsche und frischer Minze garniert. Oh weh, süße Cocktails sind nicht meins, aber da ich nicht unhöflich sein will, proste ich meinem Gönner auf der anderen Seite der Bar mit dem Glas in der Hand zu und nippe zaghaft am Strohhalm. Sofort zieht sich alles in mir förmlich zusammen, als ich den süßen Geschmack von Pfirsichlikör, Ananassaft und Cranberrynektar auf der Zunge schmecke. Das Gefährliche bei solchen Cocktails ist, dass man den Wodka so gut wie nicht schmeckt und erst am nächsten Morgen die Retourkutsche für die hochprozentigen Zutaten bekommt. Obwohl mir das Ganze definitiv zu fruchtig und süß ist, lächle ich den Mann mir gegenüber weiter freundlich an und mache gute Miene zum bösen Spiel.

Im nächsten Moment könnte ich mich für meine Freundlichkeit ohrfeigen und ärgere mich, dass ich das Getränk nicht dankend abgelehnt habe, denn mein männlicher Anhänger, durch mein Lächeln und Nicken animiert, steht von seinem Stuhl auf, nimmt seinen Drink und kommt sicheren Schrittes auf mich zu.

»Bitte nicht«, denke ich, aber dann ist es auch schon zu spät.

»Hi, ich bin Sam.«

Ich spüre seinen prüfenden Blick auf mir und nehme seine Hand wahr, die sich mir zur Begrüßung entgegenstreckt. Sam trägt ein graues Wollsakko mit Schottenmuster, darunter einen orangen Pullover mit V-Ausschnitt und ein graues Langarmhemd. Natürlich passen Einstecktuch und Krawatte zum Ensemble. Mir gefällt, dass er dieses schicke Outfit mit einer schwarzen Jeans kombiniert hat und seine Füße in farblich passenden Loafers stecken. Geschmack hat der Mann, das muss man ihm lassen. Sein einst braunes Haar ist noch voll und vereinzelt sind feine graue Strähnen zu erkennen. Seine braunen Augen funkeln charmant, aber irgendwas an seiner Art ist beinahe zu aufdringlich.

Mein Gefühl bestätigt sich in der nächsten Sekunde.

»Darf ich mich zu dir setzen?«, fragt er und nimmt, ohne auf meine Antwort zu warten, wie selbstverständlich neben mir Platz, wohlbedacht, den Stuhl so nah an meinen zu ziehen, dass sich unsere Unterarme beinahe berühren.

»Vielen Dank für den Drink«, versuche ich, freundlich zu entgegnen. »Das wäre nicht nötig gewesen.«

»Vielleicht nicht, aber eine so schöne Frau darf doch nicht abends allein an der Bar sitzen. Ich wäre kein Gentleman, wenn ich es nicht als meine Pflicht ansehen würde, mich als Gesellschaft anzubieten.«

Dieser Gentleman hat es übrigens bisher versäumt, nach

meinem Namen zu fragen, und auch jetzt macht er nicht den Anschein, das nachholen zu wollen. Ganz bei sich, der Gute, so etwas hat man gern.

Ich bin mir nicht sicher, ob mein Lächeln echt rüberkommt oder doch eher gequält wirkt. Zumindest gebe ich mir die größte Mühe, nicht völlig desinteressiert zu wirken. Tatsächlich glaube ich, dass Sam den Unterschied eh nicht bemerken würde, denn scheinbar fühlt er sich sehr sicher.

Aber was ist schon ein Drink, denke ich mir. Das halte ich aus. Und außerdem ist mein Gegenüber durchaus attraktiv. Ich muss ihn mir also nicht schön trinken. Normalerweise mache ich mir nichts aus Männern um die fünfzig, aber was soll es schon schaden.

»Erkennst du den Drink, den ich dir spendiert habe?«

Seine Hand legt sich auf meine, die auf dem Tresen ruht, und schnell greife ich erneut nach dem Glas, um mich aus der Situation zu befreien. Ich war wohl doch etwas zu voreilig mit meiner Einschätzung, dass dies eine entspannte und harmlose Unterhaltung werden könnte.

Ich nehme einen kräftigen Schluck von dem für mich viel zu süßen Cocktail und nicke. »Sex on the Beach, oder?«

Sam grinst und beugt sich mir ein gutes Stück entgegen, sodass sein Mund ganz dicht an meinem Ohr ist. Meine Nackenhaare stellen sich auf, jedoch nicht, weil mich seine Nähe so anmacht, sondern weil ich sein Verhalten sehr grenzwertig finde.

»Ich finde dein appetitanregendes Aussehen gepaart mit dem verheißungsvollen Namen des Cocktails mehr als vielversprechend«, raunt er mir entgegen.

Innerlich schüttle ich mich, gehe ein wenig auf Distanz, greife erneut beherzt in die Schale mit den Erdnüssen und atme tief ein.

Mein Gegenüber lässt nicht locker. »Ich finde übrigens, deine grünen Augen passen perfekt zu diesem sündhaft anregenden Kleid.«

Sam verringert erneut den Abstand zwischen uns und wenn das so weitergeht, falle ich gleich vom Stuhl.

Sie sind blau, du Idiot, denke ich bei mir und versuche, Sam durch meine Körpersprache bewusst zu machen, dass ich diese Nähe nicht schätze und er definitiv zu aufdringlich ist. Aber ich habe meine Rechnung ohne meinen flotten Fünfziger gemacht. Sams Hand legt sich auf mein Knie und als wäre es das Normalste der Welt und absolut angebracht, flirtet er hemmungslos weiter. Ich zucke zusammen und starre auf seine Hand, die wie selbstverständlich dort liegen bleibt.

»Erlaube mir die Frage, aber bist du allein hier?«

Geht's noch? Jetzt wird er aber mehr als mutig.

Für einen Moment bin ich irritiert, als ich nicht nur Sams Hand auf meinem Knie spüre, sondern auch noch eine warme Hand, die sich fest auf meinen unteren Rücken legt und dort für einen kurzen Augenblick ruht. Erschrocken fahre ich herum und starre als Erstes gegen eine breite Brust, die sich direkt hinter mir aufgebaut hat. Als mein Blick hochwandert, blicke ich in eins der schönsten Gesichter, die ich jemals bei Männern gesehen habe.

»Da bist du ja, Schatz. Ich hoffe, du musstest nicht allzu lange auf mich warten?«

Die Hand, die eben noch auf meinem Rücken gelegen hat, löst sich, nur um sich im nächsten Moment in meinen Nacken zu legen und mich näher zu sich zu ziehen. Dann legen sich unfassbar warme, volle Lippen auf meinen Mund und ein Kuss raubt mir den Atem.

2

LIAM

»Bedaure, Liam, da ist echt nichts mehr zu machen.«

Ich runzele die Stirn und lege meinen Kopf ein wenig schief. »Und das ist dein letztes Wort? Definitiv?«

Unruhig wechselt mein Gegenüber von einem Bein auf das andere und murmelt zögerlich: »Ja, Mann, der Preis ist gut.«

»Ist das auch dein letztes Wort für deinen alten Studienkollegen? Den, dem du es verdankst, dass deine Professorin dich nicht in hohem Bogen aus der Vorlesung geworfen hat, nachdem du ihre wissenschaftliche Mitarbeiterin in ihrem Büro flachgelegt hast?«

Ich weiß, dass ich mit der Geschichte immer punkten kann, und verziehe spöttisch meine Mundwinkel, wirklich bemüht darum, mein Grinsen so gut es geht zu verstecken.

»Alter, immer wieder kommst du mir mit der Geschichte. Die ist doch schon Ewigkeiten her!« Simon fährt sich mit der Hand durch die dunklen Haare und versucht, gute Miene zum bösen Spiel zu machen und sich nicht einlullen zu lassen.

»Du weißt ganz genau, dass ich die Karte auch noch in vielen Jahren ziehen werde, wenn es sein muss«, lache ich und weiß genau, dass der Preis, den er mir vor wenigen Augenblicken für den Whisky genannt hat, definitiv nicht der letzte sein wird.

»Liam, du treibst mich noch in den Ruin, du arroganter Mistkerl«, erwidert er, statt weiter zu diskutieren, und ändert den Betrag, den er mir eben auf einem Zettel notiert unter die Nase gehalten hat. »Besser? Bist du damit einverstanden, du Halunke?« Erneut hält er mir den Zettel hin.

»Halunke?«, lache ich und schaue meinen guten Freund aus Studienzeiten an. »Du weißt genau, dass ich nicht bis nach Edinburgh fahren müsste, um Whisky fürs Hotel einzukaufen. Den Weg hier runter in die Lowlands mache ich nur wegen dir und unserer gemeinsamen Vergangenheit. Das ist quasi ein Freundschaftsdienst.«

»Aye, ich weiß«, grummelt Simon. »Und außerdem trinkst du viel zu gern einen guten Schluck mit mir, der alten Zeiten willen«, fügt er an und deutet auf den runden Holztisch, der einige Meter von uns entfernt an der Wand steht und auf dem einige Kristalldekanter samt bauchigen Whiskygläsern nebeneinander aufgereiht sind.

»Das stimmt«, muss ich ohne Umschweife zugeben. »Auch das.«

Simon hebt eine Augenbraue und schaut mich direkt an. »Sag bloß, du triffst dich immer noch mit dieser … Wie hieß sie noch gleich?«

»Erin. Und nein, seit etwas mehr als vier Monaten nicht mehr.«

»Kurz und knapp, das war eindeutig. Dachte, es lief so entspannt und der Sex hätte auch gepasst?«

»Das war auch so und es lief wirklich locker. Definitiv ein netter Zeitvertreib, wenn ich hier in Edinburgh war, aber

Madame wollte mehr und Gewissheit, und du weißt, dass ich das nicht will.«

»Nicht will oder nicht kann?«

Simon schaut mich eindringlich an. Er ist definitiv einer der wenigen, denen ich so eine direkte Frage verzeihe und bei denen ich nicht gleich auf hundertachtzig bin.

Statt einer Antwort schnaube ich nur und signalisiere ihm durch ein Kopfnicken, dass es Zeit für Whisky ist.

»Hat sie das denn auch akzeptiert?«, versucht er es ein letztes Mal.

»Sie meldet sich hin und wieder. Aber entweder gehe ich erst gar nicht ans Telefon oder ich bleibe sehr nüchtern. Wenn sie es nicht kapiert, ist es nicht mein Problem.«

Simon kennt mich zu gut und fragt nicht weiter nach. Stattdessen widmet er sich dem Einschenken des Whiskys und Sekunden später kann ich genüsslich beobachten, wie er die goldene Flüssigkeit knapp zwei Fingerbreit in zwei Gläser füllt.

»Eiswürfel?«

Ich schüttle den Kopf und nehme mein Glas in Empfang. Es ist immer wieder spannend, zusammen mit Simon einen Whisky zu genießen und zu schmecken, was er neu produziert hat.

Neugierig führe ich das Glas mit der bernsteinfarbenen Flüssigkeit zur Nase und schnuppere. Sofort kann ich die Aromen aufnehmen, die von dem Whisky ausgehen. Ganz nach Simons Rat schwenke ich das Glas beim Nosing so wenig wie möglich, um den Alkohol nicht aus der Mischung zu lösen und die einzelnen Aromen nicht zu überdecken.

Simon tut es mir gleich. »Ich bin gespannt, wie du ihn findest«, sagt er und beobachtet mich aufmerksam.

»Slàinte mhath«, proste ich ihm zu und nippe dann das erste Mal am Whisky. Ich lasse die Flüssigkeit langsam über die

Zunge und den Gaumen laufen und behalte sie einige Momente im Mund, um das Mundgefühl und die Aromen wirken zu lassen. Als ich den Whisky einige Augenblicke später runterschlucke, genieße ich die intensive und komplexe Note. Würzig und kräftig.

»Aye, der gefällt mir«, sage ich über den Rand meines Glases hinweg und sehe zu, wie auch Simon an der bernsteinfarbenen Flüssigkeit nippt und genießt.

Einige Augenblicke verharren wir in Schweigen und lassen den Whisky auf uns wirken. Dann beugt Simon sich plötzlich mir entgegen und ich kann sehen, wie die Flüssigkeit in seinem bauchigen Glas schwappt.

Erwartungsvoll schaue ich ihn an.

»Wie läuft es zu Hause?«, will er wissen und ich merke, wie ich mich unweigerlich verkrampfe.

»Wir haben die Sache im Griff«, murmle ich und kann mir wahrlich bessere Themen für den Moment vorstellen.

»Wirklich?«

»Wird das hier ein Verhör oder wie muss ich mir das Ganze vorstellen?« Ich stelle mein Glas zurück auf den runden Holztisch und merke, wie die Wut in mir aufsteigt.

»Nein, entspann dich. Kein Verhör. Ich habe nur mit Kenzie telefoniert und sie meinte, dass du in letzter Zeit etwas ... na ja ... Arbeit bist und nicht der leichteste Umgang.«

»Arbeit? So hat sie das gesagt?«, pruste ich und versuche, die Anspannung zu unterdrücken, die sich in meinem Körper ausbreitet.

Simon muss unweigerlich grinsen. »Ich denke, wir wissen beide, dass sie ein anderes Wort gewählt hat«, versucht er sichtlich bemüht, wieder Leichtigkeit in die Unterhaltung zu bringen.

»Aye.«

Ich atme tief durch, um mich zu beruhigen. »Sagen wir so: Es war eine lange Zeit und ich bin froh, mal wieder raus zu sein. Daher tut der Trip hierher nach Edinburgh gut.«

»Ich weiß es sehr zu schätzen, dass du deinen alten Studienfreund nicht ganz vergisst, wenn du in der Wildnis der Highlands hockst. Zumindest weißt du noch, wie man sich wie ein Stadtkind kleidet.«

Er mustert mich und verzieht seinen Mund erneut zu einem Grinsen.

»Ich merke schon, du hast dir für heute vorgenommen, meine Geduld zu testen. Vielleicht sollte ich demnächst statt der fast fünf Stunden bis Edinburgh einfach entspannt eineinhalb Stunden nach Inverness fahren und meinen Whisky dort besorgen?«

»Da ich weiß, mein Guter, dass du neben Highland-Malts auch immer einen guten Lowland-Malt auf deiner Karte haben willst, muss ich mir da keine Sorgen machen. Du wirst weiterhin zu Besuch kommen und mit mir hier Whisky trinken. Außerdem lässt du dir die Stadt doch nicht entgehen. Man kriegt vielleicht den Jungen aus der Stadt, aber nie die Stadt aus dem Jungen.«

Oh Mann, wie recht Simon doch hat, denke ich zerknirscht. Zumindest was das Whiskyangebot angeht. Was das Leben hier in Edinburgh betrifft, hat das Schicksal die Karten neu gemischt und man kann sie nur spielen, so gut es geht.

»Was hast du heute noch vor?«, fragt Simon im nächsten Moment und stellt sein leeres Glas auf den Tisch.

»Nicht mehr viel. Jetzt, wo die Sache mit Erin durch ist, muss ich wohl allein auf mein Hotelzimmer gehen.«

Ich lache und versuche so, die Tatsache zu überspielen, dass Erin wirklich eine gute Ablenkung war. Sosehr Simon auch glaubt, dass es mich hierhin zurückzieht – im Gegenteil. Alles an dieser Stadt ist mir zuwider. Zwischen Erins Schenkeln zu liegen, ließ mich zumindest für ein paar Stunden dieses beklemmende Gefühl vergessen, das sich immer in meiner Brust breitmacht, wenn ich hier bin. Dieses Gefühl, zu ersticken. Wären nicht meine Freundschaft zu Simon und die Tatsache, dass er mir damals den Arsch gerettet und mich in der ersten Zeit bei sich aufgenommen hat, nichts zöge mich in diese Hölle zurück. An den Ort, wo ich mich nur umtreibe und ein Schatten meiner selbst bin.

Wobei … Weiß ich überhaupt noch, wer ich bin und wo ich hingehöre?

~

ALS WIR WENIG SPÄTER ÜBER den Hof von Simons Destillerie auf das Taxi zugehen, das auf mich wartet, um mich in die Stadt zu bringen, wird mir wieder einmal bewusst, was mein bester Freund aus Studienzeiten in den vergangenen Jahren durch harte Arbeit und klugen Geschäftssinn auf die Beine gestellt hat. Als er vor einiger Zeit die Whiskybrennerei von seinem Vater übernommen hat, hat dieser sich zwar anfangs mit dem wohlverdienten Ruhestand nicht so leicht getan, hat aber dann erkannt, dass es an der Zeit war, die Fäden aus der Hand zu geben und es seinem Sohn zu ermöglichen, hier etwas Großartiges zu erschaffen. Simons Know-how, was die Whiskybrennerei angeht, ist ihm quasi in die Wiege gelegt, aber es ist ihm gelungen, seinen Businessmaster vernünftig einzusetzen und den Familienbetrieb auszubauen.

Anerkennend lasse ich wie schon so viele Male vorher meinen Blick über das Gelände der Whiskybrennerei gleiten. Es besteht aus weiß gekalkten einstöckigen Häusern, daneben reihen sich einige modernere Gebäude ein, aus einem ragt ein

Schornstein hoch auf. In den einzelnen Gebäuden findet man die Mühlen, eine Mälzerei, das Maischhaus, Kühlanlagen und das Brenngebäude mit dem Schornstein.

Im Innenhof stapeln sich neben dem Lagerhaus Reihe um Reihe an massiven Holzfässern, die alle die gleiche Aufschrift tragen: »Clifton, gegr. 1889.« In dem Jahr erwarb Simons Ururgroßvater eine offizielle Brennlizenz und seitdem dreht sich in seiner Familie alles um den Whisky, oder, wie Simons Vater häufig sagt, das »Wasser des Lebens«.

Während an einem Gebäude ein Lastwagen mit großen Fässern beladen wird, spazieren wir die letzten Meter über den Hof, auf dessen Mitte eine alte, stillgelegte bauchige Kupferbrennblase hoch emporragt.

»Du hast es echt geschafft«, sage ich anerkennend und klopfe Simon auf die Schulter. »Hast du neben Brennerei, Abfüllung, Etikettierung, Vertrieb und Co. eigentlich noch Zeit für deine Frau?«

Wir passieren eine für den Publikumsverkehr und die Touristen extra angelegte Tasting Bar samt Shop, deren Tür sich in diesem Moment öffnet. Eine kleine Frau mit braunem Lockenkopf tritt heraus. Sie trägt Bluejeans, einen beigefarbenen Pullover und ein Paar derbe, nicht ganz saubere Stiefel.

»Nicht dein Ernst, Alter!«, entfährt es mir.

»Du wolltest doch wissen, ob ich noch genug Zeit für meine Frau habe«, antwortet Simon lachend und nimmt im nächsten Moment Brianna in den Arm, die auf uns zugelaufen gekommen ist. Deutlich zeichnet sich ein kleiner Bauch unter ihrem locker sitzenden Pullover ab. Simon beugt sich ein gutes Stück zu ihr hinab und küsst sie auf ihr braunes Haar.

»Nummer vier? Herrje, vielleicht hätte ich euch damals doch im Büro der Professorin auseinanderreißen sollen, statt sie abzulenken, damit ihr eure Ruhe habt.«

»Ich glaube nicht, dass das viel ausgemacht hätte«, grinst Brianna und legt eine Hand auf ihren Bauch. »Wir waren immer schon für Forschung.«

»Ich sehe schon, dass ihr regelmäßig Forschung betreibt«, erwidere ich und drücke Brianna, bevor ich die Tür zum Taxi öffne. »Du hast hier echt das Glück auf Erden, Simon«, sage ich zu meinem Freund, als wir seiner Frau hinterherschauen, die zurück zum Shopgebäude geht.

»Es ist auch eine Menge Arbeit und ich glaube, man muss jemandem wie dir nicht sagen, dass man, wenn man einige Angestellte hat, auch so manche schlaflose Nacht und Existenzängste hat.«

Ich schlucke und verdränge das mulmige Gefühl, das in mir aufsteigt.

»Aber ich bin sehr glücklich, das stimmt. Brianna und die Kinder sind toll und ich könnte mir nichts Schöneres vorstellen, als den Familienbetrieb weiterzuführen. Das ist eine Herzensaufgabe.«

Simon schaut mich eindringlich an.

»Du kommst klar? Wenn dir heute Abend im Hotel die Decke auf den Kopf fällt oder sonst irgendwas ist, ruf mich an, okay? Hier ist immer ein Bett für dich frei.«

»Das weiß ich, mein Freund. Aber ich komme schon zurecht. Ich werde gleich im Hotel eine Kleinigkeit essen und früh schlafen gehen. Morgen geht es direkt zurück nach Finnegan. Und du pass mir auf Brianna auf. Wir telefonieren?«

»Das machen wir«, sagt Simon und nimmt mich in den Arm, bevor ich ins Taxi steige.

»Meinst du, du hast es diesmal geschafft, einen Jungen zu produzieren?«, frage ich ihn grinsend und boxe ihn freundschaftlich in die Seite.

»Vielleicht kann ich nur Mädchen?«, lacht Simon und ich

sehe ihm an, dass er überglücklich mit seiner Frauenmannschaft ist. »Außerdem«, fügt er an, »Clifton ist seit Jahrzehnten in Männerhand. Wie cool wäre es, wenn meine Töchter das Familienunternehmen weiterführen und den alten Miesmuffeln mal zeigen, wie der Hase läuft.«

»Aye«, nicke ich. »Das wäre mal was.«

»Pass auf dich auf, Liam. Und ernsthaft ... melde dich, wenn du was brauchst. Wir sind immer für dich da.«

Ich nicke und ziehe die Tür des Taxis hinter mir zu. Zum Abschied hebe ich die Hand und winke meinem Freund ein letztes Mal, bevor sich das Taxi in Bewegung setzt und ich dem Fahrer die Adresse des *The Stewart* nenne, meiner alten Arbeitsstelle in Edinburgh.

~

EINIGE ZEIT später betrete ich die Lobby des Hotels und bin sofort von diesem besonderen Charme umgeben, den dieses Gebäude ausstrahlt. Ich werde den Anblick von Eleganz und Luxus wohl nie über haben, auch wenn ich schon viele Male durch dieses Hotel geschritten bin und vermutlich jede noch so kleine Ecke kenne.

Generell hat der Klang einer Hotellobby für mich immer etwas Besonderes und ich lasse den Blick umhergleiten und nehme die Atmosphäre in mir auf. Überall sind leise Gespräche zu vernehmen, von denen man doch kein Wort versteht. Im Hintergrund spielt sanfte Pianomusik, wobei die Klänge vom Band kommen, denn der Flügel von Steinway & Sons in Makassar-Optik, der sich in der Lobby befindet, ist nicht besetzt. Mein geschulter Blick wandert über die massiven edlen Teppiche, die im Bereich vor der Rezeption liegen, und auch nach all der Zeit lässt mich der Anblick der Gemälde, die die Wände links und rechts neben den Aufzügen zieren, fast verstummen. Alles wirkt einfach atemberaubend und irgendwie imposant. Die Wandvertäfelungen aus Eiche, die Kronleuchter und der Aufgang der Haupttreppe aus weißem Marmor unterstreichen das luxuriöse Ambiente des Hotels.

Das *The Stewart* überzeugt nicht nur durch unübersehbaren Luxus und Eleganz, sondern verfügt auch über eine hervorragende Küche, exzellenten Service und zahlreiche Annehmlichkeiten, die den Aufenthalt eines jeden Gastes zu einem individuellen Erlebnis werden lassen können, über das man noch lange Zeit später sprechen wird.

Als General Manager des *The Stewart* war es mir immer ein Anliegen, jedem Gast seine Zeit so besonders wie möglich zu machen. Auch wenn es meine Aufgabe war, das große Ganze im Blick zu behalten, hatte die Gästezufriedenheit für mich oberste Priorität.

»Hey, Liam, ich habe schon gehört, dass du wieder einmal bei uns eingekehrt bist. Ist alles zu deiner Zufriedenheit?«

Ich blicke Richtung Rezeption und sehe Ronan Green, meinen Nachfolger, auf mich zukommen. Freundlich strecke ich ihm die Hand zur Begrüßung entgegen. »Hallo, Ronan. Schön, dich zu sehen. Ja, danke, alles ist absolut in Ordnung. Ihr wisst doch, dass ich auch mit einem Standardzimmer zufrieden bin. Es muss nicht die Penthouse-Suite sein.«

»Für den besten Mann nur das Beste«, erwidert Ronan. »Solange wir dort keine Reservierung haben, wird es immer das Zimmer sein, das du bei uns bekommst. Wie geht es dir? Wie läuft es in Finnegan?«

Ronans ehrliches Interesse weiß ich sehr zu schätzen. Leider ist mir nicht danach, über Privates zu sprechen, daher versuche ich schnell, vom Thema abzulenken. »Dort läuft alles in seinen geregelten Bahnen. Aber sag mal, habt ihr das Sirloin-Steak noch auf der Karte? Ich würde gern etwas essen, bevor ich schlafen gehe.«

Aufmerksam wie Ronan ist, ist ihm mein Ausweichmanöver sicherlich aufgefallen, aber er lässt es sich nicht anmerken und schickt sich sogleich an, meine Frage zu beantworten.

»Aber natürlich. Möchtest du noch einen Salat dazu?«

»Nein danke. Wenn ich einen trockenen Rotwein dazu bekommen könnte, wäre das prima.«

»Ich werde mich sofort darum kümmern. Möchtest du auf deinem Zimmer essen?«

»Nein, das Essen kann mir gern drüben in der Bar serviert werden. Ich werde mich in eine der Ecken setzen. Dort ist es ruhig genug. Vielen Dank für deine Mühen.«

Während Ronan davoneilt, um meine Bestellung weiterzugeben, steuere ich geradewegs eine der Sitznischen in der Bar an und genieße wenig später mein Essen. Aus meiner Zeit hier im Hotel weiß ich, dass nur das beste, individuell ausgewählte schottische Rindfleisch in der Küche genutzt wird, und das schmeckt man auch. Mein Steak ist zart und zusammen mit den Cherrytomaten und den gedünsteten Pilzen eine hervorragende Mahlzeit.

Ich lasse meinen Blick durch die gut besuchte Bar gleiten. Wie immer ist das Bild sehr gemischt. Internationale Geschäftsleute, Hotelgäste aus aller Welt, aber sicher auch einige Einheimische, die das *The Stewart* wegen seines Ambientes schätzen. Eins haben die Gäste allesamt gemeinsam: Sie haben genug Kleingeld, um sich einen Abend in dieser Hotelbar leisten zu können. Vielleicht ist alles beinahe zu klischeehaft.

Plötzlich bleibt mein Blick an einer blonden Frau hängen, die nicht weit von mir entfernt an der Hotelbar sitzt und telefoniert. Ich habe noch nie verstanden, warum man in Restaurants oder Bars telefonieren muss und nicht einfach die Atmosphäre und die Ruhe genießen kann. Normalerweise kann ich Leute nicht ab, die sich für so wichtig halten, dass sie das Handy nicht aus der Hand legen. Irgendetwas hat diese Frau aber an sich, dass mein Blick an ihr haften bleibt. Sie ist schlank und trägt ein eng anliegendes grünes Wollkleid, das ihrer weiblichen Figur schmeichelt. Ihr Ausschnitt ist nicht zu tief und freizügig, jedoch lassen sich die leichten Wölbungen ihrer Brüste erkennen. Das Kleid ist am Rücken teilweise ausgespart und gestattet einen vorsichtigen Blick auf ihre zarte Haut. Das Haar der Fremden fällt in leichten Wellen über ihre Schultern und obwohl ich ihr Gesicht nicht sehe, möchte ich wetten, dass ihre Augen blau sind. Obwohl sie nicht klein zu sein scheint, stecken ihre Füße in sündhaft hohen Schuhen. Mir gefällt der Gedanke, dass sie eine Frau ist, die kein Problem damit hat, aufzufallen.

Aus dem Augenwinkel beobachte ich, wie Steve, der Bartender, ihr einen Drink hinstellt und sie ihn scheinbar irritiert anblickt. Ein weiterer Blick auf das Szenario lässt mich erkennen, was hier gerade abläuft. Knapp zwei Meter entfernt von mir bereitet sich ein adrett gekleideter Don Juan in seinen Fünfzigern auf seinen Angriff vor. Kollege, wenn du genau hingeschaut hättest, hättest du gemerkt, dass die Frau einen Manhattan vor sich stehen hatte. Wie kommt man da auf die Idee, ihr so ein süßes Gesöff wie einen Sex on the Beach auszugeben? Anfänger. Oder vielleicht ist es Teil seiner Masche.

Genüsslich lehne ich mich in meiner Sitzecke zurück, um das Schauspiel weiter zu beobachten. Zugegeben, nicht mein erstes Rodeo. Wenn man im Hotel arbeitet, bekommt man so manches mit. Und nicht selten funktioniert so eine Masche, wie sie der Typ gerade versucht.

Die Frau am anderen Ende der Bar beendet ihr Telefongespräch und zum ersten Mal kann ich nun ihr Gesicht sehen, als sie sich in die Richtung des Mannes dreht, der ihr den Drink spendiert hat. Es ist zart, ihre sind Wangen wohlgeformt, doch was mich am meisten in den Bann zieht, ist ihr Lächeln, das sich, obwohl sie es diesem Typen nur leicht entgegenbringt, hinreißend schön über ihr Gesicht zieht. Ich ertappe mich bei dem Gedanken, wie wohl ihre Stimme klingt und welche Anziehungskraft ihre Augen ausstrahlen müssen.

Don Juan scheint zumindest ganz angetan von ihr, denn er nähert sich ihr ungeniert und hat kein Problem damit, den angebrachten Mindestabstand bei der ersten Begegnung zu verringern. Ob sie sich darauf einlässt?

Obwohl ich es nicht will, kann ich meine Augen nicht von der Szene losreißen. Bilde ich es mir ein oder verhärten sich die zarten Linien ihres Oberkörpers, der Arme und ihrer Hüften in diesem Moment und rutscht sie zusätzlich unruhig auf ihrem Stuhl hin und her? Meine feinen Antennen sagen mir, dass hier irgendetwas nicht stimmt und sie sich nicht wohlfühlt.

Im nächsten Moment kann ich beobachten, wie der Typ ihr immer näher kommt und seine Hand auf ihre legt. Und den Vollidioten stört es nicht mal, dass sie die Hand wegzieht.

Wut steigt in mir auf. Was glauben manche Männer, wer sie sind? Was soll dieses Dominanzverhalten?

»Scheiße«, murmle ich und rutsche aus meiner Sitznische. Ich kann der Sache nicht weiter aus der Entfernung zusehen und muss mich einmischen, mir durchaus bewusst, dass ich mir entweder gleich die heftigste Ohrfeige meines Lebens hole oder der Abend interessanter enden wird als gedacht.

3

JAMIE

Meine erste Reaktion sollte sein, mich von diesen Lippen loszureißen, aber alles in mir schreit danach, es geschehen zu lassen. Jede Sekunde dieses überraschenden Moments auszukosten. Mich fallen zu lassen in diesem Überraschungsaugenblick, der scheinbar verloren geglaubte Lebensgeister in mir neu erweckt. Mein tot geglaubtes Herz höherschlagen lässt.

Dieser schöne Unbekannte schmeckt wirklich betörend gut. Und wie weich können bitte schön Lippen sein?

Ehe ich reagieren kann, bewegt sich mein höllisch attraktiver Unbekannter und löst seine Lippen von meinem Mund. Intensive Blicke scheinen mich durchbohren zu wollen. Bilde ich es mir ein oder schaut mich dieses scharfe Gerät gerade nahezu spöttisch fragend an? So als ob er abwägen würde, ob ich ihm eine saftige Ohrfeige geben werde oder die Situation schamlos auskosten will.

Noch bevor ich eine Antwort auf meine Frage bekomme, dreht er sich zu Sam um und streckt mit einer schnellen Bewegung seine Hand nach ihm aus, um ihm selbige zu schütteln. Erst jetzt nehme ich wahr, dass Sams Hand nicht mehr auf meinem Knie liegt und sich gelöst hat.

»Danke, dass Sie meiner Frau so gentlemanlike Gesellschaft geleistet haben«, sagt er und dreht sich im nächsten Moment wieder ein bisschen in meine Richtung. Ich kann die Abgeklärtheit und Selbstsicherheit in seiner Stimme deutlich wahrnehmen.

»Entschuldige, Schatz, dass es länger gedauert hat. Ich wollte dich nicht warten lassen.«

Dieser Satz, der an mich gerichtet ist, klingt stattdessen süß und fürsorglich. Was für eine Selbstkontrolle.

Immer noch etwas ungläubig und überrascht über diese Situation, nehme ich wahr, wie der adrette Fünfziger versucht, auf meine Hand zu schauen, womöglich um einen Ring zu entdecken, doch mein Retter positioniert sich so, dass ihm nichts anderes übrig bleibt, als zurückzuweichen und niedergeschlagen den Rückzug anzutreten. Beinahe verlegen räuspert er sich und sagt: »Ich wusste nicht, dass Sie nicht allein sind. Verzeihen Sie. Ich gehe dann mal lieber.«

Er nickt uns zu und entfernt sich langsamen Schrittes. Bemerkenswert, dass er es in Gegenwart eines anderen Mannes schafft, mich auf einmal wieder zu siezen und die Distanz zu wahren. Aus dem Augenwinkel kann ich sehen, dass er die Bar verlässt.

Dann sind dieser unsagbar attraktive Fremde und ich allein.

»Ich kann Männer wie den nicht ausstehen«, sagt dieser auf einmal und löst seine Hand von meinem Rücken, die sich nach dem Kuss wie selbstverständlich wieder in mein Kreuz gelegt hatte.

»Wie meinen Sie?« Ich muss mich räuspern, bevor ich meine Frage anständig stellen kann, und komme mir dabei selten dämlich vor. Irgendwie hat es mir die Sprache verschlagen, was zugegeben nicht häufig passiert.

»Na, diese widerlich männliche Denkweise, die einige an den Tag legen. Nur weil Sie ein ansprechendes Outfit tragen und allein hier in der Bar sitzen, heißt das noch lange nicht, dass das eine Einladung für alle ist. Manche halten sich wirklich für unwiderstehlich und ich bin niemand, der es zulässt, wenn eine Frau bedrängt wird.«

»Mmmh.«

Himmel, Jamie, reiß dich zusammen! Scheinbar hat diese unfassbar prickelnde Nähe des Unbekannten mein Sprachzentrum außer Kraft gesetzt.

Er schenkt mir ein beinahe spitzbübisches Lächeln, beugt sich zu mir, das Gesicht ganz nah an meinem. »Gern geschehen.«

Ich könnte schwören, dass er diese Situation mit mir in der Bar genießt.

»Was meinen Sie? Trinken wir noch etwas gemeinsam? So auf den Schreck?«

Scheinbar völlig entspannt zieht er den Stuhl neben mir ein Stück zur Seite und stellt sich neben mich.

Tatsächlich weiß ich nicht, welchen Schreck mein Gegenüber meint – die Anmache oder diesen Kuss, der sich innerhalb von Sekunden in mein Hirn gebrannt hat.

Er lehnt sich ein Stück über den Tresen, winkt dem Barkeeper zu und dreht sich dann noch einmal in meine Richtung. »Was möchten Sie? Ich nehme an, nicht noch einmal dieses süße Getränk, das der Herr Ihnen spendiert hat, sondern eher das, was sie vorher hatten?«

Er muss mich also schon länger beobachtet haben, denn in der nächsten Sekunde bestellt er mir einen Manhattan und sich selbst einen fünfzehn Jahre alten Dalmore. Mein Gegenüber scheint ein Whiskytrinker zu sein, was mir sehr gut gefällt.

Während er auf die Getränke wartet, nutze ich die Gelegenheit, meinen Retter etwas genauer zu mustern. Mein erster Eindruck, dass er ein unfassbar attraktiver Mann ist, bestätigt sich auch beim genaueren Hinsehen. Sein Gesicht ist markant und er ist einer von diesen Männern, die mit einem breiten Kiefer und einem ausgeprägten Kinn gesegnet sind. Ich muss zugeben, dass eckige, kantige Gesichter für mich eine gewisse Attraktivität und Männlichkeit ausstrahlen und mir den Eindruck vermitteln, mein Gegenüber verfüge über Stärke und Durchsetzungsvermögen. Gepaart mit diesen unfassbar sinnlichen, vollen Lippen und dem perfekt gestutzten Bart ist dieser Mann einfach eine Sünde wert und erinnert mich ein kleines bisschen an das britische Männermodel David Gandy.

Atemberaubend blaue Augen schauen mich immer wieder von der Seite an. Warum haben Männer eigentlich so unverschämt lange Wimpern, die dazu auch noch so toll geschwungen sind, dass jede Frau vor Neid erblassen muss? Seine dunkelbraunen Haare sind perfekt gestylt und geben ihm und seinem ganzen Auftreten eine klassische Note, ohne jedoch bieder und zugeknöpft zu wirken. Einfach männlich und unwiderstehlich.

Ich setze alles daran, nicht den Eindruck zu erwecken, dass ich Mr Handsome anstarre. Ich löse meinen Blick also von seinem Gesicht, auch wenn es mir sichtlich schwerfällt. Stattdessen nehme ich nun das Outfit meines Gegenübers in Augenschein. Ich muss zugeben, dass ich eine Schwäche für Männer habe, die wissen, wie man sich richtig kleidet. Dieses Exemplar ist definitiv extrovertiert genug, um nicht bei einem einfachen grauen Anzug mit weißem Langarmhemd und passender Krawatte zu bleiben. Zu einem schwarzen Anzug trägt er ein rotes und dunkelblaues Businesshemd mit Vichy-Muster, was ihm eine klassische und verfeinerte Silhouette beschert. Passend dazu trägt er eine dunkelblaue Krawatte und Oxford-Schuhe aus braunem Leder vervollständigen seinen Look. Alles passt hervorragend zu seinen vollen braunen Haaren, den sagenhaften blauen Augen und diesem umwerfenden Lächeln.

Ich verspüre ein Kribbeln, das mich zwar schockiert, aber gleichzeitig auch fasziniert und neugierig macht. Mein Blick fällt auf seine linke Hand, die er fast wie selbstverständlich auf die Armlehne meines Stuhles gelegt zu haben scheint. Kein Ring. Ich unterdrücke ein Lächeln und als ich ihn wieder anschaue, merke ich, dass es verdächtig um seine Lippen zuckt.

Erneut reagiert mein Körper sofort und ich hoffe, dass er nicht sieht, wie ich leicht erröte.

»Darf ich auch?«

Irritiert schaue ich ihn an und kann mit seiner Frage nicht wirklich etwas anfangen. »Was dürfen Sie?«

»Nun, Sie so eindringlich scannen.«

Sein Blick wandert von meinem Gesicht meinen Körper hinab und runter zu meinen langen Beinen.

»Dass Ihnen das Kleid ganz ausgezeichnet steht, wissen Sie sicherlich selbst.«

Statt bescheiden zu lächeln, nicke ich und frage mich eine Sekunde später, wie furchtbar arrogant das auf ihn wirken muss. Verlegen zucke ich mit den Schultern und streife mir eine blonde Strähne aus dem Gesicht.

Wieder ist da dieses Grinsen. »Ist es immer so leicht, Sie zum Erröten zu bringen?«

Ihm ist es also doch aufgefallen. Mist. Ich hoffe nur, dass er mir nicht auch ansehen kann, was seine Anwesenheit mit mir anstellt.

»Nun, vielleicht sind es ja nicht Sie, sondern der Alkohol,

der mir die Röte ins Gesicht treibt? Schon mal darüber nachgedacht? Das ist wohlgemerkt mein dritter Drink und sonderlich viel gegessen habe ich heute nicht.«

Er mustert mich stirnrunzelnd, wohl damit beschäftigt, abzuwägen, was tatsächlich der Grund für mein Erröten ist und ob er mir glauben kann. Statt mir eine Antwort zu geben, nippt er erneut an seinem Whisky und schaut mich mit diesen wunderbar blauen Augen an, in denen sich einfach jede Frau verlieren muss. »Nun, ich hatte gehofft, wir würden noch den einen oder anderen Drink zusammen einnehmen und uns unterhalten«, sagt er auf einmal. »Aber wenn Sie jetzt schon schlapp machen und Ihr Bett vorziehen, habe ich das wohl zu akzeptieren.«

Ein Grinsen umspielt seinen Mund und statt zu antworten, winke ich den Bartender herbei.

»Wir nehmen noch mal das Gleiche.«

»Sie sind eine Frau ganz nach meinem Geschmack.«

Die Belustigung in seinen Augen macht ihn unfassbar anziehend. Vielleicht ist es aber auch wirklich die Tatsache, dass ich so langsam leicht beschwipst bin, denn es ist Ewigkeiten her, dass ich Alkohol getrunken habe.

»Was macht eine Frau wie Sie allein in der Hotelbar? Sind Sie geschäftlich in der Stadt?«

Ich lasse meinen Blick über sein Gesicht gleiten und sehe nur ehrliches Interesse und keine bloße Floskel. Trotzdem ist mir nicht danach, über Privates zu sprechen. Daher greife ich zu einer kleinen Notlüge. »Wussten Sie nicht, dass sich in Hotelbars die wunderbarsten Geschichten über die versammelten Biografien der Menschen hier spinnen lassen?«

»Sie sind also Schriftstellerin?« Er hebt eine Augenbraue.

»Ich beobachte gern andere Menschen in Bars und …«

»Und was?«, hakt er nach.

»Erfinde Geschichten.«

Mr Handsome muss lachen und ich überlege, ob ich ihn endlich nach seinem Namen fragen soll, aber für den Moment genieße ich die Anonymität des Augenblicks und denke nicht weiter darüber nach.

»Wie muss ich mir das vorstellen?«, fragt er und lehnt sich ein Stückchen in meine Richtung, ohne jedoch Körperkontakt aufzunehmen, was mir tatsächlich sehr recht ist. Ich traue meinem Körper nämlich gerade nicht sonderlich.

»Nun gut«, sage ich und blicke mich in der Hotelbar um, sehr darauf bedacht, ihm nicht unnötig nahe zu kommen. »Sehen Sie die beiden Geschäftsmänner dort drüben am Ende der Bar, die sich angeregt bei einem Pint Lager unterhalten?«

»Welche meinen Sie?«

Ich zeige unauffällig mit meinem Finger in die entsprechende Richtung und fahre fort. »Die beiden Herrschaften in den grauen Anzügen. Was der Kleinere, etwas Untersetzte nicht weiß, ist, dass der andere sein Bruder ist, den seine Mutter mit fünfzehn bekommen und zur Adoption freigegeben hat. Der Größere hat diesen Geschäftstermin hier organisiert und wird ihn mit der Wahrheit konfrontieren, was automatisch bedeutet, dass der Kleinere nicht mehr der alleinige Erbe des Familienvermögens ist.«

Mein Gegenüber schaut mich nickend an. »Wow, wirklich beeindruckend.«

Stolz nippe ich an meinem Glas, das auf überraschende Weise schon wieder voll ist. Ich sollte aufpassen und vielleicht tatsächlich langsam auf Wasser umsteigen. Ich fische die Cocktailkirsche aus meinem Drink und ziehe sie völlig unbedacht mit den Lippen von ihrem kleinen Spieß.

Der Blick meines Gegenübers verdunkelt sich und ich bemerke, wie sich seine Kinnmuskeln verhärten.

»Was?«, frage ich nahezu herausfordernd und gespannt darauf, wie er seine Körperreaktion erklären will.

»Wissen Sie, dass Sie verdammt erotische Lippen haben?«

Er grinst und seine Augen, die mich intensiv mustern, scheinen auch jede Änderung meines Körpers aufnehmen zu wollen.

»Ich könnte jetzt *Weiß ich* sagen, aber es ist ja nicht so, als hätten Sie bisher noch nicht in Erfahrung bringen können, was mit meinen Lippen ist«, antworte ich und warte gespannt auf seine Reaktion.

Statt auf meine Antwort einzugehen, löst er seinen Blick von mir und schaut sich erneut in der Bar um. »Über wen wissen Sie noch etwas?«

Gar nicht so ungeschickt von ihm, die Spannung, die sich langsam zwischen uns aufgebaut hat, aufrechtzuerhalten und erst mal wieder vom Thema abzulenken. Ich spiele sein Spiel mit und lasse meinen Blick durch den Raum schweifen. Nach einigen Augenblicken entdecke ich zwei Paare in einer der Nischen sitzen, die sich angeregt miteinander unterhalten.

»Dort drüben, die beiden Pärchen«, ich nicke unauffällig in die Richtung, »sehen Sie sie?«

Sein Blick folgt meinem und ich kann ein »Mmh, aye« neben mir wahrnehmen. Gott, dieser schottische Akzent ist wirklich verdammt sexy.

Ich konzentriere mich aus Selbstschutz erneut auf die beiden Paare und baue meine kleine Geschichte um sie herum auf. »Wissen Sie, diese beiden Paaren kennen sich schon viele Jahre. Man sieht ihnen an, wie vertraut sie miteinander sind. Statt sich für die Sitzbank und Loungesessel zu entscheiden, wo ein kleiner Bartisch dazwischen für den nötigen Abstand sorgt, haben sie sich für die durchaus engere Sitznische entschieden.«

Aufmerksam verfolgt Mr Handsome jedes meiner Worte.

Ich fahre fort. »Der Mann auf der rechten Sitzbank hat die Vermutung, dass seine Frau ihn mit dem anderen Mann betrügt. Sehen Sie? Er ist der Einzige, der kein alkoholisches Getränk vor sich hat und scheinbar bei Wasser bleibt. Er will einen kühlen und vor allem klaren Kopf bewahren, um der Sache heute Abend genauer auf den Grund zu gehen. Was er nicht weiß«, ich mache eine Pause und nehme genüsslich einen Schluck von meinem Drink, »ist, dass seine Frau ihn nicht mit dem anderen Mann betrügt, sondern mit der Frau.«

Triumphierend grinse ich ihn an und nehme wahr, wie seine Augenbrauen nach oben schießen.

»Also eins muss ich Ihnen lassen«, sagt er lachend, »Sie haben definitiv eine blühende Fantasie.«

»Hallo?«, erwidere ich gespielt entrüstet. »Das ist keine Fantasie, das sind Tatsachen.«

Ich zwinkere ihm zu und dann ist da auf einmal wieder dieses Funkeln in seinen Augen, das mir schon einige Male aufgefallen ist.

»Glauben Sie, dass die anderen Menschen hier in der Bar sich auch Gedanken um uns und unsere Geschichte machen?«, frage ich ihn und bin auf seine Antwort gespannt.

»Aye, natürlich.«

»Und was glauben Sie, was die Menschen über uns denken?«

Vielleicht lehne ich mich ein bisschen weit zu ihm, aber seine Anziehungskraft auf mich ist einfach atemberaubend und ich kann mich kaum dagegen wehren.

Er nimmt die Regung meines Körpers wahr, entzieht sich mir aber nicht, sondern legt seine Hand erneut auf meine Stuhllehne und kommt mir somit auch ein gewaltiges Stück näher. Der Duft, der von ihm ausgeht und sich wie selbstverständlich in meine Nase stiehlt, ist betörend. Eine Mischung aus Holz und Leder, gemischt mit dem Geruch von Whisky, der ihn umgibt.

Er riecht sinnlich und irgendwie animalisch. Einfach nach Mann.

»Nun«, sagt er und wieder ist da dieser Blick, der mir durch und durch geht. »Sie werden denken, dass wir zwei Menschen sind, die sich heute hier in der Bar das erste Mal begegnet sind. Dass wir eine unfassbare Anziehung aufeinander haben und beide darüber nachdenken, wie sich dieser Abend entwickeln wird und wie er für uns endet.«

Ich schlucke und weiß für den Moment nicht, was ich sagen soll, wobei er genau die Worte und die Geschichte gewählt hat, die ich auch hätte erzählen können. Das Kribbeln zwischen meinen Beinen, das ich bisher so gut zu verdrängen versucht habe, wird heftiger.

Er reduziert seinen Abstand zu mir erneut und sein Mund ist so nah an meinem Ohr, dass sich eine Gänsehaut auf meinem ganzen Körper ausbreitet. Ich kann seinen Atem auf meinem Hals spüren und setze all meine Kraft daran, ruhig weiter zu atmen.

»Was halten Sie davon, wenn wir das letzte Glas oben auf dem Zimmer trinken?«

Vielleicht hätte ich abwehrend reagieren sollen, aber er formuliert nur das, was ich mich insgeheim nicht getraut habe, zu fragen. Stattdessen halte ich still, spüre wieder seinen Atem an meinem Ohr und die Nähe seiner Lippen.

Seine Wirkung auf mich ist ohrenbetäubend.

»Ich sehe eine starke, selbstbewusste Frau. Sie reisen allein und sind allem Anschein nach nicht verheiratet. Zumindest tragen Sie keinen Ring am Finger. Ich schätze Sie so ein, dass Sie wissen, was Sie wollen.«

Weiß ich das? Ich schlucke und hoffe, dass meine kleine Regung für ihn unbemerkt bleibt. Für den Bruchteil einer Sekunde gehen mir die letzten Wochen und Monate durch den

Kopf. Dieses Gefühl der Leere. Der Verlust sämtlichen Empfindens. Dann werden diese negativen Gedanken abgelöst von der Erinnerung an den Geschmack seiner Lippen, die ich immer noch auf meinen spüre. Verdammt, das hier ist nicht falsch. Das hier ist genau richtig.

Er weicht einige Zentimeter zurück, wohl in der Hoffnung, eine Antwort in meinen Augen lesen zu können. Seine Fingerspitzen berühren meinen Unterarm. Ganz sanft, aber es reicht, um in mir ein Feuer zu entfachen. Und dann schaut er mich mit diesem Blick an, der jeden Blick, den ich jemals bekommen habe, in den Schatten stellt.

Erneut muss ich schlucken. Ich versuche, etwas Sinnvolles, vielleicht sogar Erotisches zu sagen, aber das Einzige, was über meine Lippen kommt, ist ein unfassbar kreatives: »Aber wir kennen uns doch gar nicht.«

»Aye.« Er nickt. »Wir kennen uns nicht. Aber müssen wir das? Wir sind uns sympathisch und ich glaube, unsere Lippen haben eben schon wahnsinnig gut harmoniert. Das würde ich gern noch einmal testen. Und ich glaube, wir beide sind alt genug, um zu wissen, dass, wenn die Küsse passen, der Sex auch häufig gut ist. Lassen Sie uns diese wunderbare Begegnung mit einer unvergesslichen Nacht krönen.«

Dann beugt er sich vor und statt eine Antwort abzuwarten, legen sich seine Lippen auf meine. Nicht bedrängend, nicht stürmisch, sondern abwartend und vorsichtig. Darauf bedacht, jede Regung meines Körpers richtig zu deuten.

Wahnsinn, über wie viel Selbstbeherrschung dieser Mann zu verfügen scheint, denn wenn es nach mir ginge, würde ich so viel Geduld nicht aufbringen können.

Als ich mich in den Kuss lehne und ihn erwidere, spüre ich, wie sich seine Lippen zu einem kleinen Grinsen verziehen. Oh, und er weiß sehr wohl, welche Wirkung er auf Frauen hat.

Ich löse mich aus dem Kuss, greife neben mich und nehme meine Handtasche an mich. »Wehe, Sie verstehen das als Gegenleistung für Ihre Rettungsaktion eben.«

Ich schaue ihn herausfordernd an.

Er weicht zurück und scheint sich beherrschen zu wollen. Dann grinse ich und dieses Mal geht die Provokation von mir aus.

»Zu mir oder zu dir?«

4

JAMIE

Als wir keine zwei Minuten später durch die Hotellobby zum Aufzug gehen, hallen die Absätze meiner High Heels auf dem edlen Fußboden. Obwohl ich damit knapp eins fünfundachtzig messe, überragt mich mein schottischer Retter um ein gewaltiges Stück. Ganz Gentleman hat er angeboten, meine Tasche zu tragen, was ich dankend abgelehnt habe. Seine Hand ruht wie selbstverständlich auf meinem unteren Rücken, als er mich zum Aufzug führt. Keiner von uns sagt ein Wort. Auch nicht, als sich die Aufzugtür öffnet und er mir höflich den Vortritt lässt.

Dann schließen sich die Türen und wir sind allein.

Er lehnt sich vor und wie zufällig streift seine Hand die meine, als er sich anschickt, den Knopf zu seiner Etage zu drücken. Meine Augen weiten sich, als ich sehe, dass uns der Aufzug direkt zur Penthouse-Suite bringt. Ist das ein Angebermove und wenn wir oben sind, sagt er »Ich wollte nur mal sehen, wie du reagierst, aber wir fahren leider wieder runter auf eine andere Etage«?

Da er nichts dergleichen tut und sich wieder ruhig neben mich stellt, bleibt mir wohl nichts anderes übrig, als die Dinge auf mich zukommen zu lassen.

Unsere Hände liegen nebeneinander und wie zufällig berührt sein Zeigefinger meinen Handrücken. Als wäre es das Normalste der Welt, verschränkt er auf einmal unsere Finger und ich lasse es geschehen.

»Alles gut?«, fragt er, ohne mich anzusehen.

»Alles gut«, antworte ich, sehr bemüht darum, weiter gleichmäßig zu atmen und die Anspannung zu unterdrücken, die sich langsam in mir auszubreiten versucht.

»Wir müssen das nicht tun, wenn du nicht willst.«

Nun blicke ich ihn doch etwas irritiert von der Seite an. »Glaubst du wirklich, ich wäre mit dir in diesen Aufzug gestiegen, wenn ich ein Problem mit dieser Situation hätte?«

Cool bleiben, Jamie, einfach cool bleiben. Ein bisschen Bluffen hat doch noch nie geschadet.

Der Schotte scheint mir meine Antwort abzunehmen und fragt nicht weiter nach.

Ist auch er unsicher?

Auf diesem engen Raum habe ich das Gefühl, als wären meine Sinne noch geschärfter, und der Duft, der von ihm ausgeht, zieht mich magisch in seinen Bann. Wie es wohl sein wird, seine Lippen wieder auf meinen zu spüren? Seinen Körper zu entdecken? Obwohl er einen Anzug trägt, der zwar erkennen lässt, dass er recht athletisch gebaut sein muss, lässt sich Genaueres nur erahnen – oder vielmehr erhoffen.

Wenn Bekka wüsste, dass ihr ausgewähltes Outfit heute Abend so einschlagen würde, sie würde zu einem Freudentanz ansetzen.

Oh Gott, Bekka! Sie wird mir diese Geschichte niemals abkaufen!

»Wo bist du mit deinen Gedanken?«, fragt er mich auf einmal und ich spüre, dass er mich anschaut.

»Bei meiner Freundin.«

Er legt verwundert den Kopf schief. »Du stehst mit mir im Aufzug, kurz davor, eine heiße Nacht zu verbringen, und deine Gedanken kreisen um deine Freundin? Das musst du mir erklären.«

Ich lache auf, mir durchaus bewusst, wie es auf ihn wirken muss. »Nun, sagen wir so, sie hat den Abend quasi für mich vorbereitet und zur Aufgabe gemacht.«

»Muss ich das verstehen?«

»Nein, musst du nicht«, lache ich und merke, wie die Anspannung ein wenig von mir abfällt. Dieser Mann macht mich nervös, aber durchaus im positiven Sinn. Dass unser Miteinander völlig harmonisch und leicht vonstattengeht, ist mir schon während unseres Gesprächs in der Bar aufgefallen. Da war keine Sekunde der Unsicherheit oder Befremdlichkeit. Schon faszinierend, wie manche Menschen auf einen wirken können.

Als der Aufzug zum Stehen kommt und sich die Türen öffnen, ist er es, der einen Schritt nach vorn macht und mich an der Hand mitzieht. Gemeinsam gehen wir ein paar Schritte und bleiben vor der Tür des Penthouses stehen.

So ganz kann ich mir einen Kommentar doch nicht verkneifen.

»Penthouse, soso. Hast du dich für uns in Unkosten gestürzt?«

Er grinst. »Nein.«

Die Antwort kommt so schnell und direkt, dass es keinen Grund gibt, sie zu hinterfragen.

»Schläft es sich in einem Penthousebett anders als in einem regulären Zimmer?«

»Möchtest du es ausprobieren?« Er schaut mich neugierig an.

»Nein.«

Diesmal ist es meine Antwort, die schnell und direkt kommt und ihn zu erstaunen scheint.

»Ich werde hier nicht übernachten«, füge ich erklärend hinzu.

»Das werden wir sehen, wenn es so weit ist und du müde und erschöpft in meinen Laken liegst.« Er lacht. »Du wirst froh sein, wenn du dich danach keinen Meter mehr bewegen musst.«

Ich werde hier nicht übernachten, wiederhole ich in Gedanken, als er neben mir den Code eingibt, damit sich die Tür zum Penthouse öffnet. *Keine Nähe spüren, keine Leere.*

Gemeinsam betreten wir die Suite und mir verschlägt es den Atem, als sich das Zimmer automatisch beim Betreten erhellt und der Raum und die Dachterrasse in angenehmes Licht gekleidet werden. Dass die Zimmer des *The Stewart* einzigartig schön sind, wusste ich bereits, denn jedes einzelne verfügt über eine individuelle Einrichtung und von fast allen Zimmern hat man eine herrliche Aussicht auf die Stadt. Manche Zimmer sind sogar mit gebogenen Eckfensterbuchten versehen. Trotzdem scheint alles zu verblassen, wenn man in der Penthouse-Suite steht. Sie erstreckt sich über zwei Ebenen, die mit einer wunderschönen Wendeltreppe verbunden sind. Von der Homepage des Hotels weiß ich, dass es eine eigene Sauna und ein mit Marmor gefliestes Bad mit einer gigantischen Badewanne gibt. Das Highlight der Suite ist jedoch die private Dachterrasse mit Whirlpool und einem direkten Blick auf Edinburgh Castle. Die altehrwürdige Burg thront majestätisch auf ihrem massiven Felsen über der Stadt.

Das Ganze jetzt live zu sehen, ist einfach atemberaubend.

»Möchtest du es dir anschauen?«, fragt mich mein Gastgeber und zeigt nach draußen.

Ich nicke und er öffnet die große Flügeltür, die auf die Terrasse führt.

»Geh schon mal raus, ich hole uns ein Glas Champagner. Einverstanden?«

Wieder nicke ich und schicke mich schon im nächsten Moment an, die große Dachterrasse zu betreten. Sofort spüre ich die angenehme Nachtluft auf der Haut und bin froh, dass es nachts nicht mehr so kalt ist und es auf den Sommer zugeht. Die Stadt scheint zu schlafen, erstrahlt aber durch all die Lichter, die Edinburgh in der Nacht erhellen, in einem wunderbaren Glanz. Das beleuchtete Burggemäuer wirkt imposant und während tagsüber die Straßen der Stadt mit Menschen überquellen, versprüht Edinburgh in der Nacht seinen ganz eigenen und nahezu magischen, stillen Charme.

»Edinburgh ist schön, oder?«

Mr Handsome kommt mit zwei Gläsern zu mir auf die Terrasse und ich kann sehen, wie sich in den Perlen des Champagners das Licht Edinburghs bei Nacht spiegelt. Er hat seine Anzugjacke ausgezogen und die Ärmel seines roten und blauen Hemdes hochgekrempelt. Seinen linken Unterarm ziert ein Tattoo und obwohl man nicht sehen kann, wie weit es nach oben reicht, ist zumindest ein Schriftzug deutlich zu erkennen.

Consilia mea ad futura pertinent.

Bevor ich ihn nach der Bedeutung fragen kann, tritt er näher auf mich zu und streift mir eine meiner blonden Haarsträhnen aus dem Gesicht. Sofort bildet sich wieder diese Gänsehaut auf meinen Armen und ich lege meine Wange in seine Hand, die wie selbstverständlich dort zur Ruhe kommt.

Warum bloß fühle ich mich zu diesem Mann so hingezogen? Und warum ist alles auf so unbekannte Weise vertraut?

Wir stoßen mit unseren Gläsern an und ich genieße den Champagner, der angenehm kühl meine Kehle hinabläuft und zumindest für einen Moment die Hitze in meinem Körper lindert. Dann schaut er mich an und stellt unsere Gläser auf den Tisch neben uns. Seine Stirn legt sich gegen meine, seine Hände liegen plötzlich auf meinen Wangen und ich warte gespannt auf das, was kommt.

Fragende Augen blicken mir entgegen und ich habe das Gefühl, in diesem Blick zu versinken.

»Wie angetrunken bist du?«

Statt zu antworten, muss ich erst mal lachen. »Das fragst du mich erst jetzt, nachdem du mir in der Bar einen Drink nach dem anderen spendiert hast und mir gerade einen Champagner kredenzt hast?«

Ich schaue ihn belustigt an.

»Ich frage, weil ich nicht will, dass es nur der Alkohol ist, der uns zu dieser Sache hier verleitet.«

»Dein Mitgefühl und deine Bedachtheit in allen Ehren«, bemerke ich, »aber ich glaube, die Frage kommt trotzdem etwas zu spät. Ja, ich habe definitiv ein oder zwei Gläser zu viel getrunken, aber mir ist durchaus bewusst, was ich hier tue.«

»Was tust du denn hier?«, fragt er grinsend und seine rechte Hand legt sich in meinen Rücken und zieht mich näher zu sich heran.

»Mir nehmen, was ich brauche«, antworte ich und recke ihm meine Lippen entgegen.

Er scheint meine Aufforderung zu verstehen, denn im nächsten Moment drückt er seine unfassbar weichen, sinnlichen Lippen auf meine und ich spüre sofort, dass dieser Kuss intensiver und leidenschaftlicher ist als die zaghaften Lippenbekenntnisse in der Hotelbar.

Seine Lippen liebkosen meinen Mund, streifen ihn verführerisch. Als seine Zunge die meine sucht und sie sich treffen, durchfährt meinen Körper ein Gefühl, das ich lange nicht mehr gespürt habe. Dieser Kuss ist so sinnlich und gleichzeitig so sanft, dass er viele Küsse, die ich davor bekommen habe, in den Schatten stellt.

Dann spüre ich seine Finger, die zu meinem Hals wandern und sich in meinen Nacken legen. Er zieht mich noch näher an sich und ich frage mich, wie nah sich zwei fremde Menschen sein können. Auf einmal löst er seine Lippen von meinem Mund und fast stöhne ich auf vor gequälter Lust, weil ich mich nach ihm verzehre.

Seine Finger legen sich unter mein Kinn und heben es leicht an, damit ich ihn ansehen und in seine Augen blicken kann. Dann ist sein Mund auf einmal nah an meinem Ohr.

»Ich habe Lust auf dich. Ich will dich.«

Ich schlucke und spüre, wie sein Brustkorb sich hebt, scheinbar angespannt und unsicher, wie meine Antwort ausfallen könnte. Ich ziehe meinen Kopf so weit zurück, dass ich ihm in die Augen sehen kann, und nehme wahr, wie sich seine Lider senken.

Dann bin ich es, die ihn zu meinen Lippen herabzieht und wieder küsst.

Hände streicheln über mein Haar, ziehen mich näher zu sich. Fast scheint es so, als wolle er mich nicht mehr loslassen.

»Gehen wir rein?«

Mit meinen Fingerspitzen fahre ich die Linie seines Bartes entlang, ziehe mich zu ihm hoch und hauche ihm einen weiteren Kuss auf den Mund. »Gern.«

»Grinst du eigentlich immer so süffisant?« Sein Blick ist musternd und amüsiert zugleich.

»Ich weiß überhaupt nicht, was du meinst.«

»Natürlich«, lacht er und legt erneut seinen Kopf ein wenig

schief, was ich zugegebenermaßen echt sexy finde. In Kombination mit diesem nahezu selbstgefälligen Blick ist das wirklich Herausforderung pur.

Ich löse mich von ihm und gehe die paar Schritte zurück ins Penthouse. Er folgt mir und schließt die Terrassentür hinter uns. Dann spüre ich seine Hand auf meiner Hüfte, die mich zu sich dreht, und im nächsten Moment umschlingt er mich und zieht mich wieder eng an seinen Körper. Die Lust ist deutlich in seinen Augen zu sehen und als ich meine Hand auf seinen Brustkorb lege, kann ich vernehmen, wie er angestrengt unter ihr atmet.

Ich beginne, seine Krawatte zu lockern und sie schließlich ganz zu lösen. Langsam öffne ich anschließend Knopf für Knopf seines Hemdes. Mit jedem Knopf kann ich mehr von seinem Oberkörper sehen. Bewundernd lasse ich meinen Blick über die trainierte Brust wandern. Sein Körper ist schön. Athletisch, aber nicht zu muskulös. Wieder recke ich mich ein bisschen zu ihm hoch und während eines zarten Kusses streife ich ihm das Hemd über seine Schultern. Vorsichtig lasse ich meine Finger Stück für Stück über die leicht gebräunte Haut wandern. Er scheint die Berührung meiner Fingerspitzen zu genießen, denn er schließt seine Augen und konzentriert sich auf jede meiner Bewegungen. Deutlich spüre ich seine Muskeln und lasse meine Finger über seinen Hüftknochen runter zum Bund seiner Hose wandern. Ich öffne den Knopf und warte darauf, wie er reagiert. Bedacht darauf, nicht zu forsch zu erscheinen.

Als ich innehalte, schaut er mich mit einem intensiven Blick an und sein Atem klingt gepresst.

»Bitte sag mir, dass dich nicht der Mut verlassen hat, sondern dass das hier reine Provokation ist.«

Statt einer Antwort drehe ich ihm den Rücken zu, presse mich einen Moment an seinen Körper und streife dann mein

Haar nach vorn, damit er den Reißverschluss meines Kleides öffnen kann. Er versteht mein Signal und küsst mir mit einer Sanftheit, die berauschend ist, auf den Nacken. Seine Lippen brennen heiß auf meiner Haut und während ich mich noch der Hitze hingebe, beginnt er nahezu schmerzlich langsam, den Reißverschluss meines Kleides zu öffnen. Dann streift er es mir von den Schultern und zieht es genüsslich, Zentimeter um Zentimeter, an meinem Körper hinab. Dabei berühren seine Finger immer wieder wie zufällig meine Haut.

Momente später stehe ich nur in Unterwäsche und meinen High Heels vor ihm. Er dreht mich wieder zu sich um und zieht im nächsten Augenblick scharf die Luft ein. Ich blicke ihn an, bemüht, möglichst verführerisch auszusehen, und wie aus Reflex beiße ich mir genüsslich auf die Unterlippe. Er lässt seinen Blick scheinbar anerkennend über meinen Körper gleiten.

Ich trage einen Balconette-BH in Schwarz mit seitlich angesetzten Trägern. Er ist mit Blütenspitzen in Netzoptik hochwertig verarbeitet. Ich weiß, dass der BH für ein traumhaftes Dekolleté sorgt und elegant und verführerisch ist. Mein Slip ist passend gewählt und vervollständigt dieses schöne Set.

Wie froh bin ich darüber, dass Bekka mich genötigt hat, zu dem Kleid auch noch umwerfend schöne Unterwäsche einzupacken. Natürlich hätte ich nie daran geglaubt, dass sie direkt in der ersten Nacht zum Einsatz kommt, aber allein die Tatsache, dass sie recht behalten hat, lässt mich innerlich grinsen.

Mr Handsome geht einen Schritt auf mich zu, lässt seine Hand vorsichtig über meinen Arm runter zu meiner Hand gleiten, umschließt sie und zieht mich im nächsten Moment ins Schlafzimmer. Da ich ein bisschen hinter ihm gehe, kann ich die wunderschönen Muskeln auf seinem Rücken erkennen, der

Anblick seiner starken Schultern und der trainierten Arme tun ihr Übriges.

Als wir vor seinem Kingsize-Bett stehen, das wie alles in dieser Suite hochwertig und luxuriös aussieht, dreht er sich zu mir um und erneut ist es seine Hand, die sich um meinen Nacken schließt und mein Gesicht zu seinem zieht. Wieder hebt er mein Kinn und lässt seine Lippen über meine streifen. Dann ist es seine Zunge, die sich vorsichtig zwischen meine Lippen drängt und nach meiner sucht. Wir beginnen einen sinnlichen Tanz, der schier nicht enden will.

Seine Küsse sind mehr als nur Leidenschaft, mehr als nur Begierde. Es scheint, als versuche er, einen Hunger zu stillen, den er bisher nicht gekannt hat. Aber ich wehre mich nicht, lasse mich gegen ihn fallen und genieße jede noch so feine Liebkosung seiner Lippen. Mein ganzer Körper ist wie elektrisiert, gespannt darauf, welche Reaktionen seine Berührungen noch von ihm abverlangen können.

Er lässt seine Fingerspitzen über meine Wange gleiten, runter über meinen Hals. Als seine Finger den Weg hinab zwischen meine Brüste finden und den Rand meines BHs streifen, halte ich kurz die Luft an.

»Du bist umwerfend sexy«, raunt er mir zu und seine Augen verfolgen das Auf und Ab meines Brustkorbs. Wieder streifen seine Finger über den Stoff meines BHs und als sie meine Brustwarze berühren, merke ich, wie sie sich binnen Sekunden aufrichten. Dann streift er mir den Träger meines BHs herunter, löst ihn und umfängt meine Brust mit seinen Händen. Als sich sein Mund auf meine Knospen senkt, gebe ich mich der unbekannten und doch irgendwie nicht befremdlichen Nähe hin und zerfließe in seinen Armen. Meine Finger vergraben sich in seinem vollen Haar, das im leichten Schein der Schlafzimmerlampe seidig glänzt. Sein Duft, der schon den ganzen

Abend meine Sinne betört, liegt in meiner Nase und ich atme ihn ein.

Plötzlich liegen seine Hände auf meinen Hüften, er wirbelt uns herum und ich lande weich auf seinem Bett.

»So stürmisch?«, lache ich, ein wenig überrascht über diese spontane Reaktion seinerseits.

»Aye«, raunt er und während er hoch zwischen meine Beine rutscht, streift er sich seine Anzughose ab und ich spüre seine Erregung deutlich. Nur ein Hauch von Stoff ist die einzige Grenze zwischen uns.

»Ich finde es gut, dass du so für Gleichberechtigung bist«, schmunzle ich und blicke an uns herab.

»Wie meinst du das denn schon wieder?« Das Lodern in seinen Augen ist kaum zu übersehen.

»Nun, es wäre doch sehr unfair gewesen, wenn ich hier so gut wie nackt gelegen hätte und du hättest dich noch bedeckt gehalten.«

»Dass du in dieser Situation auch noch meinst, lustig sein zu müssen«, knurrt er gespielt, greift meine Hände und hält sie über meinem Kopf fest.

Er verlagert sein Gewicht so, dass es mir nicht unangenehm ist, und lässt dann seine freie Hand über meine nackte Brust wandern, spielt mit meinen Brustwarzen und fährt quälend langsam über meinen Bauch zu meinem Höschen.

»Möchtest du noch irgendwelche Witze machen?«, haucht er, während sein Finger über das dünne Bündchen meines Slips gleitet.

Mir bleibt nichts anderes übrig, als heftig mit dem Kopf zu schütteln, denn schon senken sich seine Lippen erneut auf meine und als seine Hand in mein Höschen gleitet, stöhne ich in seinen Mund und biege ihm mein Kreuz entgegen.

Ich spüre sein Grinsen auf meinem Mund und kann nicht

dagegen an, diesen Abend mit diesem unsagbar anziehenden fremden Mann hier in seinem Hotelzimmer zu genießen.

Nummer zwei – Habe hemmungslosen Sex. Ohne Verpflichtungen und einfach nur der Sache wegen.

Mir kommt erneut Punkt zwei der Liste in den Sinn und ich muss zugeben, dass Bekka wieder einmal recht behalten hat. Es ist genau das, was ich jetzt brauche. Die Haut eines Mannes an mir, der mich begehrt, Verlangen und Lust aufeinander. Und das Ganze ohne Druck, ohne Bedingungen, ohne Gefühl. Einfach nur Sex. Einfach nur die Lust aufeinander genießen.

Seine Berührungen sind intensiv, fast bin ich ihnen wehrlos ausgeliefert, so sehr verlange ich danach. Bei jedem Millimeter, die seine Fingerspitzen mehr zu erforschen scheinen, schießen kleine Schockwellen durch meinen Körper. So gut es geht, schmiege ich mich an ihn und höre, wie er leise lacht.

»Wieso lachst du denn jetzt, verdammt?«, stöhne ich unter ihm.

»Weil du nicht verbergen kannst, dass du dich nach mir verzehrst.«

»Ich wusste nicht, dass das hier meine Aufgabe ist?«

»Noch hast du keine Aufgabe von mir bekommen«, raunt er und lässt seinen Finger in mich gleiten.

»Oh Gott, du jetzt aber«, entfährt es mir und ich kann mich nicht daran erinnern, wann ich das letzte Mal so erregt für einen Mann war.

»Und die lautet?« Er scheint die Situation mehr als zu genießen und küsst sich langsam über meinen Bauch runter.

»Kondom.«

Zu mehr als einem Wort bin ich nicht in der Lage, als ich seine Zunge spüre, die den Weg von meinem Nabel nach unten wandert.

Wieder und wieder gleitet der glühende Blick meines

Schotten über meinen Körper. Als er sich die Shorts runterzieht und sich zwischen meine Beine kniet, drückt er sie im nächsten Moment weit auseinander.

Wie aus dem Nichts hat er auf einmal ein Kondom in der Hand und reißt die Packung auf. Dann streift er es sich über. Beim Anblick seiner Männlichkeit läuft ein Schauer durch meinen Körper. Ich will ihn spüren, halte gespannt den Atem an und als er in mich dringt, schnappe ich nach Luft.

»Du fühlst dich so gut an«, stöhnt er und als er sich vorsichtig über mich legt, während wir unseren eigenen Rhythmus finden, erschaudere ich aufgrund der Nähe und Intensität, mit der er mit mir schläft.

Seine Bewegungen werden intensiver und obwohl er gefühlvoll ist, gibt er mir keine Chance, mich auch nur eine Sekunde zu sammeln, und hält meine Erregung mit jedem Stoß am Maximum. Ich habe das Gefühl, in tausend Teile zu zerspringen, als mich plötzlich und ohne große Vorwarnung die Welle der Erlösung überrollt.

Mein Schotte wartet kurz, bis mein Orgasmus langsam abebbt, beginnt dann aber erneut, mit einem schnellen Rhythmus in mich zu stoßen. Doch er folgt mir nicht sofort, sondern löst mit jedem seiner Stöße neue Beben in mir aus, hält sich zurück und schenkt mir süße Qualen der Lust.

Als sich mein Unterleib plötzlich wieder heftiger gegen ihn presst und meine Leidenschaft beinahe ins Unermessliche steigt, spüre ich endlich das Pochen seines Gliedes und wie er kommt.

Erschöpft liegen wir aufeinander, versuchen, unseren Atem unter Kontrolle zu bekommen, und genießen dann die Ruhe, die sich langsam im Zimmer ausbreitet. Niemand sagt ein Wort.

Ich spüre Erlösung und eine Leichtigkeit, die mich gleichzeitig berauscht.

Bisher ist er es gewesen, der mich verwöhnt hat, aber meine Lust auf diesen erregenden Mann ist noch nicht verschwunden. Jetzt bin ich es, die ihn berühren will, seinen Körper entdecken und jede Chance nutzen muss, seine heiße Haut auf meiner zu spüren.

Meine Hände streifen seine Haut, meine Finger zeichnen die Muskeln und Sehnen nach, die ich erkennen kann. Meine Lippen und meine Zunge küssen jeden freien Zentimeter seiner Haut und immer wieder finden unsere Lippen zueinander und wir verschmelzen in einem Kuss voller Leidenschaft, die mich überrascht und mitreißt.

Augenblicklich zieht er mich dicht an sich und es scheint, als wolle er mich nicht wieder loslassen. Jede Sekunde mit mir auskosten.

Als ich mich unter ihm wegziehe, atmet er schwer und schaut mich an.

»Ich habe noch nicht genug«, sage ich leise und sehe im nächsten Moment wieder das Verlangen in seinen Augen, das der Beweis dafür ist, dass er auch mehr will.

Dann bin ich es, die die Kontrolle übernimmt, indem ich mich auf ihn setze. Er stülpt sich ein neues Kondom über und ich gleite auf ihn. Meine Hüften bewegen sich gleichmäßig und ich kann deutlich sehen, dass es ihm gefällt. Statt sich fest an mich zu krallen, seine Hände auf meinen Po oder in meine Seite zu legen, hat er sie auf die Bettdecke fallen lassen, und während ich ihn reite, krallen sich seine Finger ins Laken. Sein athletischer Körper unter mir ist angespannt. Ein leichter Schweißfilm bedeckt seine Brust und seinen Bauch.

Je intensiver ich mich bewege, desto heftiger genieße ich meine Lust und lasse mich treiben. Er lässt es zu und als sich ein weiterer Orgasmus in mir aufbaut und sich in mir alles mehr und mehr zusammenzieht, habe ich das Gefühl, auf ihm zu zergehen. Meine Schenkel pulsieren, mein Atem ist heiß und als mich die Erlösung endlich überrollt, kralle ich mich in ihm fest und gebe mich meiner Lust hin. Es ist berauschend.

Als die letzten Wogen meines Orgasmus in meinem Körper abflachen, sacke ich erschöpft auf seiner Brust zusammen. Seine Arme schließen sich um mich und halten mich fest. Dass der Schweiß uns beinahe miteinander verschmelzen lässt, scheint in diesem Moment keinen von uns zu stören.

Langsam versuche ich, meinen Atem zu beruhigen und meinen zitternden Körper unter Kontrolle zu bekommen. Mit dieser Intensität meiner Lust habe ich nicht gerechnet und sie hat mich vergessen lassen, was ich für den Moment vergessen wollte und musste.

»Na? Glücklich und zufrieden?«

Mein schottischer Retter ist der Erste von uns beiden, der wieder Worte findet, und ob ich es will oder nicht, sie triggern mich und ich kann meine Reaktion nicht verhindern.

Das Blut gefriert mir förmlich in den Adern.

»Glücklich? Ernsthaft?« Ich drücke mich von ihm hoch und rutsche von seinem Körper. »Um im Leben glücklich zu sein, braucht es wirklich mehr als stumpfen, bedeutungslosen Sex.«

»Stumpfer, bedeutungsloser Sex?«

Seine Züge verhärten sich und auch er setzt sich auf und lehnt sich an das Rückenteil des Bettes.

Ich glaube, sein männliches Ego angekratzt zu haben, aber wie kann ich jemals wieder glücklich sein und nicht diese Leere empfinden?

»Jep«, ist die einzige Antwort, zu der ich mich durchringen kann, bevor ich vom Bett rutsche und beginne, meine Sachen zusammenzusuchen, die überall im Zimmer verstreut liegen.

»Was hast du vor?«

Ich kann hinter meinem Rücken förmlich erkennen, dass

sein Gesicht ein großes Fragezeichen ist und er nicht versteht, was hier gerade passiert. Wie sollte man es auch verstehen?

»Ich gehe jetzt. Ich habe dir gesagt, dass ich hier nicht übernachte.«

»Dein Ernst?«

»Mein voller Ernst. Dachte, wir wären uns einig gewesen, dass das hier was Unverfängliches, Einmaliges ist?«, sage ich, schlüpfe in meine Unterwäsche und ziehe mir mein Kleid an.

»Du willst jetzt wirklich gehen?«

Seine Stimme hat sämtliche Wärme verloren und schneidet eiskalt durch den Raum.

»Ich werde jetzt wirklich gehen.«

»Na wenn du meinst.«

Ich spüre eine Mischung aus Unverständnis, verletztem Stolz und ... Wut?

Er hat keinen Grund, wütend zu sein. Wieso auch? Wir sind zwei erwachsene Menschen, die ein bisschen Spaß hatten, und gut. Wir müssen uns jetzt nicht in Belanglosigkeiten verlieren.

Ich gestehe mir nicht ein, wie toll es in seinen Armen war, und ein Teil in mir schreit »Bleib hier«, aber ich ignoriere dieses Gefühl, drehe mich nicht noch einmal nach dem besten Sex seit Langem um und lasse wenige Augenblicke später die Hoteltür hinter mir ins Schloss fallen.

5

LIAM

Ich werde wach, als mein Handy neben meinem Kopf ununterbrochen klingelt. Für einige Sekunden überlege ich wirklich, ob ich blöderweise den Wecker falsch gestellt habe, erkenne dann aber, dass irgendjemand versucht, mich anzurufen. Verdammt, warum geht nicht die Mailbox an?

Müde und gerädert setze ich mich ein Stück auf und öffne meine Augen einen Spaltbreit. Der Blick auf die Uhr sagt kurz nach halb acht. Stöhnend sinke ich zurück in die Kissen. Es ist früh und ich habe erst nach drei Uhr morgens meinen Schlaf gefunden. Dieses Mal ist tatsächlich mein nächtlicher Besuch schuld und die Tatsache, dass ich körperlich gefordert wurde.

Der Anrufer scheint die Mailbox zu ignorieren und ruft wiederholt an. Er gibt nicht auf. Wieder ertönt die Melodie von »Won't get fooled again« von The Who, die ich seit Ewigkeiten als Klingelton nutze. Wenn ich schon von meinem Handy genervt werde, soll wenigstens die Musik ansprechend sein. Abgesehen davon kann man den Klingelton ruhig länger laufen lassen. So lange nämlich, bis der Anrufer aufgibt. Dieses Mal habe ich leider kein Glück, denn dieser Anrufer ist wahrhaftig beharrlich. Ich habe so ein Gefühl, wer mir zu früher Stunde den Schlaf raubt.

Knurrend drehe ich mich zum Nachttisch und greife nach dem Handy. Der Blick auf das Display verrät mir, dass es meine Schwester ist und ich somit mit meiner Vermutung richtiglag.

»Mmmh«, knurre ich, nachdem ich den Anruf angenommen habe.

»Bruderherz! Bist du schon wach?«, schallt die aufgekratzte Stimme meiner Schwester durch den Hörer.

»Nein. Hast du eine Ahnung, wie früh es ist?«, knurre ich erneut ins Handy und ärgere mich darüber, das Telefon letzte Nacht nicht auf lautlos gestellt zu haben.

»Früh?«, tönt es mir viel zu laut und viel zu euphorisch entgegen. »Wir haben fast acht Uhr und du hast versprochen, dass du nachmittags wieder hier bist, um dich um alles zu kümmern!«

»Nachmittags! Genau! Die Nacht war kurz und ich habe gerade mal knapp drei Stunden gepennt!«

Dass ich dazu mindestens einen Drink zu viel hatte, erwähne ich nicht.

Für einige Sekunden ist es ruhig am anderen Ende. »Bist du wieder …«

»Nein, bin ich nicht.«

Bevor meine Schwester fortfahren kann, unterbreche ich sie.

»Ich war brav im Hotel und bin nicht durch die Straßen geirrt.«

»Aber nicht allein?«

Wieso kennt sie mich nur so gut?

»Ich wüsste zwar nicht, was dich das angeht, aber nein, ich war nicht allein. Wird das hier ein Verhör? Möchtest du gegebenenfalls noch irgendwelche Details über meine nächtlichen Aktivitäten wissen?«

Ich sollte wirklich nicht so empfindlich reagieren, wenn ich ausgefragt werde, aber dieses ständige Gefühl, dass meine Familie mich kontrollieren will, nervt einfach nur. Auch wenn ich verstehen kann, warum die Nachfragen kommen.

»Nein. Schon gut«, höre ich meine Schwester sagen, kann aber sehr wohl den besorgten Ton in ihrer Stimme wahrnehmen. Genau wie sie mich kennt, kenne ich dieses Mädel mindestens genauso gut, und das immerhin schon sechsundzwanzig Jahre und somit ihr ganzes Leben.

Ich setze mich im Bett auf, immer noch bedacht darauf, nicht komplett die Augen zu öffnen, in der Hoffnung, gleich noch etwas schlafen zu können.

»Also, wann muss ich zu Hause sein?«

»Du hast versprochen, dass du dich hier um alles kümmerst. Wenn das nicht klappt, frage ich Niall, ob er aushilft.«

»Nein«, stoße ich vielleicht ein bisschen barscher als gewollt hervor. »Ich erledige das. Ich habe gesagt, dass ich mich darum kümmere, also tue ich das auch.«

Ich weiß, dass sie es gut meint, aber ich kann es nicht ab, dass alle das Gefühl haben, man könne sich nicht auf mich verlassen, oder noch besser, man müsste mich dauerhaft mit Glacéhandschuhen anfassen. Niall. Immer Niall. Immerhin bin ich der Ältere von uns und kann Dinge selbst regeln. Da muss mein Bruder nicht für mich einspringen.

Im nächsten Moment tut mir meine mürrische Art schon wieder leid. »Sorry, Sis, ich wollte nicht so herrisch rüberkommen. Ich hatte wenig Schlaf und bin etwas gerädert von letzter Nacht. Ich schlafe noch ein Stündchen und mache mich dann auf den Weg. Gegen halb vier sollte ich spätestens daheim sein. Ist das okay für dich?«

»Okay, Liam«, höre ich die Stimme meiner Schwester am anderen Ende und habe das Gefühl, dass sie erleichtert aufatmet. »Aber du fährst vorsichtig?«

»Immer«, antworte ich und versuche, den Knoten runterzuschlucken, der sich in meinem Hals bildet. »Ich passe auf.«

»Prima. Ich freu mich auf dich.«

»Dito. Und stell dich schon mal darauf ein, dass ich dir den Hintern dafür versohle, dass du mit Simon über mich gesprochen hast.«

Statt einer Antwort höre ich das herzliche Lachen meiner Schwester, das so typisch für diese Familie ist. Oder war.

Bevor ich noch etwas sagen kann, hat sie auch schon aufgelegt.

Für einen Moment schließe ich die Augen, bemüht, noch etwas Schlaf zu finden, muss aber erkennen, dass es dafür zu spät ist. Mist. Verschlafen lasse ich meinen Blick durch den Raum gleiten. Die Champagnergläser der letzten Nacht sind das Einzige, was mich an die Frau von vor ein paar Stunden erinnert.

Was für eine seltsame und doch unfassbar berauschende Begegnung.

»Ich will dich.«

Hätte sie gewusst, dass es eigentlich *»Ich brauche dich«* hätte heißen müssen … Aber wie konnte ich einer wildfremden Frau, die mir gegenüberstand und die so sinnlich und verführerisch auf mich wirkte, sagen, dass es ihre Nähe und ihre Zeit gewesen ist, die ich so unfassbar gebraucht habe, um mich nicht an diese Nacht von vor knapp drei Jahren zurückzuerinnern. Diese Nacht, die der Grund dafür ist, dass ich Edinburgh inzwischen so sehr hasse.

Diese Nacht, die der Grund dafür ist, dass ich kaum ein Auge zubekomme, wenn ich mich nachts im Hotelbett herumwälze, wenn ich geschäftlich hier bin. Gut, dass sie meine Angst nicht hat sehen können, als ich sie im Aufzug fragte, ob sie okay sei. Dass sie mein Zittern nicht bemerkt hat.

Ich starre an die Decke des Hotelzimmers und versuche, mir einen Reim auf letzte Nacht zu machen. Was dieser Abgang von ihr sollte, ich habe keine Ahnung. Was war geschehen, dass sie völlig überstürzt das Weite gesucht hat? Ich mag ja vielleicht ein bisschen aus der Übung sein, was das Abschleppen von Frauen betrifft, aber ich bin durchaus noch in der Lage, zu erkennen, wann eine Frau Spaß im Bett hat und auf ihre Kosten kommt. Und dass sie Spaß hatte und auf ihre Kosten gekommen ist, war mehr als offensichtlich.

Ich bin es gewohnt, dass Frauen nach dem Sex meine Nähe suchen. Anhänglich sind. Gott bewahre, Erin musste ich nach dem Sex beinahe immer von mir runterschneiden. Es soll ja Männer geben, die diese Zuneigung genießen, aber ich kann zu viel Nähe einfach nicht mehr ab. Sollte ich hier tatsächlich mein weibliches Pendant gefunden haben? Ich mag schon krass sein, was die Distanz nach dem Sex angeht, aber diese Frau hat schier alles getoppt. So einen Abgang habe selbst ich noch nicht hingelegt. Das nenne ich auf jeden Fall gefühlskalt und abgestumpft. Ich frage mich nur, wie das zu der Frau passt, die sich so leidenschaftlich in meine Küsse gelehnt hat, die unter meinen Berührungen hingebungsvoll gestöhnt hat. Wenn, dann war ihre schauspielerische Leistung genial und schier oscarreif.

Da ich jetzt eh nicht mehr schlafen kann, schlage ich die Decke zurück und setze mich im Bett auf. Bilde ich es mir ein oder liegt ihr Duft immer noch im Zimmer? Auch wenn ich es nicht wahrhaben will, diese Frau habe ich letzte Nacht gebraucht.

Frustriert fahre ich mir durch die Haare und streife mir

meine Shorts über, die neben dem Bett liegt. Ich hasse es, Menschen zu brauchen.

Hätte sie letzte Nacht nicht in meinem Bett verbracht – na ja, zumindest einige Zeit –, ich wäre wieder rastlos durchs Zimmer getigert oder vielleicht sogar durch Edinburghs verlassene Straßen gestreift. Ob ich es wahrhaben will oder nicht, sie hat mir letzte Nacht den Arsch gerettet.

Allerdings hätte ich nichts dagegen gehabt, in den frühen Morgenstunden die Leidenschaft der letzten Nacht zu wiederholen. Ihre Lippen auf meinen zu spüren. Ihre Hände auf meinem Körper. Meinen Schwanz in ihr.

Frustriert stehe ich auf. Ich weiß noch nicht mal ihren Namen. Das hatte ich definitiv auch noch nie. Ich konnte Liebe und Sex trennen. Die letzten Monate waren Beweis genug dafür, dass ich das Schnelle, das Unverfängliche liebte, wollte und konnte. Keine Verantwortung. Aus den Augen, aus dem Sinn. Was mich bei Erin geritten hat, das länger als nötig durchzuziehen ... keine Ahnung. Wahrscheinlich mein purer Egoismus und mein Selbstschutz. Ich bin wahrlich nicht stolz darauf, aber so ist es nun mal.

Ihre Augen. Wieder wandern meine Gedanken zu dieser Frau von letzter Nacht. Ihre Augen haben sich in mein Gedächtnis gebrannt. Es waren nicht nur Augen mit unfassbarer Tiefe. Sie zeigten Neugierde, Begierde, aber im selben Moment auch eine Form von absolut tiefer Trauer. Sie hatte Charakter. Sie hatte Seele. Wie kann ein Mensch nur so unvergessliche Augen haben?

Herrje, ich muss wirklich unglaublich verdattert ausgesehen haben, als ich ihr nach ihrem Verschwinden ungläubig hinterhergeschaut habe. Die Tür fiel schneller ins Schloss, als ich habe reagieren können. Wobei ... Hätte ich mir die Blöße gegeben und wäre ihr hinterhergehechtet? Wohl eher nicht. So viel männlichen Stolz besitze ich dann doch noch.

Mit den Armen vor der Brust verschränkt stehe ich am Fenster, blicke auf das morgendliche Edinburgh hinab und sehe zu, wie diese Stadt, die ich einst so geliebt habe, langsam erwacht. Die ersten Lädchen bekommen Ware geliefert und ein Souvenirhändler öffnet bereits die Türen zu seinem Geschäft, während die Straßenreinigung die letzten Spuren des vorherigen Tages beseitigt.

Ich weiß genau, was bereits im Hotel los ist. Dass seit Stunden die ersten fleißigen Angestellten in der Küche aktiv sind, Lieferungen überprüfen und dafür sorgen, dass der neue Tag für die Gäste so angenehm wie möglich startet. Ich kenne dieses Gebäude wie meine Westentasche. Seine Abläufe, seine Geheimnisse, seine Stärken und Schwächen.

Wo sie jetzt wohl ist? Sicherlich immer noch im Hotel. Ob sie schläft? Ob sie auch an letzte Nacht denkt? Ob ich sie suchen soll? Es wäre ein Leichtes, meine Verbindungen spielen zu lassen, um herauszufinden, wer die geheimnisvolle Frau der letzten Nacht ist.

Hätte sie hierbleiben wollen, wäre sie geblieben. Und Abgestumpftheit hin oder her – die Art der Verabschiedung war nicht die feine englische Art. Man mag uns Schotten eine Menge nachsagen, aber vielleicht unterscheiden wir uns genau da von unseren Nachbarn.

Frustriert schnaufe ich und reibe meine Hände aneinander, bevor ich beginne, meine Klamotten für den Tag aus dem Koffer zu nehmen und diesen edlen Zwirn von gestern Abend verschwinden zu lassen. Sorgfältig lege ich Anzughose, Hemd und Krawatte zusammen. Die Anzugjacke lege ich über die Lehne des Stuhls, um sie als Letztes in den Koffer zu packen.

Einen Vorteil hat es, nicht mehr im *The Stewart* zu arbeiten:

Die Tage, an denen ich im vornehmen Anzug arbeiten muss, sind quasi nicht mehr existent.

Ich muss endlich akzeptieren, dass ich nicht mehr Liam Quinn bin, General Manager eines der vornehmsten und luxuriösesten Hotels Schottlands. Nicht mehr der Mann, der ein sorgenfreies Leben in Edinburgh führt. Alles ist anders.

Statt mich wieder in einen Anzug zu schmeißen, ziehe ich die enge schwarze Jeans, die einen leicht verwaschenen Look hat und an den Knien zerrissen ist, aus dem Koffer. Ich bin froh, dass ich meine weißen Sneaker eingepackt habe. Damit läuft es sich definitiv bequemer als in den feinen Schuhen von gestern. Dann streife ich mir eins meiner vielen weißen Rundhalsshirts über. Als ich mir mein schwarz-weiß kariertes Hemd an den Armen hochkremple, fällt mein Blick auf meinen linken Unterarm.

Consilia mea ad futura pertinent – Meine Entscheidungen wirken sich auf die Zukunft aus.

Fuck.

6

JAMIE

»Was hast du gesagt? Ich versteh nur die Hälfte. Was machst du denn da, verdammt noch mal?«

Die Stimme meiner Freundin tönt durchs Handy.

»Moment, Bekka, ich muss irgendwie mit dem Kaffee ins Auto steigen, ohne mir die komplette Ladung über den Pulli zu gießen.«

Während ich in der einen Hand meinen Kaffeebecher und ein Croissant jongliere, versuche ich mit der freien Hand, die Tür meines schwarzen Minis aufzuschließen. Dass ich dabei meine Handtasche über dem Arm hängen habe, hilft nicht sonderlich. Ich fluche innerlich, dass ich statt flacher Schuhe schwarze Heels trage.

»Sekuuuuunde«, flöte ich ins Telefon, das ich inzwischen zwischen Ohr und Hals eingeklemmt habe, während ich den Kaffeebecher mühsam aufs Autodach bugsiere.

»Brauchen Sie Hilfe, Miss?«

Einer der Pagen vom *The Stewart* ist redlich darum bemüht,

sich das Lachen zu verkneifen, während er beobachtet, wie ich mich beim Einsteigen dann doch ein wenig dusselig anstelle.

»Nein, nein. Danke! Lieb von Ihnen. Sie haben mir bereits mit dem Koffer geholfen. Den Rest schaffe ich allein.«

»Sicher? Ist wirklich kein Problem für mich, Ihnen etwas abzunehmen.«

»Sicher«, sage ich triumphierend, als ich hinter dem Lenkrad Platz nehme, meine Handtasche samt Croissanttüte auf dem Beifahrersitz verstaue und ihn anblicke.

»Dann ist ja alles gut«, grinst er und reicht mir mit einem Augenzwinkern meinen Kaffeebecher vom Autodach. »Ich habe mir gedacht, Sie wollen Ihren Kaffee vielleicht mitnehmen?«

Wäre ich ein Emoji, wäre ich in diesem Moment das, was sich mit der flachen Hand gegen die Stirn klatscht.

»Wo Sie recht haben«, antworte ich etwas peinlich berührt und versuche, so schnell wie möglich aus dieser dann doch ziemlich unangenehmen Situation zu entfliehen.

Mein Gegenüber bleibt charmant und nickt mir freundlich zu, bevor er sich vom Auto entfernt und sich um die nächsten Hotelgäste kümmert.

Ich schließe die Autotür und versuche, mich hinterm Steuer zu organisieren.

»Jamie? Hallo? Bist du noch da?«

Fast lasse ich vor Schreck dann doch den Kaffeebecher fallen. Meine schwarze Lederleggins würde mir den Kaffeeschwall vielleicht verzeihen, aber der ecrufarbene Pullover im Oversizelook, für den ich mich heute entschieden habe, wäre wenig begeistert. Mein Blick fällt auf mein Handy, das ich beim Einsteigen in die Handtasche geworfen habe. Bekkas Stimme tönt mir entgegen.

»Moment, Bekka, du liegst in der Tasche. Ich klemme dich

mal eben in die Handyhalterung und starte das Auto. Dann kann ich dich über die Lautsprecher auch viel besser hören.«

Seit wann bin ich eigentlich so chaotisch? Das passt doch gar nicht zu mir.

Schlafmangel. Definitiv Schlafmangel. Und Muskelkater. Und das bereits nach so kurzer Zeit. Ich bin nichts mehr gewohnt. Himmel!

»So, Fräulein, stecke ich nun fest und sicher in der Handyhalterung?«, sagt Bekka keine Minute später, während ich mit meinem Auto vom Gelände des *The Stewart* fahre und mich in den morgendlichen Verkehr von Edinburgh schlängle, sehr darauf bedacht, mir nicht doch noch den Kaffee über meine Klamotten zu kippen. Vielleicht wäre es mal wieder angebracht, das Fach zwischen meinen Sitzen aufzuräumen, damit mein Kaffeebecher dort Platz hat. Wie war das mit Frauen und der Ordnung in ihren Autos? Zwar muss ich nicht mit den Resten eines Big Macs im Handschuhfach rechnen, aber hinter meinem Sitz findet sich sicherlich mehr als eine leere Wasserflasche und in dem kleinen Fach zwischen den Sitzen entdecke ich doch glatt die Ohrringe, die ich neulich verzweifelt gesucht habe.

»Jetzt noch mal langsam, ich habe nämlich nichts verstanden«, fährt meine beste Freundin fort, während ich im Hintergrund das Geschrei von kleinen Kindern höre. »Was ist das für ein Chaos bei dir heute Morgen? Du hast was?«

»Ich habe Punkt zwei deiner Liste abgehakt.«

»Nicht dein Ernst!«, quietscht Bekka und übertönt damit definitiv die Stimmen ihrer Kids. »Moment, ich muss kurz die Jungs loswerden und mich ins Schlafzimmer verziehen. Ich will alles wissen.«

Ich grinse vor mich hin und kann mir die Szenerie, die sich gerade in London abspielt, genau vorstellen. Während Bekka für einen ruhigen Moment bei sich sorgt, tippe ich die Adresse ihrer

Cousine ins Navi ein. Knapp viereinhalb Stunden Autofahrt liegen vor mir, stelle ich fest und setze meine Sonnenbrille auf, denn die warmen Sonnenstrahlen tun zwar ganz gut auf der Haut, aber meine Augen verzeihen mir den einen oder anderen Drink von gestern Abend dann doch noch nicht.

Puuuuh, letzter Abend … letzte Nacht …

»Jamie? Ich bin zurück. Jetzt langsam und von vorn! Und wehe, du lässt ein Detail aus. Der Typ, der dir den Drink ausgegeben hat, als wir telefoniert haben? Erzähl.«

»Nein, der war es nicht.«

»Wie, der war es nicht? Himmel, was passieren für Dinge in einer Hotelbar? Muss ich das auch mal machen?«

»Bekka, du hast einen Mann, den du abgöttisch liebst, und drei Jungs.«

»Jaja, ich weiß. Aber Mäuschen spielen wäre mal was. Und bei dir gestern Abend hätte ich mir am besten eine große Tüte Popcorn dazu bestellt, oder?«

»Mmh, vielleicht.«

»Jamie Annabelle Sloane! Wenn du nicht sofort mit der Sprache rausrückst, lege ich auf und sorge dafür, dass meine Cousine dir das unbequemste Bett gibt, das sie hat.«

Ich kann mir ein Grinsen nicht verkneifen und traue meiner besten Freundin diese kleine Gemeinheit definitiv zu. Wenn Bekka meinen vollen Namen nutzt, weiß ich, dass es ihr ernst ist und ich besser mache, was sie sagt.

»Also, dieser Typ mit dem Drink gestern Abend war leicht aufdringlich. Aber ich hatte einen Retter, der auf einmal einfach da war und mich geküsst hat.«

»Wie? Einfach so?«

»Einfach so.«

Ich schaue in den Rückspiegel und erkenne ein süffisantes Lächeln auf meinen Lippen.

»Jamie!«

»Okay, okay«, lache ich. »Aber so ganz gelogen ist das wirklich nicht. Der war plötzlich wie aus dem Nichts da und hat mich einfach auf den Mund geküsst und aus dieser unangenehmen Situation mit dem anderen Typen gerettet, der bereits seine Hand auf meinem Bein hatte. Und Bekka, diese Lippen!«

»Konnte er küssen?«

»Mega!«

Vielleicht war der Trip in die Highlands wirklich nicht die schlechteste Idee. Gut gestartet ist er auf jeden Fall.

Bekka reißt mich sofort wieder aus meinen Gedanken. »So mega, dass du gleich mit ihm in die Kiste bist und Nummer zwei der Liste erledigt hast? Hammer! Also ich wusste ja, dass du zielstrebig bist, aber dass du so schnell die Punkte abhaken willst, habe ich auch nicht gedacht«, lacht sie und ich muss für einen Moment mitlachen.

»Na ja, ein bisschen anders war es doch«, sage ich und erzähle ihr dann von unserer Unterhaltung in der Bar und wie gut wir uns verstanden haben.

Bekka lauscht und scheint so fasziniert, dass sie mich nicht ein einziges Mal unterbricht, während ich ihr von der ersten Begegnung mit Mr Handsome erzähle. So ganz zufrieden gibt sie sich aber noch nicht und während ich Edinburgh verlasse und sich die Landschaft, die an meinem Autofenster vorbeirauscht, langsam verändert, hakt sie nach.

»Okay, so weit bin ich mitgekommen, aber das erklärt immer noch nicht, wie du in seinem Bett gelandet bist.«

»Weil er mich gefragt hat.«

»Einfach so gefragt, ob du mit ihm pennst? Der Typ hat Eier.«

»Er hat gefragt, ob ich den letzten Drink mit ihm auf dem Zimmer nehme.«

»Okay, das ist der Code für Sex.«

»Ist es.«

Mein Mini verlässt nun endlich Edinburgh. Die Gebäude der Stadt verschwinden und mehr und mehr wechseln sich weite Felder mit saftigen Grünflächen ab.

»Trotzdem mutig«, fährt Bekka fort. »Und? War gut? Mensch, Jamie! Ich habe hier drei kleine Biester, die mir beinahe die Schlafzimmertür eintreten. Ich brauche die detaillierte Kurzfassung.«

»Bekka, was soll ich sagen. Es war atemberaubend. Ich habe keine Ahnung, welche Schule dieser Typ besucht hat, aber der wusste genau, welche Knöpfe er bei mir drücken muss. Und diese Küsse! Diese Küsse waren der Wahnsinn. Wäre es nicht zum Sex gekommen, ich wäre mit den Küssen schon zufrieden gewesen. Wie ein Mensch so küssen kann … Habe ich schon gesagt, dass die Küsse mega waren?«

Von Bekka ist nur ein Lachen zu vernehmen. »Hach, das klingt ja alles ganz wunderbar«, ruft sie in den Hörer.

»Mmmh.«

Wunderbar waren die Momente mit Mr Handsome wirklich.

»Mmmh was? Jamie? Was hast du gemacht? Lüg mich jetzt nicht an. Hattest du ungeschützten Sex?«

Bekkas Stimme wird ernst.

»Nein.«

»Was dann? Raus mit der Sprache!«

»Ich bin abgehauen.«

Für einen Augenblick ist es still und ich überlege, ob Bekka das Telefon aus der Hand gefallen ist. Dann aber höre ich ihre Stimme, die alles andere als ruhig geblieben ist und eher aufgeregt, wenn nicht sogar irritiert klingt.

»Du bist was?«

»Abgehauen.«

»Warum das? Hat er geschnarcht? Ein komisches Gesicht beim Orgasmus gemacht? Gepupst?«

»Zweimal nein und einmal weiß ich nicht.«

Ich kann Bekkas frustriertes Stöhnen durch die Lautsprecher hören.

»Muss ich erst wieder deinen vollen Namen aussprechen?«

»Ich bin quasi von ihm runtergesprungen, als wir fertig waren.«

»Ich verstehe nur Bahnhof.«

Frustriert stöhne nun auch ich auf und setze den Blinker, um den Lastwagen vor mir zu überholen, als ich die Autobahn weiter Richtung Inverness einschlage. Ich weiß genau, dass Bekka mir gleich die Leviten lesen wird, wenn ich mit der Sprache rausrücke.

»Ich weiß überhaupt nicht, was du da so theatralisch stöhnst. Ich versuche hier, alle Infos aus dir rauszubekommen, und du versorgst mich nur mit wenig zufriedenstellenden Minidetails.«

»Er hat danach gefragt, ob ich glücklich bin.«

»Und? Warst du doch, oder? Also ich bin immer glücklich, wenn ich guten Sex hatte. Und untersteh dich, jetzt zu fragen, wann ich das letzte Mal Sex hatte. Es wird Zeit, dass die drei Jungs wieder ihre Großeltern besuchen.«

»Na ja, Bekka ... glücklich.«

»Und? Ich verstehe das Problem immer noch nicht.«

Schweren Herzens atme ich tief ein, bevor ich fast wortlos zugebe: »Ich bin verdammt noch mal nicht glücklich.«

»Ja, aber dafür kann der arme Kerl doch nichts.«

»Grmpf.«

»Ja, grmpf du mal. Ist doch wahr. Der arme Kerl hatte wahrscheinlich unfassbar heißen Sex mit dir und hat dich in andere Sphären gevögelt und dann springst du von ihm runter. Hat er nicht völlig verständnislos gefragt, ob du sie noch alle hast?«

Wie immer scheut sich Bekka nicht, das, was sie denkt, auszusprechen.

»Ich habe ihm gesagt, dass ich nur unverfänglichen Sex wollte.«

»Und das hat er so hingenommen?«

Ich kann ihr völlig entgeistertes Gesicht förmlich vor mir sehen.

»Also begeistert war er, glaube ich, nicht. Aber er ist mir auch nicht hinterhergerannt.«

»Liebe Jamie, wärest du dir hinterhergerannt?«

»Nee«, sage ich und muss mir eingestehen, dass die Aktion wirklich nicht meine beste Leistung war. Nicht, dass ich das nicht schon gedacht habe, als seine Zimmertür hinter mir ins Schloss gefallen ist. »Mmmh.«

»Was noch, Jamie? Was hast du noch verbrochen? Hast du was mitgehen lassen? Sein Shirt, weil er so gut gerochen hat?«

»Ich heiße nicht Bekka.«

»Ey, nur weil ich Gavins Shirt nach unserer ersten Nacht habe mitgehen lassen und es auch heute noch besitze, musst du mich nicht aufziehen.«

»Mache ich nicht, ich finde es süß.«

Ich höre Bekka prusten. »Ich wollte auch schon meinen. Also … raus mit der Sprache.«

»Ich weiß noch nicht mal, wie er heißt.«

Am anderen Ende ist es für einen Moment leise und dann bricht Bekka in schallendes Gelächter aus.

»Was gibt es da zu lachen?«

»Also Jamie, eins muss ich dir lassen. Wenn du *Habe hemmungslosen Sex. Ohne Verpflichtungen und einfach nur der Sache wegen* so ernst genommen hast, besteht noch Hoffnung für Punkt drei. Und bevor von dir irgendeine Regung kommt …

Mach dir keinen Kopf wegen letzter Nacht. Es hat sich gut angefühlt, oder?«

»Ja.«

Das hat es sich wirklich.

»Dann nimm es als das hin, was es war. Guter Sex mit einem heißen Typen. Heiß war er doch, oder? Oder nur die Lippen?«

»In meiner Top Ten der attraktivsten Männer ist er Nummer eins mit Sternchen.«

»Na also! Du hattest eine tolle Nacht. Gut, der Abgang war zwar nicht die beste Aktion, die du in letzter Zeit gebracht hast, aber es hat dir gutgetan und du hast es gebraucht. Ob du jetzt seinen Namen weißt oder nicht – du siehst ihn eh nicht wieder und dann soll es dir auch egal sein, dass du abgehauen bist. Wahrscheinlich hast du einen bleibenden Eindruck hinterlassen und mehr wollen wir Frauen sowieso nicht.«

»So kann man das auch sehen«, grinse ich und beiße genüsslich in mein Croissant, das immer noch unangerührt in meiner Handtasche gelegen hat.

»Absolut. Und jetzt muss ich Schluss machen, denn draußen ist es verdächtig leise geworden. Rufst du mich an, wenn du bei Kenzie angekommen bist? Dann bin ich auch ruhiger.«

»Ja, Mama.«

»Ey!«

»Mache ich, Liebes. Knutsch mir deine Männer und danke fürs Zuhören.«

»Immer, du One-Night-Stand-Göttin«, ruft Bekka und hat in der nächsten Sekunde aufgelegt.

One-Night-Stand-Göttin. Dass ich nicht lache.

Ich drehe die Musik lauter und während Lewis Capaldi aus dem Radio tönt, düse ich weiter die A9 entlang, vorbei an Perth in Richtung Cairngorms National Park. Von hier bis Inverness, der

Hauptstadt der Highlands, ist es nicht mehr weit. Von dort geht es für mich weiter in Richtung des nordwestlichen Teils der Highlands, wo Bekkas Cousine ihr Hotel betreibt. Vielleicht nicht die direkteste Route, die ich mir ausgesucht habe, aber wenn ich schon einmal so weit im Norden bin, will ich mir Inverness nicht entgehen lassen. Ich habe ja Zeit und mich hetzt nichts. Ob ich auf der Rückreise noch einmal Loch Ness und Culloden besuche oder doch eher Richtung Glasgow fahre, werde ich dann sehen. Einen Vorteil hat es, wenn man keine Verpflichtungen hat und in den Tag leben kann … man kann tun und lassen, was man will, und keinen stört es.

Obwohl ich schon einige Male in den Lowlands von Schottland war, ist diese Welt in den Highlands etwas völlig anderes. Hier liegen raue, sturmumwehte Berge neben spiegelglatten Seen. Wild wuchernde Natur grenzt an idyllische, mit Heidekraut bewachsene Wiesen, auf denen Hochlandrinder grasen. Auch wenn die dunklen Felder und die bisweilen raue Landschaft oft karg wirken, fügt sich eine malerische Idylle an. Es ist atemberaubend und hat seinen eigenen Charme. Ob man hier leben möchte, ist allerdings so eine Sache, schließlich hat das Ganze hier oben nichts mit Zivilisation zu tun. Wahrscheinlich würde ich nach wenigen Tagen eingehen, weil mir meine Sozialkontakte fehlen.

Eigentlich ist die Strecke viel zu schade, um sie in einer Tour durchzufahren, aber ich habe ein Ziel und nicht sonderlich viel Lust, den ganzen Tag im Auto zu verbringen. Daher muss der kleine Aufenthalt in Inverness genügen. Außerdem tut mir eine Pause gut und die letzten knapp siebzig Meilen werden dann auch wie im Flug vergehen.

Es soll Menschen geben, die in der Großstadt Beklemmungen bekommen. Denen alles zu eng, zu laut und zu wuselig ist. Ich bin in der Großstadt aufgewachsen und ich liebe London. Statt etwas beschaulicher am Stadtrand zu wohnen, wohne ich mittendrin. Dort, wo das Leben pulsiert, wo Menschen sämtlicher Couleur aufeinandertreffen. Ich liebe den Gedanken, jederzeit aus der Tür treten zu können, in zwei, drei Schritten unter Menschen zu sein und das brausende Leben der Stadt einatmen zu können. Momente der Langeweile kenne ich nicht, denn wenn ich das Gefühl habe, mal etwas Neues entdecken zu wollen, muss ich nur den Stadtteil wechseln. Obwohl ich schon viele Male in Camden war, gehört dieses Szeneviertel immer noch zu meinen Lieblingen. Ich habe keine Ahnung, wie oft ich schon durch den Camden Market gestreift bin, allerlei Leckereien an den Hunderten von Street-Food-Ständen probiert habe oder mich einfach durch die vielen Menschen habe inspirieren lassen, die tagtäglich die verschiedenen Märkte dort besuchen. Eine ganz andere Welt ist dagegen Covent Garden. Auch dieses Künstlerviertel zieht mich regelmäßig wegen seiner Theater, der bunten Markthallen oder der Architektur an, die sich an vielen Ecken vom italienischen Design der Renaissance hat inspirieren lassen. Southwark, Soho, Shoreditch … ich könnte ewig weitermachen. Diese Stadt hat einfach mein Herz gestohlen.

London ist kosmopolitisch, vielfältig und nirgendwo sonst fühle ich mich so kreativ wie in meiner Heimatstadt. Hier habe ich die besten Ideen für meinen Job und muss nur die Augen öffnen und mich von den Leuten um mich herum inspirieren lassen. Die Vorstellung, jeden Abend in derselben Kneipe sitzen zu müssen oder dasselbe Restaurant besuchen zu müssen, ist mir ein Graus. Und wenn ich mal Entspannung will, hat London definitiv auch grüne Oasen der Ruhe zu bieten. Green Park,

Hyde Park, Primrose Hill – was will man mehr? In London fühle ich mich sicher, dort fühle ich mich wohl.

Überhaupt nicht wohl fühle ich mich auf dieser nicht enden wollenden Landstraße, die mich zwischen schier Hunderten von aneinandergereihten Feldern entlangführt, die immer wieder der typisch kargen Highlandlandschaft aus Heide, Gras und dunkler Erde weichen, die durchsetzt ist mit grauen Steinen. Dieser nordwestliche Teil der Highlands ist definitiv meilenweit entfernt vom Lärm und dem hektischen Leben der Großstadt. Damit hatte Bekka absolut recht. Wie man hier freiwillig wohnen kann, weiß ich nicht so recht. Meilenweit nur Felder, Seen und Berge. Um nicht zu sagen, man ist hier fern der Zivilisation.

Als ich das Ortsschild von Finnegan passiere, stelle ich mit Erleichterung fest, dass das erste Gebäude, das sich auf meiner rechten Seite auftut, ein Museum ist. Zumindest sagt das das Schild, das über der roten Eingangstür hängt. Halleluja, ein bisschen Kultur gibt es also selbst in diesem beschaulichen Örtchen, auch wenn ich nicht weiß, ob mich ein Heritage-Museum sonderlich begeistern kann.

Während ich weiterfahre, entdecke ich eine Bücherei, zwei Restaurants, einen Pub, eine Schule, einige kleine Lädchen, einen Supermarkt und eine Kirche. Neben der Kirche befindet sich eine Arztpraxis, vor der einige wenige Fahrzeuge geparkt stehen. Tja, und dann bin ich auch schon durch.

Verwirrt trete ich auf die Bremse und fahre links ran. Angst, jemandem hier mit dem Auto im Weg zu stehen, muss ich wohl nicht haben, denn der Verkehr ist sehr überschaubar.

Habe ich das Hotel übersehen? Ich wende den Wagen und fahre denselben Weg bis zum Ortsschild zurück, sehr darauf bedacht, irgendwo den Wegweiser zum Hotel zu finden.

Nichts.

Ich fahre den Mini auf den Parkplatz vor dem Supermarkt und krame verwirrt in meiner Handtasche nach Kenzies Telefonnummer, die Bekka mir zu Hause aufgeschrieben hat.

Nach zweimal Klingeln meldet sich eine freundlich klingende Frauenstimme am anderen Ende.

»Hallo? *The Finnegan* hier. Sie sprechen mit Kenzie, was kann ich für Sie tun?«

»Ähm, ja, hallo. Hier ist Jamie, die Freundin von Bekka. Also ich glaube, ich bin da, aber wo seid ihr denn?«

Statt einer Antwort höre ich ein herzhaftes Lachen. »Lass mich raten, du findest das Hotel nicht?«

»So könnte man das auch ausdrücken. Und es ist ja nicht so, als wäre ich nicht großstadterfahren und es gewohnt, mich im Häuserdschungel zurechtzufinden und Dinge zu suchen, aber dies hier ist definitiv eine andere Hausnummer. Hier ist kein Hotel. Oder versteckt ihr euch irgendwo hinter der Kirche oder der Schule?«

»Nein«, ruft Kenzie scheinbar immer noch recht amüsiert. »Aber so schwer sind wir nicht zu finden. Ich beschreibe es dir. Wo genau bist du denn jetzt?«

»Ich stehe hier vor einem Supermarkt.«

»Vor dem Supermarkt«, korrigiert sie mich und löscht meine Hoffnung, noch ein paar weitere Geschäfte zu entdecken, mit der Korrektur nur eines Wortes aus. Wunderbar.

»Pass auf. Du fährst jetzt vom Parkplatz runter, biegst rechts ab und fährst in Richtung der Kirche. Kannst du mir noch folgen?«

»Ja«, erwidere ich und kann im Rückspiegel den Kirchturm bereits erkennen. So groß ist das hier nun wirklich nicht.

»Super. Wenn du an der Kirche vorbei bist, kommt ein kleines Waldstückchen. Da fährst du durch, bis sich die Bäume ein wenig lichten. Dann siehst du auf der linken Seite eine

Straße, die von deiner runterführt. Da steht auch schon das Schild zum Hotel und du wirst sehen, dass du richtig bist. Die Straße fährst du dann einfach so lange, bis es nicht mehr weitergeht, und stehst bei uns vor der Tür. Verstanden?«

»Krieg ich hin«, antworte ich und starte erneut mein Auto. »Dann bis in ein paar Minuten.«

»Bis gleich, Jamie. Und wenn du es nicht findest, ruf einfach noch mal an. Notfalls schicke ich dir meinen Bruder entgegen, damit er dich einsammelt.«

»Ach Gott, nein, das ist nicht nötig, ich schaffe das schon. Aber danke!«

»Aber na klar. Wir helfen uns hier immer gern. Bis gleich!«

»Bis gleich«, antworte ich und lege auf.

Kurze Zeit später muss ich feststellen, dass Kenzies Definition von einem kleinen Waldstückchen etwas von meiner abweicht. Gut, ich hatte auch mit mehr als drei Bäumen gerechnet, aber dies hier ist definitiv mehr als ein kleines Waldstückchen. Als nach knapp zwei Meilen endlich die besagte Straße erscheint, an der ich links abbiegen soll, macht mein Herz einen Freudensprung. Am Rand steht wie angekündigt das Hotelschild. Zugegeben, das hat schon bessere Zeiten gesehen, aber trotzdem wirkt es irgendwie einladend und ich bin gespannt, wie Kenzies Hotel aussehen mag. Die Straße ist zu meiner Überraschung geteert. Warum ich mit einem Waldweg gerechnet habe, weiß ich im nächsten Moment auch nicht mehr.

Als sich der Wald lichtet, zieren saftige grüne Wiesen den Straßenrand und einzelne Bäume bilden eine Art Allee, bevor sie von einer Hecke abgelöst werden, die sich gepflegt bis zum Gebäude erstreckt, das sich jetzt langsam vor mir auftut.

Für einen Augenblick überlege ich, abzubremsen und alles tief in mir aufzunehmen, denn fast fühle ich mich ins England, oder besser gesagt Schottland, des 19. Jahrhunderts zurückversetzt.

Das *The Finnegan* ist ein herrliches Landhaus mit zauberhaften Burgtürmchen und alten Stilelementen und könnte glatt aus einem Roman von Jane Austen entspringen. Umgeben von dem großen Parkgelände, das sich bereits aus dem Auto erkennen lässt, wirkt es einfach malerisch.

Als ich parke und aussteige, lasse ich ehrfürchtig meinen Blick über den Teil des Grundstücks gleiten, den ich sehen kann. Das Hotel liegt nicht nur nahezu romantisch am Ufer des Loch Finnegan, sondern lässt auch einen Blick auf den Meeresarm zu. Was für ein bezauberndes Fleckchen Erde. Hier lässt es sich aushalten.

»Brauchst du Hilfe?«

Ich schrecke hoch und stoße mir fast den Kopf, als ich gerade dabei bin, meinen Koffer aus dem Kofferraum zu hieven. Ich drehe mich nach der Stimme um und für eine Sekunde bleibt mir die Luft weg.

Mir gegenüber steht ein fast zwei Meter großer Schotte. Also wenn hier alle Männer so aussehen, sollte ich vielleicht noch mal darüber nachdenken, aus London wegzuziehen. Braune Augen schauen mich aus einem offenen Gesicht an, und das, was einen sofort einnimmt, ist das sympathische Lächeln, das dieser Mann auf den Lippen hat und einen Blick auf strahlend weiße Zähne zulässt. Irgendetwas an ihm kommt mir schrecklich bekannt vor, aber ich weiß nicht, was, und bevor ich lange nachdenken kann, steht er auch schon neben mir und hebt mit fließenden Bewegungen nicht nur meinen Koffer aus dem Auto, sondern streckt mir im nächsten Moment seine Hand entgegen.

»Hi, ich bin Niall. Schön, dass du da bist!«

»Hallo, Niall, ich bin Jamie. Ich freue mich auch, dass ich

hier bin. Gar nicht so einfach zu finden. Die Highlands haben es in sich.«

»Hast du kein Navi?«

»Doch, klar, aber ich habe das Hotelschild nicht gefunden. Ich bin ein Großstadtkind und so viele Bäume und Grün nicht gewohnt«, sage ich zu meiner Entschuldigung und zucke mit den Schultern.

»Das habe ich mir fast gedacht«, antwortet Niall und lässt seinen Blick an mir auf und ab wandern.

»Warum?«, frage ich erstaunt.

»Nun, ich bin gespannt, wie grazil du mit deinen Schuhen hier bei uns rumläufst. Ich hoffe für dich, du hast auch etwas Bequemeres dabei?«

Ich schaue an mir runter und muss zu allem Übel feststellen, dass bereits eine feine Staubschicht den Lack meiner schwarzen Schuhe bedeckt. Gut, vielleicht sind High Heels, Lederleggins und ein heller Pulli nun wirklich nicht das beste Outfit für die Highlands.

Schnell nehme ich meine Sonnenbrille ab. Niall soll ja nicht denken, dass ich die totale Tussi bin.

»Gott sei Dank hat Bekka mir ein paar Outfittipps für meine Zeit hier gegeben. Ich glaube, ich komme klar.«

Er schaut mich amüsiert an und zwinkert mir zu. »Ach, auch für Großstadtmäuse besteht noch Hoffnung. Ich schaffe das schon.«

»Was schaffst du schon?«, frage ich irritiert.

»Na, dich an mich und die Highlands zu gewöhnen. Und hübsch anzusehen ist dein Outfit definitiv.«

Bevor ich wegen seines Kommentars rot werden kann, öffnet sich die Tür zum Hotel und eine junge Frau mit langen rostbraunen Haaren, Sommersprossen und einem strahlenden Lächeln tritt heraus.

Das muss Kenzie sein. Obwohl ihre Haare etwas rötlicher als die ihres Bruders sind und sie nicht ganz so groß ist, sind die Gesichtszüge die gleichen. Ihre Statur ist kurvig, wobei sie keinesfalls mollig ist, sondern einfach wunderbar weiblich.

»Niall, hör auf, zu flirten, und trag lieber die Koffer rein«, ruft sie ihrem Bruder entgegen und zieht mich im nächsten Moment in eine herzliche Umarmung. »Hey, Jamie, schön, dass du da bist. Ich bin Kenzie. Und wenn Niall zu aufdringlich wird, gib mir einfach Bescheid.«

»Bitte nicht«, lacht er. »Dann muss ich wieder so grausame Aufgaben erfüllen, weil sie meint, ich wäre abgelenkt.«

»Bist du doch dann auch, Bruderherz«, grinst Kenzie und hakt sich bei mir unter.

»Na ja, nur weil ich irgendeinen Mist für dich erledigen muss, sind meine Gedanken trotzdem frei.«

Kenzie schüttelt den Kopf und Niall stupst sie liebevoll in die Seite. Sofort kann ich erkennen, dass die beiden Geschwister eine wunderbare Verbindung zueinander haben.

»Lass uns reingehen«, sagt Kenzie und ich nehme schnell meine Handtasche vom Beifahrersitz und schließe den Wagen ab. »Du bist doch bestimmt müde von der Fahrt, oder?«

»Es geht«, antworte ich. »Ich habe kurz in Inverness Pause gemacht und daher war die Strecke absolut okay. Ich bin ja auch nicht aus London gefahren, sondern habe eine Nacht in Edinburgh verbracht.«

»Stimmt, das hat Bekka gestern am Telefon erzählt.«

»Ich freue mich aber trotzdem, dass ich jetzt hier bin. Ich kann die Auszeit gut gebrauchen«, sage ich und gemeinsam gehen wir Richtung Hoteleingang. Niall geht ein paar Schritte vor uns, hält aber inne und dreht sich kurz zu uns um.

»Aber nicht, dass ihr mir jetzt die ganze Zeit auf den Hintern starrt?«

»Ach Niall, meinst du, Jamie hat in London nicht schon viele andere schöne Männerhintern gesehen?«

»Das vielleicht«, lacht Niall, »aber so ein schottischer Männerrücken kann auch entzücken.«

Als wir ins Haus gehen, nutze ich tatsächlich die Chance und schaue mir diesen sympathischen Schotten genauer an.

Niall hat eine athletische Figur und trägt Bluejeans und ein dunkelblaues, leicht verwaschenes T-Shirt, das definitiv anerkennende Blicke auf seine trainierten Arme zulässt. Seine braunen Haare sind kurz geschnitten und er trägt einen Dreitagebart. Definitiv Eyecandy, das muss man ihm lassen. Ich tippe darauf, dass er in etwa mein Alter hat. Kenzie schätze ich etwas jünger ein. Ich meine, mich erinnern zu können, dass Bekka davon gesprochen hat, dass sie gerade ihren sechsundzwanzigsten Geburtstag gefeiert hat.

Als wir das Hotel betreten, bin ich überrascht über das Interieur, das sich vor meinen Augen auftut. Ich habe mit einem urigen Stil gerechnet, der irgendwie zu diesem alten viktorianischen Gebäude passt, aber stattdessen erwartet mich eine weite, helle Eingangshalle mit zauberhaft verwinkelten Treppen, kleinen Erkern und der richtigen Mischung aus traditionellen und modernen Elementen. Ohne die Zimmer gesehen zu haben, ist das *The Finnegan* bereits eine wahre Schönheit in dieser rauen Natur und ich weiß jetzt schon, dass ich mich hier wohlfühlen werde. Dass Kenzie aber nicht vorhat, mich in diesem wunderschönen Hotel schlafen zu lassen, erfahre ich einige Minuten später.

7

LIAM

»Liam Quinn, altes Haus, dass ich das noch erleben darf! Dich haben wir hier gefühlt Ewigkeiten nicht gesehen. Lasst ihr euch nicht normalerweise alles direkt ins Hotel liefern?«

Innerlich verdrehe ich die Augen und atme tief durch. Ich wusste, dass es nicht die beste Idee war, für die Besorgungen, für die Kenzie mich losgeschickt hat, nach Finnegan reinzufahren. Ich hätte einfach ein paar Meilen mehr in Kauf nehmen sollen, um in der Nachbarstadt einzukaufen. Dort hätte ich meine Ruhe gehabt und wäre nicht unbedingt angesprochen worden. War ja klar, dass Duncan mich sofort in ein Gespräch verwickelt.

»Aye«, murmle ich notgedrungen und versuche, nicht zu grimmig zu klingen, obwohl mir nicht nach Gesprächen mit alten Schulkollegen ist. Weil ich Duncan ansehe, dass er sich mit der Antwort nicht zufriedengeben wird, füge ich schnell den Grund für meinen Einkauf hinterher. »Normalerweise machen wir das auch, aber Kenzie hat spontan noch einen Hotelgast angenommen und die glorreiche Idee gehabt, ihn nicht im Hotel unterzubringen, sondern in einem der Cottages. Frag mich nicht, was sie da geritten hat. Ist ja nicht so, als wären unsere Zimmer nicht perfekt für die Gäste. Scheint ein Kerl aus London zu sein, der einen auf Highland-Abenteurer machen will. Eigentlich sollten wir ihn sein Essen selbst fischen und jagen lassen, wenn er doch schon so ein Erlebnis in der Wildnis haben will.«

Duncan grinst, kassiert ab und packt meine Einkäufe in großen Papiertüten zusammen.

Ich weiß nicht, warum Kenzie nicht einfach ein paar Dinge hat zusammenstellen können, die wir noch in der Hotelküche hatten. Scheinbar hat sie ihren eigenen Plan, was die Ausstattung des Cottages angeht, und ich habe gelernt, nicht mit meiner Schwester zu diskutieren, wenn sie sich was in den Kopf gesetzt hat. Dass das für mich Einkäufe und Handwerksarbeiten bedeutet, ist weniger erfreulich. Nicht nur muss ich Lebensmittel für den Kerl einkaufen, sondern auch noch kontrollieren, ob Strom und Wasser funktionieren. Warum ausgerechnet frische Blumen sein mussten … ich weiß es nicht. Aber da es eh nicht sonderlich viel zu tun gibt und die wenigen Gäste im Hotel derzeit bestens versorgt sind, hat sich meine liebe Schwester wohl gedacht, dass ich auch diese Tätigkeiten übernehmen kann.

Neben dem Haupthaus gehören fünf Cottages zu unserem Anwesen, aber die werden nur vereinzelt bei Besuch von der Familie genutzt und stehen die meiste Zeit des Jahres leer. Sie sind zwar schön und gemütlich, jedoch bräuchten sie definitiv eine kleine Renovierung, um sie idealerweise auch an Gäste vermieten zu können.

»Meinst du nicht auch, dass der Cityboy kläglich scheitern würde, wenn ihr ihn fischen und jagen schicken würdet?«, fragt Duncan und holt mich damit aus meinen Gedanken.

Er schickt sich an, mir dabei zu helfen, die Einkäufe ins Auto zu laden. Ich versuche, abzuwinken, aber er lässt sich nicht beirren und trottet entspannt neben mir her, als ich den Supermarkt verlasse. Als Chef kann er das wohl problemlos tun und da im Geschäft gerade nicht so viel los ist, kommen die anderen Angestellten im Laden auch für ein paar Minuten gut ohne ihn klar.

»Schön, dich mal wiederzusehen, Liam. Ist ewig her, du machst dich echt rar. Alles gut bei dir?«

Es ist nett, dass er sich nach mir erkundigt, aber irgendwie ist mir sämtliche Ausfragerei derzeit zuwider. Auch wenn sie gut gemeint ist.

Er schaut mich eindringlich an, während er zwei Tüten mit frischer Milch, Eiern, Käse, Brot und Aufschnitt ins Auto stellt. Ich hieve die Getränkekisten daneben.

»Mir geht es gut. Die Umstellung ist nicht die einfachste, aber Dinge sind, wie sie sind. Wie geht es Kerry und den Kids?«

Geschickt versuche ich mal wieder, vom Thema abzulenken, aber Duncan kennt mich zu gut, zieht zu meiner Überraschung zwei Dosen Cola hervor und lehnt sich an meinen Wagen. Seine Arme, die bereits zu Schulzeiten muskulös waren, zieren inzwischen einige Tattoos. Die Narbe, die er sich beim Fußballspielen zugezogen hat, ist zwar immer noch auf seinem Unterarm zu sehen, jedoch ist sie mit der Zeit verblasst und passt tatsächlich gut zu dem maritimen Motiv, das seinen Arm verziert.

»Im Ablenken warst du schon immer erste Sahne, Quinn, aber du solltest nicht vergessen, dass ich die gesamte Schulzeit neben dir gesessen habe und weiß, wie du tickst. Aber zu deiner Information: Kerry, Zayn und Caitlyn geht es gut. Alle wohlauf.«

»Das freut mich zu hören«, nicke ich und nehme eine der beiden Coladosen entgegen. Und natürlich hat Duncan recht. Er und sein Zwillingsbruder Dan waren zu Schulzeiten meine besten Freunde und wir sind durch dick und dünn gegangen. Aber als ich Finnegan zum Studium in Edinburgh verlassen habe, ist der Kontakt irgendwie abgebrochen. Daran bin ich sicherlich nicht ganz unschuldig, denn wirklich zurückgezogen hat mich nicht sonderlich viel und ich war froh, diesem Ort meiner Jugend den Rücken kehren zu können und endlich Zivilisation erleben zu können. Irgendwann hatte ich dann meine Karriere und mein Leben in der Großstadt, was man definitiv nicht mit einem Eintausend-Seelen-Dorf vergleichen kann.

»Also, hast du dich wieder eingelebt? Kommst du klar? Die Uhren ticken hier ja schon anders als in der Stadt.«

Duncan mustert mich von der Seite und ich erkenne, dass er auch nach all den Jahren immer noch kein Blatt vor den Mund nimmt und ausspricht, was er denkt und was er will.

»Man wächst mit seinen Aufgaben. Was muss, das muss. Finnegan ist halt nicht der Ort, den ich mir für meine Zukunft vorgestellt hatte.«

»Aye.«

Er nickt und trinkt einen kräftigen Schluck, bevor er sich vom Wagen abstößt. Dann stellt er sich mir gegenüber und ich merke, dass er sich überraschenderweise auch nicht so sicher zu sein scheint, was er sagen soll, denn er kickt stattdessen den Kies zu unseren Füßen hin und her.

»Wie läuft es mit Niall?«

Überrascht schaue ich ihn an. Haben eigentlich alle mitbekommen, dass mein Bruder und ich im Clinch liegen und die Stimmung zwischen uns gerade nicht die beste ist? Na ja, was wundert es mich? Finnegan ist ein Dorf und dort kennt jeder jeden. Dementsprechend spricht sich alles in Windeseile rum. In dem Nest hier passiert ja sonst auch nichts.

»Wir arrangieren uns, aber es wird besser«, antworte ich und weiß, dass das nicht ganz der Wahrheit entspricht, denn die Eiszeit zwischen mir und Niall hält schon ziemlich lange an und wir geben uns nur für Kenzie die Mühe, uns nicht regelmäßig die Köpfe einzuschlagen. Dickköpfe sind wir wohl wahrlich alle in dieser Familie.

»Das ist doch schön zu hören. Ist ja gerade auch nicht so einfach bei euch, oder?«

»Wie meinst du das jetzt?«, frage ich und bin in Alarmbereitschaft.

»Na ja, in der Zeitung stand, dass diese Hotelkette knapp zwanzig Meilen von hier entfernt in Dunmore einen großen Hotelkomplex hochgezogen hat und Eröffnung hatte. Ich war davon ausgegangen, dass ihr davon auch berührt seid?«

»Sind wir«, sage ich nüchtern und weiß, dass es nichts bringt, Dinge zu leugnen. »Wir kommen klar. Ich habe in Edinburgh ein großes Hotel geleitet und weiß, worauf es ankommt. Das kriege ich hier auch hin. Am Ende setzt sich Qualität immer durch.«

Zumindest hoffe ich das im Stillen.

Duncan schaut mich eindringlich an, entscheidet sich dann aber wohl dafür, das Thema zu wechseln. »Lass dich doch mal wieder im *Molly's* sehen«, sagt er statt weiterer Nachfragen. »Ist ewig her, dass wir gemeinsam etwas getrunken haben. Und Dan würde sich sicherlich auch freuen, dich mal wiederzusehen. Inzwischen läuft es bei ihm super und seine Praxis in Inverness scheint echt top angenommen zu werden. Er ist immer noch regelmäßig hier und vielleicht schaffen wir es ja wirklich mal wieder, auf alte Zeiten anzustoßen? Ich gebe dir nächstes Mal gern Bescheid, wenn er im Ort ist.«

Alte Zeiten … Innerlich muss ich fast ein wenig grinsen. Damals war die Welt noch in Ordnung und unsere einzigen Sorgen waren die Fußballergebnisse, Mädchen und nicht dabei erwischt zu werden, wenn wir mal wieder ein paar Bier im Laden von Duncans und Dans Vater gemopst hatten.

Während Duncan den Supermarkt seiner Eltern inzwischen übernommen hat und in Finnegan geblieben ist, arbeitet Dan nach seinem Studium in Glasgow recht erfolgreich als Psychotherapeut in Inverness. Dass er ein besonderes Interesse daran hat, mich wiederzusehen, kann ich mir denken, aber ich habe keine Lust auf eine Therapiesitzung bei Bier und Whisky. Das sage ich Duncan natürlich nicht, der sich inzwischen anschickt, wieder Richtung Laden zu gehen.

»Du kannst es dir ja überlegen. Ich muss wieder an die Arbeit. Aber es wäre definitiv eine Ablenkung und außerdem kann ich mir vorstellen, dass Kenzie immer reichlich Aufgaben für dich hat. Da wäre doch so ein Abend eine entspannte Abwechslung und immer willst du ja auch nicht bei euch in der Bar hocken. Du musst mal wieder unter Leute, Liam.«

Mag sein, dass Duncan recht hat, aber um ehrlich zu sein, bin ich froh, wenn ich den Großteil der Zeit meine Ruhe habe. Aus dem Grund wohne ich nicht wie Kenzie und Niall im Haupthaus, sondern habe mir eins der Cottages direkt am Ufer des Lochs fertig gemacht. Ich brauche keine Nachbarn um mich herum und bin froh, selbst entscheiden zu können, wann ich die Abende im Hotel verbringe.

Dass Kenzie mir jetzt jemanden in die Nachbarschaft setzt, passt mir nicht wirklich. Ich hoffe, der Junge verhält sich ruhig und ich muss nicht ständig Hausmeister spielen, weil er irgendwas nicht auf die Reihe bekommt. Das fehlt mir jetzt auch noch.

ALS ICH DEN Blinker setze und den Weg zurück zum Hotel einschlage, komme ich nicht umhin, über das nachzudenken, was Duncan eben angesprochen hat. Es ist wahr, dass wir jetzt schon die Eröffnung des neuen Hotels in der Umgebung zu spüren bekommen. Ein Blick in die Bücher verheißt nichts Gutes, doch darüber versuche ich aktuell, Stillschweigen zu bewahren, um meine Geschwister nicht zu beunruhigen. Noch sind Gäste da und wir haben auch einige Buchungen für die nächsten Monate, aber nichts erinnert mehr an die gute alte Zeit, wo das Hotel fast das ganze Jahr nahezu ausgebucht war. Klar, unser Hotel liegt etwas abgeschieden am Loch Finnegan nicht weit von Schottlands Nordwestküste entfernt und man muss die Einsamkeit mögen, aber die Lage des Hotels in dem vielleicht schönsten und unberührtesten Gebiet des Landes ist einzigartig. Wenn die Leute sich doch nur nicht blenden ließen von den zahlreichen Angeboten der Hotelkette mit Spa, Whirlpool und Co, und einfach die romantisch-raue Schönheit dieser Region erkennen könnten. Ich hoffe inständig, dass sich die Besucherzahlen bald wieder in unserem Sinne regulieren.

Jedes Mal, wenn ich die lange Zufahrtsstraße zum Hotel einschlage und das schlossähnliche Gebäude mit den kleinen Türmchen erblicke, weiß ich es zu schätzen, was für eine Schönheit schon seit vielen, vielen Jahren im Besitz unserer Familie ist.

Ich parke den Wagen neben dem Haus und entdecke dabei den schwarzen Mini, der auf dem Parkplatz steht und definitiv noch nicht hier war, als ich losgefahren bin, um sämtliche Besorgungen zu tätigen. Mag ja sein, dass es Mini Cooper mit extrem viel PS gibt, aber ein Auto für einen Mann ist das in meinen Augen nicht. Aber was will man schon von einem Cityboy aus London erwarten.

Als ich die Küche durch den Seiteneingang des Hotels

betrete, sehe ich Kenzie am Herd stehen. Ihre langen rostbraunen Haare hat sie zu einem lockeren Knoten auf dem Kopf hochgesteckt, so wie sie es immer macht, wenn sie in der Küche aktiv ist. Die Sommersprossen in ihrem Gesicht werden zu dieser Jahreszeit immer etwas stärker und wie so häufig mischen sich kleine Mehlspritzer zwischen die feinen rotbraunen Punkte in ihrem Gesicht. Völlig unbeeindruckt von dem, was um sie herum passiert, steht sie an der Arbeitsplatte. Kenzie ist in der Küche in ihrem Element und sie könnte stundenlang kochen und backen. Ich bewundere sie für ihre engelsgleiche Geduld, ihre Kreativität, wenn sie Rezepte ausprobiert oder die Speisen für unsere Hotelgäste zubereitet. Dass sie dabei auch noch scheinbar spielend leicht ein ganzes Küchenteam mit mehreren Köchen managen kann, ist faszinierend. Es ist für mich immer wieder ein Rätsel, wie sie das alles zeitlich koordiniert, aber während andere in der Küche wahrscheinlich schier verzweifeln würden, kann es für Kenzie gar nicht hektisch genug zugehen. Sie behält den Überblick und hat tatsächlich selbst im größten Stress und Chaos für jeden ein herzliches und offenes Wort. Dass sie es sich zusätzlich selten nehmen lässt, jeden unserer Gäste persönlich zu begrüßen, ist wirklich bewundernswert.

Gerade ist sie dabei, den Teig für die frische Pasta vorzubereiten, die für heute Abend auf der Speisekarte steht. Tatsächlich habe ich noch nicht rausgefunden, ob Kenzie lieber backt oder kocht. Beides tut sie mit unfassbarer Liebe und während ich ihr zuschaue, erkenne ich zum wiederholten Mal, wie sehr sie in allem, was sie macht, unserer Mutter ähnelt. Fasziniert beobachte ich, wie sie Mehl auf die Arbeitsfläche schüttet und in der Mitte eine kleine Mulde formt. Dort gibt sie die Eier hinein und beginnt mithilfe einer Gabel, langsam von innen nach außen die Eier mit dem Mehl zu vermengen. Nach und nach wird aus dem Teig eine krümelige Masse und nach einer

Weile kann Kenzie ihn mit ihren Handballen auf der bemehlten Unterfläche weiter kneten. Aus Erfahrung weiß ich, dass dieses Kneten durchaus zehn Minuten und länger dauern kann, bis der Teig schön elastisch ist und glänzt.

»Statt da rumzustehen, könntest du mir schon mal ein bisschen Klarsichtfolie geben, Bruderherz. Dann muss ich mir nicht erst die Hände sauber machen.«

Kenzie dreht sich zu mir und lächelt mich an. Ich kenne kaum einen Menschen, der so viel Positivität ausstrahlt wie meine Schwester und immer versucht, in jeder Situation das Beste zu sehen. Das ist absolut bemerkenswert und ich wünschte, ich hätte auch nur einen kleinen Teil ihrer Lebensbejahung.

»Aye. Ich muss nur schnell diese ganzen Einkäufe abstellen. Ich muss nicht verstehen, warum ich das alles besorgen musste, obwohl wir die Küche und das Lager voll von allem haben?«, frage ich leicht genervt mit einem Blick auf die randvoll gefüllte Speisekammer.

»Nö, musst du nicht. Stell die Einkäufe nicht so weit weg, du musst sie noch runter ins Cottage bringen. Unser Gast ist nämlich bereits angekommen und ich habe versprochen, dass gleich alles an Ort und Stelle ist.«

Sichtlich genervt stöhne ich auf. »Hast du das?«

Kenzie ignoriert meine Frustration und fährt einfach fort. »Habe ich. Ich wusste ja, dass ich einen tollen Bruder habe, der alles so wunderbar erledigt.«

»Du sollst nicht immer so positiv von Niall reden, das hat der gar nicht verdient.«

Kenzie lacht und schnippst ein bisschen Mehl in meine Richtung, nachdem sie den zubereiteten Teig in Klarsichtfolie gerollt hat und zum Gehen an die Seite legt. »Hör auf und erzähl mir lieber, wie es Duncan geht.«

»Gut«, murmle ich. »Der hat mich gleich abgefangen und zum Bier und Whisky ins *Molly's* eingeladen.«

»Sehr gut. Wann trefft ihr euch?«

Ich verziehe das Gesicht und schaue meine Schwester wenig begeistert an. »Erst mal gar nicht. Er hat es nur vorgeschlagen. Und direkt Dan zur Sprache gebracht. Lass mich raten, da hast du auch wieder deine Finger im Spiel?«

»Was heißt denn hier *auch wieder*?«

»Na ja … Simon?«

»Ach, mit dem habe ich doch nur telefoniert«, flötet Kenzie und gießt uns beiden einen Kaffee ein.

»Soso, nur telefoniert. Kenzie, hör bitte auf, dich um mein Wohl zu sorgen. Mir geht es gut. Ich brauche momentan nicht ständig Gesellschaft. Ich komme klar.«

»Mmh, natürlich«, murmelt Kenzie und fischt zwei Kekse aus der Dose, die auf der Arbeitsfläche steht. Ohne ein weiteres Wort reicht sie mir einen herüber.

»Und hör auf, mich zu mästen«, meckere ich gespielt und beiße genüsslich in die viel zu leckeren Shortbread Highlanders. Obwohl es das traditionelle schottische Buttergebäck wirklich überall zu essen gibt, schmecken Kenzies Kekse immer noch am besten. Bestehend aus nichts als Weizenmehl, Butter, Zucker und Salz sind sie wohl nichts für die schlanke Linie, aber gegen Kenzies Backkünste bin ich einfach machtlos.

»Mästen? Dass ich nicht lache. Klar, du isst gern, was ich koche, aber ich glaube, an deinem Körper ist nicht ein Gramm Fett zu viel. Das ist wirklich gemein, dass du und Niall alles essen könnt und nicht zusetzt, während ich die Kekse nur angucken muss und wieder ein Pfund mehr drauf habe.«

Liebevoll nehme ich sie in den Arm und drücke sie fest an mich. »Schwesterherz, du bist perfekt so, wie du bist. Und außerdem darf eine Frau weiblich sein. Eine Frau darf eh sein, wie sie möchte. Und wenn sie dann auch noch so toll kochen und backen kann wie du, ist sie sowieso die beste Partie, die man sich vorstellen kann.«

»Ah ja? Und warum rennen mir die Kerle dann nicht die Tür ein?«

»Weil sie doof sind.«

»Oder ich mir selbst einen backen muss?«

»Oder das«, grinse ich und drücke ihr einen Kuss aufs Haar. »Aber dann weißt du ja auch, dass der bei deinen Künsten in der Küche einfach sagenhaft wird.«

Jetzt muss selbst Kenzie lachen und ich merke, wie sehr mir diese Zeit mit meiner Schwester in den letzten Jahren gefehlt hat.

»Wie ist der Typ aus London denn? Typischer Cityboy?«

Ich greife erneut in die Keksdose und fische mir noch eine weitere Leckerei heraus.

»Typ?«, fragt Kenzie irritiert und wendet sich wieder ihrem Nudelteig zu, der inzwischen deutlich an Volumen gewonnen hat.

»Ja, du sagtest doch, dass er Jamie heißt und aus London kommt.«

»Ach so«, sagt Kenzie und ein Grinsen huscht über ihr Gesicht.

»Was?«, frage ich irritiert.

»Nix, nix«, antwortet sie und deutet im nächsten Moment auf die Einkäufe. »Würdest du so lieb sein und die Sachen jetzt runterbringen? Ich habe das kleine Cottage direkt neben deinem ausgewählt. Für den Notfall.«

»Wie, für den Notfall?«

»Na, wenn Jamie Hilfe brauchen sollte.«

»Der Kerl wird ja wohl noch in der Lage sein, ein paar Nächte in einem Cottage zu überleben. Aber zu deiner Beruhigung kann ich ihm ja noch mal zeigen, wie man Feuer macht, damit er sich nicht den Arsch abfriert.«

»Mach das«, schmunzelt Kenzie und schließt den Deckel der Keksdose, bevor ich ein drittes Mal zugreifen kann. »Genug jetzt. Es gibt später Essen und ich will nicht schuld sein, wenn du doch am Bauch ansetzt. Schließlich bist du auch nicht mehr der Jüngste.«

»Ich bin einunddreißig«, sage ich entrüstet. »Ich muss doch sehr bitten.«

Sie wirft mir einen Luftkuss zu und da sie nun auch das Nudelholz für den Teig rausgeholt hat, mache ich lieber schnell, bevor sie noch auf die Idee kommt, mir damit den Hintern zu versohlen.

Mit den vollen Einkaufstüten bepackt gehe ich den kurzen Weg vom Hotel runter in Richtung der Cottages. Die Getränke kann ich etwas später holen.

Ich komme nicht umhin, wie so viele Male zuvor von dem Anblick fasziniert zu sein, der sich vor mir auftut. Die Gegend um unser Hotel herum ist ein Traum. Nicht nur hat man einen sagenhaften Ausblick auf die schottischen Highlands mit ihren steil aufragenden Felswänden, sondern besonders der See hat es mir angetan, an dem die kleinen Cottages liegen. Vor allem wenn die Sonne tief steht, fällt das Licht fast mystisch zwischen den Bäumen hindurch auf den See.

Als ich mich den kleinen Hütten nähere, sehe ich Niall in der geöffneten Tür eines der Cottages stehen. Seine linke Hand hat er in die Hosentasche gesteckt, während er sich lachend mit der rechten über die kurzen Haare fährt. Fast könnte man denken, er würde flirten.

Moment … flirten? Ich mag ja eine Zeit lang von Finnegan weg gewesen sein, aber die Vorstellung, dass mein Bruder auf einmal auf Männer steht, verwirrt mich.

Neugierig gehe ich die letzten Meter auf das Cottage zu und kann einige Gesprächsfetzen auffangen, die für mich aber überhaupt keinen Sinn ergeben. Seit wann interessiert sich Niall für High Heels und tauscht sich mit einem Kerl darüber aus?

Irgendwie ist das alles sehr irritierend.

Dann aber entdeckt mein Bruder mich und sofort ändert sich seine Körpersprache. Er zieht hastig die Hand aus der Tasche und stellt sich sichtlich breiter auf.

»Liam«, sagt er mürrisch, nickt kurz und scheint nicht ganz glücklich darüber zu sein, dass ich hier auftauche.

»Hi«, antworte ich ebenso kurz und finde die Situation äußerst befremdlich. »Kenzie schickt mich mit den Einkäufen.«

»Aaaah, super«, höre ich aus dem Inneren der Hütte und Sekunden später taucht ein blonder Haarschopf in der Tür auf. Und der gehört definitiv nicht zu einem Mann, sondern zu der Frau, die vor ein paar Stunden in Edinburgh vor mir Reißaus genommen hat.

8

JAMIE

»Ach du heilige Scheiße«, kommt es mir schneller über die Lippen, als ich meinen Kopf und meinen Mund unter Kontrolle bringen kann.

Hatte Bekka mir heute Morgen am Telefon nicht noch beruhigend zugeredet, dass ich ihn eh nicht wiedersehen würde? Weit gefehlt. Es sind keine vierundzwanzig Stunden vergangen und mir gegenüber steht meine heiße Bekanntschaft der letzten Nacht, von der ich sang- und klanglos runtergesprungen bin. Na bravo! Der Kerl sieht heute tatsächlich mindestens genauso heiß aus wie gestern. Zwar trägt er jetzt keinen Anzug mehr, aber in diesem lockeren Outfit mit zerrissener Jeans, T-Shirt und Hemd sieht er nahezu genauso gut aus. Wenn nicht noch ein wenig verwegener. Ich habe definitiv eine Schwäche für Männer in etwas tiefer ausgeschnittenen Shirts, die einen kleinen Blick auf eine trainierte Brust zulassen.

»Also ich muss sagen, Bruderherz, du hast schon häufig eine einschlagende Wirkung auf Frauen gehabt, aber so eine Begrüßung hast selbst du noch nicht erfahren, oder?«

»Nicht dass ich wüsste«, knurrt der Typ, der scheinbar Nialls Bruder ist, und ohne dass ich etwas gesagt habe, drückt er sich mit vollgepackten Einkaufstüten an mir vorbei und stellt sie in der Küche auf die Anrichte. Dann dreht er sich zu mir um und schaut mich mit diesen Augen an, die mir schon gestern Abend nahezu den Verstand geraubt haben.

»Brauchst du sonst noch etwas?«

»Ähm, ich glaube, für den Moment nicht?«, antworte ich immer noch etwas verdattert und weiß nicht so genau, wie ich ihm gegenüber reagieren soll. »Ich bin übrigens Jamie«, sage ich schließlich und strecke ihm meine Hand zur Begrüßung entgegen. Nicht sonderlich eloquent, aber wenigstens ein Anfang.

»Liam«, antwortet er und ergreift meine Hand. »Wenn noch was sein sollte, ich habe das Cottage ein paar Meter weiter rechts am Ufer«, fährt er fort und für eine Sekunde spüre ich, wie er mit seinem Daumen über meine Haut fährt. Sofort bin ich wie elektrisiert und starre in seine Augen, die mich anfunkeln. Bevor ich ausmachen kann, welcher Ausdruck in ihnen liegt, mischt sich Niall ins Gespräch ein.

»Na dann haben wir das ja auch geklärt. Danke, Liam, ich kümmere mich jetzt hier um alles Nötige. Ich glaube, du kannst gehen.«

Für einen Moment scheint die Temperatur im Cottage spürbar gesunken zu sein, denn Liam zieht ruckartig seine Hand zurück und ich merke, wie er sich seinem Bruder gegenüber aufbaut und seinen Körper minimal so bewegt, dass man auch nur bei genauem Beobachten erkennen kann, dass zwischen diesen Brüdern keine Lockerheit besteht, sondern ernsthafte Rivalität. Ob es wegen mir ist, vermag ich nicht auszumachen. Nialls Körperhaltung ist auch mehr als angespannt und nichts ist mehr geblieben von dem lockeren Typen, der eben noch in meiner Eingangstür gelehnt und mit mir geplaudert hat.

Irgendwie mag ich diese Situation und die fast schon bedrohlich wirkende Atmosphäre nicht. Also entschließe ich mich, die Szene möglichst unauffällig aufzulösen.

»Ach Niall, das ist lieb, dass du das anbietest, aber ich würde mich tatsächlich gern etwas frisch machen und kurz die Füße hochlegen«, sage ich und berühre Niall kurz am Oberarm. Sofort funkeln Liams Augen wieder in meine Richtung. Ich räuspere mich, fahre dann aber fort: »Ich bin ein bisschen geschafft von der Fahrt und habe heute Nacht nicht ganz so viel Schlaf bekommen.«

Während sich eine leichte Enttäuschung auf Nialls Gesicht abzeichnet, schnellt Liams Blick erneut in meine Richtung und ich entdecke ein Feuer in ihm, das mir beinahe den Atem verschlägt. Begierde gemischt mit ... Wut? Vielleicht sollte ich besser nicht anfangen, seine Reaktionen zu deuten. Das kann nur nach hinten losgehen.

»Aye«, sagt Niall und geht ins Freie. »Dann sehen wir uns später beim Essen? Du wirst Kenzies Küche lieben.«

»Ganz bestimmt. Ich freue mich auf später, und danke erst einmal für deine Hilfe mit allem. Und beim Essen kannst du mir ausführlich von den ganzen Unternehmungsmöglichkeiten hier in der Gegend erzählen. Bin schon gespannt.«

Freudig nickt er mir zu und während er sich anschickt, den Weg zum Hotel einzuschlagen, bleibt Liam noch einen Moment in der Tür stehen. Sein Blick ist eindringlich und ich warte gespannt darauf, dass er mich auf meine Aktion gestern Nacht anspricht, aber er tut nichts dergleichen. Stattdessen nickt auch er nur kurz zum Abschied und geht dann ebenfalls aus der Hütte.

Ich folge ihm, bleibe aber in der Tür stehen. »Liam?«, rufe ich ihm dann doch hinterher und Gott sei Dank dreht er sich noch einmal kurz zu mir um. »Danke fürs Hertragen der Einkäufe.«

»Bedank dich bei Kenzie, die hat mich geschickt.«

Puuuh, freundlich ist etwas anderes, aber ich gebe so schnell nicht auf.

»Sehe ich dich später beim Essen?«

Für einen Moment schaut er mich nur an, nickt dann aber erneut kaum merklich. »Aye«, murmelt er und stiefelt ohne ein weiteres Wort den Weg zurück zum Hotel. Kurz lasse ich meinen Blick auf seinem athletischen Körper verweilen, der mich leider viel zu sehr an letzte Nacht erinnert. Dann gehe ich zurück ins Cottage und ziehe die Tür hinter mir ins Schloss.

Mit der Entwicklung habe ich ja mal so gar nicht gerechnet.

Ich hole mein Handy aus der Handtasche und wähle Bekkas Nummer an.

»Bist du endlich angekommen?«, fragt meine Freundin nach nur zweimal Klingeln und verzichtet sogar auf ein Hallo.

»Hör mir auf. Ich wäre besser in Edinburgh geblieben, oder als Alternative vielleicht in Inverness.«

»Wieso das? Also ich war zwar schon lange nicht mehr in Finnegan, aber das Hotel ist doch ein Traum.«

»Das Hotel ja!«

»Wie? Kenzie ist doch Zucker!«

»Kenzie ja!«

»Fängst du schon wieder damit an, dass ich dir alles aus der Nase ziehen muss? Das hatten wir doch heute Morgen schon einmal«, meckert Bekka und ich kann durch das Telefon hören, wie sie Gavin kurz mitteilt, dass sie zum Telefonieren ins andere Zimmer geht.

Eins muss ich meiner Freundin lassen: Obwohl sie eine Familie hat, nimmt sie sich immer Zeit für mich.

»Er ist hier.«

»Wer ist hier?«

»Mein Typ von letzter Nacht.«

»Nicht dein Ernst! Der heiße Feger, der so geil küssen kann?«

»Der heiße Feger, der so geil küssen kann.«

Für einen Moment ist es still am anderen Ende und ich kann quasi sehen, wie Bekka die Augen verdreht.

»Es ist dein Cousin«, sage ich schnell, bevor sie anfangen kann, erneut mit mir zu meckern.

»Nein! Du machst Scherze!«

»Ich wünschte, es wäre so. Wie groß ist bitte die Wahrscheinlichkeit, dass ich deinem Cousin in Edinburgh begegne und dann wenige Stunden später hier mitten in den schottischen Highlands wieder mit ihm konfrontiert werde? Irgendwer erlaubt sich doch einen gewaltigen Scherz mit mir.«

»Moment, dann kann es ja eigentlich nur Liam sein, oder?«

»Richtig.«

»Ui, ui, ui.«

Mehr kommt nicht von ihr.

»Was soll mir dieses *Ui, ui, ui* jetzt sagen, Bekka?«

Unruhig pilgere ich in der kleinen Küchenecke des Cottage hin und her.

»Na zumindest weiß ich jetzt, wie dein heißer Feger aussieht. Liam ist wirklich Eyecandy, das muss man ihm lassen. Da hättest du dir tatsächlich jemand Schlechteres für Nummer zwei der Liste aussuchen können. Trägt er immer noch diesen sexy Bart?«

»Ich würde es als Drei-bis-fünf-Tage-Bart bezeichnen. Ja, den trägt er noch. Aber das steckt nicht wirklich hinter dem *Ui, ui, ui*, oder?«

»Das habe ich nur gesagt, weil ich mir vorstellen kann, wie komisch die Situation für euch beide ist«, antwortet Bekka und irgendwie habe ich im Gefühl, dass sie mir etwas verheimlicht.

»Habt ihr über letzte Nacht gesprochen?«, fährt sie unbekümmert fort.

»Nein, das ging nicht. Niall war auch hier.«

In Gedanken spule ich die Szene noch einmal ab.

»Lass mich raten, Niall hat dich angegraben?«

Ich kann ein leichtes Grinsen in Bekkas Stimme erkennen.

»Na ja, was heißt angegraben. Er war auf jeden Fall sehr zugewandt, nennen wir es so.«

»Ja, das ist Niall immer. Aber er ist ein toller Typ und flirtet für sein Leben gern. Ich nehme an, Liam war nicht sonderlich begeistert davon?«

»Von was genau?«, frage ich und versuche, während ich telefoniere, herauszufinden, wie der Herd in der Hütte funktioniert, da ich mir eine Tasse Tee machen möchte. Vielleicht hätte ich Großstadtkind doch mal früher campen fahren sollen.

»Na davon, dass Niall dich vor seinen Augen anmacht?«

»Puuuh, das kann ich gar nicht so genau sagen, ob das sein Problem war, aber Liam wirkte insgesamt sehr angespannt. Ich glaube, sein Problem ist eher, dass ich hier bin.«

Wahrscheinlich hat er genauso wenig wie ich damit gerechnet, seinem One-Night-Stand der letzten Nacht noch einmal zu begegnen.

»Wie kommst du darauf?«

»Na ja, er wirkte nicht sonderlich begeistert, mich hier anzutreffen, und war sehr knapp angebunden. Aber jetzt, wo du es sagst … Die Stimmung zwischen den beiden war wirklich etwas unterkühlt. Wie kommt das?«

Gespannt warte ich auf ihre Antwort.

»Mmh«, sagt Bekka, »ich denke, das liegt bei den beiden in der Vergangenheit verankert. Sie sind sich zu ähnlich und sind beide Alphatiere. Liam war lange Zeit beruflich in Edinburgh, und jetzt, wo er wieder in Finnegan ist, hat Niall auf einmal

Konkurrenz und muss sich vielleicht auch etwas unterordnen, weil Liam der Ältere der beiden ist.«

»Ah, okay«, antworte ich und nehme mir vor, die Situation zwischen den beiden in den nächsten Tagen etwas genauer zu beobachten.

»Verpflegst du dich eigentlich selbst? Kenzie sagte, du wärest in einem der Cottages am See untergebracht? Die sind doch einfach traumhaft, oder?«

»Traumhaft hübsch sind sie definitiv, aber dass ich mich hier allein verpflegt bekomme, wage ich zu bezweifeln. Ich schaffe es ja noch nicht mal, mir einen Tee zu kochen«, lache ich, während ich es inzwischen aufgegeben habe, den Herd funktionstüchtig zu bekommen. Mit Schrecken habe ich bereits festgestellt, dass es keine Heizung gibt und das Cottage nur mit einem Kamin beheizt wird. Na das kann ja was werden. Hoffentlich erreicht die Wärme auch die zweite Etage des Cottages, denn sonst wird mir heute Nacht gewaltig kalt werden. »Ich bin auf jeden Fall froh, dass ich gleich im Hotel was zu essen bekomme. Ich sterbe nämlich vor Hunger.«

»Ja, freu dich drauf. Kenzie ist eine sagenhafte Köchin. Und backen kann sie auch wie eine junge Göttin. Vielleicht schaffst du es ja, wenn du wieder zurück nach London kommst, dir ein Carepaket für mich mitgeben zu lassen.«

Ich lache und verspreche Bekka im nächsten Atemzug, dass ich alles in meiner Macht Stehende tun werde, um Kenzie dazu zu überreden.

»Wunderbar, Liebes. Ich muss nun auflegen. Ich wünsche dir eine tolle Zeit. Versuch, dich zu erholen. Nimm dir Zeit für dich. Und genieß die Gegend. Es ist so toll da und ich kann es kaum erwarten, mit den Jungs und Gavin mal dort hochzufahren. Ach, und pass auf, dass dich heute Nacht kein Bär besucht.«

»Hier gibt es Bären?«, quietsche ich panisch ins Telefon.

Bekka lacht und hat Schwierigkeiten, sich wieder einzukriegen. »Na, ich denke nicht. Und sollte ein Rothirsch vor deiner Tür stehen, kannst du ihn ja mit deinen High Heels verjagen.«

Ich ziehe die Tür des Cottages hinter mir zu und nehme mir zum ersten Mal die Zeit, die Umgebung richtig in mir aufzunehmen. Dass das Hotel einfach zauberhaft ist, konnte ich schon bei meiner Ankunft sehen, aber was das Ganze noch besonderer macht, ist diese sagenhafte Szenerie, die sich vor meinen Augen auftut. Ich kann mich nicht erinnern, wann ich das letzte Mal so klare Luft eingeatmet habe und eine solche Stille um mich herum hatte. Selbst bei Nacht ist London nie ruhig. Hier habe ich zum ersten Mal seit Langem das Gefühl, wirklich Natur erleben zu können. Der See und das mächtige Bergrelief direkt vor meiner Haustür sind atemberaubend. Ich habe in der kurzen Zeit, in der ich hier bin, schon mehr Tiere gesehen als in einem Monat in London. Trotzdem hoffe ich, dass mich heute Nacht keine Bären oder Rothirsche besuchen werden. Definitiv ist diese Gegend aber ein Traumplatz zum Innehalten, Entschleunigen und Verweilen. Wie lange ich es allerdings ohne Zivilisation aushalten werde, darüber bin ich mir noch nicht sicher. Meinen Kampf mit dem Herd versuche ich für den Moment zu verdrängen.

Der Weg zum Hotel führt mich ein Stück am Ufer des Sees entlang und es stimmt, was über diese Region hier gesagt wird. Im Mai ist das Wetter durchschnittlich am besten. Es ist recht trocken und sonnig, da Finnegan im Einfluss des Golfstroms liegt, was sich sehr gut auf das Klima auswirkt. Im Vergleich zu anderen Ecken in den westlichen Highlands ist es relativ mild und es regnet weniger. Ich habe mir wohl die richtige Jahreszeit für diese selbstauferlegte Pause ausgesucht.

Weil Kenzie mir gesagt hat, ich solle das Hotel ruhig durch den Seiteneingang betreten, um in die privaten Bereiche der Familie zu kommen, mache ich das gern und höre auch schon das Klappern von Töpfen und vernehme einen verführerischen Geruch aus der Richtung, wo sich wohl die Küche befindet.

Als ich den Raum betrete, sehe ich Kenzie an der Arbeitsplatte stehen. Freundlich strahlt sie mich an.

»Da bist du ja. Konntest du dich ein bisschen ausruhen? Niall meinte, du hättest für einen Augenblick die Füße hochlegen wollen?«

»Ja, das hat ein bisschen geholfen. Ich bin tatsächlich ein wenig platt.«

»Ach, das ist bestimmt die Luftveränderung«, sagt sie, während sie eine Pastamaschine vor sich aufbaut. »Das passiert schnell. Aber ist doch nicht schlimm. Hier treibt dich ja keiner. Hast du dich schon ein bisschen einrichten können?«

»Ja, danke«, antworte ich und lasse meinen Blick durch die Küche gleiten. »Wow, das ist das erste Mal, dass ich in einer Hotelküche bin. Die ist ja riesig.«

Kenzie grinst und lässt ihren Blick ebenfalls über die Küchenausstattung gleiten. »So riesig jetzt auch nicht, aber definitiv nicht schlecht. Ich kann hier sehr gut arbeiten und das ist verdammt viel wert. Ich habe in Aberdeen in einem großen Hotel gelernt und bin puren Luxus und die beste Ausstattung gewohnt, aber ich finde, das *The Finnegan* muss sich wirklich nicht verstecken.«

»Und ich habe mir sagen lassen, dass deine Koch- und Backkünste legendär sind«, lache ich. »Ich soll dir übrigens von Bekka ausrichten, dass ich es bloß nicht wagen soll, hier ohne Carepaket abzureisen.«

»Verstanden«, zwinkert Kenzie mir zu und ich beobachte, wie sie beginnt, gekonnt den Pastateig durch die Nudelmaschine zu drehen. Mehrmals wiederholt sie diesen Vorgang und ändert zwischendurch den Walzenabstand.

»Was wird das?«, frage ich neugierig und bin ganz begeistert davon, dass der Pastateig von Mal zu Mal dünner wird und nicht bricht oder kleine Risse entstehen.

»Ich bereite den Teig für Ravioli vor. Magst du?«

»Pasta? Immer! Womit füllst du die Ravioli?«, frage ich weiter.

»Im Kühlschrank habe ich schon eine Bärlauch-Ricotta-Füllung stehen. Ich muss gleich nur noch die Zitronenbutter machen. Wenn du Lust hast, kannst du mir gern helfen.«

»Ähm, Kenzie, ich habe in der Küche zwei linke Hände. Ich bin super im Essenbestellen, aber selbst kochen? Es ist ein Wunder, dass ich noch keine Küche abgefackelt habe.«

»Ach, ich bin ja dabei. Keine Angst«, sagt Kenzie und drückt mir im nächsten Moment eine Schürze in die Hand, die ich mir umbinde.

Während Kenzie den Umgang mit dem Pastateig meistert, gebe ich wenige Minuten später die Bärlauch-Ricotta-Masse auf den Teig. Anfänglich stelle ich mich echt dumm an, aber nach einigen Startschwierigkeiten und, zugegeben, übertrieben aufmunternden Worten von Kenzie lässt sich langsam eine Gleichmäßigkeit erkennen. Stolz betrachte ich mein Werk, als Kenzie die Ränder mit Eigelb bestreicht und dann eine weitere Nudellage über der ersten ausbreitet. Mit einer dafür vorgesehenen Form schneidet sie die einzelnen Ravioli aus und ich darf mit den Zinken einer Gabel vorsichtig die Ränder eindrücken.

»Na schau an«, sagt Kenzie und wäscht sich die Hände unter fließend Wasser. »Das sind doch richtige kleine Kunstwerke, die wir da gezaubert haben.«

»Allerdings. Du solltest hier Erlebniskochen anbieten. Du bist eine super Lehrerin.«

»Danke«, antwortet Kenzie geschmeichelt und schickt sich an, eine Zitronenbutter für die Ravioli vorzubereiten, die inzwischen in einem Topf Wasser kochen. »Allerdings weiß ich nicht, ob das noch so viel Sinn ergibt.«

Überrascht schaue ich sie an und blicke auf einmal in ein trauriges Gesicht. »Wie meinst du das?«, frage ich besorgt.

Kenzie atmet tief ein und dann wieder aus. »Dem *The Finnegan* geht es momentan nicht so gut. Man hat uns quasi Konkurrenz direkt in die Nachbarschaft gesetzt.«

»Und das merkt ihr so deutlich?«

»Ja, schon. Noch haben wir einige Buchungen, aber wir können hier einfach nicht das Angebot bieten, das dieser Hotelgigant schafft. Ich meine, wir haben hier kein Spa, keinen Indoorpool, keine Sauna.«

»Ja aber kommt man aus diesen Gründen in die Highlands?«, frage ich und sehe Kenzie an, dass ihr das wirklich zusetzt.

»Du vielleicht nicht, aber irgendwie scheint unser Hotel zumindest momentan nicht mehr so gefragt zu sein. Aber warten wir es mal ab. Vielleicht gehen die Buchungen im Sommer wieder hoch, und warum sollten nicht auch zwei Hotels hier im Umkreis des Loch Finnegan existieren?«

Ihr ist anzusehen, dass ihr dieser Umstand wirklich zusetzt.

»Stimmt. Das wird sicher so sein. Ich finde es übrigens superwitzig, dass hier irgendwie alles gleich heißt.«

»Wie meinst du das?«

»Na, der Ort heißt so, euer Hotel, der See, die Berge drum herum.«

»Ach so, ja«, lacht Kenzie und ich bin froh darüber, dass wieder ein Lächeln in ihrem Gesicht ist. »Stell dir mal vor, einer der Jungs hätte auch noch so geheißen. Schließlich ist Finnegan ja ein männlicher Vorname, der zwar häufiger in Irland vorkommt, aber auch hier in Schottland durchaus verbreitet ist.«

»Das wäre ja was gewesen«, antworte ich und überlege für einen Moment, ob ich den Namen passend für Liam oder für Niall gefunden hätte.

Während Kenzie für uns die Teller vorbereitet, beobachte ich das Treiben der anderen Köche in der Küche, die das Essen für die restlichen Hotelgäste anrichten. Alles läuft hier perfekt koordiniert. Kenzie schmeckt hin und wieder ab, bevor sie die einzelnen Gerichte freigibt und rauswinkt. Das Küchenteam ist eingespielt und allein der Duft der einzelnen Gerichte lässt mir das Wasser im Mund zusammenlaufen.

Plötzlich ertönen Stimmen aus dem Nachbarraum und irritiert schaue ich Kenzie an. Einige Gesprächsfetzen dringen an mein Ohr und ich kann sofort erkennen, dass es die Brüder sind, die sich gegenseitig verbal attackieren.

»Wenn du sie so toll findest, warum hast du dann nicht das Cottage für sie vorbereitet?«

»Wieso? Soll wieder jemand für dich alles erledigen, weil du Prioritäten setzt und andere Dinge bevorzugst?«

»Was soll das heißen? Worauf spielst du an?«

Das Geräusch von Stuhlbeinen ist zu hören, die über den Boden gezogen werden, so als würde jemand vom Tisch aufstehen.

Aus dem Augenwinkel sehe ich Kenzie, die auf einmal schnell wird und mit zwei Tellern auf dem Arm die Küche verlässt. »Nimm du bitte die anderen beiden«, ruft sie mir noch zu, ist aber schon aus der Tür heraus und auf dem Weg ins Nebenzimmer, wo sich der Streit abzuspielen scheint.

Schnell greife ich die anderen beiden Teller und folge ihr.

Als ich hinter Kenzie durch die Tür trete, sehe ich Niall und

Liam voreinander stehen. Die Anspannung ihrer Körper ist für jeden ersichtlich. Zwischen die beiden passt kaum ein Blatt und es scheint, als wären Kenzie und ich zur richtigen Zeit gekommen. Obwohl wir nicht gerade leise in den Raum getreten sind, lassen sich die Männer nicht von uns ablenken.

»Ich habe dich gefragt, auf was du anspielst«, höre ich Liam wiederholt sagen, als ich für eine Sekunde überlege, hinter Kenzie noch einen Schritt weiter in den Raum zu gehen. Dunkel funkelt Liam seinen Bruder an. Instinktiv bleibe ich wie angewurzelt stehen und rühre mich nicht von der Stelle.

Niall weicht nicht einen Millimeter vor seinem Bruder zurück. Die Luft ist zum Bersten gespannt. Selbst aus der sicheren Entfernung kann ich sehen, dass die Situation ernst ist und die Brüder kurz davor sind, aufeinander loszugehen. Immer noch lassen sie sich nicht von unserer Anwesenheit stören. Vielleicht sind sie so ineinander vertieft und von der Situation übermannt, dass sie uns gar nicht wirklich wahrnehmen.

»Na los, sag schon«, reizt Liam seinen Bruder weiter. »Worauf spielst du an?«

»Das weißt du ganz genau«, klingt Nialls Stimme durch den Raum. Eiskalt und voller Provokation.

Dann geschieht alles ziemlich schnell. Liam bewegt sich minimal und zu meiner Überraschung ist es Kenzie, die auf einmal mitten zwischen ihren Brüdern steht. Obwohl sie sicherlich zwanzig Zentimeter kleiner als die beiden ist, scheint sie keinerlei Angst zu haben.

»Es reicht, Jungs. Entweder kriegt ihr euch sofort ein und reißt euch zusammen, oder jeder von euch verschwindet und kühlt sich ab. Wir haben Besuch. Ihr benehmt euch wie Idioten.«

Liam und Niall trennen sich zwar voneinander, aber von Beruhigung ist nichts zu sehen. Beide atmen angestrengt und scheinen hin- und hergerissen zu sein, sich dem Willen von Kenzie zu beugen oder aufeinander einzuschlagen.

Schließlich ist es Niall, der sich wie selbstverständlich an den Tisch setzt und sich Wasser aus einer Karaffe einschenkt. »Und, Kenzie? Was gibt es Leckeres zu essen? Ich habe einen Bärenhunger. Und wie wunderbar, dass du auch da bist, Jamie. Setz dich zu mir.«

Ohne mich zu fragen, gießt er mir auch etwas zu trinken ein und zieht mir den Stuhl zurecht. Völlig überrumpelt von der Situation stelle ich ihm einen der Teller hin und setze mich dann neben ihn.

»Liam?«, fragt Kenzie und deutet auf den Platz neben sich. »Willst du mit uns essen? Jamie hat beim Kochen geholfen.«

Liams Blick wandert von seinem Bruder zu mir und wieder zurück. Für einen Moment scheint er zu überlegen und mit sich zu ringen, dann schaut er seine Schwester an und antwortet: »Nein danke. Mir ist der Appetit vergangen. Ich brauche frische Luft.«

Sichtlich angespannt und ohne ein weiteres Wort verlässt er den Raum und zieht die Tür eine Spur zu heftig hinter sich ins Schloss.

Es ist still und ich schaue verlegen zwischen Kenzie und Niall hin und her. Statt irgendetwas zu der Situation zu sagen, zieht Niall den Teller mit Essen näher an sich heran und beginnt, genüsslich die Ravioli zu sich zu nehmen.

»Entschuldige, dass du das mitbekommen hast«, sagt Kenzie und zieht sich ebenfalls einen Stuhl an den Tisch. »Die Jungs haben anscheinend verlernt, sich richtig zu benehmen, wenn Besuch da ist.«

Niall hört auf, zu essen, und sieht seine Schwester an. »Gib mir nicht die Schuld dafür, dass Liam ausgerastet und abgehauen ist.«

»Ich habe nicht gesagt, dass du Schuld hast. Ihr habt euch beide nicht mit Ruhm bekleckert und ich bin froh, dass ich noch dazwischengehen konnte. Wo kommen wir denn hin, wenn sich Brüder untereinander so angehen?«

Nialls Blick ist auf seine Schwester gerichtet und er scheint zu überlegen, was er sagen soll. »Soll ich mir seine Unverfrorenheit einfach so gefallen lassen? Ich meine, wer glaubt er denn, wer er ist? Der große Macker aus der tollen Hotelwelt, der meint, wenn er wieder hier ist, tanzt alles nach seiner Pfeife? Wer ist denn schuld, dass die Dinge jetzt so sind, wie sie sind?«

Es ist deutlich zu erkennen, wie viel Wut in Niall steckt.

»Du weißt genau, dass das so nicht stimmt. Und ich will das jetzt auch nicht wieder durchdiskutieren. Diese Schuldzuweisungen bringen nichts und bringen Mum und Dad auch nicht mehr zurück.«

Während ich bis jetzt verlegen auf meinen Teller gestarrt und möglichst versucht habe, mich unauffällig zu verhalten, schnellt nun mein Kopf hoch und ich schaue irritiert zwischen Kenzie und Niall hin und her.

»Möchtest du es ihr sagen, oder soll ich?«, fragt er, schiebt seinen leeren Teller von sich und lehnt sich auf dem Stuhl zurück.

Mir ist die Situation sichtlich unangenehm, denn scheinbar ist in dieser Familie etwas vorgefallen, was die Brüder so entzweit hat.

»Es geht mich nichts an, ihr müsst dazu nichts sagen. Es muss euch auch nicht beirren, dass ich den Streit mitbekommen habe. So etwas kommt ja in den besten Familien vor.«

Verlegen rutsche ich auf meinem Stuhl hin und her.

»Schon möglich«, antwortet Kenzie, »aber ich denke, diesen Satz können wir nicht einfach so im Raum stehen lassen.«

Auch sie schiebt ihren leeren Teller ein Stück von sich, gießt sich aber zunächst noch ein Glas Wasser ein, bevor sie beginnt, zu erzählen.

»Du hast ja mitbekommen, dass das *The Finnegan* ein Familienhotel ist. Unsere Großeltern haben es vor vielen Jahren gekauft, hergerichtet und unsere Eltern haben es später übernommen. Ähnlich wie ich hat unsere Mutter die Küchenleitung innegehabt und unser Dad hat sich um die Organisation des Hotels gekümmert. Neumodisch nennt man das in der Hotelsprache wohl General Manager. Er selbst nannte sich Mädchen für alles.«

Während Kenzie erzählt, kann ich Niall beobachten, der ihr gebannt zuhört und beim letzten Satz selbst etwas schmunzeln muss.

»Ich habe dir ja bereits erzählt, dass ich damals zur Ausbildung nach Aberdeen gegangen bin. Für mich ist aber immer klar gewesen, dass ich danach wieder nach Hause kommen werde, um die Küche hier irgendwann zu übernehmen und im Familienunternehmen zu arbeiten. Niall hat schon während der Schulzeit viel im sportlichen Bereich gearbeitet und seinen Fokus weniger auf das Hotelwesen gelegt, wobei er tatsächlich gerade überlegt, wie er seine Fachkenntnisse für unser Hotel einbringen kann.«

»Und Liam?«, frage ich neugierig.

»Liam hat an der Universität in Edinburgh seinen Master im International Business und Emerging Markets gemacht. Irgendwie ist er immer der Typ gewesen, der raus aus dem Kleinstadtmief wollte. Raus in die weite Welt. Das war uns als Familie immer klar und unsere Mutter hat ihm tatsächlich den Vogel gezeigt, als er nach der Schule gesagt hat, er könne auch zu Hause bleiben und hier helfen. Ich glaube, er war erleichtert, dass er ausziehen durfte und niemand ihm vorgeschrieben hat, dass er auch im Familienunternehmen tätig werden muss.

Trotzdem hat Liam das Hotelwesen immer geliebt, hat sich aber nach dem Studium entschieden, in Edinburgh zu bleiben. Und so ist er dann General Manager im *The Stewart* geworden.«

Als Kenzie den Namen des Hotels erwähnt, schnellen meine Augenbrauen erneut hoch. Man kennt ihn da, wo wir uns kennengelernt haben? Deswegen wahrscheinlich auch die Suite.

»Er fühlte sich immer schon zu Größerem berufen«, knurrt Niall, verstummt aber schnell, als er einen bösen Blick von Kenzie erntet.

»Wo sind eure Eltern jetzt? Haben sie das Hotel an euch abgegeben? Und warum ist Liam inzwischen wieder hier? Er arbeitet doch nicht mehr in Edinburgh, oder?«

Im nächsten Moment könnte ich mich für meine Neugierde ohrfeigen, denn ich sehe sowohl Kenzie als auch Niall an, dass ihnen bei der Frage Kummer ins Gesicht tritt.

»Unsere Eltern sind tot«, sagt Kenzie leise.

»Vor knapp drei Jahren verunglückt«, ergänzt Niall.

Mir stockt der Atem und erschrocken schaue ich zwischen den Geschwistern hin und her. »Oh mein Gott, das tut mir furchtbar leid. Wie ist das passiert?«

»Autounfall«, sagt Kenzie. »Dad hatte einen Herzinfarkt hinterm Steuer, hat die Kontrolle über den Wagen verloren und ist zusammen mit Mum verunglückt.«

Obwohl ich die beiden nicht gekannt habe, treten mir Tränen in die Augen, denn ich sehe den Schmerz in Nialls und Kenzies Gesichtern.

»Und es ist Liams Schuld«, sagt Niall dann nüchtern.

Sofort erhebt Kenzie ihre Stimme. »Fang nicht wieder damit an. Du weißt, dass so etwas nichts bringt und auch nicht richtig ist. Es ist keine Hilfe, wenn du es wieder und wieder betonst. Damit hilfst du keinem. Und wir wissen beide, dass weder du noch ich das wirklich glauben.«

»Aye«, sagt Niall nur, aber ich sehe, dass seine Schwester zu ihm vordringt. Zumindest für den Moment ist er still.

»Du fragst dich sicher, was Niall mit seiner Aussage meint«, fährt Kenzie fort und wendet sich in meine Richtung.

Vorsichtig nicke ich.

»Nun«, beginnt sie. »Liam hat einen alten Studienfreund in Edinburgh, der dort eine Whiskydestillerie hat. Wir servieren hier bei uns in der Bar ein reichhaltiges Angebot an unterschiedlichen Whiskys, und auch welche aus den Lowlands. Normalerweise wickelt Liam die Einkäufe direkt vor Ort ab, konnte sich aber damals an dem Tag nicht darum kümmern.«

»Wollte nicht«, knurrt Niall dazwischen.

»Konnte nicht«, wiederholt Kenzie, »da er beruflich extrem im Hotel eingespannt war und andere Verpflichtungen hatte.«

»Unsere Eltern haben dann entschieden, selbst nach Edinburgh zu fahren, um die Dinge selbst zu regeln und neuen Whisky einzukaufen. Das haben sie schon öfter gemacht und es war auch nichts dabei. Auf dem Weg dorthin ist der Unfall passiert.«

Ich schließe für einen Moment die Augen und halte die Luft an, kann kaum glauben, was das für die Geschwister und vor allem auch für Liam bedeutet hat.

»Er hat sich furchtbare Vorwürfe gemacht. Für eine Weile ging es ihm unfassbar schlecht. Er ist vor sich hinvegetiert und wir haben uns wirklich Sorgen um ihn gemacht, dass er abrutscht oder sich vielleicht sogar etwas antut. Seitdem hasst er alles, was mit Edinburgh zu tun hat, und fährt nur noch wegen des Whiskys regelmäßig in die Stadt. Ein gutes Gefühl habe ich dabei nie. Liam hat damals innerhalb kürzester Zeit seinen Job in Edinburgh gekündigt und ist zurück nach Finnegan gekommen, um das Hotel zusammen mit uns zu führen.«

»Na, zumindest versucht er es, führt sich aber auf, als würde ihm das ganze Ding gehören.«

Es ist Niall deutlich anzumerken, wie groß seine Wut ist, die gleichzeitig so viel Schmerz ausdrückt.

»Ich glaube, er hat schreckliche Schuldgefühle«, sagt Kenzie leise, stellt die Teller zusammen und verteilt den Nachtisch, den sie vorbereitet hat, in kleine Schälchen. Frischer Apple Crumble. Dann fährt sie fort: »Und Niall macht es ihm auch nicht sonderlich einfach.«

»Weil du ihm die Schuld am Tod eurer Eltern gibst?«, frage ich vorsichtig.

»Vielleicht zum Teil, ja«, antwortet er leise. »Aber eigentlich sehe ich ihm an, dass es ihn zerreißt, und das schmerzt mich mindestens genauso.«

»Was ist es dann, warum die Situation so schwierig zwischen euch ist?«

Niall schaut seine Schwester an und als Kenzie nickt, spricht er weiter. »Dem Hotel geht es seit geraumer Zeit nicht mehr gut. Liam denkt, dass wir das nicht bemerken, aber wir sind nicht blind. Wir wissen auch, wie die Sache läuft. Er hasst es, weil er unseren Eltern gerecht werden will, alles in ihrem Namen weiterführen will und gerade merken muss, dass das Ding den Bach runtergeht. Dafür kann keiner was, aber er sieht sämtliche Schuld bei sich. Tja, und leider ist er dadurch ein riesengroßes Ekel zu allen.«

»Nicht zu allen«, korrigiert Kenzie.

»Okay, nur zu mir«, sagt Niall.

»Warum?«, frage ich erneut vorsichtig.

»Weil wir uns zu gleich sind. Weil ich will, dass er sich seinen inneren Dämonen stellt und mit uns über alles redet. Dass er erkennt, dass er nicht der große, starke Bruder sein muss, der die Welt rettet. Dass das niemand von ihm verlangt.«

»Niall drückt das jetzt so positiv aus«, murmelt Kenzie. »Eigentlich sieht jeder, dass die beiden Brüder sich lieben, aber beide sind zu stolz, über Gefühle zu sprechen. Störrische Schotten halt. Du siehst, welch wichtige Aufgabe ich hier habe?«

»Aye«, sage ich und im nächsten Moment lachen sowohl Kenzie als auch Niall schallend los. Irritiert schaue ich sie an.

»Na das geht ja wunderbar schnell, dass wir Schotten auf dich abfärben«, grinst Niall und ich bin froh, dass die ernste und traurige Stimmung wieder etwas heiterer ist. Das »Aye« ist mir schneller als ich denken konnte über die Lippen gekommen und innerlich muss ich lachen, dass die Menschen hier so schnell Einfluss auf mich haben.

»Danke, dass ihr mir das anvertraut habt. Ist nicht selbstverständlich, diese doch sehr private Sache einer Fremden zu erzählen.«

»Du bist doch keine Fremde«, lacht Kenzie. »Du bist Bekkas beste Freundin und somit quasi Familie. So läuft das hier bei uns in den Highlands.«

»Genau«, ergänzt Niall. »Und außerdem habe ich dir bei deiner Ankunft schon gesagt, dass ich es schaffe, dich an mich und die Highlands zu gewöhnen. Das *Aye* ist bereits der Anfang.«

9

LIAM

Warum ausgerechnet sie? Warum muss sie hier auftauchen? Und warum muss sie den Streit zwischen mir und Niall mitbekommen? Wie erschrocken sie in der Tür gestanden hat. Fuck. Sie muss denken, ich bin ein Monster. Vor allem passt das so gar nicht zu dem Gentleman, den sie gestern Abend kennengelernt hat.

Frustriert beiße ich von meinem Sandwich ab und ärgere mich darüber, dass ich nicht doch im Hotel mitgegessen habe. Gegen Kenzies Küche kommt keiner an. Sosehr ich Sandwiches liebe und gefühlt mein halbes Studium davon gelebt habe, würde ich jetzt tatsächlich ihr leckeres Essen vorziehen. Vor allem um den frischen Apple Crumble tut es mir leid, den ich verpasse. Und letztendlich auch Jamies Gesellschaft. Liebend gern hätte ich erfahren, was in drei Teufels Namen sie hier bei uns in den Highlands macht und wie sie hier gelandet ist. Ich meine, Finnegan ist nun wirklich nicht die Touristenhochburg schlechthin. Stattdessen hocke ich hier in der Hütte und ziehe mir allein ein Sandwich rein. Echt ein armes Bild, das ich abgeben muss.

Während ich den Käse, Schinken und Salat wieder in den Kühlschrank packe und das Brot im Schrank verstaue, lasse ich den Blick aus dem Fenster wandern. Das Hotel sieht auch in den Abendstunden einladend aus und wird wunderbar erleuchtet. Welch atemberaubender Anblick das vor dem massiven Bergrelief im Hintergrund immer wieder ist. Auch wenn ich hier fast mein ganzes Leben verbracht habe, kann ich dieses Anblicks nie müde sein. Ich verstehe nicht, wie Touristen das neue Luxushotel der Konkurrenz vorziehen können. Unser schlossähnliches Landhaus mit den alten Stilelementen und dem modernen Interieur ist einfach unschlagbar. Es ist etwas Besonderes und nicht alltäglich. Der Blick auf den Meeresarm, die Highlands und die Nähe zum Loch Shieldaig sind eigentlich überzeugend genug. Und letztendlich bieten wir nicht nur modern eingerichtete Zimmer mit einem fantastischen Ausblick auf diese sagenhafte Landschaft, sondern auch unser Restaurant und unsere Bar mit der großen Auswahl an Whiskyabfüllungen sind unschlagbar. Natürlich ist man auf eigene Dinge immer besonders stolz, aber letztendlich bin ich nicht neu im Hotelgewerbe und kann Qualität erkennen. Irgendwie gelingt es uns nur nicht mehr, die Aufmerksamkeit der Touristen zu erregen. Dass wir beliebt bei den Einheimischen und den Kennern der Region sind, zeigt sich regelmäßig, aber frischer Wind weht hier kaum und neue Gesichter sieht man nur noch selten.

Das war mal anders. Früher, als Mum und Dad das Hotel geleitet haben. Jetzt bleiben die Buchungen mehr und mehr aus.

Das musste ich leider eben wieder feststellen, als ich nach dem Streit mit Niall durch die Eingangshalle des Hotels gestapft bin. Gott sei Dank hält Iain dort heute die Stellung und ich muss mich erst morgen wieder um Hotelangelegenheiten kümmern.

Mit meiner Laune wäre ich nicht die beste Gesellschaft gewesen. Ein Blick durch das Hotelfoyer und in die angrenzende Bar hätte auch nicht bei der Verbesserung meiner Stimmung geholfen. Wieder viel zu leer für diese Jahreszeit. Es ist zum Verrücktwerden. Ich muss mich definitiv in den nächsten Tagen mit den Büchern beschäftigen und überlegen, wo wir Dinge einsparen können. Der Gedanke, dass wir Personal entlassen müssen, ist erschreckend und nichts, über das ich heute Abend nachdenken will.

Ich lasse mich aufs Sofa fallen, schalte den Fernseher an und merke innerhalb von wenigen Sekunden, dass ich mich nicht auf das konzentrieren kann, was sich vor mir auf der Mattscheibe abspielt. Wieder und wieder wandern meine Gedanken zu der viel zu anziehenden Frau, die nur wenige Meter von mir entfernt im Nachbarcottage eingezogen ist. Bestimmt wird sie gerade mit Kenzie und Niall im Hotel gemütlich bei einem leckeren Drink zusammensitzen. Dass mein Bruder nichts anbrennen lässt und hemmungslos mit ihr flirten wird, ist ziemlich wahrscheinlich. Aber wer verübelt es ihm. Ich habe es gestern Abend nicht anders gemacht. Habe sogar meine Finger über ihren Körper gleiten lassen, mich in ihr versenkt. Habe ihre Leidenschaft und ihre Lust gespürt, geschmeckt, erlebt.

Tatsächlich passt es mir überhaupt nicht, dass Jamie mir nicht aus dem Kopf geht. Warum eigentlich? Es ist ja nicht so, als hätte ich nicht schon vor ihr durchaus attraktive Frauen gedatet und in meinem Bett gehabt. Aber selten hat eine so einen bleibenden Eindruck hinterlassen.

Ich lasse meine Gedanken wieder zu letzter Nacht wandern und merke, wie ich von Sekunde zu Sekunde frustrierter werde. Was ist es, das mich so an ihr fasziniert? Dass sie abgehauen ist? Dass sie mir durch ihr Verschwinden sämtliche Entscheidungen abgenommen hat? Dass sie mir ein Rätsel ist? Dass ich unbedingt den Ausdruck in ihren Augen verstehen will?

Frustriert werfe ich die Fernbedienung neben mich aufs Kissen und horche im nächsten Moment erstaunt auf. Hat es an der Tür geklopft? Ich schalte den Fernseher stumm und lausche erneut. Da, wieder dieses leise Klopfen. Zaghaft, aber definitiv da.

Ich stehe auf, stelle den inzwischen leeren Teller auf die Anrichte und gehe zur Tür. Als ich höre, wie sich Schritte langsam entfernen, öffne ich sie und kann Jamie erkennen, die sich gerade wieder anschickt, sich von meinem Cottage wegzubewegen.

»Jamie?«, frage ich überrascht, denn mit ihr habe ich heute Abend definitiv nicht gerechnet.

Sie dreht sich wieder zu mir um. In der Hand hält sie einen Teller. Mit Kenzies selbst gemachtem Apple Crumble.

»Ich wusste weder, dass wir neuerdings einen Lieferservice haben, noch, dass ich etwas bestellt habe«, sage ich und bin ein wenig überrascht, als Jamie einen Schritt auf mich zu macht und somit in den Schein der Lampe tritt, die auf der Veranda angebracht ist. Ihre langen blonden Haare schimmern nahezu golden in dem Licht.

»Nun ja«, murmelt sie und scheint ein wenig verlegen. »Eigentlich ist es eher ein Bestechungsversuch.«

Irritiert schaue ich sie an. »Bestechungsversuch? Wie muss ich das verstehen?«

Für einen Moment schweigt sie, drückt mir dann den Teller in die Hand und dreht sich wieder um. »Ach, schon gut.«

Schnell stelle ich den Teller neben der Tür auf der Anrichte ab und überlege kurz, nach ihrem Arm zu greifen, entscheide mich dann jedoch dagegen. »Jamie, was ist los? Was brauchst du?«

Zu meiner Überraschung bleibt sie stehen, dreht sich um und wirkt irgendwie ... erleichtert. »Also«, murmelt sie. »Ich glaube, ich kann deine Hilfe wirklich gebrauchen.«

»Wobei?«

»Es ist mir etwas peinlich.«

Verlegen schaut sie auf ihre Schuhe.

»Wobei?«, wiederhole ich und verringere den Abstand zwischen ihr und mir.

Frustriert stöhnt sie auf und verschränkt ihre Arme vor ihrem Körper. »Ich komme mit der Technik nicht klar.«

Sie schmollt. Herrje, sie schmollt. Und warum müssen ihre Lippen dabei so unfassbar verführerisch aussehen?

Nur schwer kann ich mir ein Grinsen verkneifen. »Also ich weiß nicht, wovon du redest. Was für Technik meinst du?«

Sie sieht mich nahezu entrüstet an und scheint zu überlegen, was sie antworten soll. »Mach dich nicht lustig. Die Hütte ist zu kalt und weder kriege ich das mit der Heizung beziehungsweise mit dem Feuer hin, noch weiß ich, wie ich mir einen anständigen Tee kochen soll.«

Nun muss ich doch lachen. »Großstadtkind?«

»Ja, Mann, in meiner Küche und in meiner Wohnung ist das irgendwie anders. Ich drehe die Heizung an und sie läuft und ich habe einen Herd mit Ceranfeld und nicht so ein Ungetüm wie nebenan.«

Frustriert verschränkt sie die Arme vor der Brust und schaut mich forsch an.

»Und nun soll ich dir also helfen?«

»Wenn du das tun würdest? Außerdem hast du mir das heute angeboten.«

»Habe ich?«

Ich habe wirklich Mühe, mir ein Grinsen zu verkneifen.

»Hast du.«

»Wann?«, frage ich provozierend, weiß aber genau, wovon sie redet.

»Als du mir die Einkäufe rübergebracht hast und deinen Körper viel zu dicht an meinem vorbeigedrängt hast.«

»Viel zu dicht an deinem?«, wiederhole ich und beuge mich ihr ein Stückchen entgegen. Sie ist nicht klein, aber trotzdem gelingt es mir, einen kleinen Schatten über sie zu werfen.

Scheinbar unsicher verlagert sie ihr Gewicht von einem Bein aufs andere, löst die Arme vor ihrer Brust und fährt sich durch die Haare. Wenn sie nur wüsste, wie verführerisch sie in ihrer Verzweiflung aussieht.

Statt auf meine Frage einzugehen, entscheidet sie sich für eine Gegenfrage. »Hilfst du mir jetzt? Sonst muss ich doch noch einmal hoch ins Hotel und Niall fragen. Kein Problem. Musst du nur sagen. Dachte nur, das hier wäre der kürzere Weg.«

Eins muss ich ihr lassen, sie weiß, wie sie Dinge erreicht. Ich funkle sie mit einer Mischung aus Ärger und Belustigung an. »Aye«, sage ich dann und ziehe die Haustür hinter mir ins Schloss.

»Willst du dir nicht noch etwas anziehen?«, fragt Jamie mich und lässt ihren Blick an mir herunterwandern.

»Wieso?«, kontere ich. »Ich habe doch etwas an.«

»Ja, Joggingshorts und ein T-Shirt.«

»Und?«

»Ja, ist doch kalt.«

»Mir nicht. Aber danke, dass du so um mein Wohlbefinden besorgt bist. Ich weiß ja, dass du notfalls bestens darüber im Bilde bist, wie man mich heißmacht.«

Jamies Blick schnellt zu mir und ich bin froh, dass sie nichts zum Werfen hat. »Witzig«, knurrt sie und ich bin mir nicht ganz sicher, ob sie sauer ist oder meinen Kommentar vernünftig einordnen kann.

Mit einem Wink signalisiere ich ihr, dass sie den Vortritt hat, und während wir die wenigen Meter von meinem zu ihrem Cottage gehen, habe ich die Möglichkeit, ihren Körper etwas genauer in Augenschein zu nehmen. Zumindest ihre Rückseite. Nicht, dass ich das nicht schon in der letzten Nacht ausgiebig getan hätte. Zwar ist ihr Outfit immer noch nicht ganz highlandtauglich, aber sie hat die Lederleggins, den hellen Pullover und die hohen Schuhe gegen eine schwarze Chino, ein schwarzes Shirt, eine braune Lederjacke und flache Schuhe eingetauscht. Ihre Figur ist sportlich. Schlank, aber nicht dürr. Sie ist weiblich und das gefällt mir an Frauen.

»Ob das sehr peinlich ist, habe ich gefragt.«

Erwischt.

»Ähm, was meinst du?«

Gut, dass sie bei der einsetzenden Dunkelheit nicht erkennen kann, dass ich leicht überrumpelt bin.

»Na, dass ich nicht wildnistauglich bin. Wo bist du mit deinen Gedanken?«

Ich lache.

»Was ist daran so lustig?«

»Nichts, aber dass du das hier als Wildnis bezeichnest, ist schon interessant. Vielleicht sollten wir mal zusammen auf Wander- oder Klettertour gehen?«

»Gott bewahre, besser nicht. Also?« Sie wendet sich mir zu und scheint auf eine Antwort zu warten.

»Nein, alles cool. Hier funktioniert eben alles etwas anders, und der Herd zum Beispiel mit Gas. Das ist nicht schwierig, man muss nur wissen, wie es geht.«

»Du meinst also, ich habe noch eine Chance auf einen Tee?«

»Bestimmt«, nicke ich und betrete hinter ihr das Cottage.

Obwohl sie erst heute angereist ist, nehme ich sofort ihren Geruch wahr, der auch schon in Edinburgh in meinem Hotelzimmer hängen geblieben war. Das ist doch verrückt. Dieser sinnlich-feminine Duft, der elegant wirkt. Warm. Eine Mischung aus Sandelholz und Vanille. Fruchtig und doch nicht zu süß.

Mit wenigen Handgriffen zeige ich ihr, wie sie den Herd benutzen kann. »Du weißt aber auch, dass du jederzeit oben im Hotel willkommen bist? Ich bin mir sicher, Kenzie hat dich fest bei den Mahlzeiten eingeplant.«

»Ich werde sicherlich nicht all die Lebensmittel schlecht werden lassen, die du hergebracht hast. Vielleicht muss es nicht unbedingt eine warme Mahlzeit sein, die ich hier koche, aber Pancakes zum Frühstück bekomme ich bestimmt hin. Und außerdem mag ich es, entspannt in den Tag zu starten.«

»Aye.«

»Sind eigentlich alle Schotten so kurz angebunden?«, fragt sie, streift ihre Lederjacke ab und legt sie auf den Sessel neben dem Kamin.

»Alle kenne ich nicht«, antworte ich grinsend und lehne mich an die Küchenzeile.

»Ach, nicht? Wo hier doch gar nicht so viele wohnen.«

»Sind alle Stadtmenschen so wie du?«

»Haha … das sind ja wohl einige mehr!«

Statt einer Antwort zwinkere ich ihr zu, stoße mich von der Küchenzeile ab, nehme ein paar Holzscheite vom Stapel und lege sie in den Kamin.

»Wow, ich glaube, ich habe noch nie irgendwo geschlafen, wo noch mit einem Kamin geheizt wird«, sagt Jamie und kniet sich neben mich.

Sie beobachtet genau, wie ich die Holzscheite passend aufstaple, und als wenige Minuten später ein angenehmes Feuer den Raum erwärmt, quietscht sie aufgeregt.

»So spektakulär ist das jetzt auch nicht«, lache ich und stelle mich wieder hin.

»Aber so was von! Du hast Feuer gemacht.«

Sie drückt sich auch wieder aus der Hocke hoch und lehnt sich neben mich an die Couch.

»Möchtest du mir auch noch applaudieren?«

»Meinst du, das hast du dir verdient?«, fragt sie mich und schaut mich erneut von oben bis unten an.

»Na ja, heute vielleicht noch nicht, aber gestern Nacht konntest du dich nicht beklagen, oder?«

Amüsiert beobachte ich, wie ihr die Röte ins Gesicht schießt. Überraschenderweise ändert sie ihre Strategie und schaut mir direkt in die Augen.

»Du provozierst gern, oder?«

»Wie meinst du das?«

»Na ja, ich scheine zu wissen, wie ich dich heißmachen kann, ich soll dir für deine Meisterleistung gratulieren und klatschen. Ist das eine gewisse Form von Selbstverliebtheit, um nicht zu sagen, purer Arroganz?«

»Nun, vielleicht ist es auch einfach absolutes Wissen über meine Fähigkeiten«, antworte ich und verringere den Abstand zwischen ihr und mir nur ein minimales Stück. Dieses Mal weicht sie zu meiner Überraschung nicht zurück und schaut mir weiterhin direkt in die Augen.

»Liam, ich werde applaudieren, wenn du es schaffen solltest, einen bleibenden Eindruck zu hinterlassen. Für den Moment sage ich Danke fürs Feuermachen und hoffe, dass du dir den Apple Crumble schmecken lässt. Leicht angewärmt schmeckt der besonders gut. Kannst du ja vielleicht kurz auf den Herd stellen oder vor den Kamin. Du weißt ja, wie das mit dem Erwärmen, ach nee, warte, Heißmachen, geht.«

Dann drückt sie sich von der Couch ab, lächelt mir zu und öffnet die Tür zur Hütte.

»Danke für deine Hilfe, aber ich werde jetzt schlafen. Ich bin k. o. vom Tag. Du weißt ja, in manchen Nächten bekommt man nicht so viel Schlaf.«

Biest! Na warte, dir werde ich zeigen, wie man einen bleibenden Eindruck hinterlässt.

Auch wenn sie in diesem Moment sehr siegessicher wirkt, rechnet sie sicherlich nicht mit meiner Reaktion. Grinsend gehe ich in ihre Richtung und schicke mich an, das Cottage zu verlassen. Statt allerdings hinauszutreten, bleibe ich vor ihr stehen und schaue ihr tief in die Augen.

»Weißt du übrigens, von was ich auch überzeugt bin?«

Erwartungsvoll schaut sie mich an, beißt sich wahrscheinlich unbewusst auf die Unterlippe und hat keine Ahnung davon, was diese kleine Geste in mir auslöst.

»Was?«, fragt sie.

Mit einer schnellen Bewegung schiebe ich meine Hand in ihren Nacken und ziehe sie dicht an mich.

»Never change a running system.«

Und mit diesen Worten presse ich meine Lippen auf ihre und setze alle Kraft daran, das Feuer zu ignorieren, das tief in meinem Inneren entfacht.

10

JAMIE

Es ist kurz nach sechs Uhr morgens, ich liege hellwach im Bett und starre an die Decke. An Schlaf ist nicht mehr zu denken, seit draußen vor meinem Cottage irgendjemand angefangen hat, Holz zu hacken. Hat dieser Jemand eigentlich mal auf die Uhr geschaut? Es ist ja nicht so, als hätte ich gestern schon um halb zehn selig geschlafen. Wie auch, nach dem völlig überraschenden Kuss von Liam. Da küsst der mich einfach aus heiterem Himmel und lässt mich ohne ein weiteres Wort stehen. Gut, vielleicht ist es gar nicht so schlecht, dass er sich nicht umgedreht und gesehen hat, wie ich wie ein Fisch auf dem Trockenen nach Luft geschnappt habe. Aber wie könnte ich das auch nicht?

Dieser Mann ist unberechenbar. Den Kuss habe ich auf jeden Fall nicht kommen sehen und ich glaube, ich sollte ihm nicht so ein großes Gewicht geben. Liam scheint ein Typ zu sein, der von Emotionen getrieben ist und das tut, wonach ihm gerade ist. Das hat er bereits in Edinburgh bewiesen. Und dass er leidenschaftlich ist, hat er mir nicht nur in seinem Hotelbett vorgeführt, sondern hat sich auch in dem gezeigt, wie leidenschaftlich er mit seinem Bruder gestritten hat. Für einen Moment hatte ich wirklich Angst, dass die beiden übereinander herfallen, aber zum Glück war Kenzie da und konnte die Situation auflösen. Nicht auszudenken, wenn Fäuste geflogen wären.

Schon krass, dass Liam nicht wirklich ein Wort zu unserer gemeinsamen Nacht verloren hat. Bis auf die Anspielungen scheint es ihm völlig gleichgültig zu sein, dass wir einen sehr intimen Moment miteinander erlebt haben. Entweder habe ich keinen sonderlich guten Eindruck hinterlassen oder er ist wirklich ziemlich abgebrüht und macht das regelmäßig. Für einen Augenblick frage ich mich, ob er oft die Penthouse-Suite im *The Stewart* für solche nächtliche Aktion nutzt.

Dann wird mir bewusst, dass das Geräusch draußen aufgehört hat, und ich erstarre, als plötzlich jemand unten die Tür zu meiner Hütte öffnet. Bilde ich es mir ein oder betritt jemand das Cottage? Gibt es hier Einbrecher?

Schnell schaue ich mich um, stelle aber zu meiner Beruhigung fest, dass meine Koffer und alles Wichtige hier oben bei mir im Schlafzimmer sind. Ich schlage die Decke weg, ziehe mir meine lange graue Strickjacke über mein Nachthemd und streife mir schnell die warmen Socken über. Dann öffne ich todesmutig die Tür und stelle mich an den Treppenabsatz. Schade, dass ich nichts habe, mit dem ich mich zur Wehr setzen kann. Ich sollte wirklich daran denken, ab sofort irgendetwas Waffenähnliches mit hochzunehmen. Oder zumindest ein Stück Holz, um es einem möglichen Angreifer gegen den Kopf zu werfen.

Unten sind nun definitiv die Geräusche zu hören, wie wenn jemand Holz stapelt.

»Hallo?«, rufe ich sichtlich nervös die Treppe runter.

Der Jemand in meiner Hütte hält inne und keine fünf

Sekunden später erscheint Liam am Fuß der Treppe. Er schaut zu mir hoch und sein Blick wandert von meinen Füßen zu meinem Gesicht. Als sich unsere Augen treffen, entdecke ich ein Flackern in seinen blauen Augen.

»Habe ich dich geweckt?«, fragt er und ich nehme ihm seine unschuldige Art nicht wirklich ab.

»Was denkst du?«, sage ich und kann leider ein Gähnen nicht unterdrücken. »Was machst du so früh schon hier? Es ist noch nicht einmal sieben Uhr. Und habe ich vergessen, die Tür abzuschließen?«

»Nein, hast du nicht. Wir haben hier alle Zentralschlüssel für den Notfall.«

»Und ich bin also ein Notfall?«, frage ich und tapse langsam die Treppe herunter. Leider habe ich nicht damit gerechnet, dass die Holztreppe und Socken eine gemeine Kombination sind, und ehe ich es mich versehe, rutsche ich auf der letzten Treppenstufe aus und falle Liam direkt in die Arme.

»Scheint so«, grinst er und hält mich vielleicht einen Moment zu lange fest, bevor er mich sicher auf den Boden stellt. »Hast du dir wehgetan?« Besorgt schaut er mich an.

»Nein, alles gut. Ich sollte wohl etwas vorsichtiger auf Socken sein.«

»Solltest du.«

»Also, was machst du hier?«, frage ich erneut und ziehe mir meine Strickjacke etwas fester um den Körper, denn es ist tatsächlich noch ziemlich kalt in der Hütte.

Liam schaut mich an und sein Blick wandert an mir herunter. Als er die Gänsehaut sieht, die sich auf meinen Beinen gebildet hat, greift er hinter sich, zieht eine Decke vom Sofa und reicht sie mir. »Hier, wickle dich für einen Moment darin ein. Ich habe gerade das Feuer neu angemacht, das war ziemlich runtergebrannt und ich wollte, dass du es an deinem ersten Morgen hier nicht sofort so kalt hast.«

Wie aufmerksam von ihm. Da kann ich ja fast übersehen, dass er ungefragt in mein Cottage gekommen ist.

»Danke«, sage ich umgehend, hülle die warme Decke um mich und lasse mich aufs Sofa fallen. Ich ziehe die Beine an, bedacht darauf, möglichst wenig nackte Haut unbedeckt zu lassen. Wie kalt kann bitte ein Morgen im Mai in Schottland sein?

»Keine Sorge«, lächelt Liam mich an. »Es wird gleich warm.«

Wie selbstverständlich geht er Richtung Küche und zieht einen Espressokocher aus dem Regal. Ach herrje, da hätte ich auch nicht direkt gewusst, wie man ihn bedient. Irgendwie schickt Liam wohl der Himmel.

Aus sicherer Entfernung beobachte ich, wie er Wasser in einem Kessel erhitzt und dieses dann in den Wasserbehälter der Herdkanne gießt. Er setzt den Filter ein und füllt ihn mit gemahlenem Kaffee, den er aus einer Dose nimmt. Dann stellt er den Espressokocher auf die Herdplatte und bleibt am Herd stehen.

Die Aussicht auf frischen Kaffee ist mehr als verführerisch und so stehe ich auf, immer noch fest in meine Decke gewickelt, und stelle mich neben ihn. Für einen Moment weiß ich nicht, welcher Duft mir gerade besser gefällt – der von frischem Kaffee oder sein Aftershave, das in der Luft liegt. Schweigend beobachten wir die Kanne und warten darauf, dass der Kaffee fertig ist. Nur wenige Augenblicke später höre ich ein sprudelnd-zischendes Geräusch und dass der Kaffee gleichmäßig in den oberen Teil des Espressokochers läuft. Liam nimmt die Kanne vom Herd.

»Ist der schon fertig?«, frage ich neugierig.

»Fast«, antwortet er. »Die Resthitze drückt das Wasser nach

oben. Wenn ich die Kanne zu lange auf dem Herd lassen würde, würde der Kaffee verbrennen und bitter schmecken.«

Fasziniert schaue ich ihn an. »Was du nicht alles weißt.«

Amüsiert blickt er in meine Richtung, während er mit seinem Arm an mir vorbeigreift und zwei Tassen aus dem Regal angelt. Kurz berührt er dabei meinen Körper, der immer noch in die Decke gehüllt ist. »Ich bin eine super Partie. Ich kann Feuer machen und Kaffee kochen.«

»Hey, stell dein Licht nicht unter den Scheffel. Aktuell bringt mir das hier mehr, als wüsstest du, wie man angelt«, sage ich und deute mit einem Kopfnicken in Richtung See.

»Aber auch das weiß ich«, lacht Liam und wie so oft ist da dieses umwerfende Blitzen in seinen Augen.

»Dafür weiß ich, wie man grandiose Pancakes zum Frühstück macht. Hast du schon was gegessen?«

»Nein«, sagt er und schüttelt den Kopf.

»Wenn du mir ein paar Minuten gibst, ziehe ich mir etwas an und mache uns welche?«

»Gern«, antwortet Liam und reicht mir die Kaffeetasse. Genüsslich nippe ich an der leckeren Flüssigkeit und merke sofort, wie die Lebensgeister so langsam in meinen Körper zurückkehren. Ohne Kaffee geht wirklich gar nichts bei mir.

Ich stelle die Tasse auf den Tisch und bin im nächsten Augenblick schon auf dem Weg hoch ins Schlafzimmer.

»Fall nicht auf der Treppe«, ruft Liam mir hinterher.

Ich drehe mich kurz zu ihm um, strecke ihm die Zunge raus und gehe dann doch etwas vorsichtiger als vielleicht angedacht die Stufen hoch. »Ich beeile mich.«

Keine fünfzehn Minuten später stehe ich wieder in der Küche und bereite den Teig für die Pancakes vor. Inzwischen ist es nicht nur gemütlich warm im Cottage, sondern Liam hat auch noch eine weitere Tasse Kaffee für uns zubereitet, lehnt entspannt an der Küchenzeile neben mir und beobachtet mich, wie ich die einzelnen Zutaten in einer Schüssel vermenge.

»Normalerweise mache ich die immer mit Buttermilch, aber reguläre Milch tut es auch«, erkläre ich und schaue zu ihm.

Als sich unsere Augen treffen, entdecke ich ein breites Grinsen in seinem Gesicht.

»Was?«, frage ich irritiert.

»Ach nix.«

»Raus mit der Sprache.«

Statt einer Antwort verringert Liam die Distanz zwischen uns und streicht mir mit seiner linken Hand über die Wange. »Nun ja, steht auch im Rezept, dass man das Mehl nicht nur für den Teig nutzen soll, sondern auch für die Gesichtshaut? Also, ich kenne mich ja nicht mit Beautysachen aus, aber wenn das hilft, sollte ich das vielleicht auch mal machen?«

Statt einer Antwort werde ich erst einmal rot und wische mir dann hastig durchs Gesicht. Das scheint die Situation nicht besser zu machen, denn ich habe übersehen, dass ich auch ein wenig Mehl an den Händen habe, und nun muss mein Anblick noch amüsanter sein, denn Liam fängt schallend an zu lachen.

»Witzig«, knurre ich, muss aber gleichzeitig mitlachen, denn die Situation ist irgendwie doch sehr komisch. »Statt zu lachen, kannst du schon mal den Tisch decken.«

»Aye«, antwortet Liam und während ich die Pancakes in der Pfanne ausbacke, stellt er Teller, Besteck, Orangensaft und frisches Obst auf den Tisch. »Leider haben wir keinen Ahornsirup«, bemerkt er und zuckt mit den Schultern.

»Ach, ist doch halb so wild. Die Pancakes schmecken auch so

und Bananen und Heidelbeeren haben wir da. Besser als nichts.«

Einige Minuten später, zwischen zwei Pancakes, fragt Liam: »Was machst du eigentlich hier?« Dass es ihm zu schmecken scheint, ist unübersehbar, denn inzwischen lädt er sich den vierten Pancake auf den Teller.

»Ich mache Urlaub, weil ich einfach ein bisschen Entspannung gebrauchen kann.«

»Mmh.« Liam scheint mit meiner Antwort nicht sonderlich zufrieden.

»Na was?«

»Also, ich meine, wenn man in London lebt und Urlaub machen will, zieht es einen doch nicht unbedingt hier hoch in die Highlands nach Finnegan, oder? Sooo unfassbar bekannt ist unser Hotel jetzt auch nicht.«

»Das stimmt«, sage ich und trinke erneut einen Schluck des leckeren Kaffees. »Deine Cousine Bekka ist allerdings meine beste Freundin und als ich ihr gesagt habe, dass ich mal raus muss, hat sie direkt zum Telefon gegriffen und bei euch angerufen. Tja, und nun bin ich hier.«

»Wohl wahr. Wie schräg ist es bitte, dass du Bekkas beste Freundin bist? Also, ich meine, wahrscheinlich hätten wir uns sonst nach Edinburgh nie wiedergesehen, oder?«

»Ich denke nicht«, antworte ich verlegen und bin im Geheimen ganz froh, dass wir nun hier zusammensitzen.

»Warum musstest du raus? Oder anders gefragt, warum hast du Erholung so dringend nötig? Ist dein Job so anstrengend?«

Neugierig schaut Liam mich an.

Ich versuche, das Herzklopfen zu ignorieren, das deutlich in meiner Brust zu spüren ist, und setze alles dran, das ungute Gefühl zu unterdrücken, das in mir aufsteigen will. Seit gestern Abend habe ich nicht mehr an den Grund gedacht, warum ich hier bin, und ich hatte fast schon vergessen, wie gut es sich anfühlt, wenn das Herz nicht so schwer wiegt.

Statt einer Antwort nicke ich und hoffe, dass Liam nicht weiter nachbohrt. Ich schaue ihm nicht ins Gesicht, weiß aber, dass er mich prüfend anschaut.

»Was hast du für heute geplant?«, fragt er mich plötzlich.

»Ähm, keine Ahnung. Nichts?«

»Das ist nicht viel«, sagt er, steht auf und beginnt, unser benutztes Geschirr in die Spüle zu räumen. Ich beobachte ihn und stelle wieder einmal fest, wie gut er aussieht. Tatsächlich mag ich ihn in lockeren Freizeitoutfits fast noch lieber als im Anzug.

»Hast du Lust, gemeinsam etwas zu unternehmen? Ich kann dir ein wenig die Gegend zeigen.«

Er dreht sich zu mir um und schaut mich an.

»Musst du denn nicht arbeiten?«

»Ach, ich gebe im Hotel Bescheid, dass ich heute mit dir unterwegs bin. Iain ist da und Niall kann auch unterstützen. Gar kein Problem. Und Kenzie wird es sicherlich freuen, wenn du mich ihr abnimmst.«

»Ich dich ihr abnehme?«

Er grinst.

»Wie muss ich das verstehen?«

»Na, dann gehe ich ihr nicht auf die Nerven.«

»Tust du das sonst?«

»Mit tödlicher Sicherheit.«

Wieder dieses Grinsen.

Zu meiner Überraschung gefällt mir der Gedanke, den Tag mit Liam zu verbringen. Obwohl keiner von uns beiden mehr diese Situation in Edinburgh anspricht und weder er noch ich ein Wort darüber verlieren, dass wir uns bereits sehr ausführlich und sehr nackt kennen, ist die Atmosphäre zwischen uns heute

Morgen locker und nahezu unbeschwert. Da ich weiß, was Bekka sagen würde, und mir durchaus bewusst ist, dass sie recht hat, grüble ich nicht weiter nach und sage: »Okay, an was hast du gedacht?«

»Vertraust du mir?«

»Kann ich das?«

Er verzieht das Gesicht. »Hast du das Gefühl, mir nicht vertrauen zu können?«

Der Klang seiner Stimme hat sich geändert und er schaut mich prüfend an. Auch wenn es nur minimal ist, nehme ich diese kleine Veränderung an ihm wahr.

»Schon gut«, sage ich schnell zur Besänftigung. »Ich vertraue dir. Schließlich hast du mich schon ein anderes Mal gerettet. Ich setze einfach alles daran, dass du das im Notfall wieder tun würdest.«

Diese Antwort scheint ihn zu besänftigen, denn der dunkle Schatten, der sich für einen Moment über sein Gesicht gelegt hat, verschwindet. »Das will ich auch meinen. Eine Sache gibt es nur zu beachten.«

»Was?«, frage ich neugierig und tatsächlich auch ein wenig unsicher, denn für gewöhnlich weiß ich gern darüber Bescheid, was auf mich zukommt.

»So hübsch du auch in deinen Klamotten aussiehst ... hast du in deinem Koffer auch eine einfache Jeans, feste Schuhe und einen warmen Pullover? Notfalls kann ich dir was von mir leihen.«

Die Vorstellung, dass ich in einem übergroßen Pulli und übergroßen Schuhen von Liam stecke, lässt mich lachen. »Ich habe wohl etwas Passendes dabei.«

Bekka sei Dank.

»Gibt es sonst noch etwas zu beachten?«

»Nimm vielleicht ein zweites Outfit mit.«

Irritiert blicke ich ihn an. »Was hast du vor? Schlammschlacht? Willst du mich in den See schmeißen? Komme ich so ins Schwitzen?«

Statt mir eine Antwort zu geben, lacht Liam nur und der einzige Kommentar, den ich bekomme, ist: »Wer weiß.«

»NEIN! NICHT DEIN ERNST«, quietsche ich knapp neunzig Minuten später, als Liam seinen Wagen auf einem Parkplatz zum Stehen bringt.

»Mein voller Ernst«, antwortet er, kommt um das Auto herum und hält mir die Tür auf.

Schmunzelnd blicke ich ihn an, lasse die zuvorkommende Reaktion aber unkommentiert. Außerdem bin ich viel zu fasziniert und aufgeregt, um dem Ganzen besondere Beachtung zu schenken.

Nervös hüpfe ich von einem Bein aufs andere.

»Man könnte meinen, dass du zwölf bist«, lacht Liam.

»Wieso?«

»Na du springst hier rum wie ein kleines Kind.«

»Ja hör mal! Wale! Waaaaaaale! Du willst mit mir raus aufs Meer. Wale gucken!«

»Das ist der Plan«, grinst er und schließt den großen Pick-up hinter uns ab. »Ich kann dir allerdings nicht versprechen, dass wir auch welche sehen. Aber trotzdem ist es eine tolle Tour. Hast du so etwas schon mal gemacht?«

»Nie.«

Liam ist mit mir nach Gairloch gefahren und während er dafür sorgt, dass wir einen Platz auf einem der Boote bekommen, wandere ich aufgeregt vor dem Anmeldegebäude auf und ab.

Ein bisschen Angst habe ich schon. Meine einzige Bootserfahrung beschränkt sich auf eine Rundfahrt auf der Themse, die ich einmal mit Freundinnen gemacht habe, als sie mich zum ersten Mal in London besucht haben. Die Vorstellung, dass ich gleich ohne viel um mich herum auf einem deutlich kleineren Boot sitzen werde, macht mich doch ein wenig unruhig und ich überlege kurz, ob es so eine gute Idee gewesen ist, Liam blind zu folgen.

»Bist du bereit?«

Liam ist neben mich getreten und hält eine Rettungsweste in der Hand.

»Jetzt wird es wohl ernst, oder?«

»Aye«, lacht er und knufft mich in die Seite. »Los, anziehen! Das wird toll. Glaub mir.«

»Hast du so eine Tour schon einmal gemacht?«, frage ich ihn neugierig.

»Öfter. Ein alter Schulfreund von mir arbeitet hier und daher haben wir das schon einige Male gemacht.«

»Hast du auch schon Wale gesehen?«

»Ja. Und Delfine!«

»Delfine gibt es auch?«, quietsche ich vielleicht eine Spur zu laut, denn ein Paar mittleren Alters schaut mich irritiert an.

Statt zu antworten, schiebt Liam mich lachend in Richtung des Bootsanlegers.

Kurze Zeit später stehen wir in unseren Rettungswesten vor dem Boot, mit dem es gleich raus aufs Meer gehen soll. Okay … ein bisschen größer dürfte es nach meiner Vorstellung schon sein. Das soll sicher sein?

»Keine Angst«, beruhigt Liam mich und hält mir seine Hand hin, als wir ins Boot steigen. »Das wird toll. Glaub mir. Ich bin ja da.«

Mit noch etwas mulmigem Gefühl greife ich nach seiner

Hand und lasse sie auch nicht mehr los, als wir nebeneinander recht weit vorn auf dem Boot Platz nehmen. Ist mir egal, was er denkt. Ich brauche seelischen Beistand. Ich hoffe nur, dass mir gleich nicht schlecht wird. Und wenn, hoffe ich, nicht die Einzige zu sein, die sich über den Rand des Bootes übergibt.

Es trägt den aussagekräftigen Namen *Orca* und ist ein knapp elf Meter langes Offshore-Schlauchboot, auf dem bis zu zwölf Passagiere Platz finden. Auch heute ist das Boot ausgebucht und neben Liam und mir sind der Kapitän sowie neun weitere Passagiere an Bord.

Angus, unser Kapitän, erzählt begeistert davon, dass die *Orca* mit den Booten zu vergleichen ist, die von der Royal National Lifeboard Institution für Seenotrettungsaktionen genutzt werden. Außerdem müssten wir uns keine Sorgen machen, denn sie würde stabil im Wasser liegen und mühelos über das Meer gleiten.

Das Einzige, was mich beruhigt, ist Liam, denn der scheint völlig gelassen zu sein. Ich atme ein paar Mal tief ein und aus und versuche, etwas von seiner Entspanntheit auf mich abfärben zu lassen.

»Bist du okay?« Liam schaut mich an.

»Ja. Wenn du mir versprichst, mich nicht über Bord gehen zu lassen.«

»Versprochen«, antwortet er und drückt meine Hand, die immer noch in seiner liegt, etwas fester.

»Ich wünsche dir, dass wir Wale und Delfine sehen, aber selbst wenn nicht, hoffe ich, dass dir der Ausflug trotzdem gefallen wird.«

»Bestimmt«, nicke ich und kann es kaum fassen, wie sehr ich den frischen Wind genieße, der mir um die Nase weht, als wir unsere Tour in Richtung der Shiant-Inseln starten. Als wir die Inselgruppe erreichen, die zu den Äußeren Hebriden in Schottland gehört, werden wir nicht nur mit einem sagenhaften Blick auf die Schönheit der Insel belohnt. Angus erklärt uns, dass hier große Seevogelkolonien ihre Heimat haben und auch mehrere Robbenarten anzutreffen sind. Während wir mit dem Boot um die Inselgruppe fahren, zieht ein Weißschwanzadler seine Kreise am Himmel.

Wie unfassbar die unberührte Natur doch sein kann.

»Wir sind im nördlichen Minch«, sagt Liam auf einmal neben mir.

»Nördlicher Minch? Was ist das?«

Wieder einmal wird mir Großstadtkind bewusst, dass ich in Geografie besser hätte aufpassen müssen.

»Ich könnte dir jetzt im Sinne eines Wikipedia-Eintrags erklären, dass der Minch, oder auch Minchkanal, eine Meerenge ist und bestimmte Regionen hier oben voneinander trennt, aber ich glaube, viel interessanter ist es für dich, zu wissen, dass der nördliche Minch der Hotspot für Wale und Delfine hier in Schottland ist.«

Sofort strahlen meine Augen und aufgeregt rutsche ich ein wenig auf meinem Platz hin und her, während Liam wie selbstverständlich weiterhin meine Hand hält und über meine Reaktion sichtlich amüsiert scheint.

»Du bist wirklich wie ein kleines Kind zu Weihnachten.«

»Wenn du nicht sofort aufhörst, mich zu ärgern, fange ich auch wie ein kleines Kind an, immer *Warum?* zu fragen.«

»Mach doch.«

»Okay. Warum ist das hier der Hotspot?«

Liam schüttelt amüsiert den Kopf. »Mein Kumpel hat mir das damals so erklärt, dass das Wasser hier sehr nährstoffreich ist und dass es deshalb regelmäßig von Walen, Delfinen und anderen Meerestieren frequentiert wird.«

»Ah, okay«, nicke ich und beginne wieder damit, angestrengt

in alle Himmelsrichtungen zu blicken, in der Hoffnung, einen Wal oder einen Delfin zu sehen.

Plötzlich wird es zwei Reihen hinter uns unruhig. Einer unserer Mitpassagiere zeigt mit seiner Hand nach links und deutet mit seinem Finger auf eine Stelle im Meer. Gespannt halte ich den Atem an und traue mich kaum, zu blinzeln.

Und tatsächlich. Auf einmal ist in ein paar hundert Metern Entfernung die Fluke eines Wales ganz deutlich zu erkennen. Aufgeregt drücke ich Liams Hand etwas fester und rutsche in meinem Sitz ganz nach vorn bis an die Kante. Ich kann kaum glauben, dass wir wirklich hier draußen einen Wal zu sehen bekommen. Statt abzutauchen, schwimmt er an der Wasseroberfläche und selbst aus der Entfernung kann man sehen, wie mühelos er durchs Meer schwebt. Er wälzt sich im Wasser, schlägt erneut mit der Fluke und pustet aus seinem Luftloch. Der Moment ist einfach unbeschreiblich.

Auf dem Boot ist es ganz still geworden, denn alle scheinen fasziniert von dem Naturschauspiel zu sein und diese nahezu magische Atmosphäre lässt alles andere fast klein und nichtig erscheinen. Sämtliche Alltagssorgen sind ganz weit weg.

Ich spüre, wie mir Tränen in die Augen schießen, aber es ist mir egal. Nie im Leben habe ich je daran geglaubt, mal so einen magischen Augenblick miterleben zu dürfen. Es scheint, als würde die Zeit stillstehen. Noch ein letztes Mal hebt der Wal seine gewaltige Schwanzflosse in die Höhe und taucht dann lautlos in die Tiefe des Meeres.

Ich schniefe und realisiere erst dann, dass Liam mich die ganze Zeit beobachtet hat.

»Bist du okay?«

Wieder diese Frage.

»Ja.« Nicht ganz ladylike ziehe ich die Nase hoch. »Gott, war das schön.«

»Ist beeindruckend, oder?«

»Aber wirklich. Ich weiß gar nicht, was ich sagen soll.«

»Musst ja auch nichts sagen. Schweig noch einen Moment und genieß es einfach, dass du das miterleben durftest.«

Ich nicke, wische mir mit dem Ärmel die Tränen weg und lege wie selbstverständlich meinen Kopf an Liams Schulter. Er lässt mich gewähren und sagt nichts dazu, hält meine Hand allerdings weiterhin fest.

So bleiben wir sitzen, bis wir eine Zeit später wieder am Hafen in Garloich ankommen und vom Boot steigen. Ein bisschen wackelig bin ich schon auf den Beinen, aber Liam legt wie selbstverständlich seinen Arm um mich und gibt mir Halt.

Als wir etwas später wieder im Auto sitzen und Liam dankenswerterweise die Heizung schön hochdreht, lasse ich die letzten Stunden noch einmal Revue passieren. »Danke«, sage ich leise und schaue ihn an. »Das war unfassbar schön.«

»Gern geschehen«, antwortet er nur und lässt seinen Blick auf die Fahrbahn gerichtet.

Ich betrachte ihn von der Seite und versuche, mir diesen Mann neben mir zu erklären. Selten habe ich jemanden getroffen, der in einem Moment so aufmerksam, warm und zugewandt ist und im nächsten wieder in sich gekehrt. Gut, ich habe Liam erst vor knapp zwei Tagen kennengelernt, aber dass Vielschichtigkeit zu seiner Person gehört, lässt sich nicht verleugnen.

»Möchtest du noch irgendwo etwas essen oder sollen wir Kenzie mal fragen, was es zu essen gibt?«

»Kenzie klingt nach einer tollen Option«, sage ich und bereits im nächsten Augenblick wählt Liam die Nummer des *The Finnegan* an. Es klingelt drei Mal und dann ertönt Nialls Stimme durch die Lautsprecher in Liams Wagen.

»Wo bist du?«

»Hallo, Niall, wie schön, dass du den Anruf entgegennimmst.«

Liam scheint sich von Nialls harscher Begrüßung nicht irritieren zu lassen.

»Hast du mal auf die Uhr geschaut?«

»Nein, aber kann ich gern machen. Ich habe ja eine hier im Auto.«

»Alter, verarsch mich nicht. Wir wollten heute über die Bücher gucken und du weißt, dass Kenzie es nicht haben kann, dass du in diesen Tagen allein unterwegs bist.«

Verwundert schaue ich Liam von der Seite an. Hatte er nicht heute Morgen gesagt, dass er im Hotel Bescheid geben wollte, dass er mit mir unterwegs ist? Ich verhalte mich still, bin aber gespannt, wie das Gespräch sich entwickelt.

»Ich habe gesagt, dass ich einen Termin habe. Und außerdem bin ich nicht allein.«

Ich bin also ein Termin?

»Ein Termin, der fast den ganzen Tag dauert? Wo bist du? Und ist Jamie bei dir?«

»Aye.«

Für einen Moment ist es still, keiner der Brüder sagt ein Wort.

»Hört sie mit?«

»Du bist auf Lautsprecher.«

»Okay. Seid ihr auf dem Rückweg?«

»Ja.«

»Wie lange noch?«

»Knapp dreißig Minuten.«

Puuh, diese zwei Brüder sind wahrlich störrisch. Ich kann die angespannte Atmosphäre nicht mehr ertragen und mische mich einfach ins Gespräch ein.

»Niall? Hier ist Jamie. Du, sag mal, meinst du, Kenzie hat

noch eine Kleinigkeit zu essen für uns? Ich bin nämlich wie ausgehungert. Und ich habe heute Waaaaaale gesehen.«

Ich höre Nialls warmes Lachen über die Lautsprecher und bin froh, dass die Kälte, die vor wenigen Sekunden noch in seiner Stimme lag, verschwunden ist.

»Du hast Waaaaaale gesehen?«, imitiert er mich. »Na das klingt spannend. Ich werde mal sehen, was sich machen lässt. Und Liam?«

Er wendet sich wieder an seinen Bruder und der Wechsel in seiner Tonlage ist deutlich zu erkennen.

»Bring sie heile heim.«

11

LIAM

»Der Tag war echt toll«, sagt Jamie, als wir nach dem Essen nebeneinander den Weg runter vom Hotel zu den Cottages gehen.

»Das war er. Entschuldige, dass die Stimmung heute Abend etwas unterkühlter war.«

Sie schaut mich an und ich warte darauf, dass sie fragt, was genau mein Problem ist, aber sie tut nichts dergleichen, sondern nickt nur kaum merklich.

Haben Kenzie und Niall ihr etwas erzählt?

»Das kann mir die Stimmung jetzt auch nicht verderben«, sagt sie stattdessen. »Heute Nacht werde ich bestimmt von Walen träumen.«

»Nicht, dass du im Schlaf dann auch so hin und her hüpfst, wie du es an Bord gemacht hast?« Ich schaue sie nicht an, kann mir ein Grinsen aber nicht wirklich verkneifen.

»Ich bin doch nicht hin und her gehüpft«, antwortet Jamie und bleibt wie angewurzelt stehen. Ich tue es ihr gleich und drehe mich zu ihr um.

»Ziemlich. Mit still sitzen ist bei dir wohl nichts.«

Sie schaut mich weiter an und auf einmal ist ein Blitzen in ihren Augen zu sehen und sie legt den Kopf leicht schief.

»Na was?« Ich schaue sie provozierend an und bin gespannt, was sich in ihrem schönen Köpfchen zusammenbraut.

»Ich kann mich nicht erinnern, dass du ein Problem damit hast, wenn man nicht still sitzt.«

Sie funkelt mich aus blauen Augen an und beißt sich auf ihre Unterlippe. Wenn sie nur die leiseste Ahnung hätte, wie erotisch diese Geste von ihr ist und welchen Effekt sie auf die Situation in meiner Hose hat …

»Wie soll ich das verstehen?«

Jamie geht ein Stück auf mich zu und verringert so den Abstand zwischen uns beiden. »Nun, wenn ich mich recht entsinne, kommst du sehr gut damit klar, wenn man auf dir nicht stillsitzt.«

Für einen Moment bin ich perplex, habe mit dieser Reaktion nämlich nicht im Geringsten gerechnet.

Auch nicht gerechnet habe ich damit, dass Jamie auf einmal grinsend an mir vorbeigeht und mich beim Vorübergehen kess anzwinkert.

Na warte!

Mit zwei, drei schnellen Schritten bin ich an ihrer Seite, lege meinen Arm um ihre Hüfte und ziehe sie mit einem Ruck an mich heran. »Vorsicht mit dem, was du sagst«, raune ich ihr zu, als unsere Gesichter nur wenige Zentimeter voneinander entfernt sind.

»Ist das eine Warnung oder vielleicht doch eine versteckte Aufforderung?«, fragt sie mich und scheint völlig unbeirrt von meinem stürmischen Angriff. Ebenso unbekümmert fährt sie fort: »Ich mag vielleicht kein Profi sein, was Holzhacken und Feuermachen betrifft, aber ich glaube, ich habe ein Händchen dafür, zu erkennen, wann Schwingungen und Bewegungen einem Mann gefallen.«

Statt ihr die Chance zu geben, weiter zu sprechen, greife ich in ihren Nacken. Sofort erstarrt ihr schlanker Körper unter meiner Berührung. Sie scheint abzuwarten, aber ich kann deutlich erkennen, dass ihr Atem nicht mehr regelmäßig und ruhig ist, sondern sie ihn nahezu anzuhalten scheint. Ich ziehe sie näher an mich heran und spüre sofort die Wärme, die von ihrem Körper ausgeht.

»Du bist mutig«, raune ich ihr ins Ohr, als mein Mund an ihrem Ohrläppchen vorbeistreift, und ich spüre sofort, wie sie sich deutlich anspannt. Instinktiv muss ich grinsen, lasse aber meinen Daumen über ihre Wange gleiten und atme ihren Duft ein. Sie riecht nach Frau, zarter Rosennote und grünem Efeu. Betörend. Mit meiner Nase streife ich ihre Wange und berühre mit meinem Daumen ihre weichen Lippen. Kaum merklich legt sie ihren Kopf in meine Berührung. Ich halte inne und drücke ihr dann einen Kuss auf ihren sinnlichen Mund. Ich fühle, wie sie erschaudert, aber nicht den Kopf zurückzieht, daher werde ich ein bisschen mutiger. Zärtlich spielen unsere Lippen miteinander und das Gefühl ihrer Lippen auf meinen ist unbeschreiblich. Unsere Zungen treffen sich für einen kurzen Moment, tanzen miteinander und die Sehnsucht und das Verlangen, das ich in diesem Augenblick spüre, überwältigen mich nahezu.

Ich spüre, wie sie ihre Hände auf meinen Brustkorb legt und sich näher an mich schmiegt. Die Nähe ihres Körpers, die sanfte Wölbung ihres Busens auf meiner Brust, ihr Duft ... Ich lasse meine freie Hand über ihren Rücken gleiten. Dann presse ich meinen Mund wieder auf ihren, sauge an ihrer Unterlippe und nehme wahr, wie sie in meiner Umarmung erschaudert. Meine Hand greift in ihr Haar und während unser Kuss leidenschaftlicher wird, krallt sie sich nahezu an mich. Atemlos zieht sie sich plötzlich zurück und beendet unseren Kuss. Genau wie ich scheint sie diese Situation einordnen zu müssen.

Ich lasse meine Augen geschlossen, versuche, Herr meiner Sinne zu werden und meine Lust zu unterdrücken. Ich darf die Situation nicht ausnutzen. Sosehr ich ihre Nähe gerade heute Nacht brauchen würde. Ich darf es einfach nicht. Das wäre nicht richtig. So egoistisch darf ich nicht sein.

Immer noch spüre ich ihren Atem auf meinen Lippen und als sie ihre Hände in meinem Nacken verschränkt, kann ich nichts anderes tun, als wieder ihren Mund zu suchen und sie innig zu küssen. Wieder berühren sich unsere Zungen. Tanzen einen leidenschaftlichen Tanz. Ihr Rhythmus und mein Rhythmus sind im Einklang und alles um uns herum scheint zu verschwimmen.

»Lass uns zu dir gehen«, haucht sie und unterbricht so unseren Kuss.

Mit dieser Aufforderung habe ich nicht gerechnet und erstarre. Ich bin es gewohnt, dass Frauen bei mir schwach werden, aber in den seltensten Fällen hat mir eine Frau so direkt vermittelt, dass sie mich will. Was hat Jamie nur an sich, dass sie so leidenschaftlich ist und in ihren Augen trotzdem immer dieser Hauch Traurigkeit liegt? Auch heute ist mir das nicht entgangen, als wir im Boot saßen und den Wal gesehen haben. Ich kenne Tränen der Rührung, kenne den Ausdruck, den man bei so einem Naturschauspiel haben kann, aber in ihren Tränen war mehr als bloße Überwältigung. Vor irgendetwas rennt sie davon. Braucht sie Abstand? Erholung? Ob es wirklich nur ihre Arbeit ist? Was ist ihr Geheimnis?

»Du sagst ja gar nichts«, flüstert Jamie an meinem Mund, sich scheinbar unsicher, wie ich reagieren könnte, und auch irritiert, warum ich sie nicht ohne jede Diskussion über meine Schulter werfe und in mein Cottage schleppe. Nicht, dass ich das nicht liebend gern tun würde, aber ich darf sie nicht verletzen. Ich darf das hier nicht tun. Nicht noch einmal. Edinburgh war schon egoistisch genug. Ich kann es diese Nacht nicht schon wieder sein. Auch nicht, wenn mir diese Tage momentan sämtliche Kraft abverlangen und ich nichts anderes will, als alle Gefühle auszustellen.

Ich räuspere mich, lege meine Hand auf ihre Wange und meine Stirn gegen ihre. »Ich glaube, du brauchst deinen Schlaf. Du hattest vorgestern Nacht nicht viel und auch heute Morgen konntest du wegen mir nicht ausschlafen.«

»Mmh«, kommt es leise aus ihrem Mund und ich merke, dass meine Antwort sie nicht zufrieden stimmt.

»Na ja«, ergänze ich. »Wenn ich ehrlich bin, bin ich auch ziemlich müde. Und du möchtest mich nicht erleben, wenn mein Schlafdefizit noch größer wird.«

Ihr Mund verzieht sich zu einem Grinsen und ich merke, wie sich auch ihr Körper entspannt. »Na gut«, sagt sie lächelnd. »Den Grund für den Korb akzeptiere ich.«

»Es ist ja vielleicht nur ein Korb auf Zeit«, sage ich leise und könnte mich im selben Augenblick schon wieder ohrfeigen. Trotzdem küsse ich ihre Stirn und ziehe sie noch einmal nah an mich. Mir vollends darüber bewusst, dass mein Verhalten es mir nicht einfacher macht, sie gleich gehen zu lassen.

»Versprichst du mir was?«

»Was?«, frage ich neugierig und blicke sie an, so gut es die Dunkelheit zulässt, die sich langsam über den Tag legt.

»Gehst du morgen früh wenigstens mit mir im Hotel frühstücken? So gut meine Pancakes auch sind, morgen will ich was Anständiges.«

»Aye«, antworte ich und löse mich von ihr. »Schlaf gut«, sage ich, drehe mich um und gehe die wenigen Schritte zum Cottage. Als ich an der Tür stehe, wende ich mich noch einmal zur ihr um und kann sehen, wie sie immer noch am selben Fleck steht. Sie hat ihren Kopf leicht zur Seite geneigt und beobachtet mich.

Wie schön sie ist. Wie unwissend.

Ich nicke ihr zu, öffne die Tür und verschwinde aus ihrem Blickfeld.

Als die Tür hinter mir ins Schloss fällt und ich das kleine Licht am Sofa angeknipst habe, fahre ich mir frustriert durch die Haare. So ein verdammter Mist. Ich werfe meine Schlüssel in die Schale auf der Anrichte und hole mir ein Bier aus dem Kühlschrank. Warum bin ich bloß so ein egoistischer Mistkerl und stelle meine Bedürfnisse über die anderer Menschen? Es ist nicht fair, Jamie in dieser Situation auszunutzen. Ob ich sie überrumpelt habe? Sie ist meinem Kuss und meiner Berührung nicht ausgewichen. Und schließlich war sie es, die heute Nacht mehr wollte.

Wieso fühlt es sich so an, als würden wir beide versuchen, unsere inneren Dämonen so gut es geht wegzudrängen? Uns abzulenken? Wir sind zwei Fremde. Kennen uns nicht. Und doch scheint es, als bräuchten wir den anderen.

Ich darf ihr nicht das Gefühl geben, als wäre da von meiner Seite aus mehr. Als könnte es irgendwann so sein. Ich bin nicht gut für die Menschen um mich herum. Mein Egoismus ist tödlich.

Ich lasse mich aufs Sofa fallen und starre in den schwach erleuchteten Raum. Wieder einmal nehme ich die innere Anspannung wahr, die seit Monaten nahezu immer da ist und nicht verschwindet. Die es in diesen Tagen wieder schafft, dass mein Fokus auf die Dinge um mich herum nahezu nicht existent ist. Zumindest für die Außenwelt.

Ich lasse die Schultern hängen und nehme einen Schluck aus der Bierflasche. Meine Bemühungen, nach außen stark und zielstrebig zu sein, sind nur noch Fassade. Ein Scheingerüst. Ich belüge andere. Belüge mich selbst. Dabei war es nicht gelogen, als ich Jamie gesagt habe, dass ich müde bin. Dass ich ein Schlafdefizit habe. Allerdings sind nicht nur die letzten zwei Nächte schuld. Ich kann mich nicht erinnern, wann ich das letzte Mal wirklich ruhig und lange geschlafen habe. Ich kann diese Erinnerungen nicht verdrängen. Diese Schuld, die auf mir lastet. Die Träume, die mich fast jede Nacht schweißgebadet aufschrecken lassen.

Ich ziehe mein Handy aus der Hosentasche und wähle die Nummer aus meinem Telefonbuch an, die ich schon lange nicht mehr gewählt habe. Es klingelt keine drei Mal und dann höre ich Duncans dunkle Stimme am anderen Ende.

»Hi«, sage ich nahezu nüchtern und stumpf.

»Hi, Liam. Ist alles okay?«

»Aye.«

»Lüg nicht. Warum rufst du an? Brauchst du was?«

Ich stehe auf und wandere ohne zu antworten durch die Hütte.

»Liam? Bist du noch da?«

»Ja, Mann.«

»Nun sag. Was brauchst du?«

Ich hasse es, schwach zu sein. Nicht die Kontrolle zu haben. Nicht klarzukommen.

»Liam?«, fragt Duncan erneut und lässt nicht locker.

Ich atme tief durch und bin im nächsten Moment selbst erstaunt über die Worte, die mir über die Lippen kommen.

»Scheiße, Mann, kann ich vorbeikommen? Ich glaube, ich brauche einen Freund.«

12

LIAM

Edinburgh, vor drei Jahren

»SELBSTVERSTÄNDLICH MÜSSEN die Zimmer noch kontrolliert und mit den Listen der Gäste abgeglichen werden.«

Etwas ungläubig schaue ich den neuen Guest Relations Manager an, der scheinbar völlig hilflos auf sein Klemmbrett starrt. »Sagten Sie nicht, Sie haben bereits für eine größere Hotelkette gearbeitet und haben Erfahrung mit der Betreuung von VIP-Gästen?«

Mein Gegenüber ist sichtlich verlegen, denn eine leichte Röte zeichnet sich auf seinen Wangen ab. »Ja«, murmelt er. Für meine Verhältnisse ein wenig zu unsicher.

»Hören Sie«, sage ich und bin kurz davor, ihm seine Unterlagen aus der Hand zu nehmen. »Ich weiß, das ist erst Ihre dritte Woche und vieles ist noch neu, aber ich muss mich auf Sie verlassen können. Das Filmfestival hat in Edinburgh eine lange Tradition. Und selbiges gilt für die Tatsache, dass ein Großteil der wichtigen Schauspieler, Jurymitglieder und geladenen Gäste bei uns im *The Stewart* übernachtet. Mit dieser Tradition möchte ich ungern brechen und geschätzte Gäste an die Konkurrenz verlieren, nur weil es uns in diesem Jahr nicht gelungen ist, der erlesenen Auswahl an Gästen sämtliche Wünsche von den Augen abzulesen. Verstehen Sie?«

»Natürlich, Sir.«

»Gut. Haben Sie die Liste mit den entsprechenden Wünschen der Gäste vorliegen?«

Mein neuer Guest Relations Manager blättert die Seiten auf seinem Klemmbrett angestrengt durch.

»Haben Sie?«, wiederhole ich.

Am liebsten möchte ich frustriert aufstöhnen, reiße mich aber noch zusammen.

»Hören Sie, wenn Sie Hilfe brauchen, sagen Sie es besser sofort. Ich habe keine Zeit, später nachzusteuern und für Dinge geradezustehen, weil sie nicht laufen. Kann ich mich auf Sie verlassen?«

Das inzwischen völlig verschreckte Wesen mir gegenüber nickt zustimmend. »Aber natürlich, Sir. Ich werde mich sofort um alles kümmern und persönlich dafür sorgen, dass alles an seinem gewünschten Platz landet.«

Ich nicke, bin mir allerdings alles andere als sicher, dass das wirklich so reibungslos laufen wird, und mache mir eine mentale Notiz, später selbst noch mal durch die einzelnen Suiten zu gehen. Sicher ist sicher.

Das *The Stewart* genießt einen hervorragenden Ruf und ich will nicht schuld daran sein, wenn sich daran etwas ändert.

Mein Handy klingelt und ich signalisiere meinem Gegenüber, dass ich den Anruf entgegennehmen muss. Ich nicke kurz zur Verabschiedung mit dem Kopf und nehme dann das Gespräch an.

»Hi, Dad! Sorry, hier ist es gerade megawuselig. Was gibt es?«

»Liam!«, höre ich die Stimme meines Vaters am anderen Ende. »Ich habe mir so was schon gedacht. Ignoriere bitte die vier Anrufe in Abwesenheit. Deine Mutter war mal wieder der Meinung, du würdest dein Telefon nicht hören. *Claire*, habe ich gesagt, *der Junge hat alle Hände voll mit dem Filmfestival zu tun. Der wird schon drangehen, wenn er es zeitlich schafft*.«

Zugegeben, ich habe die Anrufe von Dad wahrgenommen und bin auch dieses Mal nur drangegangen, weil aus den Anrufen in Abwesenheit im Laufe des Tages schnell zehn werden können. Meine Eltern haben definitiv Ausdauer, wenn es darum geht, jemanden zu erreichen. Das war schon immer so. Dass hier in Edinburgh die Mühlen aber anders mahlen als in meinem Heimatdorf in den schottischen Highlands, vergessen sie dabei schnell.

»Steht für heute Nachmittag alles?«, will mein Vater wissen.

»Morgen, Dad. Das Festival startet erst übermorgen und die ersten Gäste werden morgen im Laufe des Tages anreisen.«

»Das meine ich nicht, Liam.«

»Dann weiß ich nicht, wovon du sprichst, Dad.«

»Mmh, ich meine eigentlich den Termin mit Simon wegen des Whiskys. Du hattest gesagt, den würdest du dieses Mal übernehmen und alles koordinieren?«

Mist! Der Termin mit Simon ist heute.

Erschrocken blättere ich durch meinen viel zu vollen Terminkalender, der aufgeschlagen auf meinem Schreibtisch liegt. Da steht es dick und fett: 16 Uhr – Termin mit Simon in der Destillerie.

Es ist zwar erst kurz nach zehn Uhr morgens, aber mein Terminplan für den Tag ist so voll und meine To-do-Liste ellenlang, dass es schier unmöglich ist, mir noch ein oder zwei Stunden bei Simon aus den Rippen zu schneiden.

»Dad«, sage ich kleinlaut. »Ich packe das heute nicht. Ich könnte lügen, aber ich habe den Termin verpeilt. Soll ich Simon anrufen und versuchen, ihn auf nächste Woche zu verschieben? Da habe ich auch wieder etwas Luft. Oder ist es sehr dringend?«

Mein Vater reagiert nicht sofort, was mir zu verstehen gibt, dass ihm eine Verschiebung nicht gelegen kommt.

»Dad, sorry. Ich habe es verbockt. Es geht auf meine Kappe.«

»Ach Liam, du hast in Edinburgh einfach viel zu viel um die Ohren. Du solltest ein bisschen kürzertreten und auch mal einen Tag freimachen.«

Mehr sagt er nicht und ich weiß, dass er enttäuscht ist, dass ich meiner Arbeit im *The Stewart* so einen hohen Stellenwert zumesse. Aber mein Leben spielt sich nun mal nicht mehr in Finnegan ab. Eine Tatsache, die meine Eltern zwar akzeptiert haben, auf die sie aber wehmütig blicken.

»Kann Niall nicht ausnahmsweise einspringen?«, frage ich meinen Vater in der Hoffnung, dass mein werter Bruder auch mal ein paar Dinge regelt, statt sich nur um sein regelmäßiges Sportprogramm zu kümmern.

»Das würde er sicherlich tun, aber Niall ist heute für Kenzie in Inverness und besorgt ein paar Dinge für den Hotelgarten. Kenzie hatte die Idee, noch ein paar Rezepte auszuprobieren, und in dem Zusammenhang hat sie sich gefragt, ob wir nicht auch ein paar mehr Sachen selbst anbauen wollen. Du kannst dir vorstellen, wie sehr die Augen deiner Mutter da geleuchtet haben.«

»Mit Sicherheit«, antworte ich ihm und blättere parallel die Menükarte für die nächsten Tage durch, die mir unser Küchenchef heute Morgen bereits hingelegt hat.

»Liam, deiner Mutter und mir war schon klar, dass du den

Termin heute wohl nicht halten kannst, daher haben wir beim Frühstück bereits darüber gesprochen, dass wir uns mal wieder einen schönen Tag in Edinburgh machen könnten. Während wir gerade sprechen, packt deine Mutter alles für die Wegzehrung zusammen.«

»Dad, bist du sicher?«

»Na klar, wir fahren gleich los und kriegen das alles schon erledigt. Ist ja nicht das erste Mal, dass ich bei Simon bin.«

Zähneknirschend muss ich mir eingestehen, dass ich bereits mehr als einmal vorher zugesagte Termine nicht einhalten konnte und mein Vater sie dann für das eigene Hotel übernommen hat.

»Danke! Du hast wirklich einen gut bei mir, Dad. Melde dich bitte, wenn es Probleme bei Simon gibt. Ich regle das dann.«

Die Antwort meines Dads ist ein leises Lachen, was Bände spricht. »Alles gut, Liam. Ist nicht mein erstes Rodeo in einer Destillerie. Ich wünsche dir gutes Durchhalten für die nächsten Tage. Ach, und Mum bittet darum, dass du ihr einige Autogramme besorgst, und sie lässt dich schön grüßen.«

»Willst du sie mir noch kurz geben?«

»Nein, sie meldet sich später bei dir, hat sie gesagt. Ich muss jetzt auflegen. Deine Mum will los.«

»Okay, Dad. Fahrt vorsichtig.«

»Das machen wir, Liam.«

»Auf bald, Dad!«

»Auf bald, mein Sohn.«

~

»Liam, es ist schon wieder deine Schwester, die anruft.«

Meine Assistentin Bree hält zum wiederholten Mal leicht

verzweifelt mein Handy in die Höhe, während ich vor Jean Luc stehe, der kurz davor ist, die Küche zu verlassen.

Dass Köche immer solche Mimosen sind.

»Jean Luc«, versuche ich es erneut und rede mit Engelszungen auf ihn ein. »Ich verspreche dir, dass ich nach dem Festival ganz Ohr für deine kreativen Vorschläge bin, aber bitte stell dich jetzt nicht quer und lass uns bei dem anvisierten Menü bleiben. Es ist alles abgesprochen und die Karten sind gedruckt.«

Ich frage mich, ob es gerade wirklich meine Aufgabe ist, für Ruhe und Ordnung in der Küche zu sorgen, aber wenn kurz vor so einer wichtigen Sache wie dem Filmfestival hier das Chaos ausbricht, habe ich keine andere Möglichkeit, als in die Bresche zu springen.

»Bist du sicher, dass du nicht drangehen willst? Vielleicht ist es wichtig?«

Meine Assistentin versucht es erneut.

»Bree, ich habe hier alle Hände voll zu tun. Lass die Mailbox drangehen. Und dann hör sie bitte für mich ab und sag mir, was meine Schwester will. Wahrscheinlich will sie mir nur erzählen, welche neuen Gerichte sie sich für unser Hotel überlegt hat. Und glaub mir«, erneut stelle ich mich Jean Luc in den Weg, »von neuen Rezeptideen habe ich heute genug.«

Sie nickt und verschwindet kurz aus der Küche, nur um keine drei Minuten später wieder vor mir zu stehen. Sie ist kreidebleich. »Liam?«

»Na, hatte ich recht?«, frage ich, während ich Jean Luc und mir zur Besänftigung einen Schluck Whisky eingieße.

»Liam, du solltest deine Schwester zurückrufen. Es …«

Sie bricht ab und ich bin sichtlich genervt, weil mir diese erneute Störung nicht sonderlich in den Kram passt und ich alle Hände voll zu tun habe.

»Bree, ich habe jetzt einfach keine Zeit. Kenzie kann auch noch einen Moment warten.«

»Es ist etwas passiert«, sagt sie dann und lässt sich nicht weiter von mir abhalten. »Deine Eltern … sie hatten einen Unfall.«

~

Panik. Reine Panik. Mein Herz rast. Hoffentlich bin ich nicht zu spät. Was ist geschehen? Das Einzige, was Kenzie herauspressen konnte, bevor Niall ihr das Handy aus der Hand riss, war: »Bitte beeil dich.« Die Instruktionen meines Bruders danach waren nüchtern und gleichzeitig spürte ich die gleiche Angst in seiner Stimme, die mich gerade befällt.

»Wir sind im St. Mary's in Inverness. Du kommst besser sofort. Es sieht nicht gut aus.«

Knapp hundertsechzig Meilen später, die ich die A9 in Richtung Norden wie ein Irrer von Edinburgh nach Inverness geheizt bin, bete ich darum, dass ich nicht zu spät bin.

Als ich auf die große Eingangstür des Krankenhauses zulaufe, öffnet diese sich automatisch. An der Auskunft frage ich nach dem Weg und renne Sekunden später in Richtung des Aufzugs, der mich gefühlt im Schneckentempo zum Ziel bringt. Als sich die Aufzugtür öffnet, blendet mich das grelle Licht des Krankenhausflurs.

Meine Schritte hallen auf dem hellen Boden. Überall sind Menschen, aber keins der Gesichter ist mir bekannt. Suchend blicke ich mich um. Als ich um die nächste Ecke am Ende des Flures laufe, sehe ich Niall und Kenzie auf zwei Stühlen sitzen. Endlich.

Kenzie ist die Erste, die mich sieht. Ihr Gesicht ist weiß, ihre Augen sind rot von den Tränen. Als sie mich sieht, springt sie auf, und als ich sie in meine Arme schließe, spüre ich, wie ein erneuter Weinkrampf ihren Körper durchfährt und sie in meinen Armen nahezu zusammensackt. Ich drücke sie an mich und versuche, Blickkontakt zu Niall aufzubauen, der immer noch wortlos auf seinem Stuhl sitzt und vor sich hinstarrt. Auch sein Gesicht ist kreidebleich und von Angst und Kummer gezeichnet.

»Was ist geschehen?«, frage ich Kenzie keuchend, denn mein Atem geht immer noch schnell und hat sich nicht beruhigt.

»Dad«, japst sie zwischen einem erneuten Weinkrampf. »Er hatte einen Herzinfarkt und ist von der Fahrbahn abgekommen.«

»Was?« Schockiert schiebe ich sie ein Stückchen von mir weg und kann nicht glauben, was sie mir erzählt.

»Ja«, weint sie weiter. »Es ist während der Fahrt passiert. Er hat die Kontrolle über den Wagen verloren. Das Auto hat sich überschlagen.«

Wieder weint sie und ich drücke sie erneut an mich.

Immer wieder geht die Tür zur Station auf und Ärzte und Krankenschwestern laufen geschwind hin und her. Niemand scheint sich für uns zu interessieren.

»Wo ist er jetzt?«, frage ich leise und kann nicht glauben, was hier passiert.

»Er wird gerade operiert.«

»Wo ist Mum? Wie geht es ihr?«, will ich wissen und versuche, Blickkontakt zu Niall aufzubauen, der immer noch reglos auf seinem Stuhl sitzt, was mich in diesem Moment wirklich wütend macht.

»Sie ist auch im OP.«

Meine Augen weiten sich vor Panik und ich spüre, dass ich mich setzen muss. Ich ziehe Kenzie mit mir auf die zwei freien Stühle neben Niall und starre ebenso wie mein Bruder vor mich hin. Das darf einfach nicht wahr sein. Das kann nicht sein. Mein Vater ist doch fit und noch lange nicht in einem Alter, wo man Herzinfarkte bekommt.

»Niall«, sage ich und wende mich direkt an meinen Bruder. »Was ist mit Mum?«

Es dauert einen Moment, bis er reagiert, aber sein Blick, der mich anschließend trifft, ist so kalt, dass mir das Blut in den Adern gefriert.

»Niemand hat uns was gesagt, Alter. Keiner. Wir wissen genauso viel wie du und können nur warten. Warten, verdammt. Hier spricht keiner mit uns!«

Kenzie zuckt bei Nialls Worten zusammen und auch mich trifft die Schärfe, die in ihnen liegt. Wortlos legt sie ihm eine Hand auf den Oberschenkel. Schon immer ist es ihr gelungen, uns Sturköpfe zu beruhigen, wenn wir wieder einmal von unseren Emotionen geleitet wurden. Sei es in Streitsituationen oder auch gerade jetzt. Dass sie das in ihrem eigenen Kummer schafft, ist bemerkenswert.

Was dann auf uns zukommt, ist eine Zeit des Wartens. Obwohl immer wieder Ärzte und Schwestern an uns vorbeilaufen, spricht keiner mit uns. Mein Versuch, bei der Auskunft Näheres zu erfahren, bleibt erfolglos und das Einzige, was mir gesagt wird, ist, dass wir warten müssen und ein Arzt uns aufsuchen wird, sobald es etwas Neues gibt.

Ich bin von Natur aus kein geduldiger Mensch. Zu wissen, dass mir in diesem Moment die Hände gebunden sind, macht mich wahnsinnig. Ich versuche, eine Aufgabe zu finden, hole Kenzie, Niall und mir Kaffee, der inzwischen kalt und kaum angerührt in unseren Bechern steht, die wir wortlos in den Händen halten. Während wir am Anfang noch leise miteinander gesprochen haben und Niall zwischendurch aufgestanden ist, um das Personal im *The Finnegan* zu informieren und Instruktionen zu geben, schweigen wir nun seit mehreren Minuten. Kenzie ist an meiner Schulter eingeschlafen und Niall hat seine Jacke über sie gelegt.

Die Minuten des Wartens fühlen sich wie Stunden an. Um ehrlich zu sein, sind es auch schon Stunden, die wir hier sitzen. Meine Geschwister noch länger als ich.

Ein- oder zweimal versuche ich, mit Niall ein Gespräch anzufangen, gebe aber erfolglos auf, denn die Antworten meines Bruders fallen knapp und distanziert aus. Es ist offensichtlich, dass er nicht mit mir reden will. Also gut. Wahrscheinlich setzt er gerade all seine Kraft daran, ruhig zu bleiben und nicht vor lauter Angst um Mum und Dad durchzudrehen. Scheiße, wie hilflos kann man sich vorkommen. Ich hasse es, nichts tun zu können. Hasse es, hier vor der verschlossenen Tür der Intensivstation zu sitzen.

Auf einmal geht die Tür auf und zwei Ärzte kommen auf uns zu. Ihre Gesichter sind ernst und ich versuche, irgendetwas in ihnen abzulesen. So etwas wie *»Die Operationen sind gut verlaufen«*.

Niall und ich blicken uns an und vorsichtig wecke ich Kenzie, die sofort aus ihrem Schlaf hochschreckt. Zu dritt stehen wir auf und ich spüre Kenzies Hand, die sich in meine schiebt.

Der größere der beiden Ärzte erhebt das Wort. »Lassen Sie uns hinsetzen.«

Wieder tauschen Niall und ich einen Blick. Mir gefällt es nicht, dass das das Erste ist, was zu uns gesagt wird.

»Ich weiß, dass Sie lange warten mussten. Es tut mir leid, dass nicht schon vorher jemand zu Ihnen gekommen ist, aber wir konnten Ihnen keine Zwischenberichte liefern, da wir mit zwei großen Teams im Einsatz waren, um uns um Ihre Eltern zu bemühen.«

»Wie geht es ihnen?«, haucht Kenzie und wie sie habe ich panische Angst davor, was der Arzt als Nächstes sagen könnte.

»Ihr Vater hat einen sehr starken Herzinfarkt erlitten. Wir haben versucht, ihm ein Stent-Implantat einzusetzen.«

»Versucht?«, fragt Niall entsetzt und schaut zwischen den Ärzten hin und her. »Wie, versucht? Kann das keiner von Ihnen? Ich dachte, Sie seien Experten?«

»Leider kam es während der Operation zu einem weiteren Infarkt, der so stark war, dass wir nichts mehr für Ihren Vater tun konnten.«

Kenzie schlägt sich die freie Hand vor den Mund und ich höre nur ein leises Wimmern, während ich versuche, die Worte zu verarbeiten, die mir gerade entgegenprallen.

»Was ist mit unserer Mutter?«, fragt Niall kalt.

Jetzt ist es der andere Arzt, der seine Frage beantwortet.

»Ich habe die Operation Ihrer Mutter geleitet«, sagt er ruhig. »Als sie eingeliefert wurde, sah es zunächst so aus, als sei sie nicht sehr stark verletzt. Ein gebrochenes Bein und eine Schulterfraktur waren ersichtlich. So wie es aussieht, ist Ihre Mutter jedoch bei dem Unfall mit dem Kopf gegen die Seitenscheibe geknallt. Während des Röntgens mussten wir leider feststellen, dass es zu einem Bruch an der Halswirbelsäule gekommen ist. Wir haben Ihre Mutter sofort in den OP gebracht und alles versucht, um lebensbedrohliche Schäden am Gehirn und Rückenmark gering zu halten.«

Für einen Moment verstummt der Arzt und scheint sichergehen zu wollen, dass wir verstehen, was er uns sagt.

Ich räuspere mich und schaue ihm direkt in die Augen. »Was bedeutet das, sie haben alles versucht?«

»Die Schwere des Bruches war größer und komplizierter, als es zunächst auf dem Röntgenbild aussah. Unser Team von

Spezialisten hat alles versucht, aber leider ist es uns nicht möglich gewesen, Ihre Mutter zu retten.«

Die Worte des Arztes hallen dumpf in meinen Ohren, wollen mich erreichen, doch das Einzige, was ich wahrnehme, ist Kenzies Schrei, die zwischen Niall und mir von ihrem Stuhl rutscht und zu Boden geht, und Nialls eiskalter Blick, der Sekunden später auf mir lastet, als wir beide hilflos versuchen, unsere Schwester zu halten.

13

JAMIE

Es ist noch kühl, als ich auf den Stufen der kleinen Veranda meiner Hütte sitze und beobachte, wie am Firmament ein gelbrotes Leuchten den neuen Tag ankündigt. Ich kann mich nicht erinnern, wann ich in London freiwillig um fünf Uhr morgens aus dem Bett gehüpft bin, aber ich habe tatsächlich gut geschlafen und genieße nun die ersten ruhigen Minuten des Morgens. Nicht, dass es in Finnegan unfassbar laut wäre, aber was sich mir hier auf der Veranda bietet, ist ein Schauspiel, von dem ich in London nur träumen kann.

Langsam scheinen alle Farben in dieser doch eher rauen Landschaft zum Leben zu erwachen und ich bin umgeben von reichem Grün, Braun und dem rötlich-gelben Licht der aufsteigenden Sonne. Während noch leichter Nebel über dem See schwebt, tauchen atemberaubende Farbstrahlen den Himmel in ein wunderbares Licht, das die vereinzelten Wolken durchbricht. Nie im Leben habe ich so etwas gesehen. Es ist wunderschön und herzerwärmend.

Ich atme tief ein und trinke einen Schluck Kaffee aus meiner Tasse. Dank Liams Hilfe gestern habe ich problemlos den Kampf mit der mir doch etwas fremden Kaffeemaschine gewonnen und bin stolz auf mich. Wie recht Bekka hatte, dass ich wirklich mal raus musste, und wie anders meine Welt vor nicht mal einem Monat war. Ich bin erst den dritten Tag hier in Finnegan und schon spüre ich, dass ich etwas befreiter atme und mein Herz zwar nicht beginnt, zu heilen, aber vielleicht ein paar wenige Gramm leichter ist als noch vor Kurzem. Die Ablenkung tut gut. Und dass diese Ablenkung weit über einen Meter neunzig misst, gut gebaut ist, tolle Haare und noch viel tollere Augen hat, die mich schier um den Verstand bringen, tut der ganzen Sache auch keinen Abbruch. Den ersten Schock habe ich überstanden, als sich herausstellte, dass Bekkas Cousin genau der Mann ist, mit dem ich in Edinburgh ein paar verdammt heiße Stunden verbracht hatte und von dem ich in einem Anflug von Panik runtergesprungen bin. Aber er ist wohl ganz Gentleman und uns beiden scheint es zu gelingen, die Sache nicht zu dramatisieren oder totzureden.

Schmunzelnd denke ich an den gestrigen Tag zurück und mir wird ein bisschen warm, obwohl die Kühle des Morgens es definitiv in sich hat und ich die noch nicht ganz so warmen Temperaturen deutlich in meiner Decke spüre, in die ich mich gewickelt habe.

Mein Blick wandert runter zu Liams Hütte, die von Nebel umgeben ist. Im Innern ist alles dunkel und still und er scheint wie auch die Gäste im Hotel noch zu schlafen.

Gestern Abend ist mir wieder aufgefallen, wie wenig Hotelgäste zurzeit im *The Finnegan* sind, und ich erinnere mich an Nialls und Kenzies Worte, dass die Buchungen weniger geworden sind, seit es das neue Hotel in der Gegend gibt. Es ist einfach furchtbar traurig, denn dieser Ort hält eine Magie inne, die so viel mehr Menschen entdecken müssten. Ich wünsche den drei Geschwistern, dass der Sommer wieder mehr Gäste bringt. Vielleicht hat das auch einen positiven Effekt auf Liam. Selbst wenn er sich große Mühe gibt, mir gegenüber locker und gelassen zu sein, gibt es immer wieder Momente, in denen man sieht, dass ihn Dinge belasten. Dass es ihn beschäftigt, wie es um das Hotel steht. Und sicherlich setzt ihm diese angespannte Situation mit seinem Bruder auch sehr zu. Gestern Abend war wieder deutlich zu spüren, dass es unfassbar viel Unausgesprochenes zwischen den Brüdern geben muss.

Ach Liam ... Ich muss lächeln, als ich an den gestrigen Ausflug mit ihm denke. Wie schön und fast selbstverständlich es war, seine Hand zu halten. Und wie er auch kein Problem damit gehabt zu haben schien und irgendwie auf mich aufgepasst hat. Ein schönes Gefühl, das ich schon fast verloren glaubte.

Meine Gedanken wandern zu dem Kuss, den wir gestern Abend getauscht haben. Zwar war es nicht der erste Kuss, den ich von Liam bekommen habe, aber dieser schmeckte besonders. Leidenschaftlich, sehnsüchtig, verlangend. Irgendwie bin ich immer noch verwundert, dass er meine Frage, ob wir zu ihm reingehen würden, verneint hat. Der Kuss fühlte sich so an, als wollte er es genauso wie ich. Als wäre er genauso hungrig auf mich wie ich auf ihn. Als hätte er das gespürt, was uns bereits in Edinburgh magisch angezogen hat. Sein Verhalten ist irgendwie unkalkulierbar. Wobei er auf der anderen Seite immer das auszusprechen scheint, was er denkt. Eine Qualität, die einigen leider abhandengekommen ist, wie ich vor nicht allzu langer Zeit am eigenen Leib erfahren musste und was mir den Boden unter den Füßen weggerissen hat. Vielleicht war er ja wirklich müde ... schließlich war ich es auch. Ich sollte einfach nicht so viel in Kleinigkeiten hineininterpretieren.

Nachdem ich abgewartet hatte, bis er in der Hütte

verschwunden ist, bin ich auch auf direktem Weg im Bett gelandet und habe keine fünf Minuten später tief und fest geschlafen. Zwar habe ich nicht wie vermutet von Walen geträumt, doch habe ich seit Langem mal wieder ruhig geschlafen und bin nicht nass geschwitzt mit Tränen in den Augen mitten in der Nacht hochgeschreckt. Es ist eine Wohltat und mein Körper dankt es mir heute Morgen mit frischer Energie und der Lust darauf, den Tag zu beginnen.

Ich sitze noch einige Augenblicke draußen auf der Veranda, beobachte, wie langsam der Nebel vom See verschwindet und der Tag zum Leben erwacht. Aus der Ferne kann ich beobachten, dass auch im Hotel der Tag beginnt, Waren angeliefert werden und vereinzelt Menschen vor dem Herrenhaus entlangspazieren. Dann gehe ich zurück ins Cottage und mache mich für den Tag fertig. Ich schlüpfe in eine gemütliche Jeans, nehme eine hellblaue Leinenbluse aus dem Schrank und ziehe mir meine hellbraune Strickjacke über, die mir bis weit über die Kniekehlen reicht. Ich High-Heels-Fan lerne sogar langsam die Vorteile von flachen Schuhen zu schätzen und so ziehe ich Ballerinas an, bevor ich das Cottage verlasse und mich auf den Weg zu Liam mache.

Als ich seine Hütte erreiche, klopfe ich gut gelaunt an die Tür und warte darauf, dass er öffnet. Es rührt sich nichts. Erneut klopfe ich, dieses Mal etwas fester. Ich lausche, ob ich Geräusche im Inneren der Hütte wahrnehmen kann, aber da ist nichts. Ob er noch schläft? Ich klopfe noch etwas fester, aber auch jetzt bleibt es still. Er ist nicht da. Komisch.

Irritiert stecke ich meine Hände in die Taschen der Strickjacke, entferne mich von der Hütte und gehe allein in Richtung des Hotels. Nicht, ohne mich nicht noch einmal zu Liams Cottage umzudrehen. Wir hatten doch vereinbart, heute Morgen zusammen frühstücken zu gehen. Hat er es vielleicht so verstanden, dass wir uns im Hotel treffen? Wir haben nicht darüber gesprochen, wer wen abholt oder ob wir uns dort treffen. Oder hat er es schier vergessen? Das kann ich mir nicht vorstellen.

Beim Hotel angekommen, entscheide ich mich diesmal für den Haupteingang und freue mich, Iain an der Rezeption anzutreffen, den ich inzwischen als herzlichen Menschen kennenlernen durfte. »Guten Morgen«, rufe ich ihm zu und lasse meinen Blick in Richtung des Restaurants wandern, in dem die ersten Gäste bereits ihr Frühstück einnehmen.

»Guten Morgen, Jamie«, antwortet er gut gelaunt. »Hast du gut geschlafen?«

»Ganz wunderbar. Ich war auch echt müde nach gestern.«

»Ich habe gehört, du hast Wale gesehen?«

Ich lache. »Das spricht sie wohl schnell rum. Einen. Ich habe einen Wal gesehen.«

»Ja, in einem Dorf wie Finnegan kannst du es vergessen, Dinge zu verheimlichen. Hier weiß man alles übereinander.«

»Ich weiß nicht, ob ich das gut oder schlecht finden soll«, antworte ich ihm.

»Man gewöhnt sich an alles. Aber ich kann mir schon vorstellen, dass das für einen Großstadtmenschen befremdlich ist.«

»Ein bisschen. Ich glaube, ich weiß noch nicht einmal, wie meine direkten Nachbarn in London alle heißen. Aber tatsächlich wissen sie wohl genauso wenig von mir.«

Ich zucke mit den Schultern.

»Na schau, und hier wissen wir nach einem Tag, was du alles unternommen hast. Glaub mir, es hat auch seine Vorteile, wenn man aufeinander achtet.«

Ich schaue ihn für einen Moment an und überlege, ob es mir recht wäre, wenn die Leute immer wüssten, was ich so tue.

Manchmal ist es gar nicht schlecht, anonym in der Großstadt zu leben. Da zerreißen sich wenigstens nicht alle sofort den Mund über einen.

Plötzlich kommt mir eine Idee und ich lehne mich ein wenig zu Iain über den Rezeptionstresen. »Sag mal, hast du Liam heute Morgen schon gesehen? Ich wollte ihn eben zum Frühstück einsammeln, aber er scheint nicht da zu sein. Ist er schon im Hotel?«

»Nein. Ich weiß gar nicht, ob er überhaupt da ist. Sein Auto steht nicht auf dem Parkplatz. Und da stand es auch nicht, als ich heute Morgen am Hotel angekommen bin. Vielleicht hat er die Nacht woanders verbracht? Macht er ab und an.«

»Echt? Weißt du, was er da immer so macht? Ich meine, sonderlich viel gibt es hier ja nicht zu tun.«

Ich hoffe, meine Fragerei ist nicht verdächtig, aber Iain lacht nur und scheint sich dabei nichts zu denken.

»Da hast du wohl recht. Keine Ahnung, ob er irgendwo ein Girl hat. Ansonsten fährt er gern einfach los, um rauszukommen. Vielleicht gibt es aber auch einen völlig harmlosen Grund und er macht Besorgungen fürs Hotel. Da fragst du am besten Kenzie. Sie hat hier den Überblick. Auch wenn ich das mindestens genauso haben sollte.«

Er grinst und ich versuche, mir nicht anmerken zu lassen, dass mich seine Bemerkung über Liam und eine Frau nicht sonderlich begeistert. Ich meine, wenn es ihm danach geht, hätte er sich die Autofahrt sparen können und wäre einfach die paar Meter zu meiner Hütte gelaufen. Mal davon abgesehen, dass ich ihm gestern quasi angeboten habe, die Nacht mit ihm zu verbringen.

»Jamie!«

Ich werde aus meinen Gedanken gerissen, als Niall auf

einmal in der Hotellobby auftaucht und mich herzlich zur Begrüßung umarmt.

»Guten Morgen«, sagt er überschwänglich und drückt mich fest an sich. »Gut geschlafen?«

»Das habe ich. Und jetzt habe ich einen riesigen Hunger«, antworte ich und befreie mich aus seinen Armen, die zugegebenermaßen definitiv nicht unangenehm sind.

Niall ist ein sehr attraktiver Mann, der seine Ähnlichkeit mit Liam nicht von sich weisen kann. Während Liams Züge jedoch härter wirken, strahlt Niall eine unfassbare Positivität aus und sein umwerfendes Strahlen erhellt sofort jeden Raum. Sicherlich hilft ihm seine Größe auch dabei, dass er gar nicht übersehen werden kann.

»Wenn du magst, leiste ich dir gern ein bisschen Gesellschaft und trinke noch einen Kaffee mit dir. Aber nur, wenn du magst.«

»Sehr gern«, lächle ich ihn an und habe damit nicht gelogen. Wenn Liam schon nicht meine Gesellschaft genießen will, lasse ich es mir sicherlich nicht nehmen, zusammen mit Niall in den Tag zu starten. Nicht, dass ich ihn auch nur annähernd so reizvoll wie Liam finde, aber er ist supernett und ich mag ihn.

Ein paar Minuten später sitzen wir gemeinsam am Tisch und während Niall genüsslich an seinem Kaffee nippt, blicke ich auf die wunderbaren Köstlichkeiten vor mir.

»Fährt Kenzie jeden Morgen so auf?«

»Sie ist die Herrin über die Küche und zuständig für alles, was unseren Gästen serviert wird. Lediglich den Barbereich hat sie Liam überlassen. Frühstück, Mittagessen und Abendessen sind komplett von ihr zusammengestellt und durchkonzipiert. Du müsstest mal erleben, wenn sie Themenwochen kreiert. Das ist wirklich der Wahnsinn. Ein bisschen gemein ist es ja schon, dass sie das komplette Kochtalent unserer Mutter geerbt hat, während ich mir lediglich ein Spiegelei zubereiten kann und mir selbst bei Nudeln alles im Topf anklebt.«

»Wenn es dich beruhigt, ich bin auch weit davon entfernt, eine tolle Köchin zu sein. Zu Hause in London gehe ich mindestens fünf von sieben Tagen essen oder bestelle etwas.«

Niall lacht. »Mit Lieferdienst ist in den Highlands nicht viel. Wenn man Glück hat, liefert ein Restaurant, aber so eine Auswahl wie in London gibt es hier definitiv nicht.«

»Muss es ja auch nicht. Glaub mir, wenn man viel Auswahl hat, ist man schnell überfordert.«

»Ist das mit den Männern auch so?«, fragt er und zwinkert mir zu.

Ich grinse über mein Glas Orangensaft hinweg. »Wie muss ich die Frage jetzt verstehen?«

»Na, wenn die Auswahl groß ist, ist Frau da überfordert?«

»Das kommt ganz darauf an, was Frau will.«

Er legt den Kopf etwas schräg und schaut mich an. »Und wie meinst du das jetzt?«

»Na ja«, antworte ich und beiße genüsslich in mein Croissant. »Wenn du auf lockere und immer wechselnde Sachen aus bist, ist es dir vielleicht nicht egal, wen du datest, aber die Auswahl ist größer, und wenn der eine nicht will, will halt der andere.«

»Und was willst du?«

Ich verschlucke mich und Niall schiebt mir ohne ein weiteres Wort das Glas mit dem Orangensaft näher hin.

»Ich bin kein Typ für One-Night-Stands, wenn du das meinst.«

»Ich verstehe«, sagt Niall und klaut sich die andere Hälfte meines Croissants von meinem Teller.

Gespielt entrüstet schaue ich ihn an. »Ey, das war meins!«

»Soll ich dir ein neues holen?«

Ich lache. »Nein danke, alles gut. Aber noch etwas Rührei wäre nicht schlecht«, grinse ich und schiebe ihm meinen leeren Teller hin.

Niall steht auf, greift nach meinem Teller und streift dabei fast unmerklich meine Hand. Als sich unsere Augen treffen, versuche ich, die Situation zu überspielen, und schiebe ihm ebenfalls die Tasse hin.

»Und Kaffee bitte.«

Er schüttelt lachend mit dem Kopf und verschwindet Richtung Buffet.

Niall ist sympathisch und ich genieße seine Gegenwart, aber ich kann nicht verhindern, dass meine Gedanken immer wieder zu Liam wandern. Wo er jetzt wohl ist? Zugegeben, vielleicht ist es verletzter Stolz, dass ich immer wieder an ihn denken muss, aber ich mag es einfach nicht, versetzt zu werden.

Als Niall zurückkommt und mir einen vollen Teller mit Rührei und frischen Kaffee hinstellt, schaue ich ihn an. »Sag mal, weißt du, wo Liam ist?«

»Warum?«

»Nun, eigentlich waren wir zum Frühstück verabredet.«

»Ah, dir gefällt meine Gegenwart also nicht?« Er lehnt sich auf seinem Stuhl zurück und verschränkt die Arme, verliert aber Gott sei Dank nicht das Strahlen in seinen Augen.

»So habe ich das nicht gesagt«, kontere ich schnell. »Ich hatte mich nur gefragt, ob ich vielleicht etwas falsch verstanden habe.«

Niall schaut mich prüfend an, als würde er sich fragen, was ich damit meinen könnte. Er entschließt sich aber, nicht nachzufragen, was ich sehr angenehm finde. Stattdessen entscheidet er sich für einen anderen Weg.

»Wie wäre es denn, wenn wir heute etwas miteinander unternehmen? Ich habe ein wenig Zeit und wollte ein paar

Dinge für unsere Gäste ausprobieren. Vielleicht kannst du mir behilflich sein?«

»Klingt gut«, erwidere ich und schiebe mir die letzte Gabel Rührei in den Mund. Warum soll ich allein in meinem Cottage sitzen und Trübsal blasen, weil Liam mich versetzt hat, wenn ich mit einem anderen attraktiven Mann etwas unternehmen kann?

»Dafür, dass du so unfassbar gut essen kannst, hast du echt eine mega Figur, wenn ich das so sagen darf.«

»Danke fürs Kompliment. Aber tatsächlich mache ich recht viel Sport, gehe in London regelmäßig laufen und trainiere ein bis zweimal in der Woche im Studio. Ansonsten müsste ich mir das Croissant auch verkneifen.«

»Dann passt es ja prima, an was ich gedacht habe.«

»Wie meinst du das?«

»Hättest du Lust auf eine Mountainbike-Tour?«

»Natürlich im Flachland, oder?«, frage ich ihn und hoffe inständig, dass er nicken wird.

»Na ja, ein bisschen in die Berge und durch den Wald soll es schon gehen. Aber es gibt unterschiedliche Routen und wir nehmen einfach die, die für dich passend ist. Einverstanden?«

Etwas beruhigt nicke ich und hoffe inständig, dass ich mich nicht mit dem Fahrrad der Länge nach hinlege.

»Super. Was hältst du davon, wenn wir uns in etwa einer Stunde vor dem Hotel treffen? Dann kümmere ich mich um die Mountainbikes und frage Kenzie, ob sie uns ein kleines Carepaket zusammenstellt.«

»Klingt wunderbar. Ich ziehe dann besser wetterfeste Kleidung an, oder?«

»Das solltest du. Und feste Schuhe. Helm und so bringe ich mit.«

~

Als ich knapp eine Stunde später Richtung Hotel laufe, wartet Niall bereits mit zwei Mountainbikes auf mich.

»Hey, da bist du ja«, sagt er gut gelaunt.

»Hast du etwa gedacht, ich kneife?«

Amüsiert zwinkere ich ihm zu.

»Nein, Quatsch. Ich freue mich nur, dass du da bist und den Spaß mitmachst.«

Nialls ehrliche und direkte Art ist angenehm und tatsächlich freue ich mich auf den Tag mit ihm.

»Aber na klar. Was hast du da alles?«

Zu seinen Füßen steht ein großer Rucksack, Fahrradhelme und ein Paar Handschuhe liegen direkt daneben.

»Ich habe Kenzie gefragt, ob sie dir ihre Handschuhe leiht, weil ich nicht wusste, ob du welche hast. Kann durchaus sehr angenehm sein während der Fahrt. Ach, und ich habe dir auch eine Wollmütze mitgebracht.«

»Eine Wollmütze?«, frage ich überrascht und streife mir durch die Haare.

»Ja, ist tatsächlich ganz gut unter dem Helm und außerdem hast du dann nicht ganz so kalte Ohren. Der Fahrtwind kann zu dieser Jahreszeit noch recht frisch sein. Oder hast du etwa Angst um dein Outfit?«

Ich schüttle den Kopf, ziehe ihm die Mütze aus der Hand und setze sie grinsend auf. »Und? Wie sehe ich aus?«, frage ich und stemme die Hände in die Hüften.

»Du kannst alles tragen«, antwortet Niall und streicht mir eine Strähne aus dem Gesicht, die sich aus der Mütze gestohlen hat.

»Na, übertreib nicht. Brauche ich noch irgendwelche tollen Add-ons zu meinem Outfit?«

»Da ich nicht vorhabe, mit dir einen technisch unfassbar komplizierten Kurs einzuschlagen, verzichten wir einfach mal auf die Knieschoner. Oder möchtest du die tragen?«

»Wenn es nicht unbedingt sein muss, würde ich gern darauf verzichten.«

»Das habe ich mir schon fast gedacht«, lacht Niall, setzt sich den Rucksack auf und reicht mir meinen Helm. »Kenzie hat uns ein paar Sandwiches eingepackt und Wasser habe ich auch dabei. Wir verhungern also nicht.«

»Super«, antworte ich ihm und setze meinen Helm auf.

Langsam fahren wir los und Niall nimmt sich die Zeit, mir eine bessere Fahrtechnik zu erklären, die mir wirklich hilft, bereits nach kurzer Zeit entspannter auf dem Bike zu sitzen. Dank seiner hilfreichen Hinweise habe ich es schnell raus, wie ich auf den Kieswegen und im Gelände angemessen reagieren kann. Gut, Niall hat definitiv nicht den schwierigsten Trail für uns ausgesucht, aber bereits nach den ersten Meilen merke ich, dass das hier nichts mit Fahrradfahren im Hyde Park zu tun hat.

»Pass ein bisschen auf, was deine Bremse angeht, und nutze sie effektiv, um in den richtigen Momenten abzubremsen«, ruft Niall mir zu. »Das kann dir im Ernstfall das Leben retten.«

Sein Ernst?

Wie auch schon zuvor zeigen sich die Highlands in ihrem schönsten Licht und wir werden mit einer wunderbaren Kulisse aus sanften Hügeln, Seen und rauer Landschaft belohnt. Ich bin ziemlich froh, dass Niall einen Bogen um die technisch anspruchsvollen Pfade macht, denn meine Fahrtechnik ist definitiv nicht ausreichend für die steinigen und wurzeligen Wege. Trotzdem hat der Trail es in sich, denn bereits nach einer Weile wird der Weg über Brücken und Felder steil und ich merke, dass wir die erste Hürde vor uns haben. Ich werde körperlich gefordert, doch als wir einige Zeit später mit einer kurzen Strecke bergab zwischen Bäumen hindurch belohnt werden und Niall anhält, um mir den tollen Blick auf den Loch Finnegan zu zeigen, erkenne ich, wie viel Spaß mir die Mountainbike-Tour macht.

»Kannst du noch?«, fragt Niall und schaut mich an. »Wir können auch eine Pause machen.«

»Ach Quatsch, es ist zwar anstrengend, aber wir sind doch gerade erst losgefahren. Ein bisschen kann ich noch. Wo geht es weiter?«

Vielleicht hätte ich anders entschieden, wenn ich gewusst hätte, dass der nächste Aufstieg es in sich hat. Wie heißt es so schön? Wenn's hoch geht, muss es auch irgendwann wieder runter gehen?

Ich muss absitzen und ein Stück schieben. Niall tut es mir gleich, wobei ich mir ziemlich sicher bin, dass er das für mich macht und locker noch gekonnt hätte. Ich schwitze, schnaufe und fluche innerlich darüber, dass ich viel zu warm angezogen bin.

»Gleich haben wir es geschafft«, sagt Niall ein Stück vor mir. So anstrengend habe ich mir diesen Ausflug dann doch nicht vorgestellt. Während ich noch hinter ihm her schnaufe und getreu nach dem Motto verfahre: »Wer sein Fahrrad liebt, der schiebt«, ist Niall bereits stehen geblieben und hat sein Fahrrad an einen Baum gelehnt. Als ich ihn erreiche, liegt eine große Decke auf dem Boden und ich lasse mich darauf fallen.

»Geschafft?«, fragt er mich grinsend.

»Halleluja, was machst du mit mir? Bist du dir sicher, dass das ein einfacher Track ist?«

»Ist es. Als Städter machst du dich wirklich gut. Aber jetzt schau dich einfach mal um und komm ein bisschen runter.«

Niall greift in seinen Rucksack, reicht mir eine Flasche Wasser und deutet vor uns.

Mir verschlägt es den Atem. Die Aussicht von hier oben auf

den Loch Finnegan und die Region ist atemberaubend. Die Sonne glitzert auf dem dunklen Wasser des Sees und vor meinen Augen breiten sich die satten Hügel der Highlands aus. Ich ziehe meinen Helm ab, trenne mich von der Wollmütze und ziehe ebenfalls meine Jacke aus. Es ist herrlich warm und genüsslich schließe ich die Augen.

»Geht es dir gut?«

Ich öffne ein Auge und drehe meinen Kopf in Nialls Richtung. »Wenn man bedenkt, dass mir die Lunge auf den Füßen hängt, und ich hoffe, dass unsere Pause hier zwei Stunden andauert, geht es mir blendend. Danke für dieses Erlebnis.«

Niall schmunzelt und reicht mir eins der Sandwiches. »Sehr gern. So etwas habt ihr in London nicht, oder?«

»Definitiv nicht.«

Ich beiße genüsslich in das Brot und stelle fest, dass Mountainbike fahren hungrig macht. Als ich Niall wieder anschaue, bemerke ich, dass er mich angrinst. »Was?«

Niall rutscht ein Stückchen zu mir herüber und streicht mit seinem Daumen über mein Kinn. »Du hast da was.«

Schnell fahre ich mit meiner Hand an die Stelle, die er berührt hat. Und tatsächlich, an meinem Kinn hängen Reste von Remoulade. Na wunderbar.

»Danke«, sage ich ein bisschen peinlich berührt und bin froh, dass Niall den Abstand zwischen uns wieder vergrößert. Ich wüsste nicht, wie ich reagieren sollte, wenn er mich geküsst hätte.

Aber Niall macht keine Anstalten und beginnt, mir die Gegend ein wenig näher zu erklären. Und dabei kann ich beobachten, wie seine Augen strahlen, als er von seiner Heimat spricht, vom Hotel und von den Dingen, die er hier tagtäglich macht.

»Was genau willst du eigentlich für eure Gäste austesten?«, frage ich ihn.

Er scheint ein bisschen überrascht über meine Frage und hält einen Moment inne. »Ich würde gern ein Sportangebot ausbauen. Diverse Aktivitäten mit ins Programm nehmen. So was haben wir nämlich bisher nicht und ich glaube, das könnte etwas sein. Also zum Beispiel Mountainbike-Touren für Anfänger und Fortgeschrittene anbieten, Kanutouren, Wandern. So was halt. Ich bin da ziemlich offen für alles.«

»Das klingt doch toll«, sage ich aufgeregt, drehe mich zu ihm und verschränke meine Beine in einem Schneidersitz. »Warum machst du das nicht einfach?«

»Na, wer weiß, ob das überhaupt noch was werden kann«, sagt er leise und wendet seinen Blick ab.

»Du meinst, weil es dem Hotel gerade nicht so gut geht?«

Er senkt seinen Blick und starrt zu Boden. »Gerade ist gut. Eigentlich ist das schon seit ein paar Wochen so. Ich bin neulich in dieses andere Hotel gefahren und habe mir angeschaut, was die anbieten. Na klar haben die auch bestimmte Aktivitäten auf dem Programm, aber ich glaube, das könnte ich hier überbieten.«

Ich merke ihm an, wie sehr ihm der Umstand, dass die direkte Konkurrenz in der Nähe ist, zu schaffen macht.

»Hast du mit Kenzie und Liam darüber gesprochen?«

»Nein.« Er schüttelt den Kopf.

»Warum nicht?«

Wieder schweigt Niall einen Moment, bevor er antwortet. »Ich möchte Kenzie aktuell nicht damit belasten. Ich glaube, ihr ist schon bewusst, dass es nicht gut aussieht, aber sie muss sich nicht unnötig den Kopf zerbrechen. Sie kümmert sich schon um so viel.«

»Und Liam? Schließlich kommt er doch auch aus dem Hotelwesen.«

Niall schnauft auf und schüttelt den Kopf. »Ich glaube, Liam ist froh, wenn das Hotel den Bach runtergeht und er hier wieder wegkann. Wir hatten eigentlich vor, heute über die Bücher zu gehen, aber du siehst ja, dass er weg ist. Auf ihn ist nicht sonderlich viel Verlass.«

»Bist du dir sicher, dass ihn das Hotel nicht kümmert?«, frage ich und kann mir nicht vorstellen, dass Niall mit seiner Vermutung recht hat.

»Würde es ihn wirklich interessieren, würde er alles daransetzen, das Ding nach vorn zu treiben. Und die Energie sehe ich aktuell bei ihm nicht. Außerdem hat er noch andere Baustellen, die er erst mal regeln sollte, bevor er noch mehr Chaos hier reinbringt.«

»Wie meinst du das?«, frage ich und hoffe, dass er noch etwas mehr über Liam erzählt. Aber stattdessen steht Niall auf und setzt sich seinen Fahrradhelm auf.

»Wir sollten aufbrechen. Wir haben noch ein Stückchen vor uns und ich habe Kenzie versprochen, später im Hotel zu sein.«

Ich nicke und gemeinsam packen wir alles zusammen und fahren weiter. Der Fahrtwind ist frisch und nach einigen hundert Metern halte ich an und ziehe mir meine Jacke wieder über. Wie immer achtet Niall auf mich und wartet. Dann fahren wir durch ein weiteres Waldstück und die Luft hier oben ist wirklich befreiend. Knapp zweihundert Meter genießen wir die Fahrt bergab und ich bin froh, dass Niall mir am Anfang ein bisschen was zum richtigen Bremsen erklärt hat, denn auf dem Weg liegt immer wieder Schotter und ich muss vorsichtig sein, nicht wegzurutschen. Ich versuche, möglichst langsam zu fahren und das Gleichgewicht nicht zu verlieren. Einige Passagen haben es ganz schön in sich. Adrenalin pur! Ich erwische mich dabei, wie ich lautstark aufjauchze. Ich fühle mich für einen Moment unendlich frei und leicht.

Niall hat ein paar Meter vor mir angehalten und wartet darauf, dass ich neben ihn fahre. »Eine kleine Überraschung habe ich noch«, sagt er grinsend.

»Was denn?«, frage ich gespannt.

»Sei mal leise und hör genau hin.«

Ich tue wie befohlen und tatsächlich höre ich auf einmal ein lautes Rauschen. Begeistert schaue ich Niall an. »Ein Wasserfall?«

»Ja, aber nur ein kleiner«, lacht er und wir fahren gemeinsam in die Richtung weiter.

Als wir den Wasserfall erreichen, bin ich für einen Moment baff. Wie schön die Natur doch sein kann. Tatsächlich habe ich noch nie einen Wasserfall live gesehen und ich bin fast ein bisschen traurig, dass ich keine Badesachen dabeihabe. Für einen Moment stellen wir unsere Fahrräder noch einmal ab und Niall erklärt mir, dass es nicht selten vorkommt, dass man hier oben in den Highlands hin und wieder kleine Wasserfälle entdecken kann.

»Weißt du eigentlich, dass du auf einem tollen Flecken Erde lebst?«, frage ich ihn, als ich das letzte Mal durchschnaufe und mich auf die letzten Meilen Fahrweg einstelle.

»Aye«, antwortet er und schwingt sich wieder in den Sattel.

Unsere letzten Meilen führen uns weiter durch den Wald und bald tauchen in der Ferne die kleinen Türmchen vom *The Finnegan* auf.

»Endspurt?«, ruft Niall mir zu. »Der Verlierer muss dem Sieger eine Badewanne einlassen!«

Und schon sprintet er voraus. Wo der seine Energie noch hernimmt, ist mir ein Rätsel.

Ich komme etwas später als er am Hotel an und sehe, wie er

grinsend vom Mountainbike absteigt und sich den Helm abzieht.

»Okay, okay. Du hast gewonnen«, schnaufe ich und steige verschwitzt, aber glücklich vom Rad. »Aber das mit der Wanne kannst du dir abschminken.«

Grinsend blicke ich ihn an und habe überhaupt nichts dagegen, wie er mich in den Arm nimmt und mich fest an sich drückt.

»War ein cooler Ausflug, London. Hätte ich nicht von dir erwartet.«

»London? Habe ich einen neuen Spitznamen?«

»Vielleicht«, grinst er.

»Ja dann«, lache ich. »Hätte mich schlimmer treffen können. Wunder Po zum Beispiel.«

Die Runde geht definitiv an mich, wenn man Nialls Reaktion in Betracht zieht, der mit meiner kleinen sexy Anspielung nicht gerechnet hat und fast sein Fahrrad umstößt.

14

JAMIE

Während Niall und ich noch vor dem Hotel stehen und miteinander plaudern, kommt Kenzie auf einmal aus der Tür.

»Er ist immer noch nicht zurück«, sagt sie und wirkt sichtlich besorgt.

»Ja, aber das kennst du doch von ihm. Mach dir nicht so einen Kopf«, antwortet Niall, scheint aber zu merken, dass es seine Schwester nicht sonderlich beruhigt. Er geht auf sie zu und nimmt sie in den Arm. »Du weißt doch, dass wir alle etwas anders mit diesem Tag umgehen.«

Fragend schaue ich zwischen den Geschwistern hin und her und würde wirklich gern verstehen, wovon die zwei sprechen.

Kenzie scheint meine Irritation zu bemerken und dreht sich zu mir. »Heute vor drei Jahren sind unsere Eltern tödlich verunglückt.« Tränen treten in ihre Augen und sie schnieft an Nialls Schulter.

»Oh nein«, sage ich entsetzt und merke, dass mich diese Tatsache trifft, denn ich kann sowohl Niall als auch Kenzie ansehen, wie sehr sie trauern. »Das tut mir sehr leid«, ergänze ich leise. »Kann ich irgendetwas für euch tun?«

»Das hast du doch schon«, sagt Niall und lächelt mich an.

»Habe ich?«, frage ich und schaue ihn irritiert an.

»Du hast den Tag mit mir verbracht und mich während der Mountainbike-Tour abgelenkt. Das hat verdammt gutgetan. Glaub mir. Ich musste nicht ständig an den Unfall denken.«

Ich weiß mir nicht anders zu helfen, gehe auf Niall zu und drücke ihn fest an mich. »Hätte ich das gewusst, hätte ich mir noch mehr Mühe gegeben und nicht so schlapp gemacht.«

Er lacht und drückt mich herzlich. »Du hast doch nicht schlapp gemacht, London. Du hast für ein Stadtkind echt gar nicht so ungeschickt auf dem Bike ausgesehen.«

»Und ich wette, er hat genau hingeguckt«, grinst Kenzie neben mir.

Ich löse mich von Niall und drücke auch sie fest an mich.

»Habe ich, das kann ich bestätigen«, sagt Niall und zwinkert mir zu.

Auch wenn es für Außenstehende vielleicht wie hemmungsloses Flirten aussieht, merke ich, dass sich die Dynamik zwischen uns heute geändert hat, und ich zwinkere zurück. Wir sind Freunde.

»Wenn du wüsstest, dass ich mich immer habe zurückfallen lassen, damit ich deinen Hintern auf dem Rad begutachten kann.«

»Ernsthaft?« Niall reißt seine Augen auf.

Statt zu antworten, fange ich schallend an zu lachen und Kenzie tut es mir gleich. »Aber natürlich.«

»Du lügst auch, ohne rot zu werden«, knurrt Niall und knufft mich in die Seite.

»Manchmal.« Ich knuffe ihn zurück. »So, Kenzie, und jetzt sag mir, ob und wie ich dir heute helfen kann. Kann ich dich auch irgendwie ablenken? Sollen wir uns gemeinsam einen schönen Mädelsabend machen?«

Nialls Gesicht verzieht sich erneut zu einem Grinsen.

»Was?«, frage ich und schaue zwischen ihm und Kenzie hin und her.

»Willst du es ihr sagen, oder soll ich?«

Kenzie zuckt mit den Achseln, kommt ihrem Bruder aber zuvor. »Also, du könntest mir sehr helfen, wenn du mit uns zu Abend isst.«

»Ähm, ja, klar. Gern. Aber das habe ich doch die letzten beiden Tage auch schon gemacht«, antworte ich und weiß nicht so ganz, was das mit Helfen zu tun hat.

Niall stellt sich neben mich und legt freundschaftlich seinen Arm um meine Schultern. »Jeder von uns drei Geschwistern geht mit diesem Tag anders um. Ich powere mich meist sportlich aus und Kenzie steht den ganzen Tag in der Küche und kocht und backt und kocht und backt. Habe ich schon gesagt, dass sie kocht und backt?«

»Mach dich nicht lustig über mich«, meckert sie, aber es ist deutlich zu sehen, dass sie das nicht ernst meint.

»Mache ich gar nicht. Nur diese Mengen, die du an dem Tag immer produzierst, sind gigantisch. Da bin ich froh, dass ich vorher Sport gemacht habe, sonst würden mich die Kalorien nachts im Schlaf verfolgen.«

Die zwei Geschwister sehen sich an und ich merke sofort, wie sehr sie sich an diesem Tag unterstützen und auch sonst füreinander da sind.

»Wie geht Liam mit diesem Tag um?«, frage ich vorsichtig.

Niall blickt seine Schwester an und zuckt kaum merklich mit den Schultern. Kenzie stattdessen atmet durch und antwortet mir dann: »Der Tag ist für uns alle schwer, aber Liam leidet besonders. Er zieht sich in der Zeit um den Todestag unserer

Eltern zurück. Mich hat es ehrlich gesagt gewundert, dass er den Tag gestern mit dir verbracht hat und nicht abgehauen ist. Scheinbar hat er das heute Nacht getan. Niemand weiß dann so recht, wo er ist. Er meldet sich bei niemandem von uns ab, und glaub mir, das bringt mich fast um vor Sorge. Ich kann es nicht haben, wenn er in der Situation allein unterwegs ist.«

»Er lässt sich nicht helfen«, knurrt Niall und drückt seine Schwester ein weiteres Mal an sich.

»Ihr kommt nicht an ihn heran, oder?«, frage ich vorsichtig.

»Nein. Niemand. Vielleicht sein bester Kumpel Simon in Edinburgh ein bisschen. Dort ist Liam damals auch für eine Weile untergekommen. Selbst Duncan kommt nicht an ihn ran.«

»Wer ist Duncan?«, frage ich, da mir der Name bisher nicht begegnet ist.

»Duncan und sein Bruder Dan sind alte Schulfreunde von Liam. Aber bereits vor dem Unfall haben sie nicht mehr ganz so viel miteinander zu tun gehabt, weil Liam in Edinburgh war, Duncan hier und Dan für gewöhnlich in Inverness«, erklärt Kenzie.

»Na ja«, unterbricht Niall sie. »Ich denke, aktuell macht er auch eher den Bogen um die zwei, wegen Dan.«

»Wieso?«, frage ich.

»Dan arbeitet als Psychotherapeut und ich glaube, obwohl ich keine Ahnung von dem Thema habe, Liam hat sich bisher nicht wirklich mit dem Tod unserer Eltern auseinandergesetzt und hat Angst, dass Dan ihn in Richtung einer Therapie beraten würde. Liam mag keine Schwäche an sich und ich denke, er würde es als Schwäche ansehen, wenn er nicht selbst mit der Situation klarkäme. Selbst wenn ich jetzt so darüber reden kann, ist es natürlich auch für Niall und mich nicht leicht«, fährt Kenzie fort. »Aber wir verdrängen nicht, im Gegensatz zu Liam. Wir sprechen über Mum und Dad, haben getrauert und gehen offen mit ihrem Tod um. Liam macht dicht. Er gibt sich die Schuld.«

Während sie spricht, stehen Tränen in ihren Augen und ich kann sehen, wie sehr es ihr das Herz bricht, dass Liam so zu leiden scheint.

»Er ist einfach egoistisch und ganz bei sich«, murmelt Niall.

»Jeder trauert auf seine Art und das muss man erlauben«, sage ich leise. »Aber es ist nicht fair von ihm, euch zusätzlich Kummer zu bereiten. Nur Menschen, die reden, kann geholfen werden. Vielleicht kommt seine Zeit noch. Vielleicht braucht er diese Momente für sich.«

»Die darf er sich ja auch gern nehmen, aber ich will mir einfach keine Sorgen machen, dass er sich etwas antut.«

Bei den letzten Worten schluckt Kenzie und Niall greift nach ihrer Hand und drückt sie.

»Das wird schon nicht passieren«, sage ich leise und hoffe im Geheimen, dass ich Recht behalten werde.

Gott sei Dank ist es Niall, dem es gelingt, diese traurige Situation aufzulösen.

»So, London, genug traurige Stimmung hier. Du haust jetzt ab nach Hause und gehst duschen. Du müffelst nämlich.«

»Ich tue was?«, frage ich entsetzt und versuche, unauffällig an mir und meinen Klamotten zu riechen.

»Lass dich von meinem Bruder nicht ärgern«, lacht Kenzie und auch ihre Traurigkeit scheint verflogen. »Du stinkst überhaupt nicht. Aber trotzdem ist es sinnvoll, jetzt warm zu duschen und dir was Frisches anzuziehen. Du willst ja nicht krank werden. Und danach kommst du zu uns ins Hotel. Und stell dich schon mal auf reichlich zu essen ein.«

»Mache ich«, lache ich. »Ich komme in etwas, das mit dem Bauch mitwächst.«

»Das klingt nach einem Plan«, lacht Niall und nimmt mir

den Fahrradhelm, die Handschuhe und die Wollmütze ab. »Ich freue mich auf einen Abend mit meinen tollen Mädels.«

»Deinen Mädels … soso«, erwidert Kenzie. »Na, ich bin nicht so sicher, ob Jamie das auch so betiteln würde.«

»Bestimmt.«

Ich zwinkere beiden zu und laufe im nächsten Moment runter zu meinem süßen Cottage am See.

Kurz bevor ich mein kleines Zuhause auf Zeit erreiche, komme ich an Liams Hütte vorbei. Noch immer sieht sie genauso verlassen aus wie heute Morgen.

Irgendwie weiß ich nicht so genau, ob ich mir Sorgen machen soll oder einfach sauer bin, dass er sich nicht an unsere Abmachung von gestern Abend gehalten hat. Trotzdem klingen mir Kenzies besorgte Worte in den Ohren. Wo er wohl ist? Ob er in Ordnung ist?

Als ich später mit Niall und Kenzie zusammensitze, wandern meine Gedanken immer wieder zu Liam. Ich weiß, was es bedeutet, sich machtlos zu fühlen. Sich die Schuld an etwas zu geben, auf das man nur bedingt Einfluss hat. Habe ich ausreichend getrauert? Habe ich aufgearbeitet? Oder habe ich nur verdrängt und bin deswegen für eine Weile aus London geflüchtet?

»Bist du dir sicher, dass du wirklich nichts mehr willst?«, fragt Kenzie mich und reißt mich so aus meinen Gedanken.

»Willst du mich mästen?«, erwidere ich und habe jetzt schon ein schlechtes Gewissen, dass ich mir beim Hauptgang einmal nachgenommen habe. Und nun auch noch ein zweites Mal Nachtisch.

»Ach komm, du hast doch noch gar nicht von der Schokoladen-Avocado-Mousse probiert.«

Ein bisschen verzweifelt schaue ich Niall an, der nur hilflos die Arme in die Höhe streckt.

»Jeder ist sich hier selbst der Nächste. Da musst du durch. Außerdem hatte ich auch schon zwei Himbeer-Millefeuille. Ich führe also. Und schau mich nicht so verzweifelt an, ich kann gleich auch nicht mehr.«

Es ist wirklich Wahnsinn, was Kenzie heute alles zubereitet hat. Dass sie gern kocht und backt, und das vor allem unfassbar gut, habe ich inzwischen mitbekommen, aber dass sie so eine Künstlerin in der Küche ist, ist spektakulär.

»Kenzie, du musst unbedingt ein Kochbuch rausbringen. Oder Erlebniskochen anbieten. Oder, oder, oder.«

»Ach«, antwortet Kenzie und scheint sichtlich verlegen. »So besonders ist das jetzt auch nicht. Ich bin einfach gern in der Küche. Und das Wichtigste ist für mich, dass es den Menschen schmeckt, für die ich koche.«

»Das tut es«, sagt Niall mit vollem Mund und ich schaue ihn entgeistert an, als er sich noch ein kleines Stückchen Cheesecake vom Teller klaut.

Wir lachen gemeinsam und ich stelle erneut fest, wie herzlich ich bei Bekkas Verwandten aufgenommen wurde und wie gut mir ihre Gegenwart tut.

Als ich mich später nach einem leckeren Glas Wein und ein paar weiteren Köstlichkeiten von einer eben schnell von Kenzie zubereiteten Käseplatte auf den Weg nach Hause mache, ist die Nachtluft angenehm mild für diese Jahreszeit und der Mond steht hell am Himmel. Hunderte von Sternen leuchten am Firmament. Obwohl ich nicht zu den Mutigsten auf diesem Planeten zähle, lausche ich der Nacht und freue mich über den Ruf eines Käuzchens in der Nähe und denen anderer Tiere, die Gott sei Dank in weiterer Entfernung zu sein scheinen.

Wahnsinn, wie ruhig es hier ist. Aus dem Hotel sind keine Geräusche mehr zu hören und die wenigen Gäste, die aktuell im *The Finnegan* übernachten, sitzen entweder in der hauseigenen Bar oder liegen bereits in ihren Betten und schlafen.

Plötzlich werde ich durch ein lautes Platschen und das leise Fluchen eines Mannes aufgeschreckt. Schnell blicke ich mich um, kann aber niemanden entdecken.

Wieder ist da das Geräusch von etwas, das aufs Wasser schlägt, und gleichzeitig scheint etwas Holzähnliches zu knallen.

Mein Blick schnellt in Richtung von Liams Hütte und tatsächlich brennt dort Licht. Er scheint also wieder da zu sein.

Erneut wird die ruhige Nacht durch ein Fluchen gestört. Dieses Mal ist es lauter und klingt irgendwie … lallend.

Ich nähere mich Liams Hütte und plötzlich kann ich erkennen, wie ein Mann versucht, ein Ruderboot nah an den Steg zu ziehen, um einzusteigen. Sicherlich mag das im Dunkeln nicht die leichteste Aufgabe sein, aber alles scheint darauf hinzuweisen, als wäre dieser Jemand alkoholisiert, denn er stellt sich sichtlich unbeholfen an.

Rumms … Wieder knallt das Boot gegen den Steg und als sich der Mann ein Stückchen in meine Richtung dreht, kann ich im Schein des Mondes erkennen, dass es Liam ist. Obwohl ich noch nicht direkt neben ihm stehe, sehe ich, dass er nicht nüchtern ist und somit auch nicht die völlige Kontrolle über seinen Körper hat. Nahezu ungeschickt versucht er, in das Boot zu steigen. Herrje, was hat er vor?

Mit wenigen Schritten bin ich neben ihm und versuche, ihn daran zu hindern, auf den See raus zu rudern.

»Liam, bist du verrückt geworden? Was machst du hier?«

»Lass mich«, wehrt er mich ab und versucht, mich mit einigen Handbewegungen davon abzuhalten, ihm bei seinem Vorhaben in die Quere zu kommen.

Jetzt, wo ich neben ihm stehe, rieche ich den Alkohol in seinem Atem ganz genau. Liam stürzt nahezu ins Boot und versucht mit aller Kraft, sich vom Steg abzustoßen.

»Liam!«, rufe ich erneut und bin völlig entsetzt darüber, was er vorhat. »Wie kann ein Mensch nur so egoistisch und unvernünftig sein?«

Mit ganzem Körpereinsatz halte ich Liam davon ab, mit dem Paddelboot auf den See rauszurudern. Ich halte das Seil fest, das eben noch das Boot am Steg gehalten hat, und binde es mit aller Kraft wieder um die Vorkehrung. Gott sei Dank funktioniert bei Liam das Gleichgewicht noch, als ein Ruck durch das Boot geht und es stoppt. Für einen Moment ist Liam ganz perplex und scheint zu überlegen, ob er sich einfach hinsetzen oder wutentbrannt das Seil wieder lösen soll. Ich sehe ihm an, dass sein Kopf arbeitet und er zwischen den beiden Möglichkeiten hin und her zu überlegen scheint. Er tut keins von beidem, sondern springt mit einem gekonnten Satz zurück auf den Steg und muss sich für einen Moment sammeln. Seine Augen sind voll Trauer, er ist nass geschwitzt und ich kann wieder den Alkohol in seinem Atem riechen. Er ist nicht völlig betrunken, aber definitiv genug angetrunken, um nicht hundert Prozent Herr seiner Sinne zu sein.

Ich sollte Mitleid mit diesem großen, starken, unfassbar anziehenden Mann haben, aber in diesem Moment siegt mein Ärger über meine Sorge. Obwohl er so viel größer ist als ich, baue ich mich vor ihm auf und schlage ihm mit der Hand auf die Brust, mir völlig im Klaren darüber, dass dies natürlich überhaupt keine Wirkung auf ihn haben wird. Wütend starrt er mich an, aber mindestens genauso wütend starre ich zurück, während ich ihn weiter anfahre.

»Denkst du eigentlich auch mal an all die anderen Menschen um dich herum? Ich weiß, was heute für ein Tag ist. Kenzie und Niall haben es mir erzählt. Ich verstehe, dass du trauerst. Dass du dir Vorwürfe machst. Aber es ist verdammt noch mal nicht deine Schuld, was vor drei Jahren passiert ist. Du bist nicht schuld daran, dass dein Vater hinter dem Steuer einen Herzinfarkt hatte. Du bist nicht schuld daran, dass er die Kontrolle über sein Auto verloren hat. Ich verstehe, dass du trauerst. Ich verstehe das alles. Aber soll das hier dein Leben sein? Du musst anfangen, das zu verarbeiten, und nach vorn blicken, sonst machst du dich und all die anderen um dich herum kaputt. Wie egoistisch kann man sein, betrunken bei Nacht in ein Boot steigen zu wollen? Willst du dich umbringen? Willst du deinen Geschwistern, die sich täglich auch für dich den Arsch aufreißen, noch mehr Kummer bereiten? Siehst du eigentlich nicht, dass sie auch alles für dich machen? Nicht nur du hast deine Eltern verloren. Auch sie. Und bei diesen Aktionen hier können sie auch ihren Bruder verlieren!«

Liam Gesichtsausdruck ändert sich innerhalb von Sekunden und wenn er gerade noch völlig verzweifelt und verloren gewirkt hat, steht mir nun ein ganz anderer Liam gegenüber. Er macht zwei Schritte auf mich zu und ich weiche intuitiv vor ihm zurück.

»Ganz ehrlich, Prinzessin, sag mir nicht, was ich fühlen soll und was ich zu tun und zu lassen habe.«

Seine Stimme schneidet durch die Nacht.

»Ich bin schuld daran, dass mein Vater ins Auto gestiegen ist. Wäre ich nicht so egoistisch gewesen und hätte meine eigenen Dinge in Edinburgh für wichtiger empfunden, er wäre nicht gefahren. Er und meine Mutter könnten noch leben. Untersteh dich, mir zu sagen, dass ich verdammt noch mal über eine Sache hinwegkommen muss. Schau dich doch an, Madame Sorglos. Dein Hintern steckt ständig in stylishen Klamotten. Du bist mal eben entspannt von London für unbestimmte Zeit nach Schottland in den Urlaub gefahren, um dich hier von deiner wahrscheinlich unfassbar harten Arbeit zu erholen. Jemand wie du, der alles hat, der alles haben kann …«

Liam verringert den Abstand zwischen uns noch mehr und funkelt mich aus finsteren Augen an. Seine Augen, die sonst so atemberaubend tief und blau strahlen, sind kalt und wirken hier in dem Licht der Außenlampe tiefschwarz.

»Du hast keine Ahnung von wirklichen Problemen. Jemand wie du kann doch gar nichts anderes, als glücklich zu sein. Das Schlimmste, was in deinem Leben je passiert ist, ist wahrscheinlich, dass dir ein Fingernagel abgebrochen ist oder deine Lieblingslippenstiftfarbe aus dem Programm genommen wurde! Also misch dich nicht in das Leben von Menschen ein, die du nicht kennst.«

Für einen Moment ist es ruhig und wäre da nicht das sanfte Plätschern des Sees, es wäre totenstill.

»Nimm das sofort zurück.«

Jetzt ist es meine Stimme, die die Nacht durchschneidet. Wütend starre ich ihn an, ungläubig, dass er das gerade zu mir gesagt hat. Mein Puls rast und ich merke, wie mir die Röte ins Gesicht steigt. Ich versuche, meine Atmung unter Kontrolle zu bekommen, aber dafür ist es zu spät.

»Nimm das verdammt noch mal sofort zurück!«

»Einen Teufel werde ich tun. Wo ist dein Problem? Habe ich einen wunden Punkt getroffen? Musst du etwa zugeben, dass ich recht habe, Prinzessin?«

Triumphierend baut Liam sich noch größer vor mir auf.

Dann trifft mich die Realität wie ein Schlag und meine

Vergangenheit holt mich ein. Alles, was ich in den letzten Wochen, Monaten und vielleicht auch Jahren versucht habe, zu verdrängen, kämpft sich innerhalb von Sekunden an die Oberfläche und bricht über mir zusammen. Sucht sich den Weg nach außen, durchfährt jede Faser meines Körpers und zwingt mich in die Knie. Statt zu antworten, merke ich, wie meine Beine unter mir wegsacken und ich langsam zu Boden gehe. Sofort ist Liam neben mir, versucht noch, mich zu halten, schafft es aber nicht. Ich sehe ihm an, dass er völlig überrumpelt von meiner Reaktion ist, und binnen Sekunden hat sich die Dynamik zwischen uns geändert.

Er kniet sich zu mir auf den Boden und fasst vorsichtig mit seiner Hand unter mein Kinn. Neben Wut ist auf einmal auch Besorgnis in seinen Augen zu sehen. Reflexartig schlage ich seine Hand weg, mir der Trauer bewusst, die mir alle Kraft zu rauben scheint.

Meine Stimme bricht und Tränen sammeln sich in meinen Augen. »Glücklich …«, schluchze ich. »Ich bin schon lange nicht mehr glücklich.«

Ich hole tief Luft und dann geschieht es, dass ich wie von selbst anfange, zu erzählen, Liam mein zerbrochenes Herz offenbare und in seine Hände lege.

15

JAMIE

London – Juni vor drei Jahren

»Wie findest du eigentlich Bowie?«

»Den Sänger?«

Verwirrt schaue ich meinen Freund von der Seite an und überlege, ob er neuerdings für Rockmusiker der Siebziger- und Achtzigerjahre schwärmt und im Oldiefieber ist.

»Nein, Quatschkopf, den Namen!«

Lachend streichelt Connor mir mit seiner freien Hand über den Bauch, während er unseren alten silbernen BMW durch den morgendlichen Verkehr Londons steuert.

»Aber wir wissen noch nicht einmal, ob es ein Mädchen oder ein Junge wird«, antworte ich grinsend. »Ich bin ja in etwa erst am Ende der sechsten Schwangerschaftswoche und heute wird die Ärztin lediglich die Schwangerschaft bestätigen können. Das ist noch viel zu früh. Sei nicht so ungeduldig.«

Ich lege meine Hand auf Connors und freue mich wahnsinnig darüber, dass der Mann an meiner Seite mindestens genauso aufgeregt über dieses kleine Wunder in meinem Bauch ist wie ich.

»Eben! Bowie passt für einen Jungen und für ein Mädchen! Und vielleicht werden es ja sogar zwei«, fährt er euphorisch fort und schaut mich siegessicher an. »Ich habe potente Schwimmer!«

Sein Grinsen wird demonstrativ von einem Daumen nach oben begleitet und mir fällt nichts anderes ein, als lachend mit dem Kopf zu schütteln.

Die Schwangerschaft kommt für uns beide etwas überraschend und obwohl ich immer gedacht habe, mit sechsundzwanzig noch zu jung für ein Kind zu sein, fühlt es sich einfach richtig an. Als ich Connor den positiven Schwangerschaftstest unter die Nase gehalten habe, hat er zwar erst ein wenig verdutzt geschaut, aber sich nach kurzer Schockstarre mit mir gefreut.

»Erzähl noch mal, was gleich auf uns zukommt. Ich bin wirklich froh, dass ich den heutigen Termin um ein paar Stunden nach hinten verschieben konnte, um dich zu begleiten.«

Nahezu nervös klopft er mit seinen Fingern auf das Lenkrad.

»Soll ich also aus meinem jahrelangen Erfahrungsschatz über Schwangerschaften und Ultraschalluntersuchungen berichten?«

»Witzig!«

Er löst seinen Blick für einen kurzen Augenblick von der Fahrbahn und schaut zu mir.

»Nee, aber mal im Ernst, ich bin auch zum ersten Mal schwanger.«

»Aber du bist eine Frau, Jamie, du weißt, was passiert!«

»Weiß ich das?«

»Ja ICH war noch nie beim Frauenarzt«, sagt Connor gespielt entrüstet.

»Und ICH war noch nie schwanger und bei einem regulären Arzttermin macht man mit tödlicher Sicherheit andere Sachen als heute bei der Vorsorgeuntersuchung.«

»Hast ja recht, aber ich bin so aufgeregt!«

Connor steuert den Wagen auf den Parkplatz vor der Praxis meiner Frauenärztin und parkt gekonnt in die freie Parklücke direkt vor der Eingangstür ein. »Also, was erfahren wir heute?«

»Zumindest erfahren wir gleich, ob ich wirklich schwanger bin und sich nicht fälschlicherweise etwas außerhalb der Gebärmutter eingenistet hat.«

»Äh, was bedeutet das?« Connor schaut mich nun doch etwas irritiert an. »Wieso sollte da was nicht in Ordnung sein?«

»Da wird schon alles in Ordnung sein«, versuche ich, ihn und mich gleichzeitig zu beruhigen. »Wahrscheinlich ist es für dich eh am aufregendsten, ob deine Schwimmer wirklich so potent sind, dass du demnächst mehrere Kinder gleichzeitig jonglieren musst«, lenke ich von dem Thema ab und öffne die Beifahrertür. Für einen Moment halte ich inne, muss kurz tief durchatmen und steige dann langsam aus dem Wagen aus. Seit dem Wochenwechsel leide ich unter heftigen Übelkeitsattacken und mein Kreislauf macht auch ein bisschen, was er will.

»Geht's?«, fragt Connor besorgt und ist in wenigen Schritten an meiner Seite.

»Jetzt wieder«, antworte ich ruhig, ergreife seine Hand und atme noch einmal kurz durch.

Wenn es stimmt, was meine Freundin erzählt hat, dass die Beschwerden bei Mehrlingsschwangerschaften intensiver sind, habe ich definitiv nichts gegen nur einen Untermieter für die nächsten Monate.

Als wir wenig später im Sprechzimmer der Ärztin gegenübersitzen, sprüht Connor weiterhin vor Energie und Aufregung. Geduldig beantwortet Dr. Evans alle seine Fragen und ich überlege mir schon still und heimlich, ob ich ihr nach dem Termin ein Dankschreiben oder Pralinen zukommen lassen muss.

»Und wann kann ich sehen, ob es ein Junge oder ein Mädchen wird?«, fragt er, während ich mich für die Untersuchung und den Ultraschall vorbereite.

»Also wenn sich das Kind gut positioniert und wir Glück haben, kann ich Ihnen gegen Ende der zwölften Schwangerschaftswoche mehr dazu sagen. In der vierzehnten Schwangerschaftswoche kann das Geschlecht eindeutig bestimmt werden. Möchten Sie es denn vorher wissen?«

»Auf keinen Fall«, komme ich meinem Freund zuvor und zwinkere ihm zu, als ich sein enttäuschtes Gesicht sehe.

»Nicht?«

»Na ja, vielleicht doch«, füge ich schnell an. »Dann kannst du dir frühzeitig weitere Namen von Rockmusikern und Co. überlegen.«

»Na, Sie haben ja noch einen Moment, sich das zu überlegen«, schmunzelt Dr. Evans und schickt sich an, alles für den Ultraschall vorzubereiten. »Jetzt schauen wir erst mal, ob Sie einen Solokünstler hervorgebracht haben oder ob es 2036 eine neue Rockband geben wird.«

Keine fünf Minuten später starre ich gebannt auf den kleinen Bildschirm neben mir.

»Das sieht schon mal gut aus«, sagt meine Ärztin. »Sie sind definitiv schwanger und alles ist da, wo es hinsoll. Die Bauchhöhle ist sauber und die befruchtete Eizelle befindet sich vorschriftsmäßig in der Gebärmutter.«

»Wo sehen Sie das?« Connor sitzt mit einem großen Fragezeichen auf der Stirn neben mir, starrt auf den Monitor und versucht, aus den Worten der Ärztin schlau zu werden und sich einen Reim auf die seltsamen Punkte auf dem Bildschirm zu machen.

Dr. Evans deutet auf den Monitor und versucht, Connor und mir die Fruchthöhle zu zeigen, welche sich in meiner Gebärmutter gebildet hat. Als sie vom Dottersack spricht, sehe ich Connor an, dass er sich das Lachen verkneifen muss.

Männer!

»Wo ist denn das Herzchen?«, frage ich vorsichtig und möchte am liebsten ganz leise sein, um das vorsichtige erste Flattern nicht zu verpassen.

»Ich kann das Herz leider auf dem Ultraschall noch nicht pochen sehen«, antwortet Dr. Evans. »Aber machen Sie sich keine Sorgen, das ist völlig normal und nicht außergewöhnlich. Es hängt tatsächlich ein bisschen von der Position des Embryos in der Gebärmutter ab. Wenn Sie das nächste Mal hier sind, wird der Herzschlag klar erkennbar sein«, fügt sie beruhigend hinzu. »Der erste große Ultraschall erfolgt zwischen der neunten und der zwölften Schwangerschaftswoche, wenn Sie also in drei Wochen wiederkommen, gibt's den Herzschlag samt ersten unkontrollierten Bewegungen Ihres Babys zu sehen. Möchten Sie ein erstes Foto von Ihrem kleinen Wunder?«

Ich weiß nicht, ob Connor oder ich heftiger nicken, und als ich wenig später im Auto meinen Mutterpass ans Herz drücke, kullert mir dann doch eine kleine Träne über die Wange.

»Wir werden Eltern«, schniefe ich und schaue den Mann an meiner Seite voller Liebe an.

»Die besten«, ergänzt er und auch in seinen Augen schimmern Tränen.

London – Juli vor drei Jahren

»Und du bist mir wirklich nicht böse, dass ich heute nicht mitkommen kann?« Connor streift mir eine blonde Strähne aus dem Gesicht und schaut mich intensiv an. »Ich habe wirklich versucht, Mr Woodham auf etwas später zu verlegen, aber er ließ einfach nicht mit sich reden. Und leider ist er einer unserer wichtigsten Mandanten. Da sind mir tatsächlich die Hände gebunden.«

Connor arbeitet nach seinem Jurastudium seit einigen Monaten in einer Kanzlei und nach der ersten fachlichen Einarbeitung ist es nun wichtig, die Erwartungen der Partner zu erfüllen, sich sauber zu vernetzen und an seiner eigenen Anwaltspersönlichkeit zu arbeiten.

»Ich bin dir nicht böse«, antworte ich und küsse Connor sanft auf den Mund. »Der alte Woodham ist wichtig für dich. So lange bist du noch nicht in der Kanzlei, da kannst du schlechte Presse nicht gebrauchen. Und dem Woodham traue ich zu, dass er es bei seinen Kollegen und deinen Partnern fallen lassen würde, wenn er mit eurer Arbeit nicht zufrieden ist.«

»Du bist eine tolle Frau, weißt du das?« Connor schlingt seine Arme um mich und zieht mich noch näher an sich.

»Klar weiß ich das«, lache ich und genieße die Wärme seines Körpers und seinen Duft, in den ich mich schon bei unserem ersten Date vor drei Jahren verliebt habe.

»Und ich weiß, warum ich so schlau war, mein Erbgut mit

deinem zu vermischen«, raunt Connor an meinem Hals und ich spüre eine leichte Gänsehaut, die sich auf meinen Armen ausbreitet.

»Wie romantisch du das sagst.«

»Gut, oder? Romantisch kann ich.« Er lacht und streichelt mir vorsichtig über den Bauch. »Geht es heute mit der Übelkeit?« Seine blauen Augen schauen mich besorgt an.

»Mmh, es geht«, antworte ich. »Ich wäre ja schon dankbar, wenn ich den Geruch von Kaffee wieder ertragen könnte. Momentan nehme ich sofort Reißaus, wenn ich nur dran denke!«

»Und bist im nächsten Moment kurzatmig.«

»Ey, dafür kann ich nichts«, erwidere ich und boxe Connor in die Seite. »Mein Körper braucht Sauerstoff für zwei. Da darf ich auch mal eine kleine Pause machen.«

»Natürlich darfst du das«, neckt er mich und zieht mich noch mal an sich. »Rufst du mich an, wenn du bei der Ärztin raus bist? Ich will alles sofort erfahren. Und vor allem, wie kräftig das Herz von unserem Krümel schlägt!«

»Ist das jetzt der neue Arbeitstitel? Krümel?«

»Soll ich statt Krümel Bowie sagen?«

»Ich finde, Krümel passt ganz wunderbar!«

Connor lacht. Ich fahre ihm durch seine blonden Haare und frage mich für einen Moment, ob unser Krümel seine Locken erbt oder mein glattes Haar. Gegen blond und blauäugig wird er sich kaum wehren können.

»Bringst du uns wieder ein Foto mit?«

»Na klar«, antworte ich. »Verrücktes Gefühl, dieses Schwangersein.«

KNAPP EINE STUNDE später fahre ich bei Frau Dr. Evans vor, parke den Wagen und laufe die wenigen Stufen zu ihrer Praxis hoch. Auch wenn sich meine Schwangerschaftsübelkeit heute in Grenzen hält, geht es mir trotzdem nicht hundertprozentig blendend. Aber das leichte Ziehen, das ich in den letzten Tagen im Unterleib gespürt habe, ist dank ein bisschen mehr Ruhe wieder verschwunden. Ich bin Connor wirklich dankbar, dass er momentan wie selbstverständlich neben seinem anstrengenden Job in der Kanzlei auch zu Hause den größeren Teil der Arbeit übernimmt und einkaufen geht, wenn es mir nicht so gut geht, oder auch mal den Staubsauger anschmeißt. Als ich versucht habe, ihn an unsere Abmachung zu erinnern, alles fifty-fifty zu teilen, half keine Diskussion. Auch kein »Ich bin schwanger und nicht krank«. Trotzdem sehne ich mich danach, die zwölfte Schwangerschaftswoche hinter mich zu bringen. Ein Leben ohne Übelkeit und Erbrechen wäre schon schön. Aber nachdem ich gelesen habe, dass bei Frauen mit Schwangerschaftsübelkeit die Wahrscheinlichkeit einer Fehlgeburt um siebzig Prozent geringer ist, versuche ich, dem Ganzen sogar etwas Gutes abzugewinnen.

»Hallo, Mrs Sloane, wenn Sie möchten, können Sie gleich mit durchkommen. Frau Dr. Evans hat bereits Zeit für Sie.«

Lauren, die Sprechstundenhilfe meiner Frauenärztin, öffnet mir freundlich die Tür zum Behandlungszimmer. »Heute allein? Wir haben uns schon auf Ihren Mann gefreut.«

Ich verzichte darauf, sie zu korrigieren und anzumerken, dass Connor und ich noch nicht verheiratet sind. Irgendwie ist es bisher nicht dazu gekommen und diese Schwangerschaft hat uns mehr als überrascht, sodass keiner von uns bisher über eine mögliche Eheschließung nachgedacht hat. Außerdem ist ja noch Zeit.

»Sie lügen auch, ohne rot zu werden, oder?«, lache ich und

erinnere mich mit Schrecken an all die Fragen, die Connor nicht nur der Ärztin, sondern auch den Sprechstundenhilfen gestellt hat. »Er muss leider heute in der Kanzlei die Stellung halten, aber er ist schon ganz gespannt auf meine Berichte. Ich konnte gerade noch verhindern, dass er mich mit einer Vlogkamera ausgestattet hat.«

»Wieso nur kann ich mir das lebhaft vorstellen?«, schmunzelt Lauren und nimmt mir meine Jacke ab, während ich ins Sprechzimmer durchgehe.

»Hallo, Mrs Sloane«, begrüßt mich Dr. Evans und ich nehme ihr gegenüber an ihrem Schreibtisch Platz. »Wie geht es Ihnen?« Freundlich lächelt sie mich an.

»Mir geht es so weit ganz gut, Frau Doktor. Ich hoffe nur, dass diese Schwangerschaftsübelkeit bald vorbei ist. Ansonsten ist es aber auszuhalten. Bisher habe ich auch noch keine komischen Gelüste nach Gurken auf Nutellatoast oder Ähnliches.«

Frau Dr. Evans lacht und nimmt meinen Mutterpass an sich. »Denken Sie auch daran, Ihren Mutterpass immer bei sich zu tragen? Ich empfehle Ihnen dringend, den Pass immer in der Handtasche zu haben, weil dort alle Informationen eingetragen werden, die für die Geburt oder medizinische Notsituationen wichtig sein können.«

Es ist zwar lieb, dass sie mich daran erinnert, aber seit ich den Pass beim letzten Termin feierlich überreicht bekommen habe, hüte ich ihn wie einen kleinen Schatz.

Während ich kurze Zeit später die ersten Untersuchungen über mich ergehen lasse, kann ich meine Aufregung vor dem anstehenden Ultraschall nicht verbergen.

»Sie sind jetzt in der elften Woche, Mrs Sloane. Ihr Baby sollte etwa vier Zentimeter groß sein und heute wird es auch den Herzschlag nicht mehr verstecken können. Schade, dass Ihr Mann nicht da ist. Heute würde er wahrscheinlich wirklich etwas auf dem Ultraschallbild erkennen und nicht nur so tun.«

Sie zwinkert mir zu und ich kann mir ein Lachen nicht verkneifen.

»Ich merke schon, er hat bei Ihnen einen bleibenden Eindruck hinterlassen. Lauren hat auch schon nach ihm gefragt.«

Meine Ärztin nickt und beginnt dann mit der Ultraschalluntersuchung. Nach wenigen Momenten hat sie die Fruchthülle samt Embryo gefunden. Langsam schallt sie meinen Bauch ab. Das Gel auf der Haut fühlt sich immer wieder aufs Neue komisch an, aber was sein muss, muss sein.

Ich warte gespannt auf die nächsten Worte von Frau Dr. Evans und darauf, endlich das kleine Herumflattern meines Krümels zu hören. Aber irgendetwas lässt mich stutzig werden. Dr. Evans stellt am Ultraschallgerät herum, scheint eine Vergrößerung hinbekommen zu wollen. Nach einer gefühlten Ewigkeit spricht sie dann endlich die ersten Worte. Und sie fallen anders aus, als ich es erhofft habe.

»Ich bin beunruhigt über das, was ich sehe. Oder besser gesagt über das, was ich nicht sehe.«

Erschrocken und ungläubig halte ich die Luft an. Was stimmt nicht mit meinem Baby? Die Sekunden der Stille, in denen meine Ärztin wieder und wieder versucht, etwas auf dem Ultraschall sichtbar zu machen, ziehen sich endlos.

»Mrs Sloane … Jamie … ich kann den Herzschlag leider nicht finden. Ich habe es wirklich ausführlich versucht.«

»Ja, aber der muss doch irgendwo sein. Vielleicht ist das Gerät kaputt?« Die Bedeutung ihrer Worte will mein Bewusstsein nicht erreichen.

Sie schallt noch für einen Moment weiter, wahrscheinlich um ihre Bemühungen für mich ganz ersichtlich zu machen, während ich nur auf den Monitor neben mir starren kann. Mein Bewusstsein hat abgeschaltet. Das Erste, was ich wieder wahrnehme, ist, dass Dr. Evans das Ultraschallgerät ausschaltet.

Sie kann doch jetzt nicht einfach aufgeben! Such weiter, verdammt!

»Es tut mir sehr leid, Jamie. Es gibt keinen Herzschlag. Ich kann nichts mehr tun und habe den kompletten Bauchraum mehrmals abgeschallt, den Embryo vermessen. Ich weiß, dass Sie sich schwanger fühlen. Sie produzieren Hormone, fühlen sich übel, spüren ein Ziehen im Unterleib. Aber der Embryo müsste inzwischen größer sein, er ist leider seit dem letzten Mal, als Sie hier waren, nicht wesentlich gewachsen. Es tut mir leid.«

Für einen Moment bleibt sie ruhig neben mir sitzen und wie durch einen Nebel nehme ich wahr, dass ihre Hand auf meiner liegt. Wie lange wir so verharren, weiß ich nicht. Nach einer Weile steht sie jedoch auf und auch ich erhebe mich von der Liege und ziehe mich wie in Trance an.

Warum bin ich ausgerechnet heute allein hier? Was soll ich Connor bloß sagen? Wie kann es sein, dass ich unser Baby nicht beschützen konnte?

Als ich Dr. Evans Minuten später gegenübersitze, schaut sie mich mitfühlend an.

»Bitte suchen Sie den Fehler nicht bei sich. In vielen dieser Fälle ist der Embryo aufgrund einer genetischen Störung nicht lebensfähig. Sie hätten es nicht verhindern können. Und glauben Sie mir, so etwas passiert leider häufiger, als man denkt. Nur die wenigsten Frauen und Paare reden darüber. Wir erleben so etwas in unserer Praxis leider regelmäßig. Gewöhnen werde auch ich mich nie daran und auch wenn ich es medizinisch bisweilen erklären kann, ist es jedes Mal auch für mich schlimm, meinen Patientinnen diese traurige Nachricht übermitteln zu müssen.«

Sie schaut mich mitfühlend an, aber ihre Worte sind für mich kein Trost.

»Auch wenn es hart ist, muss ich Ihnen jetzt Ihre Möglichkeiten erläutern. Verstehen Sie mich, Jamie?«

Wie betäubt nicke ich.

»Es gibt zwei Möglichkeiten, wie wir vorgehen können, beziehungsweise zwischen denen Sie entscheiden können. Entweder entscheiden Sie sich für eine Ausschabung oder Sie warten, bis Ihr Körper das Gewebe von selbst abstößt. Letzteres kann je nach Schwangerschaft zwischen zwei bis sechs Wochen dauern. Wir sprechen in dem Zusammenhang von einer kleinen Geburt. Sie sind so weit gesund, Jamie. Es gibt von meiner Seite keine Notwendigkeit, sich sofort und schnell zu entscheiden. Ich weiß, es ist keine leichte Entscheidung. Und vor allem keine, die sie vorbereitet sind, zu treffen. Und auch keine, die sie jetzt fällen sollten. Reden Sie mit Ihrem Partner. Überlegen Sie sich in Ruhe, welcher Weg sich für Sie richtig anfühlt.«

Fühlen? Wie soll ich bei dieser Leere, die sich plötzlich mit einer unfassbaren Urgewalt in meinem Körper, meinem Herzen, meiner Seele breitmacht, noch etwas fühlen?

»Rufen Sie mich an, wenn Sie sich entschieden haben. Ich stehe Ihnen bei Fragen jederzeit zur Verfügung. Es tut mir wirklich leid.«

Dr. Evans drückt mitfühlend ein letztes Mal meine Hand. Wie in Trance stehe ich auf und verlasse langsamen Schrittes die Praxis. Erst als ich wieder im Auto sitze, nehme ich wahr, was vor mir in meinem Schoß liegt. Mein Mutterpass. Mit zitternden Händen öffne ich ihn und dann trifft mich die Realität mit voller Wucht. Die Worte, die dort stehen, verschwimmen vor meinen Augen.

Missed Abortion. Verhaltene Fehlgeburt.

16

LIAM

Völlig hilflos sehe ich Jamie vor mir auf dem Boden kauern. Diese große, umwerfend aussehende Frau, die noch vor wenigen Minuten versucht hat, mich aufzuhalten, als ich angetrunken auf den See rudern wollte, und die keine Angst davor hatte, sich mir, einem viel größeren Mann, zu stellen, bricht innerhalb von Sekunden zusammen. Was ist da passiert? Sofort bin ich nüchtern und wünschte, ich hätte ihren Fall besser abfangen können. Hätte sie halten können.

Ihre blonden Haare fallen in ihr Gesicht und sie hat ihre Knie nah an ihren Körper gezogen. Fest hält sie ihre Arme darum geschlossen. Ich kann ihr ansehen, dass sie alle Kraft daransetzt, die heftigen Schluchzer in ihrer Brust zu unterdrücken. Sie schafft es nicht.

»Oh Gott, Jamie.«

Hilflos knie ich vor ihr und bin kaum in der Lage, etwas zu sagen. So gern möchte ich sie berühren, habe aber Angst, dass jedwede meiner Berührungen sie nur noch mehr verletzen könnte. Nicht körperlich, sondern seelisch. Und dieser Gedanke jagt mir eine höllische Angst ein.

»Wie lange ist das her?«, frage ich stattdessen leise.

Es dauert einen Moment, in dem sie sich zu sammeln scheint, aber dann hebt sie ihren Kopf und schaut mich aus verklärten Augen an. Und dieser Blick fährt mir durch Mark und Bein. Da war sie, diese absolut tiefe Trauer, die ich schon in unserer ersten Nacht in Edinburgh in ihren Augen gesehen habe. Dieser Schmerz, den ich mir damals nicht erklären konnte. Dieses Mal mischt sich aber kein anderes Gefühl in den Blick. Keine Begierde, keine Leidenschaft. Nichts. Nur absolut tiefe Trauer.

Immer noch sagt sie kein Wort und ich befürchte, dass meine Frage ein großer Fehler war. Dass ich eine unsichtbare Grenze überschritten habe, zu weit gegangen bin. Doch dann antwortet Jamie zu meiner Überraschung und ich halte den Atem an.

»Vor drei Jahren«, sagt sie leise mit gebrochener Stimme und scheint alle Kraft daranzusetzen, meinem Blick standzuhalten und nicht auszuweichen. Ihre Augen scheinen in meinem Gesicht etwas zu suchen. Trost? Ich weiß es nicht.

Nach einer Weile lässt sie den Kopf sinken und ich sehe weitere Tränen, die ihre wunderschönen Augen verlassen und über ihre Wange rinnen. Es ist, als würden unsichtbare Narben, die sie in sich trägt, auf einmal sichtbar. Jede Träne, die sie vergießt, lässt den Schmerz wachsen, der sich mehr und mehr in meinem Herzen ausbreitet und den ich mir kaum erklären kann. Er trifft mich wie eine Wucht und ich erkenne, dass ich nichts mehr will, als diese gebrochene Frau vor mir zu halten. Sie zu trösten. Alles dafür zu tun, dass ihr der Kummer genommen wird.

Obwohl mein Körper danach schreit, sie einfach in die Arme

zu nehmen, verharre ich ruhig vor ihr und gebe ihr die Distanz, die sie zu brauchen scheint. Behutsam lege ich meine Hand auf ihre und hoffe inständig, dass sie sie nicht wegzieht. Aber sie lässt mich gewähren.

»Das ist nicht alles, oder?«, frage ich vorsichtig und bete, dass meine Worte sie nicht noch mehr verletzen.

Beinahe erschrocken schaut sie mich an. Ihre Wangen sind gerötet und ihre Augen glasig. »Wie meinst du das?«, fragt sie leise.

»Ich weiß nicht, wie ich es sagen soll«, antworte ich und muss mich im nächsten Moment räuspern, »aber ich habe das Gefühl, dass da mehr ist. Es ist mehr geschehen als nur diese Fehlgeburt, oder?«

Als ich dieses Wort ausspreche, zuckt Jamie kaum merklich zusammen und ich möchte mich am liebsten dafür ohrfeigen, dass ich ihr erneut Schmerz zufüge.

»Ja«, erwidert sie leise, aber ihre Stimme ist auf einmal wieder klar und stark. Wo nimmt sie bloß diese Kraft her?

Einen Moment hält sie noch inne, scheint sich sammeln zu müssen, vielleicht nach einem Anfang zu suchen, aber dann beginnt sie zu erzählen. Und ihre Worte schließen sich wie eine Faust, die langsam zudrückt, um mein Herz.

»Wir haben wieder und wieder versucht, schwanger zu werden. Haben uns testen lassen. Kontrollieren lassen, ob mit uns alles in Ordnung ist. Haben diverse Versuche mithilfe der Kinderwunschklinik unternommen, die alle erfolglos blieben. Inseminationen, zwei künstliche Befruchtungen. Nichts. Mein Körper hat gestreikt und versagt.«

Ich schlucke und kann nur in Ansätzen erahnen, was das mit einer Frau macht. Was das mit einem Paar macht.

Oh Gott, wenn Jamie hier ist, wo ist dann ihr Freund? Ich schaue sie an und habe das Gefühl, als könnte sie meine nächste

Frage erahnen. Ich stelle sie, obwohl ich Angst davor habe, dass Jamie irgendeinen Vorwurf in meiner Stimme hören könnte, was in keinster Weise von mir beabsichtigt ist.

»Wo ist dein Freund?«

Statt einer Antwort beginnt Jamie zu meiner großen Verwunderung zu lachen. Und es ist kein Lachen, das aus tiefster Seele kommt, sondern ein Lachen, das sämtlichen Schmerz ausdrückt, den sie in sich trägt. Mir bricht es schier das Herz.

»Mein Freund«, sagt sie auf einmal nüchtern, »ist Gott sei Dank nicht mehr mein Freund.«

Fragend schaue ich sie an.

»Soll ich dir erzählen, was vor knapp drei Wochen passiert ist?«

Ich schlucke, nicke dann aber. Vor drei Wochen? Kurz bevor wir uns in Edinburgh getroffen haben. »Wenn du es möchtest?«

Sie ändert ihre Sitzposition, löst die Arme von ihren Beinen und setzt sich in einen Schneidersitz. Ich tue es ihr gleich. Dann sitzen wir voreinander und schauen uns an. Umgeben von der dunklen Nacht, die nur durch das Licht der Außenlaterne etwas erhellt wird, dem Mond und den Sternen, die sich am Himmel über uns aufgetan haben. Leise plätschert das Wasser unter uns am Steg und ruhig rollen die Wellen an das Ufer. Wäre die Stimmung nicht so traurig, könnte man fast von Romantik sprechen.

»Connor und ich hatten geplant, noch einen weiteren Versuch zu wagen. Wir hatten einen Moment pausiert, weil wir meinem Körper Ruhe geben wollten. Ich hatte zwar wie immer auch einiges auf der Arbeit um die Ohren, aber insgesamt war die Situation bei ihm und bei mir beruflich einigermaßen ruhig, sodass wir es an der Zeit fanden, den nächsten Zyklus abzuwarten und wieder mit den Hormonen für die künstliche Befruchtung zu beginnen. Ich nahm also ordnungsgemäß alles zur Vorbereitung und Stimulation ein und setzte mir auch wieder diese elendigen Hormonspritzen.«

Allein der Gedanke an das, was Jamie sich für ihren Kinderwunsch antun musste, setzt mir zu. Ich versuche, in ihren Augen zu lesen, versuche auszumachen, ob sie diese Unterhaltung nicht lieber abbrechen möchte, doch ihre Stimme ist klar und sie fährt unbeirrt fort. Daher bleibe ich ruhig und stoppe sie nicht.

»Tja, und dann kam dieser Tag vor drei Wochen.«

»Was ist passiert?«, frage ich vorsichtig.

»Da war der Termin für die künstliche Befruchtung.«

Instinktiv weiß ich, dass als Nächstes ein Aber folgen muss.

»Alles war vorbereitet«, sagt Jamie, löst für einen Moment ihren Blick und schaut in die dunkle Nacht. Ich gebe ihr die Zeit, die sie zu benötigen scheint, um fortzufahren, und bleibe ruhig in meiner Position verharren. Sie scheint nach den richtigen Worten zu suchen.

»Ich war in der Klinik. Und von Connor fehlte jede Spur. Tja, und ich muss dir nicht erklären, dass ohne Spermien nichts funktioniert. Es war grauenhaft, der Ärztin sagen zu müssen, dass mein Partner wohl nicht kommt. Ich hätte direkt mit ihm zusammen zur Klinik fahren sollen, habe mir aber nichts dabei gedacht, dass er morgens noch kurz in die Kanzlei wollte und dann alles Nötige in der Klinik vor Ort erledigen wollte. Ich kann dir gar nicht sagen, was für eine Bloßstellung das war. Ich habe mich so geschämt. Zu Hause habe ich dann den ganzen Tag auf ihn in unserer Wohnung gewartet. Abends kam er heim und ich habe ihn damit konfrontiert, wo er denn gewesen ist.«

Jamie schüttelt kaum sichtbar den Kopf, als könne sie immer noch nicht glauben, was ihr widerfahren ist. Obwohl ich mich bemühe, ihr ruhig gegenüberzusitzen, merke ich, wie ich meine

Hände zu Fäusten balle und meine Fingernägel sich in meine Haut drücken. Gespannt folge ich ihren Worten.

»Er habe den Termin in der Hektik des Tages zwischen all seinen Verpflichtungen vergessen, war seine erste Ausrede«, erzählt sie und sucht wieder meinen Blick, so gut es die Dunkelheit zulässt. »Aber das habe ich ihm nicht durchgehen lassen und ihm gesagt, dass ich ihm nicht glaube. Irgendwann ist es dann aus ihm herausgeplatzt.«

Sie verstummt für einen Moment und ich halte gespannt die Luft an.

»Er hat mir vorgeworfen, dass es zwischen uns nur noch dieses eine Thema gäbe. Dass er sich wie ein bloßer Spermiengeber vorkäme und ich meinem Körper mit den ganzen Hormonen Schreckliches antun würde. Völlig überrumpelt von seiner Aussage, habe ich ihm gesagt, dass ich dachte, dass es das sei, was wir beide wollten. Tja … und das Einzige, was von ihm kam, war der Satz, dass er es vielleicht nicht mehr will.«

Mit weit aufgerissenen Augen starre ich sie an, völlig geschockt über das, was sie erzählt. Aber statt dort zu enden, fährt sie fort und ich traue meinen Ohren nicht.

»Er hat gemeint, wir wären noch jung, hätten noch Zeit und ein Leben bestehe aus mehr als nur einem Kinderwunsch. Außerdem hätte er Großes in der Kanzlei vor. Ich war völlig perplex und habe nur gestammelt, dass wir doch gesagt hätten, dass wir es noch einmal mit der künstlichen Befruchtung versuchen wollten, und wenn das nicht klappen würde, wollten wir uns mit dem Thema Adoption beschäftigen. Dann ist unser Gespräch eskaliert und am Ende ist er mit der Wahrheit rausgerückt. Mit dem, was er wirklich die ganze Zeit gedacht hat.«

Ich schlucke und kann einfach nicht glauben, was Jamie mir erzählt. »Was hat er dir gesagt?«

»Er hat gesagt, dass er Kinder wolle, aber eigene. Und wenn

es bei uns nicht klappen würde, gäbe es dafür sicherlich einen Grund und unsere Körper würden uns sagen, dass wir nicht harmonieren und es mit Kindern nicht sein soll.«

Mein ganzer Körper versteift sich und ich kann mich gerade noch kontrollieren, nicht wütend aufzuspringen. »Das hat er nicht wirklich von sich gegeben!«

Ich kann einfach nicht glauben, was sie mir erzählt.

»Hat er.«

»Und dann?«

»Dann hat er sich zum Sport verabschiedet«, platzt es nahezu nüchtern aus Jamie heraus.

»Hat er nicht!«

»Aber na klar. Meinte, er müsse sich auspowern und wir würden später noch mal darüber reden.«

Sie zuckt mit den Schultern.

»Puuuuh, da fehlen einem echt die Worte. Und was hast du dann gemacht?«

Jamie löst ihre langen, schlanken Beine aus dem Schneidersitz und streckt sie von sich. Dann stützt sie sich mit ihren Händen hinter ihrem Rücken auf und schaut mich an. »Ich habe meine Koffer gepackt.«

»Du bist abgehauen?«

»Nein.«

»Warum hast du dann deine Koffer gepackt?«

Ein wenig irritiert blicke ich sie an.

»Ich habe meine Koffer gepackt und gewartet, dass er nach Hause kommt. Ich wollte ihm ein paar Tage Bedenkzeit geben. Ihm die Möglichkeit geben, zu merken, was wir aneinander haben. Wie gut wir waren und dass wir eine Chance verdient haben.«

»Mmh, da du jetzt hier bist, gehe ich nicht davon aus, dass es so gelaufen ist, wie du wolltest?«

Jamie verzieht ihren Mund zu einem schiefen Grinsen. »So könnte man das auch sagen. Connor hat sich dann noch mal gesteigert.«

»Wie muss ich das verstehen?«

»Nun ja, als er nach Hause kam, habe ich ihn gebeten, dass wir miteinander reden. Ich habe ihm gesagt, dass ich ihn liebe und weiß, was ich will. Dass wir es entspannt angehen sollten und ich mich eine Weile etwas auf mich konzentrieren will. So lange, bis er bereit für mich ist. Denn ich sei so weit, etwas mit Zukunft aufzubauen. Und das würde auch bedeuten, eine Familie zu haben. Aber ich würde mich in dem, was ich vom Leben will, nicht aufhalten lassen, bis er so weit ist. Ich würde eine Familie wollen, um mich ganz zu fühlen. Und wenn er bereit sei, diesen Schritt mit mir zu gehen, solle er sich melden. Und so lange würde ich mich auf mich konzentrieren und auf mich achten.«

»Klingt wie ein sanftes Ultimatum.«

»Das war der Plan. In der Hoffnung, dass er zur Vernunft kommt.«

Sie schüttelt mit dem Kopf und lässt ihren Blick in Richtung Wasser schweifen.

»Eigentlich?«

»Ach, es kam noch besser.«

Die Ironie, die in Jamies Worten mitklingt, ist von Schmerz und tiefer Verletzung gezeichnet.

»Statt konsterniert zu sein, dass ich weg sein könnte, hat er mich mit der vollen Wahrheit konfrontiert und ausgedrückt, was er wirklich empfindet. Wahrscheinlich war er auch in seinem männlichen Stolz verletzt, dass ich ihm so ein Ultimatum gestellt habe. Er hat gesagt, dass er sich eine Frau wünscht, die ihm eigene Kinder schenken kann. Eine, deren Körper nicht bei der natürlichsten Sache versagt, die alle Frauen imstande wären zu leisten. Die eine Frau erst richtig zur Frau machen würde. Und er wolle nicht seine Zeit mit mir vergeuden, wenn es wieder und wieder nicht klappen würde. Er müsse sich auch nicht mehr darüber klar werden, was er wolle. Er wolle eben kein Kind aus einer Adoption und ein eigenes könne ich ihm nicht schenken. Vielleicht wäre es also an der Zeit, dass wir uns trennen, denn dann wäre er frei für eine andere Frau, die ihn zum Vater machen könnte, und ich wäre frei für meinen Weg. Das wäre sicherlich das Beste für uns. Wir hätten eine gute Zeit gehabt, aber müssten uns einfach eingestehen, dass unsere Körper uns sagen, dass der weitere Weg nicht gemeinsam sein könne.«

Wutentbrannt balle ich erneut die Hände zu Fäusten und drücke mich vom Steg hoch. »Was für ein unfassbares Arschloch! Wie kann ein Mensch so egoistisch und eiskalt sein?«

Meine Worte platzen aus mir heraus und während ich auf und ab laufe, fahre ich mir aufgebracht mit den Händen durchs Haar. Hätte ich eben nicht schon das Gefühl gehabt, wieder nüchtern zu sein, wäre ich es jetzt spätestens gewesen.

»Ich habe es nie für möglich gehalten, dass man sich innerhalb weniger Sekunden entlieben und so viel Hass für einen Menschen empfinden kann«, sagt Jamie.

»Unfassbar. Wie herzlos kann ein Mensch sein?«

Erst nach einem Moment fällt mir auf, dass Jamie sich nicht bewegt und weiterhin in ihrer Position verharrt. Ich knie mich vor sie und schaue ihr ins Gesicht. »Jamie, du suchst aber bitte nicht die Schuld bei dir, oder? Mit dir ist alles in Ordnung. Du bist vollkommen. Du bist nicht kaputt. Du bist einfach du.«

»Ach ja?«, fragt sie mich, und ihre Stimme, die vor wenigen Augenblicken noch so klar war, bebt. »Wer bin ich schon? Wer werde ich je sein? Ich bin allein. Ich habe keinen Ehemann, habe keine Kinder. Um mich herum sind nur Menschen, die

Familie haben. Kinder, Geschwister, Eltern. Meine Eltern sind früh gestorben, ich habe keine Geschwister. Ich muss einfach akzeptieren, dass niemand für mich Verantwortung empfindet. Ich bin einfach nur eine Option.«

Ich kann nicht glauben, was Jamie gerade in ihrer Trauer sagt.

»Du bist wichtig«, sage ich leise zu ihr und versuche, diesen drei Wörtern so viel Gewicht wie möglich zu geben.

Statt einer Antwort ist da wieder dieses Lachen, das Jamie wählt, wenn sie scheinbar an einer Sache zweifelt. »Du hast deine Geschwister. Deine Verantwortung hier im Hotel. Du hast deine Karriere und eine Aufgabe. Ich habe nur meinen Job in London und meine beste Freundin, die selbst ein Haus voller Kinder und nicht mehr so viel Zeit für unsere Freundschaft hat, was ich ihr natürlich nie zum Vorwurf machen würde. Ich kann nicht in meine Wohnung zurück, weil mich dort alles an Connor erinnert und daran, dass ich gescheitert bin. Ich muss einfach akzeptieren, dass ich zu niemandem gehöre.«

Während sie die letzten Sätze spricht, ist Jamies Stimme leise geworden. Sie schaut mich mit diesen Augen an, bei denen ich das Gefühl habe, als könnte sie tief in meine Seele blicken. Ich kann diese Augen nicht traurig sehen. Ich will es einfach nicht.

»Es gibt Menschen, denen du unfassbar wichtig bist. Zu denen du gehörst und die immer für dich da sein werden«, sage ich ebenso leise, weil ich Angst vor meinen eigenen Worten und vor ihrer Reaktion habe. Noch viel mehr Angst habe ich aber vor der Wahrheit, die mir in diesem Moment bewusst wird. Die mir nach so kurzer Zeit fast unmöglich erscheint, die aber doch irgendwie so klar ist. Die eigentliche Antwort, die ich Jamie in diesem Moment habe geben wollen, lautet: *Du gehörst zu mir.*

17

JAMIE

Es ist einfach aus mir herausgeplatzt. Alles. Jedes Gefühl, das sich in mir angestaut hat, jedes Wort, das ich bisher nicht aussprechen konnte – ich habe es Liam offenbart. Habe ihm mein Herz, meine Seele, mich gegeben.

Und er hat zugehört. Er ist nicht aufgestanden und gegangen. Er ist noch hier und sieht mich mit diesen Augen an, in denen ich mich schon einmal verloren habe. Diese Augen, die tief in meine Seele zu schauen vermögen.

»Ich habe Angst, dass es diese Menschen nicht geben wird. Dass ich mit dem Ballast, den ich mit mir rumschleppe, die Menschen vergraule«, sage ich leise und traue mich nicht, ihm in die Augen zu blicken.

»Du meinst, genauso wie ich Menschen vergraule?«

Er greift unter mein Kinn und zwingt mich so, ihn anzublicken. Er schaut mich ebenfalls an und fast scheint es, als hätte er Angst vor einem Ja.

»Du hast niemanden vergrault, Liam«, widerspreche

ich ihm.

»Doch. Meinen Bruder.«

»Ich glaube, da irrst du dich.«

Statt zu antworten, schaut er auf seine Schuhe und lässt seine Schultern hängen. Ich rutsche aus meiner Position neben ihn und lege meinen Kopf an seine Schulter. Es ist mir egal, was er in diesem Moment von mir denkt. Ich brauche diese Nähe jetzt und es fühlt sich so an, als würde er sie auch brauchen. Statt zu erstarren, merke ich, wie er tief durchatmet und sich sein Körper neben mir entspannt. Ich entscheide mich, nicht weiter die Sache mit Niall anzusprechen, denn irgendwie scheinen wir beide gerade alle Kraft daranzusetzen, uns wieder zu beruhigen. Welch andere Menschen wir doch auf einmal sind. So anders als die zwei, die vor drei Nächten in Edinburgh übereinander hergefallen sind. Wir sind mehr als nur Lust. Wir sind mehr als nur Anziehung. Fast ist es so, als hätten wir uns angezogen, um zu verhindern, dass wir im Verborgenen leiden.

Für eine Weile spricht niemand von uns ein Wort. Dann ist es Liam, der die Stille unterbricht.

»Ich hoffe, ich habe dir eben nicht wehgetan, als du versucht hast, mich aufzuhalten.«

»Nein, alles gut«, antworte ich ihm.

Dann höre ich sein leises Lachen neben mir. »Wir müssen allerdings an deiner Boxtechnik feilen.«

»Wie meinst du das?«, frage ich verwirrt.

»Na ja, dein Schlag auf meine Brust erinnerte eher an ein Streicheln oder einen Windhauch.«

Ich grinse in der Dunkelheit. »Doofmann.«

»Okay, das habe ich verdient.«

Es tut gut, seine Nähe zu spüren, und für einen Moment frage ich mich, wie ein Mensch mir innerhalb von wenigen

Tagen so wichtig werden kann, dass ich das Gefühl habe, ihn schon viel länger zu kennen.

»Du frierst«, sagt Liam auf einmal zu mir.

»Ein bisschen«, muss ich zugeben, denn es ist inzwischen mitten in der Nacht und immerhin haben wir noch keinen Hochsommer.

»Soll ich dich heimbringen?«, fragt er leise und wartet.

»Möchtest du mich heimbringen?«, frage ich statt einer Antwort und weiß genau, dass Gegenfragen doof sind. Vielleicht liegt es aber auch daran, dass ich die Antwort nicht weiß.

Liam reagiert nicht sofort, ich merke jedoch, dass er seinen Kopf ein Stück anhebt und in die tiefe Nacht schaut.

»Nein«, sagt er dann fest und greift nach meiner Hand. »Ich möchte nicht, dass einer von uns beiden heute Nacht allein ist.«

Als sich seine Finger mit meinen verschränken, geht eine unfassbare Wärme von seinem Körper auf mich über und ich spüre, wie glücklich mich seine Antwort macht.

»Das möchte ich auch nicht.« Ich streife mit meinem Daumen über seinen Handrücken.

»Ich möchte aber nicht, dass du denkst, dass ich diese Situation ausnutzen will. Dass ich ausnutzen möchte, dass du in diesem Moment schwach bist«, sagt er leise.

»So wie du gerade schwach bist?« Ich blicke ihn fragend an.

Nialls Worte kommen mir in den Sinn, als er gesagt hat, dass Liam keine Schwäche an sich mag, und anhand seiner Körperreaktion merke ich, dass meine Frage ihm zusetzt. Zu meiner Überraschung wehrt er sich aber nicht, sondern hält weiter meine Hand mit seiner umschlossen.

»Ich will einfach nicht, dass du denkst, ich würde jetzt mit dir schlafen wollen, nur um mich abzulenken.«

»So wie es in Edinburgh war?«

Er schluckt und antwortet nicht. Ihm scheint die Situation unangenehm.

»Liam«, sage ich und drücke sanft seine Hand, »wir beide haben in Edinburgh Ablenkung vom Schmerz gesucht. Waren auf uns bedacht, weil wir unsere Seele retten wollten. Trotzdem hatte ich nicht eine Sekunde das Gefühl, als hättest du mich ausgenutzt. Wenn, bin ich doch diejenige gewesen, die unverständlich gehandelt hat und einfach abgehauen ist.«

»Es war, weil ich dich dort auch gefragt habe, ob du glücklich bist, oder?«

Ich antworte nicht sofort, weil ich überrascht bin, dass er sich daran erinnert und so gut kombiniert hat. »Ja«, sage ich dann und habe nicht das Gefühl, mehr zu meiner Verteidigung sagen zu müssen.

»Ich möchte einfach heute Nacht nicht allein sein.«

Ich spüre, dass es Liam sämtliche Kraft kostet, das zuzugeben. Statt ihm direkt zu antworten, stehe ich auf und ziehe ihn mit mir hoch. Als wir voreinander stehen, lege ich meine Hand auf seine Wange.

»Ich auch nicht.« Vorsichtig lächle ich ihn an. »Und Liam, ich glaube, es ist falsch, allein im Stillen zu leiden. Ich finde, dass es keine Schwäche ist, das auszusprechen, sondern sehr mutig.«

»Was genau meinst du?«, fragt er mich unsicher.

»Dass du heute Nacht nicht allein sein willst.«

Er lächelt und gibt mir einen Kuss auf die Stirn, bevor er erneut meine Hand nimmt und mich mit sich in die Hütte zieht.

In Liams Hütte angekommen, sind wir beide erst mal einen Moment verlegen und wissen nicht so recht, was wir tun sollen.

»Möchtest du etwas trinken?«, fragt Liam dann und unterbricht unser Schweigen.

»Sehr gern. Vielleicht einen Tee?«

»Aye«, antwortet er, löst seine Hand aus meiner und setzt Wasser in einem Kessel auf.

»Warum lebst du nicht wie Kenzie und Niall im Haupthaus?«, frage ich ihn etwas später, als ich an meinem Tee nippe, und lasse meinen Blick durch sein kleines Zuhause schweifen.

»Ich mag meine Ruhe und mein kleines Reich für mich«, antwortet er und trinkt ebenfalls einen Schluck. »Ich liebe es, morgens mit ein, zwei Schritten direkt am Wasser und mitten in der Natur zu stehen. Das gefällt mir. Außerdem mag ich es, dass mein Cottage etwas Besonderes ist.«

Und das ist es wirklich. Während meine Bleibe einfach, aber sehr gemütlich eingerichtet ist, sieht man, dass Liam hier viel Arbeit investiert hat und man nahezu von kleinem Luxus sprechen kann. In der Größe unterscheiden sich die Cottages nur minimal, jedoch ist Liams Hütte moderner eingerichtet. Ein solider Boden aus Ahornholz lässt die Räume warm und gemütlich erscheinen. Die Küche ist modern eingerichtet und verfügt über eine Spülmaschine, einen eigenen kleinen Kühlschrank für Wein und einen tollen Range-Cooker-Herd. An die Küche grenzt der Essbereich, der mit einem langen Holztisch und passenden Stühlen zum Wohlfühlen einlädt. Alles hier unten ist offen gehalten und so grenzt der kleine Wohnbereich direkt an, wo zwei gemütlich aussehende Sofas neben einem modernen Holzofen stehen.

»Schön hast du es hier«, sage ich.

»Du hast das Highlight ja noch gar nicht gesehen«, schmunzelt er.

»Von welchem Highlight sprichst du?«

»Sag bloß, das ist dir von außen nicht aufgefallen?«

Ich verziehe das Gesicht. »Ich muss zugeben, dass ich keinen ausführlichen Rundgang um dein Cottage gemacht habe und nicht jedes Detail auswendig kenne.«

»Reicht ja auch, wenn du jedes Detail des Bewohners schon ausführlich in Augenschein genommen hast«, grinst Liam und ich werde rot.

Mir gefällt es, dass wir trotz der eigentlich ernsten Situation scheinbar immer noch entspannt miteinander umgehen können. Fast so, als wären wir Freunde.

Ich räuspere mich. »Ich bezweifle, dass ich wirklich jedes Detail verinnerlicht habe, aber lassen wir das für einen Augenblick so stehen. Verrätst du mir jetzt, was das Highlight ist?«

»Gern, aber dafür müsstest du mir ins Schlafzimmer folgen.«

Meine Augen weiten sich und ich starre Liam an. Der schmunzelt nur und in seinen Augen blitzt der Schalk.

»Ist ja nicht so, als wärest du mir nicht schon mal in meine Gemächer gefolgt«, lacht er und zwinkert mir zu.

»Stimmt«, antworte ich und muss ebenfalls grinsen. »Und so schlecht war das nun auch wieder nicht.«

»Hört, hört«, sagt Liam, fasst mich an die Hand und zieht mich aus dem Küchenbereich in Richtung Treppe nach oben.

Oben im Cottage befinden sich ein großes Badezimmer und zwei weitere Zimmer.

»Hier entlang«, sagt Liam, schiebt mich in eins der Zimmer und schaltet das Licht an.

»Wow.«

Mehr bin ich für einen Moment nicht imstande, zu sagen. Wir stehen in Liams Schlafzimmer, in dem ein großes Doppelbett steht. Das Highlight, von dem er gesprochen hat, ist jedoch etwas anderes.

»Schade, dass es Nacht ist, sonst könntest du noch viel mehr sehen«, sagt er und schiebt mich weiter in den Raum.

Fast über die komplette Zimmerbreite erstreckt sich wie ein Anbau ein großes Fenster mit gebogenem Glasdach, was eher an eine Art Wintergarten erinnert und den Raum wunderbar öffnet. Liam hat zwei gemütliche Loungesessel dort platziert, sodass man einen sagenhaften Panoramablick auf Loch Finnegan hat und tagsüber sicherlich Adler, Otter und eine Vielzahl an Seevögeln beobachten kann. Der Blick auf die Berge ist bestimmt beeindruckend.

»Wow, Liam, das ist ja der Wahnsinn!«

»Ja, da gebe ich dir recht. Ich liebe es, hier zu sitzen und zu verweilen. Ein bisschen schade ist es, dass dieser Bereich nicht auf der unteren Etage ist, sodass man mit seinen Gästen dort sitzen kann, aber letztendlich empfange ich hier auch nicht jederzeit Besucher. Daher ist es eigentlich egal.«

»Na, und so haben diesen Ausblick nur die besonderen Besucher«, sage ich und nicke grinsend Richtung Bett.

Statt einer Antwort lacht Liam und setzt sich in einen der Loungesessel. »Setzt du dich noch einen Moment zu mir?«

»Sehr gern«, antworte ich und es ist nicht gelogen. »Darf ich dich etwas fragen?«

»Natürlich«, sagt er und reicht mir eine der Decken, die neben den Sesseln in einem Korb aufgefaltet liegen.

»Wo bist du den ganzen Tag gewesen?«

Für einen Moment ist Liam ruhig und ich hoffe inständig, dass er sich mir nicht wieder verschließt.

»Ich bin zu einem alten Schulfreund gefahren.«

»Duncan?«, frage ich.

Überrascht blickt er mich an. »Habe ich dir schon einmal von ihm erzählt?«

»Nein, aber Niall und Kenzie haben heute seinen Namen erwähnt.«

»Ah, okay«, sagt Liam und ist für einen Moment still. »Mich hat es selbst ein bisschen überrascht, dass ich ihn angerufen habe. Diese Tage sind scheiße für mich und ich wollte Kenzie nicht belasten. Und ich wollte dich auch nicht ausnutzen.«

»Wie meinst du das?«

»Na ja, als wir uns geküsst haben, hast du mich gefragt, ob wir zu mir reingehen. Und ich wollte die Situation nicht ausnutzen und mich mit Sex betäuben. Das hilft nur für einen Moment und das habe ich schon viel zu oft als Notlösung eingesetzt. Es wäre dir gegenüber nicht fair gewesen. Schon gar nicht nach dem schönen Ausflug, den wir gemeinsam hatten. Ich konnte ja nicht wissen, dass auch du versuchst, Dinge zu vergessen.«

Statt einer Antwort nicke ich nur und muss über Liams Worte nachdenken. Hätte ich letzte Nacht auch nur mit ihm geschlafen, um meinen Schmerz zu vergessen? Ich weiß keine Antwort auf meine Frage.

»Darf ich dich nun auch etwas fragen?«

Ich blicke zu ihm und nicke.

»Hat dir die Flucht aus London geholfen? Also der Tapetenwechsel?«

Fragend schaut er mich an.

»Abstand hilft sicherlich. Aber wahrscheinlich wäre ich nie abgehauen, wenn Bekka mich nicht dazu gedrängt hätte. Wahrscheinlich hätte ich mich einfach in die Arbeit gestürzt und weitergemacht, als wäre nichts gewesen. Hätte mir eine neue Wohnung gesucht und mich eingeigelt.«

Warum fühlt es sich so leicht an, plötzlich offen und ehrlich über alles zu sprechen und nicht das Gefühl zu haben, Liam zu verschrecken?

»Wenigstens hast du es richtig gemacht.«

Überrascht blicke ich zu ihm. »Wie meinst du das?«

»Na ja, du bist vom Ort des Schreckens abgehauen. Ich bin heimgekehrt und werde hier täglich mit meinen Dämonen konfrontiert.«

»Wir haben wohl beide noch nicht den Punkt erreicht, dass

wir uns ihnen wirklich stellen«, sage ich leise und lasse meinen Blick aus dem Fenster in die dunkle Nacht schweifen.

Dann schweigen wir. Es ist kein unangenehmes Schweigen, aber jeder von uns scheint sich mit den Dingen zu befassen, die uns das Herz schwer machen, die uns gebrochen haben. Es ist eine komische Atmosphäre. Vertraut und gleichzeitig unfassbar surreal. Zwei Menschen, die sich erst wenige Tage kennen, die eine Nacht miteinander verbracht haben, sich heute bis aufs Tiefste geöffnet haben und doch eigentlich Fremde sind.

»Gehen wir schlafen«, sagt Liam irgendwann und steht auf. Ich tue es ihm gleich, bin aber auf einmal wieder schrecklich unsicher.

Er scheint es zu bemerken. »Ist alles okay mit dir, Jamie? Soll ich dich doch heimbringen?«

»Nein, das ist es nicht.«

»Was ist es dann?«

»Ähm, ich habe mir nicht sonderlich viele Gedanken über die Schlafsituation gemacht.«

Statt einer Antwort beginnt Liam schallend zu lachen. »Nun, ich, ehrlich gesagt, auch nicht. Soll ich dir das andere Zimmer fertig machen oder …« Er bricht mitten im Satz ab.

»Oder was?«, führe ich daher die Frage für ihn fort.

»Oder schlafen wir heute Nacht gemeinsam in meinem Bett?«

»Das wäre ja quasi Premiere!«

»Wäre es. In Edinburgh hast du mich ja um die Chance gebracht«, sagt er grinsend und wirft mit einem der Kissen, die auf dem Bett drapiert sind.

»Ich könnte jetzt wiederholen, dass du ein Doofmann bist, aber das hatten wir heute schon einmal.«

»Hatten wir«, antwortet Liam und schlägt die Bettdecke zurück. »Hör mal, Jamie, ich fände es schön, dich neben mir zu wissen. Ich habe nicht gelogen, als ich gesagt habe, dass ich nicht allein sein möchte. Aber ich verstehe auch, wenn du lieber im anderen Zimmer schlafen möchtest.«

Unsicher schaut er mich an und scheint abzuwarten, wie ich reagiere.

»Linke Seite oder rechte?«, frage ich daher einfach.

Liams Mund verzieht sich zu einem Lächeln. »Also ich schlafe immer zur Tür hin. Dann kann ich dich retten, wenn Einbrecher kommen.«

»Die bringen mich eh zurück, wenn es hell wird«, antworte ich lachend. »Eine Bitte hätte ich trotzdem noch.«

»Und die wäre?«, fragt er und blickt mich an.

»Hast du vielleicht ein T-Shirt, in dem ich schlafen kann?«

»Na klar. Aber vergiss nicht, ich habe dich auch schon in Wäsche gesehen.«

»Hast du. Und nicht nur das. Aber tatsächlich soll es auch Tage geben, an denen ich unsexy Baumwollunterwäsche trage.«

Liam lacht.

»Was gibt es da zu lachen?«

»Wenn du meinst, dass das nicht auch sexy sein kann, muss ich dich leider enttäuschen. Und da ich weiß, wie du drunter aussiehst, kannst du auch einen Schneeanzug anziehen. Mein Kopfkino funktioniert trotzdem.«

Ich zwinkere ihm zu und verschwinde im Bad, um mich umzuziehen.

Als wir wenig später nebeneinander im Bett liegen und Liam das Licht gelöscht hat, merke ich, welche angenehme Wärme von ihm ausgeht und wie wohl ich mich in dieser ungewohnten Situation fühle.

»Schlaf schön«, murmelt er leise neben mir.

»Du auch«, antworte ich ihm.

»Danke, dass du mir vertraut hast und hiergeblieben bist.

Mir ist es wichtig, dass du nicht denkst, ich wolle nur Sex. Daran denke ich nämlich nicht mehr.«

Meine Augen schnellen in der Dunkelheit auf und auch Minuten später, als Liam schon ruhig atmend neben mir schläft, hallen seine Worte noch in mir nach. Er denkt nicht mehr an Sex mit mir. Ich habe ihn mit meiner Geschichte verschreckt und er sieht mich in einem anderen Licht.

Wieder und wieder lausche ich seinem Atem, möchte nichts anderes, als noch näher an ihn zu rücken, bevor mir der Moment entfliehen kann. Es dauert noch eine ganze Weile, bis ich endlich so müde werde, dass ich einschlafen kann, und der Gedanke, dass dieser Mann neben mir keine Anziehung mehr für mich verspürt, lässt seine Nähe zur Qual werden.

18

LIAM

Wie wunderbar ich doch lügen kann. Pfff, ich denke nicht mehr an Sex mit Jamie. Eigentlich denke ich ununterbrochen daran, wie es wäre, meine Lippen wieder auf ihrem wunderbaren Körper auf Wanderschaft zu schicken. Ihre Hände auf mir zu spüren. Das Verlangen in ihren strahlend blauen Augen zu sehen, die ich seit gestern Nacht noch besser verstehe.

Ich liege im Bett, starre an die Zimmerdecke und versuche, mich nicht zu bewegen. Mein Blick wandert immer wieder neben mich und ich schaue auf Jamie, die eng an mich gekuschelt neben mir liegt. Ihr Gesicht wirkt so zart und ruhig, wie ich es selten bei einer Frau gesehen habe. Ihre Nähe ist atemberaubend, ihr Duft betörend. Welcher Schmerz sich in ihrem Herzen befinden muss, kann ich nur erahnen. Umso schöner ist es, zu sehen, wie sanft sie neben mir schläft und dass sie scheinbar heute Nacht Ruhe gefunden hat. Wie schön sie doch ist.

Vorsichtig schiebe ich mich unter ihr weg und es gelingt mir, dass sie nicht aufwacht. Ich gehe die Stufen runter in die Küche, koche mir Kaffee und ziehe mir etwas Warmes über, bevor ich die Haustür öffne und in die frische Luft des Morgens trete. Es ist noch früh. Inzwischen bin ich es gewohnt, weit vor den anderen Menschen wach zu werden. Das bringt die Unruhe mit sich.

Ich lasse meinen Blick über das Wasser gleiten, rüber zu Jamies Cottage, das ein bisschen hinter Bäumen versteckt noch sanft vom Morgennebel geküsst wird. Wie gern hätte ich heute Nacht die Frau geküsst, die oben in meinem Bett schläft.

Noch immer klingen mir ihre Worte der letzten Nacht im Ohr. *»Ich bin nur eine Option. Ich gehöre niemandem.«*

Wie viel Schmerz in dieser Aussage steckt. Mir ist das Blut in den Adern gefroren, als sie von ihrer Geschichte erzählt hat.

Dass Frauen einen unerfüllten Kinderwunsch haben, ist sicherlich nicht selten, aber dass sie in so einer schweren Situation dann auch noch mit so einem Arschloch von Partner umgehen müssen, der ihnen sagt, sie seien nicht ganz Frau, weil sie kein Kind hätten, ist unfassbar.

Wie sehr Jamie doch Frau ist. Nicht nur ihr Äußeres, sondern vor allem ihre Wärme und ihre Leidenschaft sind Zeugnis ihrer Weiblichkeit. Obwohl ich sie erst wenige Tage kenne, gibt es daran nicht den geringsten Zweifel.

Ich setze mich an den Steg, der von meinem Cottage ins Wasser abgeht. Neben mir stößt das verdammte Boot, getrieben durch die leichten Bewegungen des Sees, immer wieder an den Holzanleger. Keine Ahnung, was hätte passieren können, wenn Jamie mich letzte Nacht nicht davon abgehalten hätte, rauszurudern. Sie hatte recht. Ich hatte nicht an Kenzie gedacht. Nicht an Niall. Hatte ihnen zusätzlich Kummer und Sorgen bereitet, obwohl sie es nicht verdient haben. Nur weil ich so ein egoistisches Arschloch bin und meine Trauer über die der anderen gestellt habe.

Drei Jahre. Drei verdammte Jahre seit dem Anruf, der meine Welt aus den Rudern gebracht hat. Drei Jahre, seitdem ich Nialls verzweifelte Stimme durchs Telefon gehört habe und Kenzies tränenüberströmtes Gesicht mir auf dem kargen Krankenhausflur entgegenblickte.

Ich schlucke und wische mir eine Träne weg, die mir über die Wange läuft. Wie lange habe ich schon nicht mehr geweint. Habe ich überhaupt jemals richtig geweint wegen allem, was damals passiert ist?

»Du bist ja schon wach«, sagt plötzlich jemand hinter mir und überrascht schrecke ich herum.

Jamie steht, eingewickelt in eine meiner Decken, hinter mir und hält zwei Tassen Kaffee in der Hand. Sie blickt mich an, scheint die Tränen in meinen Augen zu sehen, aber sagt kein Wort. Stattdessen hält sie mir die Tasse hin.

»Hier, Nachschub. Ich wusste nicht, dass du schon eine Tasse mit draußen hast.«

»Danke«, sage ich, immer noch überrascht, und rutsche ein Stück zur Seite, sodass sie sich neben mich setzen kann. »Ich sehe, du hast meine Pullover gefunden?«

»Ich hoffe, das war okay?«, antwortet sie und nippt an ihrem heißen Kaffee, ohne mich anzublicken.

Irgendwie wirkt sie heute Morgen so anders. Distanzierter? War ihr letzte Nacht doch zu viel? Vielleicht täusche ich mich auch, denn sie ist weiterhin freundlich und gibt mir ein Stück Decke ab, als sie sich neben mich setzt. Ich versuche, aus ihren Augen schlau zu werden, weiß aber gerade nicht, was es ist, was mich verwirrt.

»Hast du gut geschlafen?«, frage ich, um die unsichere Situation zu überspielen, und lasse meinen Blick über ihr Gesicht gleiten.

»Habe ich. Tief und fest.«

»Das freut mich. So hat es auch ausgesehen.«

Sie schaut mich mit großen Augen an und ich kann förmlich sehen, wie es in ihrem hübschen Köpfchen rattert.

»Wie hat es denn ausgesehen? Also ich? Also, ich meine, als ich geschlafen habe.«

Ich lache und stupse sie mit meiner Schulter an. »Du sahst einfach friedlich aus und hast ganz ruhig geschlafen. Das wollte ich damit sagen.«

»Dann ist ja gut. Das ist in letzter Zeit nämlich kein Dauerzustand.«

»Schläfst du schlecht?«

»Ja, seit der Sache mit Connor. Außerdem bin ich es seit Jahren nicht mehr gewohnt, allein zu schlafen. Vielleicht habe ich deswegen so ruhig geschlafen, weil jemand neben mir lag.«

»Mmh, das kann schon sein«, stelle ich fest und hoffe, dass ich der Grund dafür bin, dass sie so ruhig geschlafen hat. Dass ich ihr Sicherheit geben konnte.

»Geht es dir heute besser?«, fragt Jamie und schaut mir in die Augen.

»Aye«, sage ich und merke, dass das nicht gelogen ist. »Ich war gestern echt ein Idiot. Es tut mir leid.«

»Du musst dich nicht bei mir entschuldigen. Ich glaube, das musst du bei anderen lieben Menschen tun.«

»Ich weiß«, antworte ich ihr und merke, wie viel Angst ich vor dieser Aufgabe habe.

»Ich würde euch gern helfen.«

Jamie trinkt einen weiteren Schluck aus ihrer Kaffeetasse und blickt auf den ruhigen See, über dem just in diesem Moment ein Adler seine Runden kreist.

»Was meinst du damit, du würdest uns gern helfen?«

»Mit eurem Hotel.«

»Jamie, es ist noch früh. Ich hatte zwar schon Kaffee, aber ich weiß nicht, wovon du redest.«

Sie zieht sich die Decke ein Stück fester um ihren schlanken Körper und dreht sich zu mir. »Ich arbeite in einer PR-Agentur und wir vertreten zahlreiche Unternehmen in Großbritannien. Zwar nicht im Hotelwesen, aber das ist ja eigentlich egal. Es ist mein tägliches Brot, Strategien zu entwerfen, Konzeptionen auf die Unternehmensziele der einzelnen Kunden anzupassen, erfolgreich zu kommunizieren und zwischen Kunde und Öffentlichkeit adäquat und effizient zu vermitteln. Ich bin geschult darin, zielorientiert zu arbeiten, Zielgruppen zu filtern, intensive Gespräche zu führen und Workshops zu entwickeln.«

Während sie von ihrem beruflichen Hintergrund spricht, entdecke ich ein Feuer in Jamies Augen, das mir bisher noch nicht aufgefallen ist. Zwar habe ich bereits Leidenschaft in ihnen gesehen, aber diese Form hier ist anders. Dieses Feuer zeigt, dass sie für ihren Beruf brennt.

»Sprich weiter«, sage ich und höre aufmerksam zu. »An was hast du gedacht?«

»Nun«, antwortet sie nach einer Weile. »Obwohl ich erst seit wenigen Tagen hier bin, habe ich erkannt, was für ein Juwel ihr hier euer Eigen nennt. Und das sage ich nicht nur, weil ihr dieses zauberhafte Hotel in dieser Lage habt, sondern weil ihr als Personen selbst das Ganze zu etwas Besonderem macht.«

Amüsiert beobachte ich, wie sie mit ihren Händen gestikuliert und diesen frühen Morgen hier allein am See zu einem Pitch für sich selbst macht.

»Ihr müsst etwas entwickeln, das euch von diesem Luxushotel abgrenzt. Und ich glaube, das, was Gäste anlocken wird, ist nicht nur das Hotel oder die Landschaft, denn so etwas Ähnliches können die anderen auch bieten. Ihr müsst euch als Personen mit vermarkten.«

»Wir müssen uns vermarkten?«

»Ja! Hast du eine Ahnung, was Kenzie mit ihren Kochkünsten tun könnte? Und Niall mit seinen tollen Ideen, was das Aktivitätenangebot hier betrifft?«

»Aktivitätenangebot?«

»Du hast keine Ahnung, woran dein Bruder gerade arbeitet, oder?«

Ich zucke mit den Achseln und muss erkennen, dass ich das wirklich nicht habe.

»Pass auf. Wenn du magst, würde ich gern ein bisschen brainstormen und euch nachher etwas präsentieren. Vorher muss ich nur echt duschen und mir etwas Frisches, und vor allem Eigenes, anziehen. So schön deine T-Shirts und Pullover auch sind, ich brauche meine Klamotten. Wollen wir uns nachher im Hotel treffen? Dann könntest du Niall und Kenzie auch Bescheid geben?«

Ich schaue Jamie an und erkenne, dass sie jedes ihrer Worte absolut ernst meint. »Bist du dir sicher, dass du dich so für uns engagieren willst? Ich meine, du hast schließlich Urlaub.«

»Tzz«, lässt Jamie neben mir verlauten und drückt sich vom Steg hoch. »Ich muss doch sehr bitten. Ihr seid doch keine Arbeit für mich! Ich tue das gern. Außerdem muss ich zugeben, dass mir der Job schon ein bisschen fehlt. Und tatsächlich mag ich kreatives Arbeiten an neuen Strategien und Konzepten unfassbar gern.«

»Ein bisschen sieht man dir das an«, sage ich und stehe ebenfalls auf.

»Wie meinst du das?«

»Ich habe selten eine Frau erlebt, die in dieser Herrgottsfrühe so euphorisch von ihrem Job erzählt und dabei so viel Energie ausstrahlt.«

»Ach, übertreib nicht«, murmelt Jamie und streift sich scheinbar verlegen eine ihrer blonden Haarsträhnen aus dem Gesicht.

»Tue ich nicht. Außerdem weiß ich das sehr zu schätzen«, antworte ich und nehme ihr die Decke ab, aus der sie sich gerade wickelt.

»Ich bringe dir deinen Pullover später wieder mit, ist das okay?«

»Natürlich«, antworte ich und blicke an ihr herunter. »Der steht dir übrigens gut.«

»Besser als die stylishen Klamotten, die ich sonst trage und in denen mein Hintern für gewöhnlich steckt? So ähnlich hast du das doch bezeichnet, oder?«

Sie grinst mich an. Touché.

»Wirst du mir das ewig vorhalten?«

»Ewig vielleicht nicht, aber mal schauen«, lacht sie und schlägt mir spielerisch auf den Oberarm.

»Ach, die ausgefeilte Boxtechnik hatte ich ganz vergessen.«

Statt noch einmal auf meine kleine Spitze zu reagieren, zwinkert sie mir nur zu, dreht sich um und läuft zu ihrem Cottage. Ich blicke ihr hinterher, bis sie vor ihrer Haustür angekommen ist. Dort dreht sie sich noch einmal zu mir um und winkt, bevor sie in der Hütte verschwindet.

Verrückt. Verrückt, wie sich dieser Mensch, ob ich es will oder nicht, nach der kurzen Zeit in mein Leben geschlichen hat. Vielleicht sollte ich diesen Don Juan aus Edinburgh ausfindig machen und ihm zum Dank dafür, dass er sie angegraben hat und ich ihr zu Hilfe eilen musste, eine Flasche Whisky zukommen lassen. Wie anders wir in Edinburgh waren. Anders und doch irgendwie dieselben Personen. Gelenkt von Gefühlen, beschert mit einem Herzen, das vergessen will, und doch auf der Suche, wieder Halt zu finden.

Jetzt allerdings versuche ich, den Fluchtinstinkt in mir zu unterdrücken, denn tatsächlich liegt mir die anstehende Begegnung mit Niall im Magen. Ob er offen sein wird? Mir Gehör schenken wird? Ich kann es nur hoffen.

~

»WARUM GENAU HAST du uns zusammengerufen und warum sitzen wir jetzt hier?«

Niall schaut mich mit einer Mischung aus Argwohn und Neugierde an.

»Ich habe ehrlich gesagt Besseres zu tun, als mich mit dir zu streiten.«

»Schhh, Niall, gib Ruhe«, kommt Kenzie mir zu Hilfe und stellt eine große Kanne Kaffee und vier Tassen auf den Tisch. »Liam hat gesagt, dass er uns etwas mitteilen möchte und Jamie uns auch irgendetwas vorstellen will.«

»Wo ist Jamie überhaupt?«, fragt Niall und blickt mich prüfend an.

»Sie kommt gleich. Sie wollte duschen und noch ein paar Dinge vorbereiten.«

»War sie heute Nacht bei dir?«

Ich kann die Schärfe in seiner Stimme hören und weiß nicht, ob es Eifersucht ist, die aus ihr spricht, oder einfach nur Sorge um Jamie.

»Das geht uns nichts an«, mischt sich Kenzie wieder ein. »Außerdem hattest du Jamie gestern den ganzen Tag. Die Arme muss auch mal ein paar Momente für sich haben!«

Ich blicke von Kenzie zu Niall und versuche, dieses ungute Gefühl zu ignorieren, das sich auf einmal in meiner Magengegend breitmacht. Niall und Jamie? Ich habe mitbekommen, dass sie sich gut verstehen. Niall ist ein Flirt. Und dass sie ihm gut gefällt, ist offensichtlich.

»Stimmt«, antwortet Niall ihr. »Und gestern war ganz schön anstrengend für sie. Ich muss sie gleich mal fragen, ob sie Muskelkater hat.«

»Niall, lass es«, mahnt Kenzie ihn nun etwas eindringlicher und ich kann genau das Zucken seiner Mundwinkel erkennen, als er mich anblickt.

Er provoziert. Und er liebt es, mich zu reizen. Ich muss definitiv gleich darauf achten, wie die Dynamik zwischen den beiden ist. Jamie gehört nicht mir. Sie kann tun und lassen, was sie will. Mit wem sie will. Ich wünschte mir nur, ich wäre dieser Jemand.

»Hallo, meine Lieblingsschotten«, ruft plötzlich eine Stimme und Jamie huscht mit dem Laptop unter dem Arm in den Raum.

»Kennst du außer uns so viele?«, grinst Niall, steht auf und drückt sie herzlich an sich.

»Wer weiß«, antwortet sie, läuft um den Tisch herum und drückt Kenzie nicht weniger herzlich an sich.

Ich stehe auf und als wir voreinander stehen, huscht ein Lächeln über ihr Gesicht.

»Lange nicht gesehen«, sagt sie und nimmt neben mir Platz.

Kenzie und Niall tauschen einen Blick, kommentieren aber Gott sei Dank nichts.

Kenzie schenkt uns allen Kaffee ein und setzt sich dann neben Niall. Erwartungsvoll schauen die beiden Jamie und mich an.

Ich räuspere mich und ergreife dann das Wort. »Bevor Jamie uns gleich etwas vorstellen will, möchte ich etwas sagen, was mir sehr am Herzen liegt.«

Unsicher drehe ich die Tasse Kaffee zwischen meinen Händen und weiß nicht genau, wie ich anfangen soll.

Plötzlich spüre ich unter dem Tisch Jamies Hand auf meinem Bein, wie sie leicht zudrückt und sie dann wieder wegnimmt. Ich schaue zu ihr und sehe, wie sie mich anlächelt und kaum merklich nickt.

»Ich war ein verdammter Idiot. Ich weiß, dass ich es euch in den letzten Jahren nicht einfach gemacht habe. Ich habe meine eigene Trauer vor alles andere gestellt und übersehen, dass die Menschen um mich herum auch mit einem Verlust zu kämpfen haben. Habe nicht beachtet, dass ihr genauso wie ich Eltern verloren habt. Statt für euch da zu sein, gemeinsam mit euch durch diese schwere Zeit zu gehen, mit euch zusammen das Erbe unserer Eltern zu retten, war ich egoistisch, nur auf mich fixiert und habe eure Sorgen und Ängste ignoriert. Habe mich stur gestellt, wenn ihr mit mir reden wolltet. Ich war egoistisch. Nicht nur mit euch, sondern im Umgang mit allen. Ich wollte nicht fühlen, wollte mich betäuben. Ich habe versucht, meinen Frust mit Sex zu kompensieren, habe selbst da Leute benutzt.«

Neben mir nehme ich wahr, wie Jamie die Luft anhält, den Kopf sinken lässt und in ihre Kaffeetasse blickt.

»Ich weiß, dass ich mir Hilfe holen muss. Damit ich wieder ein besserer Bruder sein kann, ein besserer Freund. Damit ich wieder ich sein kann.«

Für einen Moment halte ich inne und trinke einen Schluck Kaffee. Ich habe Angst, Niall und Kenzie in die Augen zu sehen, zwinge mich jedoch trotzdem dazu und bin überwältigt von dem, was ich sehe. In Kenzies Augen stehen Tränen. Niall hat seine Sitzposition verändert und statt mit verschränkten Armen mir gegenüberzusitzen, ist er mir zugewandt. Das ist mehr, als ich jemals erwartet habe.

»Ich möchte mich entschuldigen. Ich weiß, dass ich viel von

euch verlange, wenn ich euch bitte, dass ihr mir verzeiht. Aber ich werde es so lange versuchen, bis ihr seht, dass es mir ernst ist. Ich werde euch beweisen, dass ihr euch auf mich verlassen könnt. Dass ich da sein werde, wenn es hart wird. Keine Flucht mehr. Kein Ausweichen. Kein Rückzug.«

Als ich meinen Satz beende, ist es still. Keiner spricht ein Wort und jeder scheint über das Gesagte nachzudenken. Es sind Sekunden, die wie sich wie Minuten anfühlen.

Mein Kopf fährt hoch, als Niall seinen Stuhl zurückschiebt. Alle Augen sind auf ihn gerichtet. Mein Herz schlägt mir bis zum Hals und ich weiß nicht, was nun auf mich zukommt. Ich versuche, ruhig zu bleiben, schaue ihn an. Dann umrundet er den Tisch und steht neben mir.

»Steh auf, Alter.«

Mehr sagt er nicht. Ich schlucke, schiebe dann auch meinen Stuhl zurück, bereit, mich dem zu stellen, was kommt. Ich richte mich zu meiner vollen Größe auf und auch wenn ich es mir anders wünschte, mein kleiner Bruder ist definitiv nicht mehr klein. Der Schlag wird wehtun. Aber ich bin darauf gefasst.

Aus dem Augenwinkel kann ich sehen, dass Kenzie und Jamie die Situation angespannt beobachten.

»Wurde auch Zeit«, ist das Einzige, was Niall sagt, bevor er mich in eine feste Umarmung schließt und an sich drückt.

Mir fehlen die Worte. Ich habe mit allem gerechnet. Mit einem Fausthieb, einer Salve von Beschimpfungen. Dass mein Bruder aufsteht, mich herzlich in seine Arme nimmt und an seine Brust drückt, war nicht dabei. Ob ich es will oder nicht, Tränen schießen in meine Augen und ich werde von meinen Emotionen übermannt. Plötzlich spüre ich, wie jemand sich in unsere Umarmung schiebt, und sehe, dass es Kenzie ist. Ihr Gesicht ist tränenüberströmt und gleichzeitig ist eine Seligkeit darin zu entdecken, die mir den Atem raubt.

Wir liegen uns in den Armen. Das erste Mal seit dem Tod unserer Eltern. Es ist ein trauriges Gefühl, aber gleichzeitig spüre ich auch die Kraft eines Neuanfangs.

Kenzie ist die Erste, die sich wieder löst und nicht ganz damenhaft die Nase hochzieht. »Himmel, das ist mir zu viel Emotion. Ich hole Kuchen. Ich brauche was Süßes.«

Dann auch lockert sich Nialls Griff, doch bevor er ganz auf Abstand geht, sagt er leise einen Satz in mein Ohr, mit dem ich ebenfalls nicht gerechnet habe.

»Wenn du Jamie verletzt, gnade dir Gott.«

19

JAMIE

Oh Gott, ich kann doch keine Männer weinen sehen. Heimlich wische ich mir meine Tränen aus den Augen, als ich die Szene beobachte, die sich vor meinen Augen abspielt. Die drei Geschwister so innig zu sehen, ist wunderschön. Mein Blick fällt auf Liam und ich sehe ihm an, wie viel leichter sein Herz durch das geworden ist, was sich hier gerade ereignet. Ich weiß, wie schwer ihm diese Worte gefallen sind. Dass es nicht einfach für ihn ist, zuzugeben, dass sein Verhalten falsch war. Noch mehr beeindruckt bin ich von seinem Eingeständnis, dass er Hilfe braucht. Welch großer Schritt.

Ich verhalte mich still, weil ich die Situation nicht stören möchte. Für einen Moment war ich unsicher, ob ich den Raum nicht besser hätte verlassen sollen, damit die drei ihre Privatsphäre haben, aber ein Blick von Liam hat mich davon abgehalten und irgendwie schien er meine Anwesenheit zu brauchen. Nachdem Kenzie den Raum verlassen hat und mit einem großen Tablett Kuchen zurückkommt, lockert sich die

Atmosphäre langsam wieder und auch Niall und Liam lösen ihre Umarmung.

»Dass ich das noch erleben darf«, ruft Kenzie, immer noch sehr emotional und überwältigt von dem, was hier gerade passiert ist. »Jamie, hattest du auch für einen Moment Angst, dass die Jungs übereinander herfallen?«

»Aber so was von«, gebe ich zu. »Ich habe tatsächlich überlegt, ob ich notfalls dazwischenspringen soll oder ob ich doch realistisch sein sollte, dass ich nichts gegen fast zwei Meter große Männer ausrichten kann.«

»Ach Jamie, hättest du ruhig tun können«, lacht Niall. »Ich hätte dich einfach hochgehoben und rumgewirbelt und Liam hätte versucht, das Gleiche zu tun.«

»Und das soll mich beruhigen?«, frage ich und helfe Kenzie damit, die Kuchengabeln zu verteilen.

»Natürlich«, ergänzt Niall. »Problematisch wäre es nur geworden, wenn dir entweder schwindelig geworden wäre oder wir beide gleichzeitig versucht hätten, dir an den Hintern zu fassen.«

»Was du natürlich nie getan hättest«, knurrt Liam und grinst seinen Bruder gleichzeitig an.

»Dazu habe ich dir ja etwas gesagt«, wendet Niall sich an Liam, was mich und Kenzie veranlasst, uns irritiert anzuschauen. »Egal«, sagt er im nächsten Augenblick. »Was für Kuchen gibt es? Und was genau hast du uns nun zu erzählen, Jamie?«

»Das kann ich euch gern nach dem Kuchen erläutern«, antworte ich, doch aus Kenzies und Liams Mund kommt ein gleichzeitiges »Bloß nicht!«

»Wie soll ich das jetzt verstehen?«, frage ich irritiert.

»Wir warten definitiv nicht darauf, bis wir fertig sind mit Kaffee und Kuchen«, grinst Liam mich an und rückt mir den

Stuhl zurecht, als ich mich wieder hinsetze. »Dir ist schon klar, wie viel Kuchen Niall verdrücken kann? Dann sitzen wir in drei Tagen noch da und warten auf deine Präsentation.«

Ich muss lachen und habe plötzlich die Bilder von gestern im Kopf, als Niall Unmengen von Kenzies Essen verdrückt hat.

»Ich habe keine Ahnung, wo er das alles lässt«, schmunzelt Kenzie und füllt uns allen ein Stück Schokokuchen auf den Teller.

Statt einer Antwort schiebt Niall sich binnen Sekunden die erste Gabel in den Mund.

»Du bist wirklich unmöglich, Bruder«, lacht Liam. Sein Blick wandert zu mir und er schaut mich glücklich an.

Während Niall und Kenzie den Kampf um die Sahne ausfechten, lehne ich mich zu ihm. »Bist du okay?«

»Aye«, sagt er leise und ich sehe ihm an, dass er es wirklich ist und es nicht nur vorgibt. »Danke.«

»Wofür?«, frage ich und lege meinen Kopf schief.

»Dafür, dass du im richtigen Moment das Ruderboot zurückgerissen hast.«

Er lächelt mich an und ich tue es ihm gleich. Diese Augen. Diese Lippen. Dieser Mann. Schade, dass er nicht mehr an Sex mit mir denkt. Leider denke ich nämlich selten an irgendwas anderes, wenn ich in seiner Nähe bin.

»Hallo? Kriege ich eine Antwort?«

Überrascht drehe ich den Kopf in Nialls Richtung und stelle fest, dass ich überhaupt nicht mitbekommen habe, dass er etwas gesagt hat.

»Ob du jetzt loslegen möchtest, habe ich gefragt. Herrje … nur Augen für Liam hat sie.«

Ich werde verlegen, aber Kenzie kommt wie immer als rettender Engel zu Hilfe.

»Wenn du nicht aufhörst, Niall, kriegst du kein Stück Kuchen mehr!«

Diese Drohung scheint zu wirken, denn entspannt lehnt er sich zurück, zwinkert mir zu und steckt sich genüsslich ein weiteres Stückchen Kuchen in den Mund.

»Also«, beginne ich und klappe den Laptop auf, der bis jetzt neben mir auf dem Tisch gelegen hat. »Alles, was ich euch jetzt vorstellen möchte, sind nur Ideen. Es ist ein erstes Brainstorming und ich bin euch nicht böse, wenn ihr gleich im Anschluss sagt, dass ihr das überhaupt nicht wollt und das gar nichts für euch ist. Ich habe nur gedacht, dass es vielleicht eine Möglichkeit ist, wie man das *The Finnegan* wieder etwas attraktiver für Gäste machen kann.«

»Aber du hast doch Urlaub«, ruft Kenzie, doch Liam macht ihr durch ein Achselzucken klar, dass der Einwand sinnlos ist.

»Ich bin erst wenige Tage hier bei euch, aber man hat eigentlich keine andere Chance, als sich hier wohlzufühlen. Quasi wie zu Hause. Und daher könnte man ein bisschen unter dem Motto arbeiten: *The Finnegan – Your home away from home.*«

Unsicher blicke ich in die Gesichter der Geschwister, aber da keiner der drei abwertend das Gesicht verzieht, fahre ich fort.

»Das, was euch besonders macht, ist nicht nur die Lage des Hotels oder überhaupt, wie es aussieht. Es ist auch ein bisschen eure Geschichte, die euch vom Hotel in Dunmore unterscheidet. Ihr seid keine Kette, ihr seid eine Familie, die seit vielen Jahren dieses Juwel hier führt. Und auch wenn Kunden das nicht immer sofort mögen, muss man sich auch Gedanken darüber machen, ob man nicht auch seine eigene Geschichte vermarkten möchte. Und das bedeutet in eurem Fall vielleicht auch, warum ihr drei Geschwister das Hotel weiterführt und warum es euch so am Herzen liegt.«

»Du meinst, dass wir hier für unsere Eltern zusammenhalten und miteinander ihr Erbe wahren wollen«, ruft Kenzie aufgeregt in den Raum und ist die Erste der drei, die eine Regung auf meine Ausführungen zeigt.

»Ja«, antworte ich und hoffe inständig, dass ihnen diese persönliche Herangehensweise nicht völlig missfällt.

»Das klingt aufregend.«

Kenzie schaut mich mit großen Augen an und ich kann erkennen, dass sie gespannt darauf ist, was ich noch zu berichten habe.

Ich fahre also fort. »Jeder von euch bringt etwas Besonderes mit und das sollte man auch in einer Imagekampagne präsentieren.«

»Imagekampagne?« Niall hebt eine Augenbraue. »Das klingt teuer.«

»Lass sie erst mal aussprechen«, mahnt Liam ihn und ich lächle dankbar zu ihm rüber. Dadurch, dass er Erfahrungen mit der Leitung eines großen Hotels hat, weiß er, was Marketing und Imagekampagnen bedeuten.

Ich drehe meinen Laptop ein bisschen in die Richtung der drei und erläutere: »Mir ist aufgefallen, dass ihr zwar eine Homepage habt, über die Gäste auch Buchungen vornehmen können, jedoch finde ich sie recht farblos. Sie spiegelt nicht wider, welcher Charme sich hinter eurem Hotel und der Gegend hier verbirgt. Das muss geändert werden. Generell finde ich es wichtig, dass wir mehr mediale Aufmerksamkeit erreichen.«

»Wir also«, schmunzelt Niall und grinst mich an. »Du hast akzeptiert, dass du zur Familie gehörst?«

Statt einer Antwort schüttle ich lachend mit dem Kopf. »Ihr seid nicht das *Hilton* oder das *Ritz*, wo man über Markenwert oder Servicequalität die Leute erreicht. Nicht, dass ihr hier nicht einen tollen Service bietet. Aber wir müssen euch anders vermarkten. Eure Geschichte, wie ich eben schon erwähnt habe. Das kann funktionieren, wenn wir euch entsprechend medial aufstellen. Das bedeutet zum Beispiel, dass wir einen Imagefilm für euch produzieren. Euch eine neue Homepage und auch einen Instagramaccount verpassen. Das mag euch vielleicht zunächst unwichtig erscheinen, aber die Leute nutzen heutzutage solche Kanäle, um sich zu informieren. Wir müssen es schaffen, dass wir jederzeit eine direkte und offene Kommunikation bei Wünschen, Fragen und auch Beschwerden von Gästen erreichen. Das kann auf eurer Homepage sein, genauso aber auch auf Bewertungsportalen. Ich würde gern mit euch eine Pressemitteilung erstellen, mit all den Neuigkeiten, für die ihr euch vielleicht entscheidet. So etwas kann und sollte zur Regelmäßigkeit werden. Sprich, ihr liefert Infos, neues Bildmaterial, gebt Buchungsanreize und präsentiert bestimmte Angebote. Wisst ihr, was als Multiplikator tatsächlich gut funktionieren könnte?«

Ich schaue nacheinander Kenzie, Niall und Liam an und warte auf ihre Reaktion.

»Du wirst es uns sicherlich gleich sagen«, antwortet Niall und lehnt sich bequem in seinem Stuhl nach hinten, nachdem er sich ein weiteres Stück Kuchen genommen hat.

»Reiseblogger.«

»Wie? Reiseblogger?« Kenzie schaut mich fragend an.

»Diese Blogger- und Influencerszene ist eine wahnsinnig gut funktionierende Marketingmaschinerie. Ich habe das auch erst nicht für möglich gehalten. Aber solche Dinge bringen eine unfassbare mediale Reichweite, wenn ihr als Auflage macht, dass sie über den Aufenthalt und alles, was sie hier unternehmen, auf ihrem Blog, ihren Social-Media-Kanälen und so weiter berichten müssen.«

Ich schaue Liam an, der sich bis zu diesem Moment

komplett still verhalten hat und noch kein Wort gesagt hat. Ob ihm meine Ausführungen nicht gefallen?

Er stützt sich mit den Ellenbogen auf dem Tisch auf und schaut mich an. »Niall hat recht, das klingt alles sehr kostspielig und ich weiß nicht, ob wir uns das in der jetzigen Situation leisten können. So schade das auch ist, denn ich finde deine Ideen wirklich vielversprechend und zukunftsorientiert.«

»Nun, ich dachte mir bereits, dass ihr so etwas sagen würdet. Daher habe ich vielleicht etwas, was euch ein bisschen beruhigt. Es ist ja nicht so, als hätte ich keine Kontakte, und ich habe schon mit ein, zwei Leuten in London gesprochen, inwieweit sie unterstützen könnten.«

»Und?«, fragt Kenzie und ich sehe ihr ihre Neugierde förmlich an.

»Die Pressearbeit übernehme ich komplett für euch, sprich, ich kümmere mich um die Inhalte für die Website, die Broschüre und das Design für neue Produkte. Dafür habe ich ein ganz gutes Händchen. Und ein guter Freund von mir würde mich bei der Umsetzung der Website unterstützen und das für einen kleinen Zwei-Tages-Aufenthalt hier übernehmen. Ich habe ihm nämlich von euch vorgeschwärmt und er schuldet seiner Frau noch die Flitterwochen.«

»Wem hast du noch von uns vorgeschwärmt?«, will Liam wissen und ich fühle mich ertappt.

»Ähm, wieso? Ich weiß gar nicht, was du meinst.«

»Doch, weißt du. Was hast du noch innerhalb von nur wenigen Momenten organisiert?«

Ich werde verlegen. »Nun, also, natürlich ist es nur eine Idee und ihr müsst hier auch niemanden umsonst verpflegen, aber ich dachte, das ist vielleicht der einfachste Weg. Ich könnte euch jemanden arrangieren, der die Fotos machen würde und auch das Video drehen kann. Was ihr allerdings übernehmen müsstet, wären die Kosten für die finale Erstellung des Videos. Schnitt und so.«

»Ich verstehe.« Niall nickt.

»Das müssten wir durchrechnen, ob wir das hinkriegen, aber wenn du mir den Kontakt deines Bekannten gibst, können wir ja mal telefonieren und er kann mir ein Angebot machen«, sagt Liam im nächsten Moment und ich freue mich unfassbar darüber, dass er meinen Vorschlägen erst mal nicht abgeneigt ist.

»Sicherlich müssen wir drei aber auch darüber sprechen«, schließt Niall sich ihm an und auch Kenzie nickt eifrig.

»Natürlich«, erwidere ich. »Wie gesagt, es ist nur eine Idee. Ihr müsst nichts davon umsetzen, oder vielleicht reichen euch schon ein oder zwei der Sachen. Wie auch immer ihr euch entscheidet, meine Unterstützung habt ihr.«

»Das ist so toll«, jubelt Kenzie, steht auf und schließt mich fest in ihre Arme. »Ich habe bisher nicht viel dazu gesagt, weil ich das Ganze erst für mich greifen muss, aber ich sehe Niall und Liam an, dass sie dem nicht ablehnend gegenüberstehen. Und da ich meinen Brüdern vertraue, und dir sowieso, bin ich mit an Bord. Dich hat wirklich der Himmel geschickt.«

»Wohl eher Bekka, aber danke«, antworte ich ganz gerührt und schaue Liam an, denn er ist doch überraschend still. »Was?«, frage ich ihn daher unsicher.

Statt einer Antwort grinst er mich nur an.

»Was, Liam? Findest du das alles doch nicht so gut? Ich will mich wirklich nicht in eure Sachen einmischen und schließlich hast du reichlich Erfahrung und definitiv mehr Ahnung von der Hotelbranche als ich. Also davon, was funktionieren könnte und was nicht.«

»Das ist es nicht«, schmunzelt er, gießt sich noch eine Tasse

Kaffee ein und füllt meine ebenfalls noch einmal mit der leckeren schwarzen Flüssigkeit.

»Was ist es dann?«

Inzwischen schauen Niall und Kenzie auch gespannt zwischen ihm und mir hin und her.

»Rück raus mit der Sprache, was in deinem Köpfchen rumgeistert.«

»Ähm, wie kommst du darauf, dass da noch was ist?«

»Weil ich ein Gefühl dafür habe. Habe ich dir doch bereits bewiesen, oder?«

Ich erinnere mich an letzte Nacht, als Liam erkannte, dass ich noch nicht mit der ganzen Wahrheit rausgerückt war.

»Wovon sprichst du?«, fragt Kenzie neugierig.

»Das wüsste ich auch zu gern«, stimmt Niall ihr zu.

Bevor mir die Sache unangenehm werden kann, kommt Liam mir zu Hilfe.

»Du darfst zwar alles essen, Bruderherz, aber nicht alles wissen.«

»Das ist gemein«, beschwert sich Niall lachend und guckt seine Schwester an. »Weißt du, wovon Liam redet?«

»Nein. Aber du darfst nicht vergessen, die zwei kennen sich schon etwas länger als wir.«

»Hä?«, fragt Niall irritiert. »Soweit ich mich erinnern kann, haben wir zwei Jamie begrüßt, als sie hier angekommen ist.«

»Als sie hier angekommen ist, ja.«

»Ich verstehe nur Bahnhof.«

»Ach, das macht nichts«, antwortet Kenzie ihm und zwinkert mir zu.

Wieso habe ich plötzlich das Gefühl, dass Bekka ihre Finger mit im Spiel hat? Liam wird seiner Schwester sicherlich nichts von unserer ersten Begegnung in Edinburgh erzählt haben.

»Wie auch immer«, gibt er sich vorerst damit zufrieden, »was genau ist da denn nun noch?«

Ich atme tief durch und schaue dann Liam an, denn dass ihm meine Idee gefällt, ist mir am wichtigsten. »Mir ist noch eine Sache eingefallen, die das andere Hotel definitiv nicht hat.«

»Und die wäre?«, fragt er interessiert und hält meinen Blick.

»Eure Cottages.«

Fragend schauen er, Niall und Kenzie mich an.

»Was ist damit?«, will er wissen.

»Ich habe doch eben diese *Home away from home*-Sache angesprochen. Was würdet ihr davon halten, wenn ihr die vier Hütten neben deiner so fertig machen würdet, dass ihr sie euren Gästen zur Anmietung anbieten könnt? Also der Gast sich entscheiden kann, ob er im Hotel übernachten möchte, mit dem ganzen Service, oder eher die Selbstverpflegervariante direkt am See wählen möchte. Ich könnte mir vorstellen, dass das unfassbar ansprechend sein wird.«

Als ich wieder zu Liam blicke, treffen sich unsere Blicke. Er greift sich mit einer Hand an den Bart und scheint über meine Worte nachzudenken.

»Was denkst du?«, frage ich vorsichtig. »Schwachsinnsidee?«

»Nein«, ist das Einzige, was er sagt, und das ist natürlich gar nichts für mich ungeduldiges Wesen.

»Ich meine, ich habe gesehen, was du Tolles mit deinem Cottage gemacht hast, und da sehe ich einfach Potenzial. Vielleicht denkst du es ja einfach mal an?«

»Aye«, ist mal wieder die sehr kommunikative Antwort dieses Schotten, aber vielleicht sollte ich das einfach positiv sehen? Er hat mir zumindest nicht den Vogel gezeigt.

»Ich muss zugeben, dass ich die Idee sehr interessant finde«, sagt Niall zu meiner Überraschung. »Vielleicht sollten wir es definitiv mal durchdenken? Ich könnte sehr gut helfen, was die

Umgestaltung angeht, und so viel muss auch gar nicht gemacht werden. Klar, deine Hütte ist top, und die, in der Jamie gerade wohnt, ist auch so weit in Ordnung. Bei den anderen vier Cottages müssten wir schauen. Aber vielleicht müssen wir nicht sofort alle fertig machen und testen uns langsam ran?«

Liam scheint darüber nachzudenken und wendet sich schließlich mit einem »Du hast recht« an seinen Bruder.

Ein Lächeln huscht über mein Gesicht, denn egal, ob das mit meiner Idee etwas wird oder nicht, die beiden Brüder wieder miteinander kommunizieren zu sehen, und vor allem der Gedanke an ein gemeinsames Projekt der beiden, erwärmt mein Herz. Kenzie scheint es ähnlich zu gehen, denn auch sie lächelt zwischen den beiden hin und her. Ein sturer Schotte ist ja schon Arbeit, aber zwei Exemplare als Brüder zu haben, ist sicherlich nicht immer einfach. Wobei, wenn man es genau betrachtet, fressen die Brüder Kenzie aus der Hand.

Als ich gerade wieder das Wort ergreifen möchte, klingelt mein Handy, das neben meinem Laptop auf dem Tisch liegt. Ich sehe die Nummer meines Chefs auf dem Display.

»Entschuldigt ihr kurz? Ich habe versprochen, dranzugehen.«

»Aye«, sagen Niall und Liam im Duett und Kenzie nickt verständnisvoll.

Ich greife nach meinem Handy und verlasse den Raum, um auf dem Flur zu telefonieren. Vielleicht ist das auch die Möglichkeit, dass die Geschwister gemeinsam ins Gespräch kommen können.

»Hey, Marcus, wie geht's dir? Vermisst du mich schon?«

»Jamie! Wie schön, deine Stimme zu hören! Aber so was von. Wie geht es dir? Bist du schon ausgeruht?«

Marcus ist seit einigen Jahren mein Boss in der PR-Agentur und ich schätze seinen Leitungsstil und die Art, wie er mit seinen Angestellten umgeht. Aus diesem Grund weiß ich, dass es dringend ist, wenn er mich in meinem Urlaub erreichen will.

»Na, zumindest auf dem Weg zur Entspannung«, antworte ich. »Raus mit der Sprache. Was ist passiert? Welches Projekt fliegt uns um die Ohren?«

Statt einer Antwort lacht Marcus. »Immer im Business-Mode, oder?«

»Hin und wieder«, gebe ich unverfroren zu. »Aber im Ernst. Warum rufst du an?«

»Ähm«, tönt es durch den Hörer und Marcus hält für einen Moment inne. »Ich habe ein Angebot bekommen, eine neue Agentur in Cardiff aufzuziehen.«

»Oh, wow, das sind aber mal Neuigkeiten!«

»Das kannst du laut sagen. Ich spiele schon längere Zeit mit dem Gedanken, zu expandieren, dass es jetzt aber unbedingt Cardiff ist, ist auch für mich ein wenig überraschend.«

»Cardiff ist ja auch nicht nebenan«, antworte ich Marcus und frage mich insgeheim, wie er die Doppelbelastung auf die Entfernung managen will.

»Ich möchte, dass du unsere Agentur in London weiterführst«, sagt er dann ohne weitere Umschweife und ich bin geplättet. »Wie du dir sicherlich denken kannst, werde ich dann nicht mehr so viel in London sein können und brauche einen starken Partner vor Ort an meiner Seite. Ich weiß, dass du die Richtige für den Job bist. Was sagst du?«

Völlig überrascht von seinem Angebot muss ich erst mal schlucken. Zwar arbeite ich schon einige Jahre in Marcus' PR-Agentur, dass er aber über eine Partnerschaft nachgedacht hat, davon habe ich bisher nur geträumt, es aber nicht für möglich gehalten.

»Ich weiß gerade gar nicht, was ich sagen soll«, antworte ich ihm und das ist nicht gelogen. Wenn ich ehrlich bin, sind in den letzten Wochen nach der Sache mit Connor eher Gedanken darüber in meinem Kopf gewesen, in London alle Zelte abzubrechen und irgendwo neu durchzustarten. Jetzt so eine Aufgabe zu übernehmen, würde eine große Verpflichtung bedeuten und auch, dass ich mich weiter an London binde. Obwohl ich diese Stadt so liebe, hat Connor es geschafft, dass ich gerade auch die Phase genieße, Hunderte von Meilen entfernt zu sein.

»Muss ich mich jetzt direkt entscheiden?«, frage ich daher unsicher.

»Natürlich nicht«, ruft Marcus und lacht aufrichtig. »Aber Jamie, dir sollte klar sein, dass ich mich anderweitig umschauen muss, wenn du das Angebot nicht annimmst. Ich muss relativ schnell Entscheidungen treffen, und du kennst mich, ich werde das auch tun. Schlaf ein paar Tage drüber und wir telefonieren in einer Woche? Bis dahin brauche ich eine Entscheidung.«

»So machen wir das«, antworte ich ihm und sehe aus dem Augenwinkel, wie Liam die Tür öffnet und auf den Flur tritt.

Unsere Blicke treffen sich und fragend schaut er mich an. Ich hebe kurz die Hand und signalisiere ihm, dass alles in Ordnung ist und ich sofort auflegen werde.

»Mach es gut, Marcus, ich melde mich!«, rufe ich vielleicht etwas zu aufgedreht in den Hörer, verabschiede mich von meinem Boss und lege auf. Schnell lasse ich mein Handy in meiner Hosentasche verschwinden und drehe mich zu Liam.

»Alles in Ordnung?«, fragt er mich und schaut mich nahezu unsicher an.

»Ja, na klar«, lüge ich und bin mir nicht sicher, ob Liam es mir abnimmt.

»Dann ist ja gut. Hast du Lust, spazieren zu gehen? Ich würde dir gern erzählen, was wir besprochen haben.«

Ich nicke und bin froh, ein wenig an die frische Luft zu kommen.

Liam schaut mich durchdringend an. »Ist wirklich alles gut, Jamie?«

»Ist es«, flunkere ich erneut, denn wenn ich ehrlich bin, ist der Gedanke, zurück nach London zu müssen und Liam und seine Familie hier in Finnegan zu verlassen, das Letzte, mit dem ich mich gerade beschäftigen möchte. Aber noch habe ich ja eine Woche Zeit, mich zu entscheiden.

20

LIAM

»Gib mir einen Moment, ich will mir für den Spaziergang etwas anderes anziehen.«

Es ist gefühlt fast eine Stunde her, dass Jamie und ich das Hotel verlassen haben und in Richtung unserer Cottages gelaufen sind. Ich kann ja verstehen, dass Frauen ein paar Minuten länger für ein Umstyling brauchen, aber was in drei Teufels Namen treibt sie so lange?

Ungeduldig stehe ich mit meinen Händen in den Taschen auf dem Steg vor meiner Hütte und wechsle mein Gewicht von einem Bein aufs andere, während ich einen Otter beobachte, der unweit von mir am Ufer entlangschwimmt.

Ihr wird doch nichts passiert sein? Ob sie wieder auf Socken die rutschige Treppe runtergelaufen ist und sich der Länge nach hingelegt hat? Oder ob sie sich am Herd verletzt hat? Oder hat sie vielleicht doch keine Lust, noch ein bisschen Zeit mit mir zu verbringen, und war zu nett, mir das direkt zu sagen?

Ich fahre mir frustriert durch die Haare und lasse meinen

Blick wieder in Richtung ihres Cottages wandern. Was hat Jamie bloß an sich, dass ich ununterbrochen an sie denken muss? So bin ich doch sonst nicht. Und vor allem schafft es wirklich sonst keine Frau, mich so in ihren Bann zu ziehen.

Jamie hat es geschafft. In nur wenigen Momenten. Bereits in dem Augenblick, als ich sie in der Hotelbar in Edinburgh entdeckt habe und keine fünf Minuten später ihre warmen Lippen auf meinen spürte. Egal, was sie tut, sie hinterlässt einen bleibenden Eindruck. Keine andere Frau hat es bisher geschafft, dass mich all ihre Facetten so faszinieren. Sei es ihre Leidenschaft, ihre Euphorie, ihre Begeisterungsfähigkeit oder auch die Tatsache, dass sie trotz dieses enormen Schmerzes, den sie in ihrem Herzen trägt, jeden Tag aufs Neue weitermacht. Und niemandem habe ich bisher erlaubt, mich so gebrochen zu sehen. Und mich dafür nicht zu schämen. Vielmehr schäme ich mich immer noch dafür, dass ich sie so hart angegangen bin und ihr diese verletzenden Worte an den Kopf geworfen habe. Sie auf diese herzlose Weise an diese schreckliche Zeit und ihren Verlust erinnert habe. Ich könnte mich ununterbrochen dafür ohrfeigen. Trotzdem ist diese starke Frau nicht geflüchtet. Dieses Mal nicht. Dieses Mal ist sie geblieben und hat sogar die Nacht in meinem Bett verbracht. Vielleicht hat sie es auch gespürt. Hat gespürt, dass uns irgendein unsichtbares Band zu verbinden scheint. In ihrer Gegenwart vergesse ich, dass ich ein Einzelkämpfer sein will, der niemanden braucht. Keine Woche mit ihr und ich liege meinen Geschwistern in den Armen und öffne mich auf eine Weise, wie ich es noch nie getan habe. Was macht Jamie bloß mit mir? Und viel schlimmer: Wo soll das noch hinführen? Und wie wird es sein, wenn sie mal nicht mehr da ist, nicht in meiner Nähe ist? Falle ich dann in alte Muster zurück?

Mit einer Mischung aus Ungeduld und Besorgnis verlasse ich den Steg und schlage den Weg zu Jamie ein. Als ich ihr Cottage erreiche, höre ich nichts aus dem Inneren. Kein Wimmern. Sie wird doch wohl nicht eingeschlafen sein?

Obwohl ich den Schlüssel in meiner Hosentasche spüre, entschließe ich mich dazu, ordnungsgemäß zu klopfen und sie nicht wieder so zu verschrecken wie neulich morgens.

Als sich nichts tut, klopfe ich ein zweites Mal und höre dann, wie im Inneren der Hütte jemand einen Stuhl zurückschiebt.

Kurze Zeit später öffnet sich die Tür und Jamie steht vor mir. Sie sieht noch genauso aus wie zu dem Zeitpunkt, als wir uns verabschiedet haben. Lediglich ihre Haare hat sie hochgetürmt und in einen dieser Messy Buns gewickelt. Zugegeben, sie sieht selbst so unfassbar verführerisch aus.

»Ähm, wolltest du dir nicht was anderes anziehen und waren wir nicht zum Spazierengehen verabredet?«

Unsicher grinse ich sie an und kann ihr ganz deutlich ansehen, wie unangenehm ihr die Situation ist.

»Ach herrje. Entschuldige!« Sie schlägt sich mit der flachen Hand vor die Stirn und ich muss unwillkürlich lachen.

»Hast du mich etwa vergessen?«

Ein bisschen zerknirscht blickt sie mich an, zuckt mit den Schultern und ringt sich zu einem verlegenen Lächeln durch. »Um ehrlich zu sein, ja.«

»Autsch!«, antworte ich lachend und hoffe inständig, dass es dafür einen wirklich guten Grund gibt. »Na das ging aber flott. Dachte, ich hätte einen bleibenden Eindruck hinterlassen«, sage ich und hoffe, dass sie auf meinen kleinen Test anspringt. Die Röte, die sich auf ihren Wangen abzeichnet, ist Antwort genug.

»Wie meinst du das denn jetzt?«, fragt Jamie und geht einen Schritt zurück, damit ich hereintreten kann.

»Das darfst du interpretieren, wie du möchtest. Was machst du denn Wichtiges, dass du unser Date vergessen hast?«

»Ach, nennen wir das jetzt schon so?«, sagt sie und als ich sie anblicke, sehe ich, wie ein Lächeln ihre Lippen umspielt.

»Spaziergangsverabredung klingt so steif.«

»Da hast du wohl recht«, stimmt sie mir zu, geht in die Küche und öffnet die Kühlschranktür. »Möchtest du auch ein Glas Wasser?«

»Gern«, antworte ich und stelle uns zwei Gläser hin, die abgewaschen auf der Spüle stehen. »Aber mal im Ernst, Jamie. Was machst du? Ist alles in Ordnung? Hat es irgendwas mit dem Anruf von vorhin zu tun?«

Mir ist nicht entgangen, dass der Anruf irgendetwas mit Jamie bewirkt hat. Auch wenn sie es nicht zugeben mag, der Anrufer hat sie auf seltsame Weise verunsichert. Wer es wohl war? Ich hoffe, dass es nicht dieses Arschloch von Connor war, das wieder versucht, Kontakt aufzubauen.

»Ganz und gar nicht«, grinst Jamie und deutet mit ihrem Finger auf den Küchentisch, auf dem ihr Laptop steht und ein paar Zettel wild durcheinanderliegen. »Der Anrufer war übrigens nur mein Boss.«

»Und er hat dir in deinem Urlaub eine neue Aufgabe zukommen lassen?«, frage ich leicht entrüstet und deute mit einem Kopfnicken ebenfalls auf den vollen Tisch.

»Du meinst, einen neuen Auftrag?«

»Aye.«

Ist da etwa Unsicherheit in ihrer Stimme zu spüren?

Sie räuspert sich. »Nein, Liam. Kein neuer Auftrag für die Agentur. Eigentlich arbeite ich an etwas für euch.«

Ich spüre ein kleines bisschen Unsicherheit in ihrer Stimme und merke, dass sie nicht näher auf ihre Arbeit in London eingehen will. Sie wird ihre Gründe dafür haben und vielleicht gerade nicht darüber reden wollen. Trotzdem entscheide ich mich, aufmerksam zu bleiben und zu beobachten, ob sie das Thema noch mal anschneidet. Für den Moment gewinnt aber meine Neugierde darauf, woran sie für uns arbeitet.

»Schon wieder? Du hast uns doch eben erst all deine Planungen für das Hotel vorgelegt. Du bist hier im Urlaub. Mensch, lass das doch sein, sonst bekomme ich ein schlechtes Gewissen.«

»Alles gut. Um ehrlich zu sein, mache ich das gern. Und ich hatte eben ein paar wirklich gute Ideen, die irgendwie aufs Papier mussten.«

»Ein paar gute Ideen für was?«

»Für ein Imagevideo.«

»Ein Imagevideo?«

»Genau.«

»Kannst du das auch etwas genauer ausführen?«, frage ich neugierig und rücke ihr den Stuhl zurecht, damit sie am Tisch Platz nehmen kann.

»Gern. Wenn es dich interessiert?«

Ein wenig unsicher schaut sie mich an, als ich mich neben sie setze. »Dein Ernst?«

»Na ja, schon. Ich meine, du könntest auch denken, ich habe sie nicht mehr alle.«

»Ja, gut, aber das muss nicht unbedingt etwas mit deinem Planungswahn zu tun haben«, lache ich und spüre in der nächsten Sekunde ihren Ellenbogen, den sie mir aus Spaß leicht in die Seite rammt.

»Ey, sei nett zu mir!«

»Bin ich immer«, antworte ich und schaue ihr in die Augen, während ich meinen Arm auf die Stuhllehne hinter sie lege.

»Mmmh«, ist das Einzige, was ich als Antwort bekomme,

bevor Jamie ihren Laptop öffnet und ein paar Zettel näher zu uns zieht.

KNAPP EINE HALBE Stunde später bin ich nur noch geflasht. Diese Frau ist einfach der Wahnsinn und ein absolutes Powerhouse, was ihren Job angeht. Nicht nur hat Jamie mir innerhalb von wenigen Minuten ein ausgefeiltes Konzept für ein Imagevideo präsentiert und auch schon die Shotlist und alles Weitere fertig, nein, nebenbei hat sie auch noch ein Design für eine Homepage auf Papier gekritzelt und einen Fragenkatalog vorbereitet, den sie mit Niall, Kenzie und mir durchgehen möchte.

»Sag mal, du warst doch nur knapp eine Stunde weg. Kannst du zaubern?«

»Das nicht«, lacht sie und scheint sich ein bisschen verlegen eine ihrer langen blonden Haarsträhnen aus dem Gesicht zu wischen, die sich aus ihrem Bun gelöst hat.

»Aber?« Ich lasse nicht locker.

»Na ja, wenn ich für etwas brenne, bin ich einfach in einem Flow. Und ich glaube, ich brenne für euch.«

Bei ihren Worten weiten sich meine Augen und mir bleibt nichts anderes übrig, als unruhig auf meinem Stuhl hin und her zu rutschen.

»Was?«, fragt sie und wieder einmal muss ich erkennen, dass ich einen wirklich gleichwertigen Gegenspieler gefunden habe.

»Ich brenne für dich«, murmle ich und schaue ein wenig verlegen nach unten.

»Wie war das?«

Neugierig schaut sie mich mit ihren großen Augen an.

»Nichts.«

Sie neigt den Kopf ein wenig zur Seite und verzieht den

Mund. »Liam Quinn, raus mit der Sprache. Es passt nicht zu einem Kerl wie dir, dass er Dinge in seinen wirklich sexy Bart nuschelt.«

»Du findest meinen Bart sexy?«

»Lenk nicht vom Thema ab, Liam.«

Jamie verdreht die Augen und ich muss lachen. Dann hole ich tief Luft, denn entweder mache ich jetzt den nächsten großen Fehler meines Lebens oder ihr geht es ähnlich wie mir. Wie war das? Angriff ist die beste Verteidigung?

Ich atme noch einmal tief durch und blicke ihr dann fest in die Augen. »Ich habe gesagt, dass ich für dich brenne.«

Unsicher ruht mein Blick auf Jamie, die sich binnen Sekunden kerzengerade aufrichtet. Ihre Augen sind weit aufgerissen, ihr Blick ist auf mich gerichtet und wie so oft zieht sie eine Augenbraue in die Höhe.

Ich greife nach ihrer Hand und lasse meinen Daumen über ihre Fingerknöchel streichen. Ein wenig verlegen runzele ich die Stirn. »Entschuldige, ich wollte dir nicht zu nah treten.«

Statt einer Antwort spüre ich auf einmal ihre warme Hand auf meiner Wange. Es fühlt sich an, als würde die Hitze, die mein Körper binnen Sekunden ausstrahlt, meine Wangen tiefrot färben.

Herrje, ich fühle mich mit über dreißig Jahren wie ein Teenager. Was passiert hier gerade mit mir? Unsicher blicke ich zu Jamie und stelle zu meiner Überraschung fest, dass sie scheinbar genauso versucht, die Fassung zu bewahren, denn sie streicht sich mit der freien Hand eine nicht vorhandene Strähne aus dem Gesicht. Unwillkürlich muss ich lächeln.

»Was?«

Meine Antwort ist ein warmes und herzliches Lachen. »Nichts. Nur würde ich dich unfassbar gern wieder küssen. Darf ich?«

Statt zu antworten, steht Jamie auf und zieht mich mit sich hoch. Ihre wunderbaren Augen sind auf mich gerichtet und schauen mich an.

»Kannst du mal damit aufhören?«, sage ich nahezu atemlos.

»Was mache ich denn?«

Herrje, diese Frau ist mein Verderben.

»Du schaust mich immer mit diesem Blick an.«

»Welchem Blick?«

»Dem Blick, der mich alle Kontrolle verlieren lässt.«

Jamie muss sich ein Grinsen verkneifen. »Und das ist etwas Schlimmes?«

Wortlos schüttle ich mit dem Kopf und lege ihr vorsichtig meine Hand ins Kreuz. Ich lasse meine Finger über ihr Rückgrat gleiten, bleibe ein Stückchen oberhalb ihrer Taille liegen und ziehe sie fester in meine Arme. Wenn sie nur wüsste, wie atemlos und schwindelig mich ihre Nähe macht. Wie sehr mein harter Körper ihre Weichheit spüren möchte.

Jamie weicht nicht zurück und lehnt sich an mich. Mir stockt der Atem, als ich ihre Hand spüre, die sich ebenfalls auf meinen Rücken legt und mich vorsichtig streichelt.

Ich schaue sie an und kapituliere, als sich ein Lächeln über ihre Lippen legt und sie uns vorsichtig noch näher zueinander bringt.

Als sich ihr Mund auf meinen legt, raubt mir diese Berührung die Sinne und setzt mich nahezu außer Gefecht. Sie erobert meine Welt mit einem Kuss, der mich entmachtet. Ihre Lippen schmecken nach Sehnsucht, nach Verlangen und dem Wunsch, zu verschmelzen. Sie begegnet meinem Mund mit einem Kuss, nach dem ich mich verzehrt habe.

Mit jeder voranschreitenden Sekunde wird unser Kuss tiefer. Verlangender. Unsere Zungen spielen miteinander, winden sich umeinander, ziehen sich spielerisch zurück. Ich verstärke den

Griff um ihre Taille und ziehe sie noch näher an meinen Körper, kaum in der Lage, etwas anderes zu tun.

Ihr Kuss ist berauschend und als sie ihre Hände in meinem Haar vergräbt, bebt ihr Atem. Ich spüre, wie wir beide mehr brauchen, doch es ist Jamie, die sich von mir löst, als hätten meine Lippen sie plötzlich verbrannt. Mit zitternder Hand fährt sie sich durch ihre wunderschönen Haare, die inzwischen wieder in leichten Wellen über ihre Schultern fallen.

»Bist du okay?«, frage ich vorsichtig, selbst atemlos und im Rausch.

Sie nickt.

»Und bist du dir sicher, dass du das hier zulassen willst? Ich meine, wir müssen nicht. Das hier zwischen dir und mir ist intensiv, aber ich will dich zu nichts zwingen.«

Ich deute zwischen ihr und mir hin und her, hoffe inständig, dass es ihr genauso geht wie mir und sie sich nach mir verzehrt.

Ich lasse meinen Blick über sie wandern, nehme ihr wunderschönes Gesicht in mir auf, die Zartheit ihrer Lippen, die gleichmäßig geschwungenen Brauen, ihre wunderschönen warmen Augen, die mich gerade nahezu verloren anblicken.

Sie seufzt und ich merke ihr an, dass sie genauso wie ich überfordert mit der Situation ist. Sie wirkt so unfassbar verführerisch. Selbstbewusst und gleichzeitig so verloren. Ich wünschte, ich könnte ihr ihren Schmerz nehmen. Könnte ihr das Gefühl geben, vollkommen zu sein.

Sie senkt ihre Augen und legt eine Hand auf meine Brust. Meine Hand legt sich auf ihre. Ich versuche, ihr einen Teil meiner Kraft abzugeben, doch es ist ihre weibliche Energie, die mir direkt in den Unterleib fährt und mich nahezu in die Knie zwingt.

Sie zieht sich ein Stückchen zu mir hoch und als ihre Lippen über meine gleiten, bin ich es dieses Mal, der meine Finger in ihrem Haar vergräbt. Sie erwidert meinen Kuss mit einer Leidenschaft, wie ich sie nicht erwartet habe.

»Halte mich«, haucht sie und ich verstärke den Druck meiner Hände, die sich inzwischen auf ihre Taille gelegt haben. Ich ziehe sie nah an mich heran. Sie presst sich an mich und ich weiß, dass ich meine Erektion nicht mehr verheimlichen kann. Ich nehme ihr Gesicht in meine Hände und fahre ihr mit meinem Daumen über die Unterlippe. Zu meiner Überraschung öffnet sie ihre Lippen und sie zieht meinen Daumen in ihren Mund.

Mein Atem bebt und ich kann nichts anderes sagen als: »Biest.«

Sie legt ihre Arme um meinen Hals und als sich unsere Lippen wieder treffen, entfährt ihr ein leises Stöhnen. Wieder und wieder berühren sich unsere Zungen, spielen miteinander, verschmelzen. Wollen einfach nicht aufhören.

»Bitte lass uns hochgehen«, stöhnt Jamie in meinen Mund und ich habe keine andere Chance, als das Blut wahrzunehmen, das heiß durch meine Adern fließt und mir den Verstand raubt.

Dieses Mal wartet sie keine Antwort ab, sondern zieht mich mit sich zur Treppe. Unsere Küsse ebben nicht ab, werden nahezu von Treppenstufe zu Treppenstufe intensiver.

Wie sehr ich mich nach dieser Frau verzehre, ich ihren Körper unter mir spüren möchte. Ich will sie mit Haut und Haaren, und der Hunger, den ich nach ihr verspüre, haut mich um.

Oben in ihrem Schlafzimmer angekommen, unterbreche ich unsere Küsse und fahre mir atemlos durch die Haare. »Jamie«, stöhne ich, »du machst mich wahnsinnig. Wenn wir jetzt einmal anfangen, kann ich nicht mehr stoppen. Ich will dich. Ich brauche dich.«

Jamie schaut mich an und beißt sich auf ihre Unterlippe. Ihr

Augen lassen mich nicht los und dann zieht sie sich mit einem Ruck ihr Oberteil aus und steht in einem schwarzen Spitzen-BH vor mir.

Ich schlucke und weiß, dass sich meine Augen verdunkeln. Mit zwei Schritten bin ich wieder nah bei ihr und lasse meine Hände über ihren Körper wandern. Meine rechte Hand fährt über ihren Bauch, hoch zu ihren Brüsten, und als mein Daumen die Unterseite ihrer Brüste berührt, zuckt sie kaum merklich zusammen. Ich lasse meine Finger über ihre Brustwarzen streifen und umfange ihre Brust durch ihren BH hindurch. Ihre Antwort folgt schnell und unkontrolliert. Sie bäumt sich mir entgegen und in ihren Augen kann ich die Lust sehen, die sie nicht mehr kontrollieren kann. Ich liebe es, dass sie sich einfach auf diesen Moment hier einlässt. Dass sie mir vertraut und sich mir hingibt.

Wieder treffen sich unsere Lippen und ich ziehe ihre Unterlippe zwischen meine Zähne, lege ihr meine Hand in den Nacken und gebe ihr kaum eine Chance, von mir abzulassen. Sie drängt sich noch enger an mich und schiebt ihre Hände unter mein Shirt. Nur kurz unterbrechen wir unseren Kuss, damit ich mein Oberteil abstreifen kann, bevor unsere Lippen wieder aufeinandertreffen.

Dieser Kuss sagt mehr als tausend Worte.

Ich schiebe mein Knie zwischen ihre Beine, halte sie und spüre den Rausch, der uns umgibt. Spüre den Schwung ihres sinnlichen Mundes, die Wärme, die von ihr ausgeht, und ihre Lust.

»Was machst du bloß mit mir?«, keuche ich zwischen zwei Küssen und umfange ihren Po mit meinen Händen.

Ihre Lippen verziehen sich zu einem Grinsen. »Wenn ich das richtig deute, also so von dem, was ich hier spüre, würde ich behaupten, ich errege dich tierisch.«

»Ich weiß gar nicht, was du meinst«, antworte ich und weiß ganz genau, dass die Wölbung in meiner Hose nicht zu übersehen ist und sie sie ganz deutlich an ihrem Körper spürt.

Wieder ist es Jamie, die sich von mir löst, die Knöpfe ihrer Hose öffnet und sie langsam abstreift.

Gott, diese Frau macht mich wahnsinnig.

Ich nehme meine Hände fort, trete einen Schritt zur Seite und lasse mich aufs Bett fallen.

Nur in schwarzer Spitzenwäsche steht Jamie vor mir und ich nehme ihren Duft wahr, der meine Sinne benebelt. Nahezu überfordert fahre ich mir mit den Fingern durchs Haar.

»Sag bloß, du weißt nicht, was du tun sollst«, grinst sie und tritt nah ans Bett, sodass sie zwischen meinen Beinen zum Stehen kommt.

Ich lasse meine Hände über ihre nackten Beine gleiten, hoch zu ihrem Höschen und streife mit meinen Fingern vorsichtig über den dünnen Stoff. Ich spüre ihre Feuchtigkeit und ihr Atem verrät mir, dass sie selbst um Kontrolle ringt.

Ich lasse meine Finger wieder über ihren BH streichen und befreie ihre Brüste aus dem zarten Stoff. Als mein Mund ihre Brustwarze in Besitz nimmt und ich zu ihr hochblicke, sehe ich das heiße Verlangen in ihren Augen.

Ich will diese Frau, will sie mit Haut und Haaren. Jeden Zentimeter ihres Körpers. Will sie so sehr, dass es wehtut.

Vorsichtig streife ich ihr Höschen runter und als sie sich meiner Hand entgegendrückt und sich an mir reibt, vergesse ich, zu atmen.

»Berühre mich«, haucht Jamie und ihre Augen funkeln mich an. Ihre Hände legen sich auf meine Schultern, ihr Kopf fällt nach hinten und sie zieht scharf die Luft ein.

Ich umfasse ihre Taille mit einer Hand und berühre mit den Fingern meiner freien Hand ihre feuchte Mitte, lasse sie über ihre Schamlippen gleiten. Spüre ihre Erregung und bin berauscht von ihrer lustvollen Weiblichkeit. Ihr Stöhnen ist mein Antrieb, meine Motivation.

Während meine Lippen über ihren Bauch streifen, öffne ich den Gürtel meiner Hose und streife sie mir ebenfalls ab. Jamies Augen sind auf mich gerichtet.

»Ich brauche dich jetzt«, knurre ich und strecke meine Arme nach ihr aus.

Diese Einladung lässt sie sich nicht zweimal sagen und sie lässt sich zu mir aufs Bett fallen. Ich drehe mich mit ihr um, sodass ich über ihr liege. Ihre nackte Haut auf meiner ist berauschend. Wieder lasse ich meine Finger über ihre Brustwarzen streifen, lecke sie und schlinge ihre schlanken Beine um meine Hüften.

Für einen Moment halte ich inne, betrachte sie und sehe das heiße Verlangen in ihren Augen.

»Du bist wirklich unfassbar schön, Jamie. Alles an dir.«

»Du auch.« Ihre Wangen sind gerötet und ihr Blick verklärt.

»Ich bin doch nicht schön.« Überrascht reiße ich meine Augen auf.

»Würdest du ein *verdammt sexy* eher akzeptieren?«, lacht Jamie und drückt meinen Körper mit ihren Beinen näher an sich.

»Verdammt, ja«, ist das Einzige, das ich antworten kann.

»Ich möchte mit dir schlafen, Liam.«

»Ich auch mit dir«, stöhne ich zwischen ihren Küssen, greife nach meiner Brieftasche, die in meiner Jeans steckt, und ziehe ein Päckchen Kondome hervor.

Schnell ziehe ich mir das Gummi über und lege mich wieder zwischen ihre Schenkel. Vorsichtig lasse ich mein Glied über ihre feuchte Mitte gleiten und als sie sich mir entgegenbäumt, dringe ich langsam in sie ein. Ich weiß, dass ich sie dehne, doch schnell passt sich ihr Körper an mich an und mit jedem Stoß dringe ich tiefer in sie ein. Ich lasse meine Hände über ihren Körper gleiten und als meine Finger ihr Zentrum der Lust finden, spüre ich, wie sie unter mir keucht und ihr zarter Körper unter mir zittert. Ich nehme ihren Atem wahr, der alles andere als regelmäßig ist und mir verrät, wie sehr meine Berührungen sie erregen. Wenn sie nur wüsste, wie sehr ich sie begehre. Wie sehr ich ihr absolute Lust und Erlösung bescheren will.

Vorsichtig ziehe ich mich ein Stück zurück, nur um im nächsten Moment noch tiefer vorzustoßen. Sie keucht und mir bleibt nichts anders übrig, als mich der Lust hinzugeben, die mich durch den sinnlichen Zusammenstoß unserer erregten Körper übermannt. Jamies Hände krallen sich in mich und ich steigere noch einmal mein Tempo, hoffe, dass meine Stöße sie genauso berauschen wie mich ihre Nähe. Ihr Körper fühlt sich gut an, ihre Lust treibt mich an, erfasst mich. Ich sehe kleine Schweißperlen auf ihrer Haut, genieße den Augenblick und die Erkenntnis, dass sie sich fallen lässt und sich mir hingibt.

»Gott, Liam, ich halte es nicht mehr aus«, stöhnt Jamie unter mir und reibt sich an mir.

»Dann lass dich fallen und komm für mich«, sage ich atemlos und spüre mein Glied pulsieren, weiß, dass ich selbst nicht mehr lange durchhalten kann.

Erneut steigere ich mein Tempo und die Intensität meiner Stöße. Jamie krallt sich in die Kissen, bäumt sich meinem Körper entgegen und dann trifft mich ihr Orgasmus wie ein Schlag. Ich kralle meine Hände in ihre Taille, stoße noch einmal zu und dann übermannt mich mein eigener Orgasmus in einer Stärke, die mich nur noch kehlig stöhnen lässt und auf ihr erschüttert. Ich keuche ihren Namen und komme. Ergieße mich in ihr und breche dann erschöpft und von meiner Lust überwältigt auf ihr zusammen.

Unsere Körper liegen aneinander, ich spüre ihren Herzschlag auf meiner Haut und ihren eigenen Kampf, ihren bebenden Atem unter Kontrolle zu bekommen. Dann ziehe ich mich aus ihr zurück, streife das Kondom ab und suche wieder die Nähe ihres warmen Körpers, der mich sofort wieder empfängt.

Diese Frau ist der Wahnsinn. Sie wird mein Verderben sein.

21

JAMIE

Sein Körper an mir ist warm und sein Atem geht ruhig. Nachdem wir uns gestern immer wieder geliebt haben, sind wir mitten in der Nacht müde in einen tiefen Schlaf gefallen. Das Gefühl von Zeit ist uns komplett abhanden-gekommen.

Hätte uns die Müdigkeit nicht übermannt, wer weiß, wie oft wir noch die Nähe des anderen gebraucht hätten. Wie häufig unsere Körper sich noch nacheinander verzehrt hätten. Nach-einander vor Lust geschrien hätten.

Ich spüre jede Faser meines Körpers. Spüre die Muskeln, die schmerzen. Nehme ganz deutlich die Stelle zwischen meinen Beinen wahr, die durch die unfassbare Erregung und Stimulation der letzten Nacht die ruhigen Momente genießt und doch danach schreit, wieder erfüllt zu werden.

Wie sehr ich diesen Mann neben mir begehre. Wie sehr mich seine Nähe wahnsinnig macht, seine Berührungen reizen und in andere Sphären katapultieren.

Dieser stolze Mann neben mir, der wie ich gebrochen ist.

Dessen Herz heilen muss. Ich wünschte, ich könnte ihm einen Teil seiner Last abnehmen. Ich wünschte, ich könnte ihm seinen Schmerz nehmen. Und doch weiß ich wohl besser als jeder andere, dass dieser Weg sein eigener sein wird.

Ich spüre, wie sich sein Brustkorb an meinem Rücken regelmäßig hebt und senkt. Spüre seinen warmen Atem und nehme sanft seinen gleichmäßigen Herzschlag wahr, der auf mich ausstrahlt.

Ich muss an die Stunden um Stunden denken, die ich mit Bekka über all das gesprochen habe, was in den letzten Jahren passiert ist. Die Gespräche mit meiner Therapeutin, die Dr. Evans mir nach meiner ersten Fehlgeburt ans Herz gelegt hat.

Ich weiß, dass Kenzie und Niall für ihn da sein werden. Und wenn er mich lässt, werde ich es auch sein. Aber ich weiß auch, dass etwas tief in ihm drin ist, in ihm schlummert, das ein Außenstehender anders packen kann. Ihm andere Hilfen geben kann als nur wir, die ihn lieben.

Lieben ... Unwillkürlich halte ich den Atem an. Nie im Leben hätte ich gedacht, dass ich dieses Wort nach so kurzer Zeit bereits wieder in meinen Gedanken haben kann. Ist die Sache mit Connor doch erst gerade vorbei und liegt noch nicht weit zurück. Ich weiß nicht, was es ist, das Liam mit mir und meinem Herzen macht, aber seit Ewigkeiten fühle ich mich wieder leichter. Mich ihm zu öffnen, hat beinahe all meine Kraft gekostet, doch es war, als hätte ich nicht stoppen können. Die Worte wollten aus mir heraus. Ich wollte die Last, die die Erinnerung mit sich bringt, nicht mehr allein tragen.

Liam regt sich hinter mir und Sekunden später spüre ich, wie er meinen Nacken und meine Schultern mit zärtlichen Küssen bedeckt, mir sanft ins Ohrläppchen beißt. Es kitzelt und ich quietsche.

»Guten Morgen, Jamie. Hast du gut geschlafen?«

»Mmmh«, schnurre ich und greife nach seiner Hand, die sich wie selbstverständlich über meine Seite schiebt.

»Mehr hast du nicht zu sagen?«, lacht Liam an meinem Ohr.

»Ich habe wunderbar geschlafen.«

»Das hört sich schon besser an. Geht es dir gut?«

Ich lächle, weil es mir guttut, dass er sich so nach mir erkundigt. Dann drehe ich mich zu ihm um und kuschle mich ein wenig näher an ihn. »Sehr gut. Allerdings ...« Ich stocke und lege meinen Kopf an seine Brust.

»Allerdings was?«, fragt er.

»Ich glaube, ich bin wund«, lache ich und zwinkere ihm zu.

Mit dem Verlangen, das heiß in seinen Augen brennt, habe ich nicht gerechnet und augenblicklich verschlägt es mir die Sprache.

»Ich sollte dich fragen, ob du Schmerzen hast«, keucht er nahezu atemlos, »aber Jamie ...«, seine Finger fahren langsam über meinen Bauch hinab und legen sich sanft zwischen meine Beine, »ich muss dich berühren.«

Seine Berührung fährt mir durch Mark und Bein und binnen Sekunden glüht mein Körper erneut auf. Unsere Blicke treffen sich und keiner von uns beiden scheint das Feuer verstecken zu können, das in uns lodert.

»Du weißt schon, dass ich dir für diese Frechheit eigentlich die Hand wegschlagen müsste?«, murmle ich und versuche, das Gefühl zu ignorieren, das sich durch Liams Berührung zwischen meinen Beinen ausbreitet.

»Möchtest du das denn?«

Die Regung seines Fingers ist nur minimal und doch zwingt sie mich dazu, tief ein- und auszuatmen, und nur mit Mühe gelingt es mir, ein Stöhnen zu unterdrücken.

»Ich kann jederzeit aufhören.«

»Untersteh dich«, will ich protestieren, doch zu mehr als

einem Stöhnen bin ich nicht in der Lage. Dieses Verlangen nach ihm ist einfach nicht zu stillen.

Liams Antwort ist ein spitzbübiges Grinsen, als er mich auf den Rücken dreht und sich zwischen meinen Beinen positioniert. Voller Lust sind meine Augen auf ihn gerichtet. Sein Blick ruht auf mir und als sich sein Finger in mich schiebt, kann ich nicht anders, als ihm meine Hüften entgegenzudrängen.

Sein Mund senkt sich auf mich, bedeckt meinen Bauch mit kleinen Küssen und langsam wandert seine Zunge zu meiner feuchten Mitte. Frustriert stöhne ich auf und will protestieren, als er das offensichtliche Ziel auslässt, aber zu mehr als einem erneuten Stöhnen bin ich nicht in der Lage.

Liam küsst die Innenseite meiner Schenkel, streicht über meine Beine, über meine Knie, herunter zu meinen Knöcheln.

»Du zitterst ja«, grinst er, als seine Zunge die Innenseite meines Schenkels wieder hinauffährt und er kurz vor meiner Mitte innehält.

»Halt die Klappe«, keuche ich und versuche, ihn mit meinen Beinen näher an mich zu ziehen und endlich den Hunger zu stillen, der sich schier unstillbar in mir ausgebreitet hat.

Sein kehliges Lachen verklingt, als er seine Hand erneut auf meinen Venushügel legt und sein Daumen über meine Scham streift. Als er sich über mich beugt und ich die erste, zaghafte Liebkosung seines Mundes spüre, zergehe ich in atemberaubender Sehnsucht.

Ich öffne mich ihm, öffne ihm nicht nur mein Intimstes, sondern weiß in diesem Moment, dass ich ihm mein Herz öffne.

Eine heftige Leidenschaft ergreift mich und das Einzige, zu dem ich in der Lage bin, ist der Griff in seine Haare, die Suche nach Halt.

Eine Hitzewelle ergreift mich, seine Lippen und seine Zunge spielen mit mir. Saugen, lecken, beißen. Seine Liebkosungen treiben mich an den Rand des Wahnsinns und als er beginnt, an meiner Knospe zu saugen und ihr keine Ruhe mehr zu gönnen, zergehe ich. Nein, ich zerspringe, dränge mich ihm und seinen Lippen entgegen und schieße über die Klippe. Mein Körper windet sich unter ihm, schreit nach dieser Erlösung, und wenn ich könnte, würde ich Liam in diesem Moment mit mir durch die Wellen der Lust ziehen.

Langsam verebbt das Beben meines Körpers und Liam taucht wieder zwischen meinen Beinen auf. Er rutscht ein Stück zu mir hoch, legt seinen Kopf auf meinen Bauch.

»Ich wünschte, ich könnte dir deinen Schmerz nehmen.«

Für einen Moment bin ich irritiert. »Ähm, hast du das Gefühl, das hier hat mir gerade wehgetan? Sah das so aus?«

Er lacht und ich spüre die leichte Vibration an meiner Haut. »Das meine ich nicht.«

»Was meinst du dann?«

Sanft streiche ich ihm durch die Haare, mir völlig bewusst, dass wir immer noch nackt ineinander verschlungen sind.

Sein Daumen streift sanft über meine Haut und als er sich aufrichtet und mich anschaut, sind seine Augen voller Wärme und unsagbarer Tiefe. »Ich wünschte, ich könnte dir das Gefühl nehmen, dich unvollständig zu fühlen. Dir das Gefühl geben, dass du zu jemandem gehörst und wichtig bist.«

Ich schlucke, denn Liam scheint meine Worte nicht vergessen zu haben.

»Darf ich dich etwas fragen?«, sagt er vorsichtig und stützt sich auf seinen Ellenbogen.

»Ja.« Erwartungsvoll blicke ich ihn an.

»Ich möchte dir damit aber wirklich nicht zu nahe treten.«

»Frag, Liam.«

Seine Vorsicht berührt mich und lässt mein Herz ein bisschen flattern.

Für einen Moment hält er inne, scheint die richtigen Worte zu suchen und mit sich zu kämpfen, ob er das Richtige tut.

»Ich zerbreche nicht, Liam. Frag.«

»Ist es dir komplett nicht möglich, Kinder zu bekommen?«

Ich schlucke, denn obwohl ich wusste, dass diese oder eine ähnliche Frage kommen würde, trifft mich ihre Intensität. Unweigerlich muss ich hinnehmen, dass sich Tränen in meinen Augen bilden.

Liams Augen weiten sich und er legt seine Hand auf meinen Bauch. Ich atme tief durch und antworte ihm mit ruhiger Stimme.

»Es ist richtig, dass es schwieriger für mich ist, schwanger zu werden. Aber eigentlich nicht unmöglich. Schließlich hat mein Körper es schon einmal geschafft. Aber irgendwie spielt er nicht mehr mit. Ich könnte dir jetzt biologisch alles erklären, von Eizellen, Problemen beim Eisprung und Ähnlichem, aber ich glaube, das tut nichts zur Sache. Fakt ist, dass es nicht geklappt hat und mich das sehr traurig macht. Ich glaube, ich wäre eine gute Mutter geworden.«

Liams Finger streichen sanft über meine Haut. »Ich möchte nicht, dass du denkst, dass du deswegen weniger als Frau wert bist. Du bist atemberaubend, sagenhaft. Du hast so unfassbar viel zu bieten und zu geben. Jeder sieht das.«

Unwillkürlich muss ich schlucken, denn seine Worte berühren mich. »Es ist einfach so, dass man das Gefühl hat, als würde dir etwas genommen, was du eigentlich nie besessen hast. Was eigentlich da sein sollte, weil es ja bei allen anderen so ist. Man geht einfach davon aus, dass es irgendwann schon klappen wird. Weil ja alle Kinder kriegen können.«

Ich schlucke erneut und spüre, wie sich in meinem Innersten wieder etwas ein bisschen fester um mein Herz zusammenzieht.

»Ich kenne den Schmerz und die Trauer und weiß, dass ich diese Leere in meinem Leben nicht selbst füllen kann. Es wird irgendwann einfacher werden, oder es wird mir zumindest gelingen, diese Lücke irgendwie zu füllen.«

Liam schaut mich an, sagt aber kein Wort.

»Ich weiß, dass ein eigenes Kind nicht ersetzbar durch etwas anderes ist. Aber ich arbeite sehr stark an mir, mein Schicksal anzunehmen und zu akzeptieren.«

»Hast du dir Hilfe geholt?«

Liam rutscht das letzte Stück zu mir hoch, legt sich auf den Rücken und signalisiert mir, dass ich mich an ihn kuscheln soll.

»Das habe ich. Ich habe eine wunderbare Therapeutin gefunden, die mir vor allem am Anfang sehr geholfen hat. Es hilft, darüber zu sprechen.«

»Und trotzdem holt es einen ab und zu ein, oder?«, fragt er und streichelt mir mit seiner Hand über den Arm.

»Ja«, sage ich leise. »Und es macht es auch nicht einfacher, wenn dein Partner sich als riesengroßes Arschloch entpuppt.«

Liam zieht scharf die Luft ein. »Aye.«

»Ein Gutes hat die Sache aber trotzdem.«

»Welche Sache genau meinst du jetzt?«, fragt er mich.

»Nun, meine Eizellen sind viel zu schade dafür gewesen, sich mit so beknackten Spermien wie denen von Connor zu paaren. Wer will denn diese Erbmasse von ihm verbreiten?«

»Jamie!«, ruft Liam aus und schaut mich entgeistert an.

»Na ist doch wahr. Ich bin froh, dass er nie Vater meiner Kinder wird. Und jetzt sag nicht, dass ich das denken, aber nicht aussprechen darf. Bekka meckert auch immer mit mir. Ich darf das! Wer, wenn nicht ich?«

»Da hast du recht«, murmelt Liam neben mir.

Ich drücke mich ein bisschen hoch und schaue ihn an. »Ist alles okay?«

»Aye.«

»Lüg nicht. Ich kann es dir an der Nasenspitze ansehen, dass da was ist.«

»Kannst du gar nicht!«

»Kann ich wohl«, grinse ich und küsse ihn auf ebendiese. »Los, raus mit der Sprache. Was ist?«

»Ich habe mir Gedanken darüber gemacht, mir auch Hilfe zu holen.«

Ich schlucke, denn ich weiß, was es für Liam bedeutet, diese Worte auszusprechen. Auch wenn er es seinen Geschwistern gegenüber schon einmal getan hat, scheint es wirklich ein Gedanke zu sein, der sich bei ihm manifestiert.

»Hast du dir Gedanken darüber gemacht, was dir dabei helfen könnte? Vielleicht sogar wer?«, frage ich ihn vorsichtig.

»Ja.«

Ich antworte nicht und lasse ihm die Zeit, die er scheinbar braucht, um Dinge zu formulieren.

»Einer meiner besten Freunde aus Schulzeiten arbeitet als Psychotherapeut in Inverness. Ich weiß, dass seine Tür jederzeit für mich offen steht.«

»Das klingt doch schon mal gut. Viele gehen diesen ersten Schritt nicht, weil sie nicht wissen, an wen sie sich wenden sollen.«

»Würdest du mich nach Inverness begleiten? Irgendwie habe ich Angst, vorher wieder irgendwo abzubiegen und den Termin sausen zu lassen.«

Liams Frage kommt plötzlich und ich habe nicht damit gerechnet. Im nächsten Moment spüre ich aber die Wärme, die sich in meiner Brust ausbreitet, weil er mich Teil seines Weges werden lassen möchte.

Ich lege meine Hand auf seinen Brustkorb. »Gern.«

»Ich verspreche dir auch, dass wir uns einen schönen Tag in Inverness machen. Also wenn du möchtest.«

»Fragst du mich etwa schon wieder nach einem Date?«, grinse ich.

»Funktioniert es?«

»Aye«, antworte ich und werde im nächsten Moment von Liam rumgewirbelt, der mich packt und auf sich zieht.

»Weißt du eigentlich, wie unfassbar sexy das klingt, wenn du Schottisch sprichst?«

»*Aye* ist ja wohl nicht sonderlich schottisch.«

»Egal. Sexy ist es trotzdem, mo ghràidh!«

»Was heißt das?«, frage ich ihn und schaue ihn an.

»Das verrate ich dir beim Frühstück«, lacht er und küsst mich auf die Stirn.

»Ich habe tierischen Hunger.«

22

LIAM

»Versau es nicht«, sagt Kenzie, als sie sich neben mich auf den freien Stuhl fallen lässt. Sie reicht mir eine Tasse Kaffee und einen ihrer selbst gebackenen Schokoladenkekse.

Mein Blick ruht auf Jamie, die neben Niall und Jeff steht und in ein Gespräch mit den beiden vertieft ist. Ihre Augen strahlen und ihre Wangen sind leicht gerötet. Was sie hier heute auf die Beine stellt, ist wirklich bemerkenswert.

Jamies guter Bekannter Jeff ist vor zwei Tagen mit einem Kollegen aus London angereist und die drei haben kaum etwas anderes gemacht, als alles für das neue Imagevideo für das *The Finnegan* vorzubereiten. Stundenlang wurde an der Shotlist überlegt, die Disposition geschrieben und gemeinsam haben wir überlegt, was wir in unseren Interviewsequenzen sagen können. Seit heute Morgen um sieben Uhr herrscht Ausnahmezustand im Hotel. Überall stehen Strahler und Lichtformer herum und was ich bisher auf dem Bildschirm der Kamera sehen konnte, sieht schon sehr vielversprechend aus. Gott sei

Dank sind alle Gäste entspannt und eher fasziniert von dem Geschehen vor Ort als angenervt.

Kenzie und ich haben gerade Pause. Vor wenigen Minuten ist Niall mit dem kleinen Team zurückgekommen, der bei einigen Sportaktivitäten gefilmt wurde, die wir den Hotelgästen anbieten wollen. Nie im Leben hätte ich gedacht, dass so viel Leidenschaft und Kreativität in ihm steckt. Ich nehme mir vor, ihn heute Abend zur Seite zu nehmen und mich für meine Ignoranz zu entschuldigen. Ich sollte ihm wirklich endlich mehr zutrauen und über meinen Schatten springen.

Statt sofort auf Kenzies Anspielung zu reagieren, nippe ich an meinem Kaffee und versuche, eine passende Antwort für sie zu finden. »Sie ist der Wahnsinn, ich weiß. Ich weiß tatsächlich gar nicht, wie ich es verdient habe, dass sie in mein Leben geplumpst ist.«

»Siehst du, so schlecht ist Edinburgh dann doch nicht. Vielleicht ist es an der Zeit, dass du der Stadt eine neue Chance gibst.«

Verblüfft schaue ich Kenzie an. »Hat sie dir was erzählt?«

Meine Schwester grinst. »Was soll sie mir denn erzählt haben?«

Verlegen räuspere ich mich und starre in meine Kaffeetasse, die ich in meiner Hand drehe. »Na ich meine … Woher weißt du, dass Jamie und ich uns aus Edinburgh kennen?«

Kenzie knufft mich in die Seite und gießt meine Tasse mit frischem Kaffee voll. »Bruderherz, erstens bin ich deine Schwester und kann wunderbar beobachten, und zweitens …«

Sie hält für einen kurzen Moment inne, was mich wahnsinnig macht. »Zweitens?«, frage ich daher ungeduldig.

»Zweitens können Telefongespräche mit Bekka mehr als aufschlussreich sein.«

Natürlich. Bekka und Kenzie haben telefoniert und sich

über uns ausgetauscht. Und natürlich haben sie eins und eins zusammengezählt. Wobei die Chance, dass Bekka bereits sämtliche Details über unsere Begegnung in Edinburgh wusste, recht offensichtlich ist. Bestimmt hat Jamie sofort nach ihrer Ankunft mit ihr telefoniert. Vielleicht sollte ich die nächste Gelegenheit nutzen und sie danach fragen. Vielleicht will ich aber auch gar nicht wissen, was sie meiner Cousine alles von mir erzählt hat.

»Habt ihr darüber gesprochen, wie es weitergehen soll?«

Kenzie, die entspannt auf dem Stuhl neben mir sitzt, schaut mich fragend an. War ja klar, dass meine Schwester genau die richtigen Fragen stellt.

Ich fahre mir mit einer Hand durch die Haare. Eine Geste, die ich mir irgendwie angewöhnt habe, wenn ich verlegen bin. »Nicht wirklich.«

»Nicht wirklich bedeutet?«, hakt sie nach.

»Nein.«

»Jamie hat mir davon erzählt, was ihr mit ihrem Ex passiert ist und dass sie London wirklich gern verlassen hat, um mal rauszukommen.«

Bei Kenzies Worten keimt wieder diese Hoffnung in mir auf, die ich bereits in den letzten Tagen ein paar Mal verspürt habe, der ich es aber nicht richtig gestatte, an die Oberfläche zu gelangen. Ich weiß, dass Jamie hier nur zum Urlaub ist. Weiß, dass sie in nicht allzu ferner Zukunft zurück nach London muss, um dort wieder in der Agentur zu arbeiten. Wenn ich ganz ehrlich mit mir bin, gefällt mir der Gedanke überhaupt nicht.

Die letzten Tage, die wir zusammen verbracht haben, könnten für mich gern zum Alltag werden. Verrückt, dass ich so etwas mal denken könnte. Morgens neben ihr aufzuwachen, mit ihr zu frühstücken, die Gegend zu erkunden oder einfach nur zusammenzusitzen und kreativ für das Hotel zu arbeiten – das dürfte wahrlich zur Gewohnheit werden. Natürlich bieten die

Highlands nicht sonderlich viele berufliche Möglichkeiten für sie, aber wir könnten sie für unser Hotel super gebrauchen und ich habe das Gefühl, als könnte ihr Input wirklich das erreichen, was wir so dringend brauchen. Dass das *The Finnegan* wieder gebucht wird und die Gäste nicht mehr ausbleiben.

Ich weiß auch, wie unfassbar egoistisch mein Wunsch ist.

»Vielleicht solltet ihr es mal thematisieren?«, fragt Kenzie mich und nimmt mir die Kaffeetasse ab. »London ist keine stundenlange Flugreise entfernt, aber eine Fernbeziehung ist schon Arbeit und muss man wollen.«

Beziehung. Wie lange habe ich das Wort nicht mehr benutzt. Auch vor dem Tod meiner Eltern und meiner Chaosphase bin ich nie der Typ gewesen, der ernsthafte lange Bindungen eingegangen ist. Viel lieber bin ich mit meinen Freunden abends durch die Bars und Clubs von Edinburgh gezogen, habe mich auf die Arbeit konzentriert und viel Energie in meine Karriere gesteckt.

»Ich habe kein Recht dazu, sie zu bitten, hierzubleiben.«

»Liam, das hat nicht unbedingt etwas damit zu tun, ob du ein Recht dazu hast oder nicht. Wichtig ist doch vielmehr, dass ihr, wenn ihr Gefühle füreinander habt, überlegt, ob und wie es für euch weitergeht. Du machst nicht den Anschein, als wärest du mit einer Urlaubsromanze zufrieden.«

»Wohl weniger.«

»Ich muss schon sagen, dass ich ein kleines bisschen stolz auf dich bin, Bruderherz«, lacht Kenzie und hält mir einen weiteren Schokoladenkeks hin.

»Warum? Weil ich ein so unfassbar guter Esser bin?«

»Das auch, aber ich meine eigentlich, dass ich es toll finde, dass du wieder Menschen an dich ranlässt.«

»Ich hatte in letzter Zeit nicht unbedingt mit Unmengen von Menschen zu tun.«

»Das stimmt, aber du lässt die Menschen wieder an dich heran, die dich am besten kennen und auch hinter deine Fassade schauen können. Und das ist etwas ganz anderes, als sich mit flüchtigen Bekanntschaften zu umgeben, denen es wahrscheinlich total egal ist, was mit dir ist.«

Ich nicke.

»So, und um jetzt das Thema zu wechseln«, lacht sie und deutet mit einem Nicken in die Richtung der anderen. »Weiß Jamie, was du gleich in deinem Teil sagen wirst? Ihr habt doch auch vorher über deine Sequenz gesprochen, oder?«

»Aye«, grinse ich.

»Verrätst du es mir?«

»Da musst du nachher schon zuschauen«, erwidere ich.

Jamie hat mit jedem Einzelnen von uns genau durchgesprochen, wie wir Teil des Imagefilms werden sollen, und sowohl Kenzie als auch Niall waren sofort Feuer und Flamme und haben alle Details mit ihr geklärt. Mein Part wird es sein, über die Geschichte des Hotels zu berichten und ein paar persönliche Worte zu formulieren. Während meine Geschwister mit Jamie alles vorher abgesprochen haben, habe ich mich dagegen entschieden. Auch wenn sie es zigmal versucht hat, mir Antworten zu entlocken, habe ich sie darum gebeten, mir noch mal ausführlich darüber Gedanken machen zu dürfen. Wenn ich ehrlich bin, bin ich schon nervös, was meine Aufnahmen gleich angeht. Ich bin doch mehr der Mensch für den Hintergrund und nicht so eine kleine Rampensau wie mein Bruder, der am liebsten gar nicht mehr aus dem Bild vor der Kamera verschwinden würde.

Ich schaue zu Jamie hinüber und stelle fest, dass sie mich beobachtet. Gott sei Dank bin ich kein Mensch, der schnell rot wird. Dass mein Herz in ihrer Nähe aber immer ein kleines bisschen schneller hüpft, kann ich definitiv nicht von mir weisen.

»Geht es dir gut?«, formt sie stimmlos mit ihren Lippen und ich nicke. Mir geht es wirklich gut, die leichte Nervosität mal ignoriert. Arbeit hat mir immer gutgetan und wir alle haben die letzten Tage damit verbracht, uns viele Gedanken um das Hotel zu machen. Während Kenzie sich fast eine komplett neue Speisekarte überlegt hat und Niall an lauter Texten für eine Broschüre gesessen hat, die sämtliche Outdooraktivitäten hier in der Gegend präsentieren soll, haben Jamie und ich nicht nur überlegt, wie man die Homepage neu aufsetzen und den Gästekontakt optimieren kann, wir haben auch allen Cottages einen Besuch abgestattet und gemeinsam überlegt, was man dort umbauen müsste, um die kleinen Häuschen auch für die Gäste mietbar zu machen. Allein gestern habe ich den ganzen Tag am Telefon gesessen und mir Angebote der umliegenden Handwerksbetriebe eingeholt, denn auch wenn ich sicherlich mit Niall die eine oder andere Sache selbst machen kann, fallen trotzdem reichlich Handwerkerarbeiten an, die ins Geld gehen werden.

»Wisst ihr, was mir gerade eingefallen ist? Jamie findet auch, dass es eine super Idee ist.«

Niall taucht vor Kenzie und mir auf und schnappt sich den letzten Schokoladenkeks, der noch auf dem Teller neben uns liegt.

»Was auch immer es ist, wenn Jamie findet, dass es eine gute Idee ist, machen wir das.«

Kenzie und ihr nahezu jugendlicher Leichtsinn sind erfrischend.

»Was haltet ihr davon, wenn wir eine kleine Party machen? Also nicht im Sinn einer Eröffnungsparty, aber wir könnten doch unseren Freunden und den Menschen hier aus Finnegan zeigen, was neu sein wird. Ein paar Stammgäste anschreiben.

Wir präsentieren unseren Imagefilm und feiern, dass wir drei mit neuer Energie durchstarten.«

Ich schaue zu Kenzie, der ich ansehen kann, dass Niall sie bei dem Wort Party sofort für sich gewonnen hatte. Sobald sie Leute bekochen und bewirtschaften kann, ist sie glücklich und ich sehe ihr förmlich an, wie sie in ihrem Kopf bereits das Menü plant.

Niall scheint es ähnlich zu gehen, denn bevor ich antworten kann, knufft er ihr in die Seite und das Einzige, was er sagt, ist: »Ja, du darfst auch für das Essen sorgen.«

»Ich sehe, Niall hat euch gerade von seiner Partyidee erzählt?«, werden wir von Jamie unterbrochen, die plötzlich vor uns steht und ein Klemmbrett in den Händen hält.

»Und, Boss? Sind wir noch in der Zeit?«, frage ich sie grinsend und ernte sofort einen ernsten Blick.

»Wären wir, wenn der Herr auf die Uhr geschaut hätte. Du wärest vor fünf Minuten dran gewesen.«

»Aaaaach«, sage ich, stehe auf und lege den Arm um sie. »Wahre Stars kommen doch immer ein bisschen zu spät.«

Ich zwinkere sie an.

»Möglich, aber professionelle Stars sind schon fünf Minuten vorher bereit«, antwortet sie keck und fasst mich am Kinn. »Ich kann immer noch nicht glauben, dass ich keine Ahnung davon habe, was du gleich sagen willst.«

»Kannst du nicht haben, oder?«, lache ich und drücke ihr schnell einen Kuss auf die Stirn, da ich weiß, dass sie das mag.

»Nee, so gar nicht.«

»Ich verspreche, ich werde dich nicht blamieren.«

»Und das soll mich jetzt beruhigen?«, fragt sie und drückt sich näher an mich.

»Aber so was von. Ich bin ja vorbereitet.«

»Ja, darauf bin ich wirklich gespannt. So grob weißt du aber noch, was alles möglichst vorkommen sollte? Beziehungsweise du weißt, was du sagen willst?«

»Weiß ich.«

»Brauchst du noch bei irgendetwas Hilfe? Einen Rat?«

»Und wenn du es noch so intensiv versuchst, du wirst gleich alles während der Aufnahmen live miterleben. Das ist doch auch viel authentischer.«

Ich grinse und weiß genau, wie ungeduldig Jamie sein kann.

»Ich glaube, du gehst jetzt besser rüber und machst dich für deine Aufnahmen bereit, Bruderherz«, lacht Kenzie und zwinkert mir zu. »Ansonsten bringt Jamie dich gleich um und dann müssen Niall und ich alles allein für die Party vorbereiten.«

Jamie löst sich aus meiner Umarmung und schiebt mich ein wenig in Richtung des Aufnahmestuhls. »Wir können später alles besprechen. Ich werde versuchen, Jeff so anzuspitzen, dass er das Imagevideo zügig fertig bekommt, damit wir die Party zeitnah planen können.«

»Das klingt nach einem Plan, London«, ruft Niall, schnappt sich die inzwischen leere Kaffeekanne und verschwindet Richtung Küche.

»Ich habe immer die besten«, ruft Jamie ihm hinterher und wieder einmal stelle ich fest, wie gut sich die zwei verstehen. Mein Bruder ist wirklich der totale Flirt, aber bei Jamie ist er darauf bedacht, keine Grenze zu überschreiten. Er hat akzeptiert, dass sie zu mir gehört. Ich hoffe, sie weiß das auch.

»Bist du bereit?«, fragt Jeff mich, als ich mich auf den Barhocker setze, der inzwischen perfekt ausgeleuchtet auf mich wartet.

»Klar«, lüge ich und überlege tatsächlich, ob mein Part in dem Video wirklich so wichtig ist.

Jamie nimmt neben Jeff Platz, das Klemmbrett immer noch fest in der Hand. Fast wirkt sie angespannter als ich.

»Bist du etwa nervös?«, frage ich sie und versuche, Jeffs Make-up-Artist Kelly zu ignorieren, die gerade dabei ist, mein Gesicht abzupudern und meine Haare noch einmal in Form zu bringen. Wie Frauen das jeden Tag gern über sich ergehen lassen, ist mir wirklich ein Rätsel.

»Nee«, sagt sie hastig und ich weiß genau, dass das ein bisschen geflunkert ist.

Keine fünf Minuten später erkenne ich das rote Licht an der Kamera, das mir signalisiert, dass wir aufnehmen. Trotz der ungewohnten Situation versuche ich, locker und entspannt auf dem Barhocker zu sitzen und mir meine Nervosität nicht anmerken zu lassen. Leichter gesagt als getan. Aber ich weiß, was ich sagen will, und die größte Schwierigkeit wird sein, die Worte so zu wählen, dass sie berühren. Und vor allem so, dass ich gleich nicht wie ein Häufchen Elend in Tränen ausbreche und emotional werde.

Ich räuspere mich und warte auf Jeffs Signal. Dann ist es so weit.

»Ich begrüße Sie im *The Finnegan*. Mein Name ist Liam Quinn und gemeinsam mit meinen Geschwistern führe ich dieses Hotel, das seit vielen Jahren in unserem Familienbesitz ist. Für mich und meine Geschwister ist dieses Hotel nicht nur unser Beruf, es ist unser Zuhause. Wir sind in dieser wunderbaren Landschaft groß geworden und nun wollen wir die Magie dieses Ortes an unsere Gäste weitergeben. Genau so, wie unsere Eltern es einst getan haben.

Glauben Sie mir, wenn ich sage, dass dieses Fleckchen Erde eins der schönsten auf der ganzen weiten Welt ist. Das *The Finnegan* liegt idyllisch in einer fünfzig Hektar großen Parklandschaft in den westlichen Highlands von Schottland. Die Region hier ist geprägt von Bergen, Heidelandschaften, Seen und Tälern. Von den Ufern des Loch Finnegan wächst gigantisch der gleichnamige Berg knapp dreitausend Fuß aus dem Wasser in die Höhe. Der Salzwassersee ist Heimat für viele verschiedene Tierarten und mündet direkt in den Atlantik.

Das Hotelgebäude selbst wurde 1865 während der Regentschaft von Königin Victoria fertiggestellt. Das Besondere an unserem schlossähnlichen Gebäude ist, dass es aus Sandstein gebaut wurde, dem dem Menschen am längsten bekannten Gestein.

Im Inneren des großen Haupthauses finden Sie ein modernes und helles Interieur, das Hand in Hand mit zahlreichen Elementen aus dunklem Holz geht, das Sie zurück in die Zeit von Königin Viktoria katapultiert und an eine alte Jagdhütte erinnert.

Überall im Hotel finden Sie gemütliche Nischen, die zur Entspannung einladen. Genießen Sie einen Blick durch die zahlreichen großen Fenster auf die wunderbare Landschaft der Highlands und kehren Sie abends in unserer hauseigenen Bar ein, um einen der dreihundertfünfundsechzig Single-Malt-Whiskys zu genießen. Einen für jeden Tag des Jahres. Auf diese Sammlung sind wir besonders stolz.

Kehren Sie abschließend nach einem erlebnisreichen Tag in einem unserer zwanzig luxuriösen Zimmer ein oder entscheiden Sie sich für einen Aufenthalt in einem unserer Cottages, die direkt am Loch Finnegan in fußläufiger Entfernung vom Hotel liegen.

Nehmen Sie sich eine Auszeit, wandern Sie über die vielen Pfade und Wege der Region oder versuchen Sie sich im Tontaubenschießen. Sie werden an die Art von Jagd erinnert, wie man sie zu Lebzeiten von Königin Viktoria pflegte. Wenn Sie eher der Mensch für Bogenschießen, Kajakfahren oder dafür sind, die Region mit dem Mountainbike zu erkunden, buchen Sie eine unserer Outdooraktivitäten, die von professionell ausgebildeten Instruktoren begleitet werden.

Egal, wofür Sie sich entscheiden, Ihr Aufenthalt wird geprägt sein von der Schönheit und Ruhe der Region.

Wenn Sie sich für einen Aufenthalt hier bei uns entscheiden, entscheiden Sie sich nicht nur für ein klein wenig Luxus, nein, Sie entscheiden sich für ein Zuhause fern der Heimat.«

Als ich meinen letzten Satz beendet habe, atme ich tief durch und schaue unsicher in Jamies Gesicht. Erst da nehme ich wahr, dass Kenzie und Niall neben sie getreten sind und mich alle drei anstarren. »Was?«, frage ich irritiert.

Keiner der drei sagt ein Wort.

»Hallo? War es so schrecklich? Ich meine, entschuldigt, ich habe so etwas noch nie gemacht. Ich kann es noch einmal besser machen. War ja erst der erste Versuch.«

Kenzie ist die Erste, die reagiert. Schniefend kommt sie auf mich zu und fällt mir um den Hals. »Wie toll du das gemacht hast!«

»Habe ich?«

»So gut. Wie wunderbar der Text zusammenpasst und einfach genau das beschreibt, was das Hotel für uns alle ist.«

Während ich ihr den Rücken tätschle, versuche ich, aus Jamies Gesichtsausdruck schlau zu werden, aber immer noch sagt sie kein Wort.

Ich rutsche von meinem Hocker, als Jeff mir das Signal gibt, dass scheinbar alles Wichtige im Kasten ist.

Niall kommt nun ebenfalls auf mich zu und hält mir seine Hand hin. »Respekt, Bruder, das hätte ich nicht besser machen können.«

»Du hättest dich total verhaspelt, gib doch nicht so an«, lacht Kenzie immer noch schniefend und hakt sich bei Niall unter.

»Ich brauche jetzt etwas Stärkeres als einen Kaffee. Noch jemand?«

»Aye«, sagen Niall und ich im Chor und Kenzie verschwindet hinter die Bar und stellt mehrere Whiskygläser auf den Tresen.

Ich nutze die Gelegenheit, in der Niall und Kenzie abgelenkt sind und Jeff angeregt auf den Bildschirm seiner Kamera starrt, und wende mich Jamie zu, die immer noch keinen Ton von sich gibt. »Bist du zufrieden mit mir?«

Jamie nickt.

»Hat es dir auf einmal die Sprache verschlagen? Du bist doch sonst nicht so wortkarg.«

Amüsiert blicke ich sie an und hoffe insgeheim, dass sie wirklich zufrieden mit mir ist.

»Du bist toll, weißt du das?«, sagt sie schließlich und blickt auf ihre Hände hinab, die sie unsicher aneinander reibt.

Ich ziehe eine Augenbraue hoch und gehe noch einen Schritt auf sie zu. »Bin ich das? Warum?«

»Weil du einfach du bist.«

»Und das ist etwas Gutes?«

»Das ist perfekt.«

»Du bist perfekt«, sage ich so leise, dass es niemand außer uns beiden hört, lege meine Hand unter ihr Kinn und ziehe ihren Kopf ein Stückchen zu mir hoch.

Statt zu antworten, errötet Jamie ein bisschen und sanft lege ich meine Lippen auf ihre. Es ist mir egal, dass wir zwischen lauter Menschen stehen und im wahrsten Sinne des Wortes sämtliche Scheinwerfer auf uns gerichtet sind.

Sie ist perfekt. Perfekt für mich.

»Euer Whisky wird kalt«, tönt Nialls Stimme in diesem Moment von der Bar und Jamie und ich müssen beide gleichzeitig lachen.

»Ich wusste gar nicht, dass Whisky heiß gemacht wird«, ruft

sie Niall zu und legt erneut ihre Lippen für einen kurzen Augenblick auf meine. Ich spüre ihre Zunge, die mich vorsichtig anstupst.

»Es reicht schon, dass du meinen Bruder heißmachst, daher habe ich ein paar Eiswürfel in euren Whisky fallen lassen«, grölt Niall hinter dem Tresen und uns allen bleibt nichts anderes übrig, als lachend mit dem Kopf zu schütteln.

23

JAMIE

»Bist du nervös?«, frage ich Liam und blicke ihn an, während er seelenruhig den Wagen durch die schottischen Highlands in Richtung Inverness steuert.

»Vor unserem Date?«, grinst er und löst seinen Blick nicht für einen Augenblick von der Straße.

»Vor dem vielleicht auch«, lache ich. »Aber ich meinte tatsächlich eher, zu Dan zu gehen.«

»Jein.«

Ich warte ab, ob er noch etwas sagen will, und lasse meinen Blick weiterhin auf ihm ruhen.

Seit dem Morgen, als er mir gesagt hat, dass er die Therapiesitzung bei Dan wahrnehmen will, sind ein paar Tage vergangen, und um ehrlich zu sein, hatte ich damit gerechnet, dass er irgendwelche Gründe finden wird, nicht nach Inverness zu fahren. Umso überraschter war ich, als er mich gestern gefragt hat, ob ich ihn heute in die Stadt begleite und wir uns dort einen schönen Tag machen. Natürlich war ich sofort Feuer und Flamme.

Immer noch ist Liams Blick auf die Straße gerichtet und er scheint nachzudenken. »Ich bin auf jeden Fall sehr froh, dass du hier neben mir im Auto sitzt und verhinderst, wenn ich doch spontan umdrehen will«, sagt er nach einer Weile.

»Verstanden«, lache ich und lege meine Hand auf seinen Oberschenkel, der sich sofort merklich unter meiner Berührung anspannt.

»Ich bezweifle, dass du mich damit festhalten kannst«, grinst er und legt seine Hand über meine.

»Das vielleicht nicht, aber zumindest könnte es ablenken von dem, was du vorhast.«

»Pass nur auf, dass mich das nicht auf ganz andere Gedanken bringt«, lacht er. »Du weißt ganz genau, dass du mir nicht widerstehen kannst.«

»Eingebildet bist du gar nicht, oder?«, antworte ich ihm und drücke mit meiner Hand, die weiterhin auf seinem Oberschenkel liegt, etwas zu.

»Na ja, ich weiß halt, was ich kann.«

»Du bist wirklich unmöglich«, lache ich.

»Also wenn ich an die letzten Tage denke, kann ich mich nicht daran erinnern, dass du auch nur im Entferntesten ein Problem mit meinen Fähigkeiten gehabt hättest.«

Touché.

»Ich habe ein schlechtes Gewissen.«

»Warum?« Überrascht blicke ich zu ihm hinüber.

»Na ja, ich verspreche dir ein Date mit mir und trotzdem musst du gleich einige Zeit ohne mich verbringen, weil ich meinen Termin mit Dan habe.«

Ich lächle ihn an. »Ja und?«

»Macht dir das nichts aus?«

Überrascht schaut er in meine Richtung.

»So ein Quatsch!«

»Aber ich lasse dich allein.«

Ich streife mit meinen Fingern über die Stelle auf seinem Oberschenkel, wo eben noch meine Hand lag. »Du lässt mich doch nicht allein. Ich kann mich sehr gut eine Weile mit mir selbst beschäftigen. Außerdem habe ich auch was geplant.«

Liam löst seinen Blick von der Straße und blickt zu mir. »Hast du?«

»Habe ich.«

»Und hast du auch vor, mir zu erzählen, was du vorhast?«

»Ich bin in einem Hotel verabredet.«

Würden wir nicht gerade vor einer Ampel stehen, hätte Liam wohl knallhart auf die Bremse getreten.

»Du bist bitte was?«

Entsetzt schaut er mich an. Sein Ausdruck ändert sich auch nicht, als ich schallend zu lachen anfange.

»Jamie, muss ich mir Sorgen machen?«

»Ganz und gar nicht«, gluckse ich und amüsiere mich köstlich über Liams Reaktion.

»Raus mit der Sprache«, knurrt er.

»Kenzie hat mit einer Bekannten telefoniert, die hier in der Stadt in einem Hotel arbeitet, und ihr erzählt, was ich für das *The Finnegan* alles gemacht habe. Also PR-technisch.«

»Und?«

Die Ampel springt auf Grün und Liam fährt wieder los.

»Nun, ich habe gedacht, dass es nicht schaden kann, hier in der Gegend zu schauen, ob und wie ich gegebenenfalls Jobs finden würde.«

Statt einer Antwort grinst Liam vor sich hin, als er den Wagen durch die Straßen von Inverness steuert.

»Was grinst du denn so?«

»Nichts, nichts.«

»Sag nicht *nichts*. Das nehme ich dir nicht ab.«

»Na, mir gefällt der Gedanke, dass du gegebenenfalls Jobs hier finden könntest.«

»Warum?«

»Ernsthafte Frage?«

»Ich stelle nur ernsthafte Fragen«, antworte ich und krame mein Handy aus der Tasche, das bereits zum zweiten Mal klingelt.

»Jemand Wichtiges?«, fragt Liam und parkt den Wagen auf einem kleinen Parkplatz in der Nähe des Victorian Market.

»Nein, nur mein Boss aus London. Den kann ich später zurückrufen. Er weiß, dass ich Urlaub habe.«

»Aye«, antwortet Liam und kommt um den Wagen zu mir herum und legt den Arm um mich. »Was ich eben meinte«, sagt er und küsst mich dabei auf die Schläfe, »ist, dass das bedeuten könnte, dass du vielleicht öfter hier oben bei uns in Schottland sein müsstest.«

»Das könnte so sein«, schmunzle ich und gemeinsam schlagen wir den Weg Richtung des Victorian Market ein, um ein bisschen durch die kleinen Lädchen zu streifen, die sich in dieser überdachten Einkaufspassage befinden.

Womit ich nicht gerechnet habe, ist, dass ich einige Zeit später schon mit den ersten Tüten beladen in einem kleinen Café innerhalb der Passage sitze und genüsslich in ein großes Stück Erdbeerkuchen beiße.

»Eigentlich wollte ich gar nichts kaufen«, sage ich zwischen zwei Bissen und stelle fest, dass Liam mich amüsiert anblickt.

»Dafür magst du Klamotten viel zu gern«, antwortet er schmunzelnd.

»Damit könntest du recht haben. Aber sei ehrlich, ich habe mich outfittechnisch schon ganz gut an euch Highlander angepasst.«

Liam blickt musternd an mir hinab. »Stimmt, du gibst dir redlich Mühe.«

Gespielt entrüstet schnaube ich. »Hallo? Was heißt das denn?«

»Alles gut. Für mich bist du immer wunderschön.«

Kann ein Mann eigentlich noch perfekter sein?

»Wann ist dein Termin?«, frage ich Liam und nippe an meiner Tasse Kaffee.

»Wie schnell du ein Kompliment übergehen kannst«, lacht er und klaut sich das letzte Stückchen meines Erdbeerkuchens von meinem Teller. »In einer halben Stunde.«

»Dann lass uns zahlen und losgehen. Ich begleite dich zur Praxis.«

»Hast du Angst, dass ich doch vorher kneife?«

»Nein«, flunkere ich. »Aber Dans Praxis liegt auf dem Weg zum Hotel, daher passt das prima.«

»Aye«, antwortet Liam nur und gemeinsam stehen wir auf.

Ich sehe ihm an, dass er nervös ist, sosehr er sich auch bemüht, mir Gelassenheit vorzuspielen.

Ich ergreife seine Hand und drücke sie. »Ich bin stolz auf dich«, sage ich leise zu ihm. »Wirklich.«

Liam drückt meine Hand zurück, schaut jedoch ein wenig gequält. »Hoffentlich bist du das später auch noch.«

Aufmunternd lächle ich ihn an. »Wieso sollte ich es nicht sein?«

»Wenn ich kneife?«

»Was du nicht tun wirst.«

Statt darauf zu antworten, lacht Liam und legt seinen Arm um mich, während wir langsam die High Street entlanggehen, in der die Praxis von Dan liegt.

Wenige Minuten später stehen wir vor dem Gebäude aus rotem Sandstein.

»Du schaffst das«, sage ich zu Liam und drücke ihm sanft einen Kuss auf die Lippen. »Und wenn du fertig bist, machen wir uns einen schönen Resttag. Ich glaube an dich.«

Liam nimmt mich in seine Arme und drückt mich fest an sich. »So machen wir das. Erzählst du mir später, wie es bei deinem Termin war?«

»Aber na klar. Ruf mich an, wenn du raus bist, und grüß Dan unbekannterweise von mir.«

Liam drückt mich ein letztes Mal und verschwindet dann in dem Haus, in dem sich die Praxis befindet. Ich wünsche ihm sehr, dass dieser erste Termin ihm ein gutes Gefühl gibt und er die Gespräche mit Dan als Chance sieht.

»Es gibt im Leben viele Zeiten, das hier sind die guten«, denke ich, während ich neben Liam im Auto sitze und wir durch die einsetzende Dunkelheit fahren. So richtig konnte ich mit dem Spruch nie etwas anfangen, der auf einer der vielen bunten Karten steht, die Bekka an ihrem Kühlschrank befestigt hat. Jetzt aber glaube ich, so langsam zu verstehen, dass nach einer langen Strecke von traurigen und harten Tagen wirklich wieder Licht am Ende des Tunnels zu sehen ist.

Mein Blick fällt auf unsere Hände, die miteinander verschränkt in meinem Schoß liegen. Mit Liam ist sogar schweigen schön und nicht befremdlich. Der Besuch bei Dan ist anstrengend für ihn gewesen. Das sehe ich, obwohl er noch nicht viel davon erzählt hat, aber dass er es irgendwann tun wird, weiß ich und das macht mich ... ja ... irgendwie froh.

»Alles gut?« Liam schaut zu mir und drückt leicht meine Hand.

»Alles gut«, lächle ich und schließe meine Augen, während ich den Kopf gegen die Fensterscheibe fallen lasse.

»Bist du müde, Jamie?«

»Ein bisschen«, murmele ich mit geschlossenen Lidern. »Aber eigentlich genieße ich gerade einfach diesen Moment.«

Wieder spüre ich Liams Daumen, der zärtlich über meine Hand streift. »Nicht mehr lange, dann sind wir daheim«, sagt er und als ich die Augen für einen Moment öffne, deutet er auf das Ortsschild von Finnegan, das vor uns liegt.

Als wir wenig später in die lange Straße zum Hotel einbiegen, wird mir erst wirklich bewusst, dass es schon spät geworden ist und die Dunkelheit die Gegend fast in tiefes Schwarz hüllt. Lediglich die Scheinwerfer unseres Wagens leuchten uns den Weg. Langsam taucht in der Entfernung das *The Finnegan* auf. Wir sind daheim.

»Danke für diesen unfassbar tollen Tag«, flüstere ich und drücke Liams Hand, die immer noch mit meiner Hand verschränkt ist. Es fühlt sich wirklich so an, als würden wir nach Hause kommen. Ein gutes Gefühl.

»Ich habe zu danken, Jamie. Danke, dass du mitgekommen bist und mich nicht allein gelassen hast.«

Liam zieht meine Hand an seinen Mund und küsst zärtlich meinen Handrücken.

»Das habe ich gern getan.«

»Ich möchte, dass du weißt, dass ich so etwas nicht für selbstverständlich halte. Du wusstest, dass dieser Weg nicht einfach für mich werden würde, und bist ihn mitgegangen.«

»Ich bin mir sicher, dass du das auch allein geschafft hättest. Du warst dazu bereit, Hilfe anzunehmen. Ich glaube, du siehst gar nicht, welch große Schritte du in den letzten Tagen gemacht hast. Und außerdem …« Ich grinse ihn an.

»Ja bitte?«, fragt er neugierig.

»Es ist ja nicht so, als hätten wir nicht ein wunderschönes Date in Inverness gehabt.«

»Ich hoffe, unser Date ist noch nicht vorbei«, schmunzelt Liam und sofort spüre ich wieder dieses Kribbeln, das sich, seit ich ihn in Edinburgh kennengelernt habe, nie wirklich verabschiedet hat.

»Das hängt ganz davon ab, was du noch so vorhast.«

»Um ehrlich zu sein, kann ich es nicht abwarten, dich gleich in mein Bett zu entführen und dir süße Stunden voller Leidenschaft zu bescheren.«

Ich muss kichern und komme nicht drum herum, mir einzugestehen, dass ich es liebe, dass wir so offen mit unserer Lust aufeinander umgehen und uns sagen, wie sehr wir den anderen begehren.

»Du hast mich heute übrigens sehr glücklich gemacht«, sagt Liam leise.

Überrascht schaue ich ihn an. »Warum?«

»Weil du dir Gedanken darüber gemacht hast, wie es wohl wäre, hier oben in den Highlands auch beruflich aktiv zu sein und Aufträge anzunehmen. Dass du dich mit Leslie in Inverness getroffen und über Projekte gesprochen hast. Das hat mir gezeigt, dass ich nicht der Einzige bin, der sich Gedanken über eine mögliche Zukunft macht.«

Die letzten Worte spricht er nahezu vorsichtig aus.

Für einen Moment weiß ich nicht, was ich sagen soll. Dass er sich Gedanken über eine Zukunft macht, lässt mein Herz ein bisschen schneller schlagen.

»Habe ich zu viel gesagt?«, fragt er vorsichtig, als ich immer noch nicht zu einer Antwort in der Lage bin.

Ich schüttle den Kopf.

»Warum habe ich dann das Gefühl, dass ich eine Grenze überschritten habe?«

»Wie kommst du darauf, dass du eine Grenze überschritten hast?«

»In Gegenfragen warst du schon immer klasse«, grinst er. »Aber im Ernst, Jamie, wir haben bisher nie darüber gesprochen, was das hier zwischen uns ist.«

»Das stimmt.«

Liam bremst den Wagen ab und hält zu meiner Überraschung mitten auf der Zufahrt zum Hotel an. Er schaltet den Motor aus und dreht sich zu mir. Gespannt halte ich den Atem an und versuche, aus seinem Blick schlau zu werden.

»Hör zu, Jamie. Ich lege meine Karten jetzt offen auf den Tisch. Seit ich dir in Edinburgh begegnet bin und dich dann hier bei uns wiedergesehen habe, gehst du mir nicht mehr aus dem Kopf. Echt nicht. Du bist es, neben der ich einschlafen möchte und neben der ich wach werden will. Ich weiß nicht, was es ist, aber ich fühle mich dir so nah. Und das war bereits seit dem ersten Moment so. Selbst in Edinburgh in der Hotelbar schon. Unsere Unterhaltung lief einfach mühelos. Als ob wir uns schon ewig kennen würden. Und seit wir neulich Abend auf dem Steg unser Innerstes in die Hände des anderen gegeben haben, weiß ich, dass du es bist, die mich gerettet hat. Die mich pusht und zu einer Auseinandersetzung mit mir selbst zwingt. Und zu wissen, dass du dich auch mir anvertraut hast, macht mich so unfassbar stolz. Ich wünschte, ich könnte dir deinen Schmerz nehmen. Ich weiß, wie schwer dein Herz sich für dich anfühlt, aber ich glaube, ich kann dir helfen, dich wieder leichter zu fühlen. Wenn du mich lässt.«

Ich lehne mich zu ihm rüber und streiche ihm sanft mit meiner Hand über die Wange. Ich spüre die leichten Stoppeln seines Bartes und stelle zum wiederholten Male fest, wie unfassbar anziehend Liam ist. Ohne noch einen weiteren Augenblick zu zögern, presse ich meine Lippen fest auf seinen

Mund und versuche, so viel Gefühl in diesen Kuss zu legen, wie ich nur kann.

»Lass uns schnell nach Hause fahren«, sage ich atemlos, als wir unsere Lippen voneinander lösen.

»Gern«, grinst er und startet den Wagen.

»Lässt du dir nicht zweimal sagen, oder?«

»Definitiv nicht.«

Für mich definitiv viel zu langsam fahren wir die lange Einfahrt zum Hotel hinauf und biegen in den schmalen Weg zu den Cottages ab.

»Seltsam«, murmelt Liam auf einmal neben mir.

»Was ist los?« Irritiert blicke ich ihn an.

»Da steht ein Auto an meinem Cottage.«

Er parkt seinen Wagen und schaltet den Motor aus.

»Erwartest du noch jemanden?«, frage ich, als wir beide die Türen von Liams Auto öffnen und aussteigen. Er kommt zu meiner Seite gelaufen und greift nach meiner Hand, nachdem ich ausgestiegen bin.

»Eigentlich nicht«, murmelt er und verschließt den Wagen hinter uns. Irritiert scheint er das fremde Fahrzeug vor seiner Hütte genauer in Augenschein zu nehmen. Irgendetwas beunruhigt ihn.

»Kommt dir das Fahrzeug bekannt vor?«, frage ich daher und lasse ihn nicht eine Sekunde aus den Augen.

»Mmmh«, ist das Einzige, was er sagt.

»Liam?«, frage ich erneut, als wir langsam nebeneinander zur Tür seines Cottages gehen.

Ganz deutlich ist im Licht der Außenlampe eine Gestalt zu erkennen, die auf der kleinen Holzbank vor Liams Tür sitzt. Zu meiner Beunruhigung muss ich feststellen, dass Liam sich neben mir sichtlich anspannt, und wäre das nicht genug, er lässt auch in diesem Moment meine Hand los.

Irgendetwas ist hier nicht in Ordnung, das spüre ich ganz genau.

Ich halte die Luft an, als ich feststelle, dass es sich bei der Person vor Liams Cottage um eine mir unbekannte Frau handelt.

»Erin«, ist das Erste, was Liam sagt.

Erin? Wer ist Erin?

Die Frau vor seiner Tür steht auf und kommt auf uns zu.

»Liam, da bist du ja!«

Als sie vor uns steht, umarmt sie Liam, der es ihr fast etwas unbeholfen gleichtut.

Für einen Moment habe ich die Chance, mir die fremde Frau etwas genauer anzusehen. Sie ist in etwa so groß wie ich und trägt ihre braunen Haare in einem dieser Longbobs, den meiner Meinung nach vor allem superschlanke Frauen tragen können. Obwohl ich es wegen der Dunkelheit nicht sehen kann, würde ich reichlich viel darauf verwetten, dass ihre Augen braun sind. Ihre Gesichtszüge sind fein und ihre Wangenknochen ausgeprägt. Alles spricht dafür, dass sie scharfsinnig ist, denn mir ist nicht entgangen, dass sie mich bei unserer Ankunft von oben bis unten gemustert hat.

Da Liam keine Anstalten macht, mich seiner Bekannten vorzustellen, fasse ich mir ein Herz und strecke ihr mutig meine Hand entgegen. »Hallo«, sage ich. »Ich bin Jamie.«

Bevor sie meine Hand ergreift, ist da wieder dieser prüfende Blick. Sie schaut zu Liam. »Liam, möchtest du mich nicht vorstellen?«

»Natürlich«, murmelt dieser und scheint die Situation alles andere als angenehm zu empfinden.

Willkommen im Club, mein Guter.

»Jamie, das ist Erin.«

»Na, na, Liam, ein bisschen ausführlicher kannst du die Mutter deines Kindes schon vorstellen.«

Für einen Augenblick ist es still. Während Liam scheinbar um Fassung ringt, schaut Erin mich triumphierend an. Sie ist es auch, die als Nächstes etwas von sich gibt.

»Ich weiß, ich weiß. Das kommt jetzt alles etwas überraschend. Das war es für mich auch, gerade weil wir ja immer so aufpassen, wenn wir miteinander schlafen. Aber ich habe gedacht, ich überrasche dich mit dieser freudigen Nachricht und besuche dich. Du wusstest ja letztes Mal noch nicht so genau, wann du wieder in Edinburgh sein würdest.«

»Mein Kind?«

Liam scheint endlich seine Stimme wiedergefunden zu haben. Hektisch fährt er sich durch die Haare. »Ist das dein Ernst?«

»Aber so was von. Freust du dich?«, flötet Erin und tätschelt mit ihrer rechten Hand Liams Brust.

Er greift augenblicklich nach ihrer Hand und löst sie von sich. Dann wendet er sich mir zu.

Erst jetzt merke ich, dass mir mein Herz bis zum Hals schlägt und ich meine beiden Hände zu Fäusten geballt habe. Deutlich spüre ich die tiefen Spuren, die meine Fingernägel hinterlassen haben, die sich fest in meine Haut drücken.

»Jamie«, sagt er und schaut mich eindringlich an. »Das ist jetzt vielleicht nicht ganz in Ordnung, aber würdest du mich und Erin allein lassen? Ich glaube, wir müssen dringend miteinander reden. Ich komme später zu dir?«

War das eine Frage oder ein Versprechen? Ich stehe wie angewurzelt da und weiß nicht, wie ich reagieren soll. »Natürlich«, drücke ich dann doch hervor und drehe mich ohne ein weiteres Wort um und laufe in Richtung meines Cottages.

Ich spüre Liams Blick deutlich in meinem Rücken und kann gerade noch verhindern, dass ich über meine eigenen Beine stolpere, als ich Erins Stimme ein weiteres Mal höre, wie sie zu Liam sagt: »Ist das nicht wundervoll? Wir werden Eltern. Du hast mir doch immer erzählt, wie sehr du dir ein eigenes Kind wünschst!«

24

JAMIE

Als ich mein Cottage erreiche und die Tür hinter mir ins Schloss fällt, sinke ich zu Boden.

Du hast mir doch immer erzählt, wie sehr du dir ein eigenes Kind wünschst.

Der Schmerz, der sich binnen Sekunden in meiner Brust ausbreitet, ist kaum zu ertragen. Tränen sammeln sich in meinen Augen und ich merke, dass ich aufgeregt nach Luft schnappe.

Das darf nicht sein. Das kann einfach nicht sein.

Da bin ich nach all der Zeit das erste Mal wieder nahezu glücklich und erlaube mir, mich leichter zu fühlen. Erlaube mir, diese Leere in mir anzunehmen und etwas zu finden, das mich wieder strahlen lässt, und dann wird es mir so aus den Händen gerissen. Wieso ist diese Welt so ungerecht?

Bittere Tränen laufen meine Wangen hinab und ich ziehe meine Knie fest an mich. Versuche, mir selbst Halt in dieser Situation zu geben, für die es schier keine Erleichterung zu geben scheint.

Liam schien genauso überrascht über die Nachricht der Schwangerschaft zu sein wie ich. Auch wenn Erin mir wohl das Gefühl geben wollte, sie wäre die Frau in seinem Leben, glaube ich nicht, dass er mich angelogen und nur mit mir gespielt hat. Er hätte mir gesagt, wenn er eine Freundin gehabt hätte. Er hätte mich nicht ein Teil seiner Familie werden lassen und mir nicht die Dinge gesagt, die er mir eben im Auto gesagt hat.

Eben … Vor nicht mal einer halben Stunde war mein Leben noch in Ordnung. Und ich war ganz nah dran, mich endlich mal wieder fast glücklich zu fühlen.

Pah! Bekka, du und deine dämliche To-do-Liste!

Heute habe ich für einen Moment geglaubt, ich könnte auch diesen verdammten Punkt drei abhaken. Wie gewonnen so zerronnen, oder wie sagt man so schön?

Egal, was da zwischen Erin und Liam ist, es wird sie eine Sache verbinden, die ich ihm nie erfüllen kann. Ein Kind … ein eigenes Kind, das er sich scheinbar so sehr wünscht.

Ich versuche, meine Atmung unter Kontrolle zu bekommen. Versuche, die Tränen versickern zu lassen, die mir immer noch unkontrolliert über die Wange laufen. Ich muss mich damit abfinden, dass ich keine Frau bin, die einen Mann halten kann. Keinen, der diesen Kinderwunsch hat. Je früher ich mir dessen bewusst werde, umso besser. Warum sich selbst belügen?

Als ich mich vom Boden hochdrücke, spüre ich mein Handy in der Hosentasche. Ich ziehe es heraus und scrolle durch meine Anruferliste. Drei Anrufe in Abwesenheit. Ist ja nicht so, als hätte ich Marcus' Anrufe heute nicht mitbekommen, aber ich habe nicht mit ihm reden wollen, denn ich wollte den Tag mit Liam genießen und nicht über diese schwere Entscheidung nachdenken, die auf einmal nicht mehr so schwer ist.

Ich drücke auf seine Nummer und warte geduldig. Nach viermal Klingeln ertönt Marcus' Stimme am anderen Ende.

»Jamie! Ich habe heute mehrfach versucht, dich zu erreichen. Wo steckst du?«

»Hey, Marcus, entschuldige. Ich war unterwegs und habe tatsächlich mein Handy im Hotel vergessen«, flunkere ich und bin mir ziemlich sicher, dass er mir die Ausrede nicht wirklich abnimmt. Trotzdem sagt er nichts dazu.

»Was kann ich für dich tun? Hast du dir mein Angebot noch einmal durch den Kopf gehen lassen?«

»Habe ich«, antworte ich zügig und setze mich an den Tisch, auf dem mein Laptop und all die Sachen für das Hotel liegen.

»Und?«, fragt Marcus und ich kann an seiner Stimme deutlich erkennen, dass er gespannt ist.

Ich atme tief durch, bevor ich mit fester Stimme antworte: »Wenn das Angebot noch steht, würde ich den Job gern annehmen und die Agentur in London leiten. Ich danke dir für dein Vertrauen.«

»Das sind ja wunderbare Nachrichten, Jamie. Wenn ich ehrlich bin, habe ich schon nicht mehr damit gerechnet, dass du das Angebot annehmen wirst. Herrgott, ich habe tatsächlich geglaubt, dass du London den Rücken kehrst und dich unter die Schotten mischst«, lacht er und meine Brust zieht sich schmerzhaft etwas enger zusammen. Wenn er wüsste, wie sehr ich darüber nachgedacht habe, hierzubleiben. Aber manchmal werden einem Entscheidungen abgenommen.

»Ich weiß, dass du noch Urlaub hast, aber ich brauche dich tatsächlich zeitnah zurück in London, um vertraglich alles zu regeln und Dinge in Gang zu bringen. Was meinst du also? Wann bist du zurück? Besser früher als später.«

Ich schlucke, denn tatsächlich habe ich mir bisher keine Gedanken darüber gemacht, an welchem Tag ich wieder aufbrechen muss, aber die Dinge haben sich geändert.

»Hör zu, Marcus, ich habe den Leuten hier versprochen, bei

der Organisation einer Festlichkeit zu helfen. Die findet in zwei Tagen statt. Sprich Samstag. Ich würde dann Sonntagmorgen abreisen, sodass ich Montag wieder in der Agentur bin. Ist das okay für dich?«

»Absolut. Dann kann ich tatsächlich mit den Anwälten schon mal sämtlichen Papierkram vorbereiten und wir setzen uns nächste Woche frisch zusammen und klären alle Einzelheiten. Und Jamie?«

»Ja?«, frage ich zögernd.

»Ich bin echt froh, dass du das machst. Du bist die Beste für den Job und eine absolute Bereicherung für die Agentur. Ich kenne niemanden sonst, der so wie ich sein Leben für die Agentur und unsere Kunden opfert. Wahrscheinlich sind wir deswegen so ein gutes Team.«

»Das beste«, sage ich und lege auf, nachdem ich mich von Marcus verabschiedet und ihm noch ein weiteres Mal für sein Vertrauen gedankt habe.

Ich kenne niemanden sonst, der so wie ich sein Leben für die Agentur und unsere Kunden opfert.

Tja, außer meinem Beruf habe ich auch nichts anderes mehr im Leben, für das ich verantwortlich und wichtig bin.

Ich fahre zusammen, als ein lautes Klopfen an der Tür ertönt. Sofort beginnt mein Herz wieder schneller zu schlagen.

Liam.

Für einen Moment verharre ich in meiner Position, darauf bedacht, keinen Laut von mir zu geben, in der Hoffnung, dass er wieder geht. Ich weiß, dass das nicht geschehen wird.

»Jamie? Bist du noch wach?« Leise klingt seine Stimme durch die verschlossene Tür.

Ich atme tief ein, stehe vom Tisch auf und gehe die wenigen Schritte zur Tür, die ich wenige Sekunden später öffne.

Liams Anblick löst in mir sofort eine Welle von Gefühlen

aus. Schmerz, Sehnsucht, Hoffnung, Verzweiflung. Selten habe ich binnen weniger Stunden so ein Auf und Ab von Emotionen erlebt.

»Hey«, sagt er leise und schaut mich aus müden Augen an. »Darf ich reinkommen?«

Statt etwas zu sagen, trete ich einen Schritt zurück und lasse ihn eintreten. Nachdem ich die Tür wieder geschlossen habe, schiebe ich meine Hände tief in die Hosentaschen, da ich nicht weiß, wo ich mit ihnen hinsoll. Die Stille, die für einen Moment zwischen uns steht, macht mir Angst.

»Entschuldige, dass ich dich eben einfach weggeschickt habe. Das war nicht in Ordnung.«

Ich zucke mit den Schultern, gehe zum Kühlschrank und gieße mir einen Schluck Wasser ein. Bloß in Bewegung bleiben und ihn nicht anschauen. Dann wird es vielleicht nicht so schlimm.

Als Liam einen Schritt auf mich zu macht, weiche ich ihm aus und trete hinter den Küchentisch, darauf bedacht, etwas Distanz zwischen ihn und mich zu bringen.

»Jamie«, sagt er leise. »Bitte tu das nicht. Bitte weiche nicht vor mir zurück.«

Immer noch sage ich kein Wort, sondern ziehe mir den Stuhl zurück und setze mich an den Tisch. Etwas unbeholfen tut Liam es mir gleich.

»Können wir reden?«

Ich sehe ihm an, dass mein abwehrendes Verhalten ihm zusetzt, aber ich kann nicht anders. Die Vorstellung, dass er mich jetzt in seine Arme nimmt und mich an sich zieht, bricht mir das Herz. Stattdessen nicke ich nur.

»Erin ist eine Frau, die ich damals in Edinburgh kennengelernt habe. Ich habe nach dem Tod meiner Eltern viele Dinge getan, auf die ich nicht stolz bin. Eine Sache war, dass ich mich von einem Abenteuer ins nächste gestürzt habe. Ich habe jede Chance genutzt, mich von meinem Schmerz abzulenken. Dazu gehörten auch Frauen. Normalerweise habe ich mich nicht mehr als ein-, zweimal mit ihnen getroffen. Bei Erin war das anders. Nicht, weil ich mich in sie verliebt hätte oder generell mehr für sie empfunden hätte. Sie war einfach da und Dinge mit ihr liefen entspannt.«

»Lief mit ihr auch noch was, als wir uns kennengelernt haben?«, frage ich und blicke ihn nüchtern an.

»Nein«, antwortet er und ich habe keinen Grund, ihm nicht zu glauben. »Das war bereits vorbei. Da kannst du auch Kenzie fragen, wenn du mir nicht glauben solltest.«

»Okay.« Mehr sage ich nicht.

»Ich habe die Sache zwischen ihr und mir beendet, weil sie mir signalisiert hat, dass sie mehr wollte, und das wollte ich einfach nicht. Nicht nur, weil ich niemanden an mich ranlassen wollte, ich habe auch nichts für sie empfunden. Das klingt hart, aber es ist die Wahrheit.«

»Ich verstehe.«

»Ich weiß nicht, ob du das wirklich tust«, sagt Liam und rutscht unruhig auf seinem Stuhl hin und her. »Ich habe keine Ahnung, wie sie schwanger sein kann. Ich habe immer ein Kondom benutzt, als wir miteinander geschlafen haben. Wirklich.«

»Na ja, die Dinge sind jetzt, wie sie sind.«

»Wie kannst du das so nüchtern sehen?« Fast wütend blickt er mich an.

»Soll ich etwa nicht?«

»Jamie, verdammt. Ich habe das nicht geplant. Ich bin gerade völlig durcheinander. Ich empfinde so verdammt viel für dich, aber –«

Abwehrend hebe ich meine Hand und unterbreche ihn.

»Aber du wirst Erin nicht im Stich lassen, weil sie dein Kind bekommt. Nicht nötig, mir das zu erklären. Ich werde dir keine Last sein.«

Entgeistert schaut er mich an. »Keine Last? Wie meinst du das denn? Du bist doch keine Last für mich!«

Ich stehe auf und räume mein Glas in die Spüle. »Mir ist durchaus bewusst, dass du durcheinander bist. Das ist nachvollziehbar. Aber ich werde Platz machen, damit du nicht noch mehr Chaos in deinem Leben hast.«

Ich habe Liam den Rücken zugedreht und bin froh, dass er mein Gesicht nicht sehen kann, denn Tränen laufen mir über die Wangen. Ich setze all meine Kraft daran, mit ruhiger Stimme zu ihm zu sprechen und nicht alles an mich rankommen zu lassen. Ich weiß, dass ich damit nicht sonderlich erfolgreich bin. Das hier bricht mir gerade das Herz.

Ich höre, dass hinter mir ein Stuhl zurückgeschoben wird und Liam aufsteht. Binnen Sekunden spüre ich seinen großen, warmen Körper hinter mir. Mein Herz beginnt, schneller zu schlagen. Diese Nähe von ihm, die ich sonst so liebe, setzt mir körperlich zu. Ich balle die Hände zu Fäusten und hoffe, dass er mich nicht berührt.

Seine Hand legt sich auf meinen Arm.

»Was meinst du damit, Jamie?«, höre ich ihn leise hinter mir sagen und ich spüre die Unsicherheit in seiner Stimme. »Was meinst du damit, dass du Platz machen wirst?«

Ich atme tief ein und wische mir die Tränen vom Gesicht. Dann drehe ich mich zu ihm und schaue ihn direkt an. »Ich habe das Angebot bekommen, die Führung der PR-Agentur in London zu übernehmen. Ich habe zugesagt.«

Liam weicht zurück. Fast so, als hätte ich ihm einen Schlag in die Magengegend verpasst.

Plötzlich ist es seine Stimme, die durch den Raum schneidet.

»Und du meinst nicht, dass das etwas ist, über das wir hätten reden müssen?«

»Ich wüsste nicht, warum.«

»Wann hast du das entschieden?«

»Es macht keinen Unterschied. Ich werde am Sonntag nach der Party abreisen.«

»Jamie«, versucht Liam es erneut und geht wieder einen Schritt auf mich zu. »Bitte tu das nicht.«

»Ich habe Kenzie und Niall versprochen, bei der Organisation und den Vorbereitungen zu helfen, deswegen werde ich nicht morgen schon fahren. Da du sicherlich viel mit Erin zu klären und zu planen hast, werden sie meine zusätzliche Hilfe gut gebrauchen können. Ich denke, länger sollte ich nicht hierbleiben, damit du dich auf deine neue Familie konzentrieren kannst.«

»Hör auf, Entscheidungen für mich zu fällen.«

Liams Stimme ist nun nicht mehr ruhig, sondern ich kann klar erkennen, wie angespannt er ist und dass er merkt, dass er hier nicht weiterkommt. Wieder schneidet seine Stimme durch den Raum.

»Ich will nicht, dass du gehst. Verdammt, Jamie. Du und ich. Das ist so gut.«

»Das war es. Aber die Gleichung besteht nicht mehr nur aus dir und mir.«

Frustriert schlägt er mit der Faust gegen die Wand des Cottages und ich weiche ein Stück zurück.

»Es hat sich nichts verändert. Wir haben uns doch eben gesagt, was wir füreinander empfinden, und haben über Zukunft gesprochen.«

Für einen Moment spricht aus ihm die reine Verzweiflung, aber ich will und kann das nicht an mich rankommen lassen. Kalt wende ich mich ein bisschen von ihm ab. »Das war, bevor ich wusste, dass deine Zukunft anders aussehen wird als meine.«

»Aber das muss sie doch nicht.«

»Ach nein? Willst du das Kind wegschieben?«

Liam dreht sich von mir weg und geht aufgebracht ein paar Schritte durch den Raum. »Nein.«

Mehr sagt er nicht und ich merke, dass ihm die Worte fehlen und er genauso überfordert mit der Situation ist wie ich.

»Ich will einfach nicht, dass das hier vorbei ist.«

Wieder geht er einen Schritt auf mich zu und streckt die Hand nach mir aus.

Wieder hebe ich abwehrend die Hände.

»Nicht, Liam. Wir wussten beide, dass diese Sache hier ein Ablaufdatum hat. Jetzt ist es eben schneller gekommen, als wir dachten. Ich sage nicht, dass es nicht wehtut, aber deine Priorität muss jetzt eine andere sein. Und wenn ich Erin richtig verstanden habe, wünschst du dir doch Kinder, oder?«

Liam schaut mich an und ich sehe die Antwort in seinen Augen, bevor er sie ausspricht. »Ja, aber –«

»Kein Aber. Ich werde dir keine Kinder schenken können. Also sind die Dinge ja gut so, wie sie jetzt sind. Ich bin nicht die Frau für dich.«

»Jamie, verdammt!«

Dieses Mal brüllt Liam nahezu.

»Hör auf! Dreh dir die Sachen nicht so, wie du sie brauchst!«

»Das tue ich nicht«, sage ich kühl, gehe zur Tür und öffne sie. »Würdest du jetzt bitte gehen? Ich muss noch einmal mit Marcus in London wegen der Agentur sprechen, damit am Montag alles klar für meinen Wiederbeginn ist. Das würde ich jetzt gern erledigen.«

Statt einer Antwort funkelt Liam mich nur an. Mir wäre es beinahe lieber, er würde mich anschreien, aber sein Blick sagt mehr als tausend Worte. Dann stürmt er an mir vorbei aus dem Cottage und knallt die Tür hinter sich zu. Das Knallen lässt mich zusammenzucken und die Stille, die sich Sekunden später im Raum ausbreitet, ist zu viel für mich. Ich kann nicht mehr atmen und ich habe Angst, in dieser Stille mein Herz brechen zu hören.

25

LIAM

Überall im Hotel und auf der kleinen Wiese vor dem Eingang wuseln die Angestellten des *The Finnegan* durcheinander, rücken Tische zurecht, stellen Stühle auf und kümmern sich um die Deko für unsere Party – oder wie Niall und Kenzie es neuerdings bezeichnen: unser Relaunch Event. Kenzie steht gefühlt seit Stunden in der Küche und bereitet zusammen mit dem Küchenteam lauter Leckereien vor, während Niall damit beschäftigt ist, ein letztes Mal die Technik zu überprüfen und sicherzugehen, dass später mit der Musik und der Premiere unseres neuen Imagefilms alles funktioniert. Ich hingegen habe nur Augen für sie – Jamie. Meine Jamie.

Sie steht neben Niall und für einen Moment keimt leichte Eifersucht in mir auf, als sie ihn umarmt und er sie an sich drückt und scheinbar gar nicht mehr loslässt. Ich weiß, dass zwischen den beiden nichts außer Freundschaft ist, aber genau diese Nähe und Jamies Freundschaft sind es, die mir unsagbar fehlen. Ach, was lüge ich mich selbst an. Ich vermisse es, sie zu berühren. Ihre Haut an meiner zu spüren.

Zu wissen, dass sie da ist. Neben mir. An mir. Unter mir. Ich kann nicht glauben, dass dies alles vorbei ist. Es darf einfach nicht sein.

Dass ich wie ein Irrer weggerannt bin, als sie mir gesagt hat, sie geht, war sicherlich nicht der beste Plan. Ich hätte kämpfen müssen. Hätte ihr sagen müssen, dass ich es nicht akzeptiere, dass sie mich verlässt und diesen verdammten Job in London annimmt. Ich Vollidiot bin aus der Tür gestürmt, statt sie hinter uns zuzuziehen und Jamie erst dann wieder loszulassen, wenn sie mir versprochen hat, dass sie bleibt. Ich hätte ihr sagen müssen, dass sie nicht einfach alles wegschmeißen darf, was zwischen uns ist. Was muss ich auch immer so extrem mit meinen Emotionen sein? Aber sind wir mal ehrlich … Auch wenn ich es vielleicht war, der aus der Tür gestürmt ist, ist sie es, die wirklich davonrennt. Sie flüchtet. Und natürlich weiß ich genau, warum sie es tut. Es ist nicht das erste Mal, dass sie davonläuft. Dass sie aus einer Situation verschwindet und sich ihr nicht stellt.

Wie kann eine Situation, die in einem Moment noch so perfekt ist, im nächsten Augenblick zerbrechen wie feines, dünnes Glas? Wie geht das? Es will einfach nicht in meinen Kopf.

Ich muss mit ihr reden. Sie muss uns noch eine Chance geben. Sie darf das alles nicht wegwerfen.

»Jamie?«

Fast wie von einer unsichtbaren Macht getrieben stehe ich auf einmal hinter ihr und hoffe, dass sie auf mich reagiert. Zu meiner großen Überraschung tut sie es binnen Sekunden. Allerdings nicht so, wie ich es mir erhofft habe.

Sie zuckt zusammen und als sie sich zu mir dreht und mich anschaut, ist ihr Blick … gleichgültig. Verdammt! Mit allem hätte ich arbeiten können. Wut. Schmerz. Hass. Liebe. Mit allem. Mit jeder Art von Gefühl. Aber Gleichgültigkeit? Wie soll ich dagegen ankämpfen?

»Liam?« Sie verschränkt die Arme vor ihrer Brust und schaut mich nüchtern aus leeren Augen an. Nichts ist mehr geblieben von der Wärme und dem Licht, das sie immer auf mich ausstrahlt.

»Können wir reden?«, versuche ich es vorsichtig, während ich aus dem Augenwinkel beobachte, wie Niall sein Gewicht verlagert und sich fast ein Stück zwischen mich und Jamie stellt. Mit einem leichten Wink gibt sie ihm zu verstehen, dass sie seine Hilfe nicht braucht, und er zieht sich Gott sei Dank wieder ein Stück zurück und gibt uns Raum. Die Luft ist trotzdem noch zum Zerreißen gespannt.

»Ich habe keine Zeit«, ist das Einzige, was sie plötzlich zu mir sagt, und mich verlässt beinahe der Mut.

»Was genau hast du denn vor?«, frage ich und hoffe, meine Ungeduld und Frustration nicht allzu sehr durchsickern zu lassen.

»Ich muss zu Kenzie. Sie wartet auf mich.«

»Das kannst du doch auch ein paar Minuten später?«

»Nein.«

Für jemanden, der sonst nur so an Worten übersprudelt, fällt ihre Antwort sehr reserviert aus.

»Bitte, Jamie.«

Ich kann mich nicht daran erinnern, wann ich jemals eine Frau angebettelt habe, aber wenn es sein muss, werde ich von hier bis London auf allen vieren kriechen, wenn es nötig ist, damit sie mit mir redet.

»Ich habe gesagt, dass ich keine Zeit habe«, wiederholt sie und frustriert fahre ich mir durch die Haare. Vielleicht doch direkt auf die Knie werfen und flehen?

»Vielleicht später«, ergänzt sie plötzlich und allein diese zwei

Worte lassen Hoffnung in mir aufkeimen, als ich sehe, dass ihre Gesichtszüge für eine Sekunde etwas weicher werden, bevor sie wieder nahezu erstarren.

»Du entschuldigst mich?«

Jamie nickt mir zu und lässt ihre Hand kurz auf Nialls Unterarm liegen, bevor sie sich in Richtung der Küche begibt, wo Kenzie scheinbar auf sie wartet.

Frustriert stöhne ich auf.

»Gib ihr Zeit«, wendet sich Niall zu meiner Überraschung besänftigend an mich, als Jamie aus unserem Blickfeld verschwunden ist. »Sie ist verletzt.«

»Zeit«, stöhne ich erneut. »Ich habe keine Zeit. Sie reist morgen ab und fängt nächste Woche diesen verdammten Job in London an.«

»Ich weiß.«

Niall geht hinter die Bar und schenkt uns beiden einen Schluck Whisky ein. Wir setzen uns nebeneinander an den Tresen, während wir das angeregte Treiben beobachten, das sich um uns herum abspielt. Fast könnte man sich auf die Feier heute Abend freuen.

»Ich habe das doch alles nicht geplant«, wende ich mich nach einer Weile an meinen Bruder. »Klar kann ich nicht sagen, dass ich nichts dafür kann, dass Erin schwanger ist, aber ich wusste es nicht. Mal abgesehen davon weiß ich auch gar nicht, wie das passiert sein kann. Glaub mir, ich habe es wirklich nicht darauf angelegt, eine Frau zu schwängern. Ich bin da nicht leichtsinnig und schlafe mich ungeschützt durch die Gegend.«

»Das weiß Jamie auch.«

»Warum rennt sie dann davon?«

»Weil …« Niall verstummt. Nach einem kurzen Moment fährt er fort: »Ich denke, du weißt, warum.«

»Weiß ich das?«, frage ich ihn und kenne die Antwort tatsächlich irgendwie schon.

»Sie ist dir nicht böse.«

Erstaunt blicke ich ihn an. »Ihr habt geredet?«

»Aye.«

»Alter, wenn du nicht willst, dass ich hier gleich durchdrehe, verrätst du mir, was sie gesagt hat.«

Ich bin wirklich kein Mensch, der für seine Geduld bekannt ist.

Niall schweigt für einen Moment, weil er sich wohl nicht sicher ist, ob er mir die Dinge sagen soll, die Jamie ihm anvertraut hat. Dann scheint er sich entschieden zu haben und schaut mich an. »Sie liebt dich. Das sieht nicht nur ein Blinder, sondern sie hat es mir auch gesagt. Aber ...«, wieder macht er eine kurze Pause, »sie will deinem Glück nicht im Weg stehen.«

Überrascht reiße ich die Augen auf. »Meinem Glück? Was meinst du damit? Sie ist verdammt noch mal mein Glück.«

»Das wissen du und ich, Liam, aber Jamie will Erin nicht den Mann wegnehmen. Und deinem Kind nicht den Vater.«

»Aber sie nimmt mich Erin nicht weg. Ich gehöre nicht zu Erin. Und ich kann auch so ein guter Vater sein.«

»Vielleicht. Aber Jamie sagt, dass sie der Chance nicht im Weg stehen will, dass du eine eigene Familie haben kannst.«

Von der Härte und Intensität dieser Worte getroffen, halte ich für einen Moment die Luft an und versuche, mich zu sammeln. Auch wenn ich Jamie noch nicht lange kenne, weiß ich, dass dieser Punkt, dass sie selbst wahrscheinlich keine Kinder bekommen kann, ihr Denken und Handeln unermesslich beeinflusst. Ich bin Zeuge von dem Schmerz geworden, der aus ihr strömt, wenn dieses Thema zur Sprache kommt. Durfte einen Teil der Leere sehen, die sie erfüllt und die in ihr tobt.

»Vielleicht will ich einfach meine kleine eigene Familie mit ihr. Liam und Jamie. Das reicht mir voll und ganz. Sie vervollständigt mich auf eine Weise, die ich nie für möglich gehalten habe«, sage ich leise und versuche, Herr des Schmerzes zu werden, der sich unfassbar tief in meinem Inneren ausgebreitet hat, seit Jamie sich von mir abgewandt hat.

»Gib ihr Zeit, Liam«, sagt Niall und stellt die Gläser weg, die wir inzwischen leer getrunken haben. »Gib ihr einfach einen Moment, sich selbst wieder zu sammeln. Das hier zu verarbeiten. Ich meine, es kommt nicht jeden Tag vor, dass plötzlich eine Frau vor einem steht, die dir sagt, dass sie ein Kind von deinem Partner bekommt und den somit zum Vater macht.«

Ich schlucke. Ein Kind. Vater. Ich werde Vater. Auch wenn ich mir das sicherlich mal in Gedanken ausgemalt habe, war es nicht auf diese Art.

»Was würdest du an meiner Stelle tun?«, frage ich meinen Bruder, der mich tatsächlich ein wenig überrascht anschaut, dass gerade ich ihn um Rat frage. Zugegeben … vor einigen Wochen wäre das auch noch nicht möglich gewesen.

»Du meinst, neben der Tatsache, dass ich Jamie einen Moment Zeit geben würde?«

»Aye.«

»Ich denke, du musst mit Erin reden. Ich kenne sie nicht und werde mir sicherlich auch kein Urteil erlauben, aber wer hier auf diese Weise auftaucht und dir das so mitteilt, quasi ohne Rücksicht auf Verluste, der sieht sich wahrscheinlich auch als Teil deines Lebens. Und wenn ich dich richtig verstanden habe, siehst du in Erin keine zukünftige Partnerin, oder?«

Vehement schüttle ich den Kopf. »Definitiv nicht. Ich mag sie und wir hatten eine gute Zeit, aber ich liebe sie nicht.«

»Dann musst du ihr das sagen. Und das besser früher als später.«

Wann ist mein Bruder eigentlich so weise geworden? Und

wann genau habe ich den Punkt erreicht, dass mein Leben gefühlt nur noch aus intensiven Gesprächen besteht?

»Besser noch einen Schluck Whisky vorher?«, lacht Niall.

»Ähm, ich soll das jetzt machen? Meinst du, die Eile ist geboten?«

Verwirrt schaue ich meinen Bruder an, der die Gläser und die Flasche Whisky wieder an ihren entsprechenden Platz stellt und sich wohl nicht ganz sicher ist, was er sagen soll. Dann sieht er mich an.

»Auf was willst du denn warten? Desto früher du das klärst, desto eher kannst du dich wieder auf Jamie konzentrieren. Ich meine …« Für einen Moment hält er inne und ich frage mich, ob er mir irgendetwas nicht sagt. »Lass sie nicht einfach abreisen, sondern halte sie auf.«

~

Dreißig Minuten später stehe ich vor Erins Zimmertür und klopfe an. Auch wenn sie am liebsten bei mir im Cottage übernachtet hätte, fand ich es angemessener, sie hier im Hotel unterzubringen.

Niall hat recht, dass ich dieses Gespräch mit ihr nicht ewig vor mir herschieben sollte. Nicht, wenn es Jamie ist, die ich eigentlich will.

Vielleicht später.

Die Hoffnung, die in mir aufgekeimt ist, als Jamie ein Gespräch zwischen uns nicht völlig abgewiesen hat, ist allgegenwärtig. Wenn ich sie erst mal vor mir habe und ich ihr in Ruhe alles erklären kann, wird sie mir glauben, dass sie diejenige ist, die ich will.

Immer noch öffnet Erin nicht die Tür und erneut klopfe ich, jetzt etwas ungeduldiger, an die Zimmertür.

Just in diesem Moment geht die Tür auf und Erin steht mit einem Handtuch um den Körper gewickelt vor mir. Ihre Haare sind noch nass und sie scheint gerade aus der Dusche gekommen zu sein.

»Hast du schon einmal geklopft?«, fragt sie nahezu etwas atemlos und zieht sich das Handtuch vor der Brust enger zusammen.

»Ja«, antworte ich ihr.

»Ich habe dich gar nicht gehört.«

»Darf ich reinkommen? Wir müssen reden.«

»Ähm, ja. Moment.«

Erin dreht sich um und scheint im Zimmer umherzublicken, bevor sie mir etwas zögerlich die Tür öffnet.

»Komme ich ungelegen? Hast du Besuch?«

Sie schüttelt den Kopf und als sie die Tür weit genug geöffnet hat, trete ich ein.

Erin ist in einem der größten und komfortabelsten eingerichteten Zimmer untergekommen, das einen wunderbaren Ausblick auf die Landschaft der Highlands bietet. Meine Eltern haben vor Jahren Stilsicherheit bewiesen, als sie das ein bisschen in die Jahre gekommene Mobiliar teilweise ausgewechselt und eine klassische Symbiose zwischen modern und gemütlich gefunden haben. Während die Zimmer über großzügig eingerichtete Bäder verfügen, die zum Teil mit frei stehenden Badewannen eingerichtet sind, die an die Zeit Königin Viktorias erinnern, zeigen Flachbildfernseher und eine iPod-Dockingstation, dass wir sehr wohl im 21. Jahrhundert angekommen sind.

Als ich meinen Blick weiter durch den Raum schweifen lasse, fällt er auf den kleinen Tisch neben dem Fenster, auf dem ganz deutlich eine Flasche Wein und ein Glas zu sehen sind. Erin beobachtet mich genau und daher weiß ich, dass sie meinen Blick verfolgt hat. Ist sie deswegen so nervös?

Ich drehe mich zu ihr um. »Was ist das?«, frage ich sie und deute auf das leere Glas.

»Ähm ...« Sichtlich verlegen zerrt Erin an dem Handtuch, das ihren Körper bedeckt. »Erwischt.«

»Wie, erwischt?«, frage ich mehr als nur überrascht und ziehe meine linke Augenbraue hoch.

Statt einer Antwort geht Erin einen Schritt auf mich zu und lächelt mich süffisant an. Ihre Hand landet auf meiner Brust, während sie sich mit der anderen Hand eine nasse Haarsträhne hinters Ohr streift.

»Erin«, ermahne ich sie und greife nach ihrer Hand. »Lass das. Was soll das mit dem Wein?«

Immer noch antwortet sie nicht, sondern lehnt sich stattdessen gegen mich und versucht ... in drei Teufels Namen ... mich zu küssen. Ich weiche ein Stück zurück und starre sie fassungslos an.

»Ach Liam«, säuselt sie unbeirrt und ich merke, dass sie wohl nicht lockerlassen wird.

»Nichts *Ach Liam*«, knurre ich. »Was ist hier los?«

Sie weicht einen Schritt zurück und ehe ich es mich versehe, öffnet sie das Handtuch und lässt es zu Boden gleiten.

Mein Blick fällt auf ihren flachen Bauch. Ihren viel zu flachen Bauch. Ich mag zwar nicht die größte Ahnung von Schwangerschaften haben, aber ich weiß, wann wir das letzte Mal Sex hatten, und nach der Zeit muss definitiv schon ein kleines Bäuchlein sichtbar sein. Erins Bauch ist stattdessen flach und durchtrainiert.

»Erin, ich habe dich gefragt, was hier los ist.«

Ihr Blick verfolgt meinen und sie sieht genau, dass ich auf ihren Bauch starre. Nahezu lasziv schaut sie mich an. »Was ist eigentlich dein Problem, mein Guter?«

Ihr Ernst?

»Was mein Problem ist?«, fahre ich sie an und versuche, dabei nicht zu laut zu werden. »Du sagst mir, dass du schwanger bist, und ich komme hier rein, sehe eine Weinflasche samt Glas im Zimmer stehen. Und überhaupt, müsstest du nicht schon deutlich mehr Bauch haben als das, was du mir hier präsentierst?«

Ich gestikuliere wild und versuche dabei, nicht unverschämt auf ihren nackten Körper zu starren, den sie mir immer noch schamlos präsentiert.

»Manchmal sind die Dinge anders, als sie scheinen«, grinst sie und ihr Mund zuckt verräterisch.

»Was meinst du damit?«, frage ich und merke, dass ich wirklich ungeduldig werde.

»Ach Liam, ich habe gedacht, du verstehst einen Spaß.«

»Ich verstehe einen Spaß? Erin, ich sage es ein letztes Mal: Was ist hier los?«

»Glaubst du wirklich, ich bin so doof und lasse mich schwängern und werfe damit meine Freiheit weg? Ich dachte, es wäre witzig und würde dieses dumme Blondchen vergraulen, das dir ja förmlich an den Lippen hing. Gib's zu, ich habe dir damit einen Gefallen getan. Keine Angst, ich hätte dir heute eh gesagt, dass ich nicht schwanger bin. Gott bewahre!«

Sie spuckt die Worte förmlich aus und klingt dabei wie jemand, der nicht sonderlich viel Wert auf eigene Kinder legt und eher an sich selbst denkt. Ihr Sarkasmus ist allgegenwärtig.

Ich kann nicht glauben, was ich höre.

»Du hast die Schwangerschaft also nur vorgetäuscht, um mich für dich zu behalten und andere Frauen von mir fernzuhalten? Hast du sie noch alle?«

Sichtlich triumphierend grinst sie mich an. »Und? Es hat doch funktioniert!«

»Einen Scheiß hat es!«

Ich merke, wie die Wut in mir hochkocht und dass ich mich zusammenreißen muss, um nicht völlig aus der Haut zu fahren. Wie kann sie so etwas tun? Ich wollte in Ruhe mit ihr reden. Nett zu ihr sein und wie erwachsene Menschen die Sache mit dem Kind besprechen. Habe gehofft, mit ihr eine Lösung zu finden, die für uns beide akzeptabel ist, und dass wir freundschaftlich miteinander nach vorn schauen. All diese Gedanken sind verflogen.

Ich knirsche mit den Zähnen und starre sie wütend an. »Denkst du wirklich, ich bleibe nach so einer Aktion bei dir? Ich bin nicht in dich verliebt, Erin. Ich will nicht sagen, dass du mir nie etwas bedeutet hast. Das wäre zu hart. Wir hatten eine gute Zeit. Aber diese Nummer hier ist ein Armutszeugnis für dich und ich kann nicht glauben, dass du solche Register ziehst, nur um mich für dich zu gewinnen.«

»Ist es wegen dieser Tusse aus London?«

Das hat sie jetzt nicht wirklich gesagt! Ich versuche, mich zu beherrschen und meine Lautstärke unter Kontrolle zu kriegen. Beides gelingt mir nicht sonderlich gut.

»Ich denke, es ist das Beste, wenn du unverzüglich deine Koffer packst und abreist. Es gibt nichts mehr, was uns verbindet. Und auch ein Kind hätte uns nicht zusammengebracht, sondern hätte uns nur notgedrungen in Kontakt gehalten.«

Meine Worte erfüllen den Raum und die Luft ist zum Bersten gespannt. Ich bin mir sicher, dass sich meine Adern vor Wut deutlich unter der Haut abzeichnen. Ich atme mehrmals tief ein und aus, versuche, ruhiger zu werden.

Ich sehe Erin den Ärger förmlich an, werde mich aber nicht auf ihr Niveau herabbegeben. Stattdessen hebe ich wortlos das Handtuch vom Boden auf, da sie immer noch nackt vor mir steht.

»Zieh dich an«, sage ich emotionslos und reiche es ihr.

»Und damit bist du fertig mit allem?«

Erin greift nach dem Handtuch und wickelt es sich frustriert um.

»Ich bin fertig mit dir, Erin. Wir sind fertig miteinander. Nimm es, wie du willst.«

Unverfroren blickt sie mir ins Gesicht. »Ernsthaft?«

»Das ist mein voller Ernst.«

Sie versucht es ein weiteres Mal. »Aber wir waren doch so gut zusammen.«

Wieder verringert Erin den Abstand zwischen uns und scheint für einen Moment darauf bedacht, ihre Hand erneut auf meine Brust zu legen. Dann besinnt sie sich eines Besseren und hält inne. »Unser Sex war gut. Wir selbst waren nicht gut zusammen. Das werden wir auch nie sein.«

Ich gehe zur Zimmertür und lege meine Hand an die Klinke. »Ich werde veranlassen, dass für deine Abreise alles vorbereitet wird. Mach es gut, Erin.«

Mit diesen Worten verlasse ich das Hotelzimmer und lehne mich im nächsten Moment an die Zimmertür, die hinter mir ins Schloss gefallen ist.

Nicht schwanger. Nur vorgetäuscht. Alles eine Lüge.

Meine Gedanken rasen und ich versuche, zu verstehen, was sich innerhalb der letzten Minuten abgespielt hat. Wieso bin ich nicht sofort auf die Idee gekommen, Erin nach Beweisen zu fragen? Nach einem Mutterpass, einem Ultraschallbild, herrje, meinetwegen nach einem positiven Schwangerschaftstest.

Frustriert schnaube ich auf und setze mich in Bewegung. Ich weiß, wo ich hinmuss. Zu wem ich muss.

Während ich zunächst zügig die Treppe runter in die Hotellobby laufe, an der Rezeption vorbeirenne und einen verblüfften Niall stehen lasse, renne ich die Meter bis zu Jamies Cottage, ohne stehen zu bleiben.

Ich muss mit ihr reden. Mein Herz rast vor Freude, denn ich weiß, dass gleich alles wieder in Ordnung sein wird, wenn ich ihr erst erzählt habe, dass Erin nicht schwanger ist und nichts und niemand mehr zwischen uns steht.

Ich stolpere die Stufen ihrer Veranda hoch und klopfe energisch gegen die Tür.

Nichts.

Wieder klopfe ich an, dieses Mal etwas lauter.

»Jamie? Jamie, bist du da? Bitte mach auf! Wir müssen reden!«

Immer noch nichts.

Frustriert versuche ich, einen Blick durch das Fenster zu werfen. Von Jamie ist nirgendwo eine Spur zu sehen.

Ich blicke mich um. Suche die Gegend ab und hoffe, Jamie am Steg oder in der Nähe des Cottages zu entdecken.

Weit und breit keine Spur von ihr.

Ich will mich bereits umdrehen und zurück zum Hotel laufen, da sehe ich einen weißen Umschlag, der unter der Fußmatte hervorschaut.

Ich bücke mich und nehme ihn hoch. Mit fein geschwungenen Linien steht mein Name auf dem Papier.

Inzwischen kenne ich Jamies Handschrift zur Genüge, reiße im nächsten Moment den Umschlag auf und ziehe das beschriebene Blatt hervor.

Lieber Liam, steht in Jamies eleganter Handschrift oben am linken Rand. Ich schlucke und lasse mich auf die oberste Stufe der kleinen Holztreppe sinken.

Lieber Liam, lese ich erneut.

Ich habe dir gesagt, dass wir vielleicht noch einmal miteinander reden können. Es tut mir leid. Zu dem Zeitpunkt wusste ich bereits, dass es eine Lüge ist, denn als du mich bei Niall gesehen hast, war ich gerade dabei, mich von ihm und Kenzie zu verabschieden. Ich habe nicht die Kraft, auch dir Lebewohl zu sagen, denn es hätte mir das Herz gebrochen.

Nie im Leben habe ich geglaubt, jemals so einen tollen Mann wie dich kennenzulernen. Jemanden, der so bereit ist, zu wachsen, der an sich arbeitet, die Menschen um sich herum liebt und alles, was er tut, mit absoluter Leidenschaft tut. Ich danke dir von Herzen, dass du bereit warst, mich in meiner dunkelsten Stunde aufzufangen. Mich gehalten hast, als all der Schmerz darüber, dass ich keine Kinder bekommen kann, herauswollte. Dass du mich kaputtes Wesen so akzeptiert hast, wie ich bin. Auch mit meinen Fehlern und meinen Unzulänglichkeiten.

Zu erleben, dass du nun dieses Wunder der Natur erfahren darfst, erfüllt mich zugleich mit unsäglicher Freude als auch mit noch nie gekanntem Schmerz. Von Herzen freue ich mich, dass Erin und du eine kleine Familie gründen werdet. Ich weiß aber auch, dass ich gehen muss, denn zu erleben, dass du meinen Traum mit einer anderen Frau leben wirst, bricht mir das Herz. Ich liebe dich und weiß, dass wir eine wunderbare Zeit hatten. Eine Zeit, die irgendwie zu enden vorbestimmt war.

Ich weiß, dass du meine Entscheidung so nicht hinnehmen willst. Weiß, dass du gerade alles in die Wege leiten möchtest, mich bei dir zu halten. Ich bitte dich … tu es nicht. Bitte lass mich gehen und gib mir die Chance, irgendwann wieder ganz zu werden, so wie ich dir die Chance geben möchte, glücklich zu sein und eine Familie zu haben. Setze deine Kraft in deinen eigenen Weg, der zu Großartigem bestimmt ist.

Ich liebe dich. Du wirst fehlen. Consilia mea ad futura pertinent.
Jamie

26

JAMIE

»Edinburgh? Ausgerechnet Edinburgh? Muss das sein?«

Ich seufze und schaue meine beste Freundin an, in der Hoffnung, dass sie Mitleid mit mir hat.

Bekka denkt gar nicht daran, sich umstimmen zu lassen, und lacht unbekümmert auf. »Liebes, ich kann nichts dafür, dass der Gewinn uns nach Schottland führt.«

»Schottland ist ja nicht das Problem, aber muss es unbedingt Edinburgh sein?«

»Wäre dir Inverness lieber gewesen?«

Ich stöhne frustriert auf und merke, dass mir meine Argumente ausgehen. »Nein. Aber hättest du nicht an einem Gewinnspiel teilnehmen können, wo der Gewinn eine Reise nach Brighton gewesen wäre? Oder Liverpool? Oder meinetwegen auch einfach nur ein Wellnesswochenende hier in London?«

»Hey, das ist unfair. Ich muss bei dem Gewinnspiel schon Wochen vorher mitgemacht haben, bevor du Liam kennengelernt hast.«

Beim Klang seines Namens spüre ich einen kleinen Stich in meiner Brust und ich muss schlucken.

Drei Wochen sind vergangen, seit ich Finnegan verlassen habe. Drei Wochen ohne Niall und Kenzie. Drei Wochen auch ohne Liam. Noch immer schlägt mein Herz einen Takt schneller, wenn ich an ihn und unsere Zeit denke. Dann aber verdunkeln sich die Wolken in meinem Kopf und ich habe wieder Bilder vor mir, wie er glücklich ein Baby im Arm hält, Erin und er mit einem Kinderwagen nebeneinander um den Loch Finnegan laufen und wie er neben seinem Sohn in einem großen Boot sitzt und nach Walen Ausschau hält. Das Leben ist doch wirklich unfair.

»Jamie«, ruft Bekka und ich werde aus meinen Gedanken gerissen. »Ich gebe zu, es ist vielleicht nicht sonderlich toll, dass wir unbedingt in die Stadt fahren, wo für dich alles mit Liam angefangen hat, aber ich habe alle Unterlagen gecheckt. Unser Hotel ist nicht das *The Stewart*. Wir sind woanders untergebracht und da du mit Liam nichts in Edinburgh unternommen hast, wirst du schon genug abgelenkt werden. Glaub mir, das wird gut.«

»Dein Wort in Gottes Ohr«, schnaufe ich ein bisschen frustriert auf und beiße in das Croissant, das vor mir auf dem Teller liegt.

Nachdem ich meine Wohnung gekündigt habe, bin ich bei Bekka und ihren vier Männern eingezogen. Übergangsweise, versteht sich, bis ich etwas Passendes gefunden habe, was in London wirklich nicht so einfach ist. Der Gedanke, wieder in meine alte Wohnung zurück zu müssen, war mir einfach zuwider. Ich habe die Sache mit Connor hinter mir gelassen. Und das bedeutet auch, nicht mehr in der Wohnung zu leben, wo unser gemeinsames Leben stattgefunden hat.

Tatsächlich vermisse ich die Ruhe der Highlands ein bisschen. Hätte man mir das vor einigen Wochen gesagt, hätte ich Stadtkind wahrscheinlich laut aufgelacht.

»Hör zu, Jamie. Ich brauche dieses Wochenende. Guck dir das Chaos hier doch mal an!«

Bekka steht wild gestikulierend vor mir. Lachend blicke ich mich um und kann sie tatsächlich ein bisschen verstehen. Wahrscheinlich hat sie bei gefühlt einhundert Gewinnspielen mitgemacht, bei denen man ein Wellnesswochenende gewinnen konnte, nur um dem Tohuwabohu hier zu entfliehen.

Um unsere Füße herum liegen Bauklötze und hätte Bekka nicht aufgepasst, wäre ich über ein Polizeispielzeugauto und einen Kranwagen gestolpert. Das Leben mit drei kleinen Jungs muss auch erst mal gemeistert werden.

»Wie hast du Gavin überredet, dass er die Jungs allein versorgt?«, frage ich und nippe an meinem Kaffee. »Wie viel Sex musstest du ihm bieten?«

Bekka lacht und beginnt, einige der Spielsachen zusammenzuräumen, die um uns verstreut liegen. »Hör mir auf. Viel schlimmer. Ich musste ihm versprechen, dass wir Weihnachten bei seinen Eltern feiern. Und auch über alle Feiertage bleiben! Du kannst mir jetzt schon mal ein neues Wellnesswochenende buchen, wenn ich die Zeit bei Betty und Phil hinter mir habe.«

Da ich Bekkas Schwiegereltern schon ein paar Mal live erleben konnte, glaube ich ihr aufs Wort. »Ach herrje!«

»Du sagst es! Also nicht nur du bringst Opfer für den Wellnesstrip, sondern mein Einsatz ist auch nicht ohne.«

Jetzt muss ich doch lachen. »Ist ja schon gut. Ich komme ja mit und ich höre auch auf, zu nörgeln. Verrat mir lieber noch einmal, was genau du gewonnen hast.«

Sie unterbricht ihre Aufräumarbeiten für einen Augenblick und schaut mich an. »Zwei Übernachtungen für zwei Personen im Hotel inklusive kostenloser Nutzung des Sky-Spas mit

Rooftop-Pool, Massagen und Beautybehandlungen, Sundowner und einem Candle-Light-Dinner. Ein oder zwei Ausflüge sind auch dabei. Komm, gib zu, schlecht klingt das nicht.«

»Definitiv nicht«, muss ich mich geschlagen geben und weiß, dass mir ein bisschen Abschalten und Wohlfühlen nach den letzten Tagen wirklich guttun wird. Der Start in der Agentur verlief zwar reibungslos, aber bedingt durch die Umstrukturierung in der Führungsebene kann ich mich nicht voll und ganz auf meine laufenden Projekte konzentrieren und so sitze ich so manchen Abend lange in der Agentur. Marcus hat die Übergabe wunderbar organisiert und trotzdem merke ich, dass es mir schwerfällt, mich hundertprozentig auf meine neue Aufgabe zu konzentrieren. Immer wieder driften meine Gedanken ab und ich wünschte, meine Zeit in Schottland wäre nicht vorbei.

»Hat er sich gemeldet?«, fragt Bekka und gießt mir noch eine Tasse Kaffee ein.

»Nein«, antworte ich ihr, denn dass sie von Liam spricht, ist mir klar. »Ich glaube aber auch nicht, dass er es tun wird. Ich habe ihn darum gebeten.«

»Mmh«, murmelt meine beste Freundin und scheint für einen Moment zu überlegen.

»Was?«

»Nichts.«

Wieso glaube ich ihr in diesem Moment nicht?

»Bekka? Was geht in deinem Köpfchen vor?«

»Gar nichts. Ich frage mich nur, ob das die richtige Entscheidung war.«

Überrascht ziehe ich eine Augenbraue hoch. »Wieso? Er soll sich auf sein Kind und seine neue Familie konzentrieren.«

»Du denkst immer, dass er das will.«

»Ich weiß, dass Liam unfassbar verantwortungsbewusst ist

und Erin nie mit dem Kind allein lassen würde, geschweige denn kein Vater sein will. Das hat Erin ja auch gesagt.«

Bekka legt mir eine Hand auf den Unterarm und schaut mir ernst in die Augen. »Trotzdem hättest du ihm die Chance geben müssen, Stellung dazu zu beziehen.«

»Es hätte doch nichts gebracht.«

Frustriert ziehe ich meinen Arm weg und verschränke meine Arme vor der Brust.

»Weißt du das?«

»Nein. Aber ich kann auch nicht so egoistisch sein, mich in sein Leben zu drängen. Ich meine, er beginnt diese Therapie, um sich selbst wieder zu fokussieren und nach vorn zu schauen. Jetzt das Kind, was auch eine neue Sache in seinem Leben ist. Da braucht er nicht mich und mein Elend.«

Bekka zuckt bei meinen Worten zurück. »Dich und dein Elend? Jamie, ich bitte dich! Hör dich doch mal reden. Du bist doch kein Elend!«

»Ja, aber Arbeit!«

Sie nickt. »Das auf jeden Fall. Aber sicherlich nicht deswegen, weil du dein eigenes Päckchen zu tragen hast. Das kennt er bereits und er ist nicht davongelaufen.«

»Wieso bin ich dann Arbeit?«

»Vielleicht sollte ich mit der Antwort warten, bis du entspannt von lauter Massagen und Beautybehandlungen bist?«

»Raus mit der Sprache«, fordere ich meine Freundin auf.

»Jamie, du bist Arbeit, weil du zwar so tust, als hättest du alles im Griff, aber eigentlich musst du selbst noch unfassbar viel an dir arbeiten.«

Ich starre Bekka an und auf meiner Stirn scheinen sich förmlich drei Fragezeichen zu bilden.

»Versteh mich nicht falsch. Du bist meine beste Freundin und deswegen sage ich dir das jetzt auch. Du hast schon viel geschafft, viel bewältigt und vor allem viel an dir gearbeitet. Aber … es gibt immer wieder diese Phasen, da machst du dich selbst klein und stellst dein Glück hinter das anderer Leute. Das kann nicht immer gesund sein, und vor allem … du bist dabei traurig.«

Ich schlucke und weiß für einen Moment nicht, was ich antworten soll. »Ich will halt nicht egoistisch sein.«

»Was bitte ist daran egoistisch, wenn man für seine Liebe und für sein Glück kämpft?«

»Ja, aber Windmühlenkämpfe«, beginne ich, werde aber umgehend von Bekka unterbrochen.

»Du weißt doch gar nicht, ob das ein Windmühlenkampf geworden wäre. Klar, Liam wird verdammt noch mal so verantwortungsbewusst sein und die Mutter seines Kindes nicht im Regen stehen lassen, aber nur weil man ein Kind bekommt oder gemeinsam hat, heißt das doch nicht, dass man mit der Person, mit der man es hat, zusammenbleiben muss.«

»Aber das ist doch das Beste fürs Kind.«

»Findest du?« Bekka schaut mich eindringlich an. »Ganz ehrlich, Jamie, Kinder sind nicht dumm. Die merken sofort, wenn irgendwas nicht in Ordnung ist. Und jeder, der behauptet, dass man Kindern eine heile Welt vorgaukeln kann, belügt sich selbst. Das geht nur auf Zeit. Man kann doch nur ein gutes Elternteil sein, wenn man sich selbst treu bleibt und selbst glücklich ist.«

»Dazu kann ich nichts sagen, das werde ich wohl nie erfahren.«

»Auch das ist Bullshit«, meckert Bekka mit mir und ich reiße die Augen auf.

»Wie? Bullshit? Du weißt, dass ich wahrscheinlich nie eigene Kinder haben werde.«

»Ja, das weiß ich. Aber das heißt nicht, dass du nicht Mama

sein wirst. Es gibt so viele Möglichkeiten und dein Leben ist doch nicht vorbei.«

»Aber –«, fange ich an, werde aber wieder von Bekka unterbrochen.

»Kein Aber. Wir zwei Hübschen fahren jetzt auf dieses Wochenende und dann sortieren wir dich neu. Und finden raus, was du zu tun hast.«

»Was ich zu tun habe? Das klingt nach Arbeit! Ich dachte, ich soll entspannen.«

»Sollst du auch, aber das bedeutet nicht, dass wir auf dem Wellnesswochenende nicht auch was für deine Seele und dein Herz machen.«

Ich lächle ein bisschen gequält, weil ich genau weiß, was es bedeutet, von Bekka in die Mangel genommen zu werden.

Gott sei Dank werden wir in diesem Moment von lautem Kindergeschrei aus dem Nachbarzimmer unterbrochen und Bekka schaut mich gequält an. »Notfalls«, ruft sie mir zu und hastet aus dem Raum, »kannst du einen von meinen haben!«

27

LIAM

»Dir ist schon klar, dass ich keinen Babysitter brauche, oder?«

Kenzie, die neben mir auf dem Beifahrersitz hockt, grinst genüsslich vor sich hin.

»Willst du dazu nichts sagen oder kannst du nicht?«, ergänze ich und steuere den Wagen durch den nachmittäglichen Verkehr von Edinburgh.

»Was möchtest du hören, Bruderherz? Natürlich weiß ich, dass du auch allein mit Simon fertigwirst, aber ich habe ihn und Brianna seit Ewigkeiten nicht gesehen.«

»Natürlich.«

»Hey, das entspricht der Wahrheit.«

»Sicher.«

Ich blicke konzentriert auf die Fahrbahn und frage mich, ob meine kleine Schwester irgendwas im Schilde führt, kann mir aber bei aller Liebe nicht vorstellen, was.

»Denkst du etwa, ich lüge?«

Gespielt entrüstet blickt sie mich an, während sie einen Schluck aus der Wasserflasche nimmt, die sie in der Hand hält.

»Ich weiß, dass du die zwei lange nicht gesehen hast.«

»Wo liegt dann dein Problem?«

»Dass ich genau weiß, dass du und Simon mich gleich ins Kreuzverhör nehmt.«

Eine Sache, auf die ich definitiv keine Lust habe. Die letzten Wochen waren schon emotional anstrengend genug.

»Stimmt doch gar nicht.«

»Stimmt ja wohl. Mir reicht es schon, dass du und Niall quasi täglich versucht, mich dazu zu nötigen, Jamie anzurufen. Jetzt holt euch doch nicht auch noch Simon ins Boot.«

»Nötigen? Wie das klingt!« Sie schüttelt ihren Kopf.

»Ich habe euch gesagt, dass ich es nicht tun werde. Sie hat mich gebeten, sie in Ruhe zu lassen. Das ist das Mindeste, was ich für sie tun kann.«

»Das hat sie getan, bevor klar war, dass Erin nicht die Wahrheit gesagt hat.«

»Das macht doch keinen Unterschied!«

Entrüstet schaut Kenzie mich erneut von der Seite an. »Liam, ich bitte dich! Das macht den totalen Unterschied. Die Arme denkt, dass du ein Kind von Erin kriegst, und nichts davon ist wahr.«

»Ja, vielleicht. Aber sie wollte nicht, dass ich mich bei ihr melde, und irgendwie hat sie ja auch deutlich gemacht, dass unsere Sache nur auf Zeit war. Wie hat sie es so schön ausgedrückt? Eine Zeit, die irgendwie zu enden vorbestimmt war.«

»Du spinnst«, knurrt Kenzie und ohne ihr ins Gesicht zu blicken, weiß ich, dass sie sich neue Argumente zurechtlegt.

»Bist du jetzt etwa auch noch sauer auf sie?«, fragt sie.

»Was heißt sauer. Ich finde es halt scheiße, dass sie die Sache scheinbar doch nicht so intensiv wie ich empfunden hat. Nicht nur ist sie abgehauen und einem Gespräch aus dem Weg gegangen, sie hat mir ja mehr oder weniger auch klargemacht, dass unsere Verbindung ein Ablaufdatum hatte.«

»Meinst du nicht, du drückst das ein bisschen hart aus und tust ihr damit unrecht?«

»Mag sein«, erwidere ich und setze den Blinker, um in die Straße zu biegen, die zu Simons Destillerie führt.

»Mag sein?« Kenzie lässt nicht locker.

»Pass auf, Schwesterherz, ich möchte nicht ewig darüber reden. Ich verdanke Jamie viel und sie fehlt mir schrecklich. Aber abhauen ist einfach nicht okay. Und wie gesagt, sie will nicht, dass ich mich bei ihr melde, also werde ich das auch nicht tun.«

»Du bist so großzügig und außerdem seid ihr euch echt zu ähnlich«, stöhnt Kenzie und fasst sich ungläubig an den Kopf.

»Wie meinst du das, zu ähnlich?«

»Nur so«, ist das Einzige, was Kenzie von sich gibt und tippt stattdessen auf ihrem Handy herum.

»Irgendwas Wichtiges?«, frage ich sie.

»Nein. Ich muss nur kurz ein paar Instruktionen geben, wie ich mir das Menü für nächste Woche vorstelle und was eingekauft werden muss.«

»Aye«, nicke ich und parke wenige Momente später den Wagen auf dem Parkplatz der Clifton Destillerie.

Als wir aussteigen, kommen uns Simon und Brianna bereits entgegen. Sofort schließt Brianna zunächst mich und dann Kenzie in die Arme, während Simon und ich uns für eine nicht weniger herzliche Begrüßung entscheiden.

»Wie toll, dass du mitkommen konntest«, sagt Brianna zu Kenzie und hakt sich sogleich unter.

»Stimmt, wir haben uns ewig nicht gesehen«, antwortet diese

und schaut beeindruckt auf Briannas schon wieder stark gewachsenen Bauch.

»Und du bist dir wirklich sicher, dass da nur eins drin ist?«, lache ich und laufe neben Simon und den Frauen Richtung Hauptgebäude.

»Definitiv«, jauchzt Brianna. »Noch eine Frau mehr würde Simon auch nicht schaffen!«

»Also wird es wieder ein Mädchen?«, frage ich meinen Freund und an seinem Grinsen kann ich erkennen, dass er wirklich nur Mädchen kann.

»Ich habe bald meine eigene Girlgroup«, lacht er.

»So könnte man das auch bezeichnen«, stimmt Brianna ihm zu und streicht sich über den Bauch. »Aber im Ernst, Kenzie, es ist cool, dass du dabei bist. Wir haben heute nämlich ein Whisky-Tasting inklusive Gourmeterlebnis und leider haben zwei Teilnehmer heute Morgen abgesagt, sodass ihr einspringen könnt, wenn ihr wollt.«

»Klar wollen wir das«, antwortet Kenzie sofort, ohne mich zu fragen.

»Ich nehme an, das wäre entschieden?«, grinst Simon und schaut mich an.

»Scheint so«, sage ich und zucke mit den Schultern. »Ich habe aufgehört, zu diskutieren, wenn es um Essen und Kenzie geht.«

»Besser so«, lacht sie und schaut Brianna aufgeregt an. »Was genau gibt es denn bei dem Gourmeterlebnis?«

»Das ist unser *Taste of Scotland*-Event«, erklärt Brianna. »Es ist in zwei Teile geteilt. Zunächst findet eine Führung durch unsere Destillerie statt, inklusive Nosing und Tasting einzelner Single-Malt-Whiskys mit abschließender Verkostung eines exklusiven Scotch-Whiskys. Meistens führt Simon durch die Tour, ab und zu springt auch einer der anderen Angestellten ein. Der zweite Teil ist das eigentliche Gourmeterlebnis, also die exquisite Kombination von unserem eigenen schottischen Whisky mit schottischer Cuisine. Es gibt ein Drei-Gänge-Menü, bestehend aus drei Vorspeisen, drei Hauptgerichten und Desserts. Logischerweise alles typisch schottisch.«

»Das klingt toll«, ruft Kenzie begeistert und ich kenne meine Schwester so gut, dass sie gedanklich schon wieder überlegt, was davon man auch in unserem Hotel umsetzen könnte.

Dank Jamies Starthilfe läuft es tatsächlich etwas besser und obwohl seit dem Quasi-Neustart noch nicht ganz ein Monat vergangen ist, trudeln wieder verstärkt Buchungen ein. Was so ein bisschen Werbung und Umstrukturierung doch bewirken. Jamie hat wirklich der Himmel geschickt. Auch wenn ihre Abwesenheit für mich jetzt die reine Hölle ist.

»Ich nehme an, ihr wollt den ersten Teil der Tour nicht mitmachen?«, fragt Simon Gott sei Dank und ich werde aus meinen Gedanken gerissen.

»Ich glaube nicht. Ich kenne eure Destillerie zwar nicht wie meine Westentasche, aber gut genug.«

»Ich muss das auch nicht machen«, sagt Kenzie. »Lasst uns doch lieber einen Kaffee trinken und ein wenig plaudern. Du musst mir unbedingt erzählen, ob du dir schon einen Namen für Baby Nummer vier hast einfallen lassen«, fährt sie fort.

Simon und ich schauen uns an und sind uns sofort auch ohne Worte einig, dass wir passen und stattdessen lieber ein wenig über das Gelände der Destillerie wandern.

»Kein Problem«, sagt Brianna zu uns. »Aber denkt dran, in knapp einer halben Stunde ist der erste Teil der Tour bereits vorbei und da solltet ihr auch zu Tisch kommen. Sonst sieht das komisch aus, wenn nur die anderen Gäste da sitzen.«

»Wird gemacht«, nickt Simon ihr zu. »Ich sorge schon dafür, dass Liam pünktlich zum Essen erscheint.«

»Und Kenzie natürlich auch«, ergänze ich, hebe spielerisch warnend den Finger und schaue Brianna an.

»Natürlich«, grinst sie. »Kenzie auch.«

Nachdem die Frauen im Haus verschwunden sind, setzen Simon und ich uns auf die kleine rote Bank, die neben dem Haupthaus steht.

»Wie geht es dir?«, fragt er mich, sobald wir Platz genommen haben.

»Du nicht auch noch«, stöhne ich und lasse mich auf der Bank nach hinten sinken.

»Wie, ich nicht auch noch?«

»Tu nicht so. Kenzie hat dich doch sicherlich auf dem Laufenden gehalten.«

»Hat sie.«

»Und? Gedenkst du, mir jetzt auch da reinzureden?«

»Hatte ich nicht vor. Ich habe dich lediglich gefragt, wie es dir geht«, sagt Simon ruhig und schaut mich an.

Ich reibe meine Hände über beide Oberschenkel und lasse sie danach in den Hosentaschen verschwinden. »Ich bin okay«, antworte ich und starre für einen Moment vor mich hin. »Jamie fehlt mir. Wirklich. Ich hätte nicht gedacht, dass ein Mensch in so einer kurzen Zeit so einen bleibenden Eindruck hinterlassen kann.«

»Sie klingt großartig«, antwortet Simon und lehnt sich ebenfalls mit dem Rücken an der Bank an.

»Das ist sie. Sie hat mir echt geholfen, mich der ganzen Sache mit Mum und Dad zu stellen. Keine Ahnung, wie sie das gemacht hat.«

»Ich glaube, dass da wahrscheinlich viel zusammenkam. Und dass du sie magst, hat sicherlich geholfen.«

»Mag sein. Aber jetzt hilft es mir nicht sonderlich, dass ich Gefühle für sie habe.«

»Du stehst dir mal wieder selbst im Weg.«

Simon zuckt mit den Schultern, als er zu mir spricht.

»Warum behaupten das eigentlich alle? Sie hat mich gebeten, die Distanz zu wahren.«

»Und wann hast du jemals auf solche Dinge gehört, wenn du der Meinung warst, dass das der falsche Weg ist?«

Ich rolle mit den Augen und verziehe den Mund zu einem gequälten Lächeln.

»Wann?«, setzt Simon nach.

»Keine Ahnung. Nie«, muss ich ihm gestehen.

»Und warum tust du es dieses Mal?«

»Weil ...«, beginne ich, muss aber den Satz abbrechen, weil ich merke, dass ich keine Antwort auf seine Frage habe.

»Weil?«, hakt er nach.

»Weil ich vielleicht auch eine scheiß Angst habe, dass sie mich gar nicht will und die Sache mit Erin und dem Kind nur ein glücklicher Vorwand für sie war, aus der Nummer mit mir rauszukommen.«

»Dein Ernst?«

»Mein voller Ernst.«

»Seit wann hast du so wenig Selbstbewusstsein? Mann, Mann, Mann, diese Frau muss echt ein Kaliber sein, dass du auf einmal an deiner Männlichkeit zweifelst.«

»Das tue ich doch gar nicht«, antworte ich leicht entrüstet.

»Was ist es denn dann, was ich hier sehe?«

Da ich ihm nicht sofort antworte, fährt er fort.

»Ich werde mich nicht einmischen, Liam, schließlich ist es dein Leben. Aber ich glaube, du lässt dir eine gute Sache durch die Lappen gehen. Du müsstest doch selbst ganz genau wissen, dass man nicht davon ausgehen darf, dass man alle Zeit der Welt hat.«

Simons Worte lassen mich schlucken und mein Magen zieht sich zusammen. Der Gedanke an die Unfallnacht setzt mir immer noch zu, obwohl ich dank Dan ein paar Taktiken lerne, besser damit umzugehen. Unsere Gespräche tun mir gut und auch wenn wir meistens am Telefon reden und ich erst ein weiteres Mal persönlich bei ihm in Inverness war, hilft mir seine Begleitung sehr.

»Wir sollten reingehen«, sagt Simon in diesem Moment und steht auf. »Brianna reißt mir den Kopf ab, wenn wir nicht pünktlich sind.«

»Die hat dich auch ganz gut im Griff, was?«, frage ich ihn und lache.

»Hat sie. Aber es gibt Schlimmeres. Ich kann damit umgehen«, schmunzelt er. »Gehst du schon mal vor, Liam? Ich muss noch einen Anruf tätigen und meinen Distributor erreichen. Brianna hat gerade geschrieben, dass Kenzie bereits auf dich wartet. Ich bin in weniger als fünf Minuten an deiner Seite.«

»Kein Problem«, antworte ich und werde im nächsten Augenblick förmlich von Simon in den Raum geschoben, der die Tür hinter mir verschließt.

Als die Tür hinter mir ins Schloss fällt, schaue ich mich in dem fein eingerichteten Raum um. Von Kenzie ist nirgendwo etwas zu sehen. Stattdessen steht jemand anderes mit dem Rücken mir zugewandt am Fenster und schaut hinaus. Als die Person hört, dass jemand den Raum betritt, nehme ich eine Stimme wahr, die mir mehr als bekannt vorkommt.

»Bekka, wir dürfen gleich nicht vergessen, im Shop gegenüber vorbeizugehen und etwas einzukaufen. Gavin wird sich bestimmt darüber freuen.«

Wie angewurzelt bleibe ich stehen, als mir bewusst wird, wem ich gegenüberstehe …

Jamie.

Ich weiß nicht, was ich sagen soll, daher verhalte ich mich ruhig und versuche, mich zu sammeln.

»Hat es dir die Sprache verschlagen oder was ist los?«, höre ich Jamie sagen, die sich im nächsten Moment umdreht und die Augen aufreißt, als sie mich sieht.

Wir starren uns an und keiner scheint zu wissen, was er sagen soll. Schließlich ist sie die Erste, die ihre Stimme wiederfindet.

»Was machst du hier?«, sagt sie und ihr harscher Ton fährt mir ins Mark.

Ich versuche, ruhig zu bleiben, obwohl innerlich gerade ein Tornado durch mich fegt. »Dasselbe könnte ich dich fragen.«

Ruhig, Liam, bleib ruhig.

Jamie schaut mich von oben bis unten an und scheint auch nicht genau zu wissen, wie sie reagieren soll. »Ich bin mit Bekka hier. Sie hat bei einem Gewinnspiel gewonnen und der Besuch der Destillerie war Teil des Gewinns. Zumindest habe ich das bis vor ein paar Sekunden noch geglaubt. Jetzt glaube ich eher, dass das Ganze Teil eines perfiden Plans ist.«

»Das glaube ich auch«, murmle ich und gehe vorsichtig einige Schritte auf Jamie zu, um die Distanz zwischen uns zu verringern.

Sie bewegt sich nur minimal, löst sich vom Fenster, ist aber sehr darauf bedacht, dass der große, bereits eingedeckte Tisch zwischen uns ist.

Bekka und Kenzie … ich hätte es mir denken können. Die beiden müssen das Ganze hier ausgeklügelt haben. Es trägt definitiv die Handschrift der beiden.

»Wollen wir uns setzen?«, frage ich Jamie und lege meine Hände unsicher auf eine der Stuhllehnen.

»Ich bleibe lieber stehen«, murmelt sie und so stehen wir

beide sichtlich verlegen im Raum. Keiner weiß so recht, wie er mit dem anderen umgehen soll.

Jamie trägt eine schwarze Skinnyjeans und ein schlichtes schwarzes Top. Ihre Füße stecken in cognacfarbenen High Heels, bei denen ich mich frage, wie sie entspannt damit durch die Gegend laufen kann. Passend zu den Schuhen sticht der schmale Gürtel ins Auge, den sie trägt. Den Highlandlook hat sie hinter sich gelassen und sie scheint wieder komplett in der Großstadt angekommen zu sein.

Als ich Jamie genau anblicke, sehe ich, dass tiefe Augenringe ihr Gesicht zieren. Sie wirkt blass und obwohl ihre Augen funkeln, ist das Leuchten, das ich so liebe, in ihnen nicht zu entdecken.

»Was?«

Sichtlich unruhig unterbricht Jamie die beklemmende Stille und blickt mich an.

»Nichts«, murmle ich und verharre in meiner Position.

»Nach nichts sieht dein Gesichtsausdruck aber nicht aus«, antwortet sie und schiebt ihre Hände in die Hosentaschen. Sie wirkt genauso nervös, wie ich mich fühle.

»Du siehst müde aus«, sage ich vorsichtig und hoffe, dass sie es nicht in den falschen Hals bekommt.

Statt einer Antwort zuckt sie nur mit den Schultern und schaut mich an.

Ich schlucke.

»Ist einfach viel gerade«, sagt sie und schaut auf die Spitzen ihrer Schuhe herab.

Wie gern würde ich ihre Hände in meine nehmen und sie halten. »Wie läuft es in der Agentur?«, frage ich stattdessen.

Sie zieht sich einen Stuhl heran und setzt sich. Ich will nicht allein hilflos im Raum stehen und tue es ihr daher gleich. So sitzen wir uns gegenüber und irgendwie ist die

Situation so anders als all die, die wir vorher miteinander hatten. Immer schon waren Momente zwischen uns intensiv. Intensiv vor Leidenschaft, Begehren, Arbeitseifer, Ideen, Nähe. Dieser Moment hier ist anders und verwirrt mich unermesslich.

»Es läuft gut. Gott sei Dank sind mir die Abläufe nicht neu, aber mit der neuen Position ist doch vieles anders. Ich verbringe viel Zeit auf der Arbeit.«

»Mmh, das kann ich mir vorstellen.«

»Wie läuft es mit eurem Hotel? Haben unsere Maßnahmen schon ein bisschen geholfen?«

»Definitiv. Es kommen wieder mehr Buchungsanfragen rein. Niall hat sogar einen Instagramaccount eingerichtet, auf dem er fast täglich postet und potenzielle Gäste quasi mit auf seine Touren nimmt, sie durchs Hotel führt und so weiter.«

»Das klingt toll. Freut mich für euch.«

»Wir haben dir echt viel zu verdanken.«

Ein müdes Lächeln wandert über Jamies Gesicht. »Das habe ich gern für euch gemacht.«

»Ich habe dir viel zu verdanken.«

Jamies Blick schnellt hoch und eine leichte Röte bildet sich auf ihren Wangen.

»Ernsthaft, Jamie. Ich weiß nicht, ob ich da wäre, wo ich jetzt bin, wenn du mir damals nicht den Mut gegeben hättest, mich meinen Dämonen zu stellen, und mir nicht ein wenig Leichtigkeit wiedergegeben hättest.«

»Wenn ich es nicht getan hätte, hätte es Erin bestimmt geschafft und das Kind hätte dir auch den richtigen Fokus gegeben. Ich war einfach nur etwas früher da, um dich in die richtige Richtung zu stoßen.«

Ich schaue Jamie an und kann nicht einschätzen, ob es leichte Verbitterung ist, die aus ihr spricht, oder was in ihren

Worten mitschwingt. Ich weiß nur, dass ich diesen Moment hier nicht versauen darf.

»Du fehlst mir«, sage ich leise und schaue sie vorsichtig an.

Sie zuckt ein Stück zurück und rutscht unruhig auf ihrem Stuhl hin und her. »Nicht, Liam«, haucht sie und senkt den Kopf.

Gott, wenn sie wüsste, wie gern ich sie halten würde.

»Aber es stimmt. Du fehlst mir schrecklich und es vergeht kein Tag, an dem ich nicht an dich denken muss.«

Beinahe mutlos blicke ich in ihre Augen, hoffe, irgendein Aufblitzen von Wärme in ihnen zu entdecken.

»Liam, bitte. Es ist falsch, so etwas zu sagen.«

»Warum ist es falsch?«

Ich will nicht aufgeben. Ich darf es nicht. Dies hier ist zu wichtig.

»Weil es nicht mehr nur um dich und mich geht.«

Jamie lässt ihren Kopf sinken und schaut auf ihre Hände.

»Doch, geht es. Ging es die ganze Zeit.«

Ihr Kopf schnellt wieder hoch und sie blickt mich an. »Ach ja? Und was sagt Erin dazu?«

»Es ist mir egal, was Erin dazu sagt.«

Jamie reißt ihre Augen auf. Fassungslos schaut sie zu mir. »Wie kannst du so etwas sagen?«

»Weil es so ist.«

»Sie ist die Mutter deines Kindes.«

»Es gibt kein Kind.«

Entsetzt schlägt sich Jamie die Hand vor ihren Mund und starrt mich an. »Oh Gott, sie hat es verloren? Liam, das tut mir furchtbar leid.«

»Es gab nie ein Kind, Jamie.«

Sie lässt die Hand sinken und schaut mich fragend an. »Wie meinst du das?«, sagt sie nach einer Weile.

Ich kann nicht weiter still ihr gegenübersitzen, stehe auf und gehe zum Fenster. Die Abendsonne kleidet das Gelände der Destillerie in wunderschönes Licht, das sich auf den hellen Gebäuden abzeichnet. Frustriert und völlig überfordert von der Situation fahre ich mir durch die Haare, bevor ich meine Hände in meine Hosentaschen stecke.

»Erin hat alles nur vorgetäuscht, weil sie mich für sich wollte und dich verjagen wollte. Was ihr ja auch unfassbar gut gelungen ist.«

Ich schließe die Augen und atme ein paar Mal tief ein und aus. Die Stille, die folgt, irritiert mich, denn Jamie sagt kein Wort. Kein Geräusch ist zu vernehmen und so drehe ich mich zu ihr um.

Ihre Augen sind auf mich gerichtet und Tränen laufen ihr über die Wangen. Ihr Blick ist voller Schmerz und dieser Anblick bricht mir das Herz. In wenigen Schritten bin ich bei ihr, ziehe sie zu mir hoch und schlinge meine Arme um sie. Ich halte sie, streichle ihr über den Rücken, über ihre langen blonden Haare. Ich atme ihren Duft ein, fühle ihren zarten Körper an mir und traue mich nicht, sie loszulassen, weil ich Angst davor habe, dass das hier das letzte Mal sein könnte, wo sie mich sie halten lässt.

Sie schlägt sich die Hände vor ihr schönes Gesicht. »Oh Gott, Liam. Ich war so dumm.«

»Schhh«, sage ich beruhigend und nehme ihren Kopf zwischen meine Hände. Ihre Wangen sind nass von den Tränen, ihre Lippen beben.

»Kannst du mir jemals verzeihen?«

»Ich habe es schon längst getan«, antworte ich sanft und wische ihr mit dem Daumen eine Träne weg. »Für jemanden, der so versiert mit Worten ist und den lieben langen Tag im Job damit zu tun hat, bist du echt schrecklich in Konfliktsituationen. Es hat mich wirklich verletzt, dass du einfach weggelaufen bist.«

Jamies Reaktion ist ein leises Schluchzen. »Es war falsch von mir. Ich wusste nicht weiter.«

»Ich weiß«, murmle ich als Antwort und hoffe, dass sie mir meine Ehrlichkeit nicht übel nimmt. »Ich hätte mir nur gewünscht, dass wir das gemeinsam durchstehen. Aber ich weiß ja, warum dich die Situation mit Erin so getriggert hat.«

»Wann bist du so weise und vernünftig geworden?«, fragt sie leise und verzieht ihren Mund zu einem Schmollen.

»Seit ich ständig Leute um mich habe, die mich konstant therapieren und Gespräche führen wollen. Kenzie lässt mich nicht aus den Augen, Niall mutiert zum großen Bruder und Dan klingelt alle zwei Tage durch.«

»Klingt nach Arbeit«, lacht Jamie und lehnt sich ein wenig an mich.

Mein Herz macht einen kleinen Sprung.

»Na ja, was heißt Arbeit. Ich glaube, ich habe diese Auseinandersetzung mit mir selbst gebraucht, und es hilft mir, zu wachsen.«

»Meinst du, es würde mir auch helfen?«

»Was? Gespräche mit Menschen zu führen? Bestimmt. Du bist doch diejenige gewesen, die mir erzählt hat, dass sie auch eine Therapie gemacht hat.«

»Das meine ich nicht«, antwortet Jamie, hebt ihren Kopf und schaut mich an.

»Dann weiß ich nicht, was du meinst.«

Irritiert blicke ich sie an.

»Meinst du, es würde mir auch helfen, wenn Kenzie mich nicht aus den Augen ließe, Niall wie ein Bruder auf mich aufpassen würde und ich auch hin und wieder mal mit Dan spreche?«

Ich halte den Atem an und versuche, zu verstehen, was Jamie mir vermitteln will. »Was willst du mir sagen, Jamie?«

Sie holt tief Luft, legt ihre Hände auf meine Brust und schaut mir dann fest in die Augen. »Meinst du, du kannst mir noch eine Chance geben? Ich verspreche dir, dass ich an mir arbeite. Dass ich nicht mehr davonlaufe. Ich will, dass auch etwas Gutes aus unserem Streit entsteht. Ich möchte mit dir zusammen wachsen und wieder heilen.«

Ihre Worte klingen vorsichtig, aber sie machen mich zu dem glücklichsten Mann auf Erden.

Mit einer einzigen Bewegung ziehe ich Jamies Körper noch enger an mich, lege meinen Arm fest um ihre Taille und drücke meine Stirn sanft an ihre. Dann streiche ich ihr langsam mit meinem Finger über die Wange und presse meinen Mund auf ihren. Als sich unsere Lippen begegnen, entfacht ein Feuerwerk in mir, das all die Sehnsucht ausdrückt, die ich nach Jamie verspürt habe. Unsere Lippen liegen aufeinander und wir verharren nahezu regungslos in dieser Position. Dieser Moment ist intensiv, voller Gefühl, und als ich ihre Hände spüre, die sich um meinen Kopf legen, während sie ihre Finger sanft über mein Gesicht gleiten lässt, weiß ich, dass ich angekommen bin.

Ich spüre ihre Unterlippe, ziehe sie zwischen meine Lippen und sie erwidert jede Bewegung meines Mundes. Ihre Lippen sind immer noch so weich und warm, wie ich sie in Erinnerung hatte, und sie jetzt in meinen Armen zu spüren, ist das Schönste, was ich mir vorstellen kann.

»Komm mit mir nach Schottland«, hauche ich zwischen zwei Küssen. »Bleib bei mir.«

Von meinem plötzlichen Übermut gepackt, unterbreche ich den Kuss und schaue sie unsicher an.

Jamie gibt ein leises, herzhaftes Lachen von sich. »Dir ist schon klar, dass ich dann nicht mehr gehe?«

Ich ziehe sie erneut an mich und lächle sie an. »Das ist der Plan.«

28

JAMIE

»Hätte ich gewusst, wie viele Klamotten du besitzt, hätte ich schon mal mit dem Ausbau des Cottages begonnen«, lacht Liam und sein Blick fällt auf die Reihe an großen Koffern, die immer noch unausgepackt an einer Wand des Zimmers stehen.

»Wenn ich dir jetzt verrate, dass ich noch ein paar wenige Dinge bei Bekka in London habe, was sagst du dann?«

»Du machst mich wahnsinnig.«

»Liegt das an den Klamotten oder ist das ein genereller Zustand?«

»Das versuche ich noch herauszufinden.«

»Stimmt, ich bin ja auch erst seit Kurzem hier.«

»Genau«, schmunzelt dieser heiße Mann neben mir und zieht mich in seinen Arm runter an seine Brust.

»Hey, wenn du mich nicht aufstehen lässt, packen sich die Klamotten nie aus.«

»Das macht nichts. Ich mag dich eh am liebsten nackt.«

Liam schiebt seine Hand unter mein T-Shirt und ich quietsche vor Freude.

»Vermisst du London schon?«, fragt er, während er mir sanfte Küsse auf den Nacken drückt.

»Ein bisschen. Am meisten fehlt mir Bekka. Aber sie hat versprochen, uns hier bald mit der Familie zu besuchen. Das wird ein Spaß.«

»Ich glaube, wir geben ihnen dann das Cottage, das am weitesten von uns weg ist.«

»Warum?«, frage ich überrascht.

»Weil ich nicht unbedingt will, dass meine Cousine mitkriegt, wie viel Sex wir haben.«

»Glaub mir, das weiß sie schon!«

»Wie bitte?«

Ich spüre seine Hand unter meinem Shirt und wie er beginnt, mich zu kitzeln. Überrascht springe ich auf und Liam kann mich gerade noch festhalten, damit ich nicht aus dem Bett falle.

»Vorsicht, mo ghràidh, meine Liebste.«

»Hach, ich liebe es, wenn du etwas auf Schottisch-Gälisch sagst, obwohl ich wirklich überhaupt nichts verstehe.«

»Ist das so?«

»Absolut«, grinse ich und kuschle mich an ihn.

»Ja dann«, antwortet er und schaut mich an. »Tha gaol agam ort.«

»Und was heißt das nun wieder?«

Bevor er antworten kann, klingelt mein Handy auf dem Nachttisch und Bekkas Name erscheint auf dem Display.

»Bekka, Schatz, was gibt's?«

»Na, liegt ihr etwa noch im Bett?«

»Ähm, nein!«

»Lüg nicht. Ich habe gerade schon bei Kenzie angerufen und

sie meinte, ihr verlasst das Cottage nur in den heftigsten Notfällen.«

»Sie übertreibt.«

»Bestimmt nicht«, lacht Bekka durch den Hörer.

»Was kann ich für dich tun?«, frage ich und wimmle Liam ein wenig ab, der meinen Hals erneut mit kleinen Küssen versieht.

»Du musst mal an deine Handtasche gehen. Da liegt was von mir drin.«

»Echt? Ist mir gar nicht aufgefallen.«

»Na steh schon auf und bestell meinem Cousin schöne Grüße.«

»Mach ich«, lache ich und muss zu meiner Überraschung feststellen, dass Bekka bereits aufgelegt hat.

»Was war das denn?«, fragt Liam und beobachtet mich, wie ich aus dem Bett steige und meine Handtasche suche.

»Bekka sagt, sie hätte was in meine Tasche gelegt. Habe ich überhaupt nicht mitbekommen.«

»Na, wollen wir mal hoffen, dass es nichts zu essen war, sonst könnte das hinüber sein«, lacht Liam.

»Ich denke nicht«, antworte ich, greife nach meiner Tasche und setze mich zusammen mit ihr wieder aufs Bett. Liam rutscht ebenfalls hoch und lehnt sich an die Rückwand des Bettes.

Ich wühle durch meine Tasche, kann aber beim besten Willen nichts finden, was von Bekka kommen könnte. Ob sie sich vertan hat? Es wäre nicht Bekka, wenn sie irgendwelche Hintergedanken hätte.

»Diese Frau macht mich noch wahnsinnig«, murmle ich und wühle ein letztes Mal durch sämtliche Ecken meiner Handtasche.

»Aber sie denkt mit«, grinst Liam und fragend schaue ich ihn an. In seinen Händen hält er sein Handy.

»Bekka?«, frage ich und kenne die Antwort eigentlich bereits.

»Jep«, lacht er. »Ich soll dir sagen, dass du die Sache schon seit einigen Wochen mit dir rumschleppst. So als Tipp. Mehr steht hier aber auch nicht.«

Seit mehreren Wochen? Verwirrt schaue ich Liam an und greife dann frustriert ein letztes Mal zu meiner Handtasche, die ich inzwischen schon neben das Bett gestellt hatte.

»Du wolltest mir übrigens noch sagen, was dieser Satz von eben heißt«, sage ich, während ich Liam den Rücken zudrehe.

Plötzlich fällt mir der Zettel in die Hände, den Bekka mir vor meiner Fahrt nach Finnegan zugesteckt hat. Die kleine To-do-Liste. Aufgeregt halte ich die Luft an und weiß für einen Moment nicht, ob es daran liegt, dass ich diesen kleinen Zettel wieder in den Händen halte, oder daran, dass Liam sich hinter mich setzt und mich umarmt.

»Du möchtest also wirklich wissen, was *Tha gaol agam ort* heißt?«, fragt er mich und ich spüre seinen Atem direkt an meinem Ohr. Ohne dass ich es verhindern kann, stellen sich meine feinen Nackenhaare auf und ich bekomme eine Gänsehaut am ganzen Körper.

»Mmmh, ja.« Mehr bin ich nicht imstande, zu sagen, denn sein Mund platziert kleine Küsse auf meinem Hals und wandert runter zu meiner Schulter.

»Ich liebe dich«, haucht Liam mir zu und ich drehe mich abrupt um und schaue ihn an.

»Was?«

»*Tha gaol agam ort* heißt *Ich liebe dich*«, grinst er.

»Halt das«, sage ich und drücke ihm den Zettel von Bekka in die Hand, während ich mich erneut zu meiner Handtasche drehe und wie eine Wahnsinnige nach einem Stift suche.

»Was tust du da?«, will Liam irritiert wissen.

»Mach den Zettel auf«, hauche ich ihm zu und merke, wie mein Herz heftig in meiner Brust schlägt.

»Was ist das?«

»Das ist Bekkas To-do-Liste für mich.«

»Und?«

»Lies sie!«

Liams Blick wandert über die wenigen Worte, die Bekka für mich notiert hat, und ich sehe, dass er bei Punkt zwei die Augen ein wenig weiter aufreißt.

»Und jetzt sag mir das noch einmal, was du gerade auf Schottisch zu mir gesagt hast.«

Liam lächelt und seine Hand legt sich zärtlich auf meine Wange. »Tha gaol agam ort, mo ghràidh.«

Ich nehme Liam den Zettel aus der Hand und mache das letzte Kreuz, das noch fehlt.

Nummer drei – Sei unbeschwert und glücklich. CHECK!

DANKSAGUNG

Als ich zwanzig Jahre alt war, habe ich eine Bucket List geschrieben. Da standen nun plötzlich also all die Dinge, die ich in meinem Leben einmal erreichen möchte. Schwarz auf weiß. Eine Sache stand ganz weit oben auf dieser Liste: ein Buch veröffentlichen.

Silvester 2019 habe ich formuliert, dass es 2020 endlich so weit sein soll. Hätte man mir da gesagt, dass ich im September bereits meinen zweiten Roman veröffentliche - ich hätte es nicht geglaubt.

2020 ist ein Jahr, das uns alle fordert. Das uns die Augen für die Dinge öffnet, die wirklich wichtig sind. Wenn ich dieses Jahr bereits eins gelernt habe, dann ist es, dass man nichts erzwingen kann. Dass es Dinge gibt, die wir nicht beeinflussen können.

In einem Jahr wie diesem, das uns alle vor große Herausforderungen stellt, ist es umso wichtiger, die Menschen zu schätzen, die einen auch in schwierigen und herausfordernden Phasen begleiten.

Ich bin dankbar dafür, solche Menschen in meinem Leben zu wissen.

KaBiSa - Danke für alles!

Danke an meine liebe Lektorin Martina König. Du hast es wieder einmal geschafft, mich bei diesem Buch so wunderbar zu unterstützen - ich danke dir für all deine herzlichen Kommentare, die mich jedes Mal voran bringen und auch so manches Mal laut auflachen lassen.

Danke an Danni und Dania - Sometimes having coffee with your best friends is all the therapy you need!

Ein ganz großes DANKE geht dieses Mal auch an mein Bloggerteam. Mädels, was wäre ich ohne euch! Eure Unterstützung seit der Veröffentlichung von »Don't let me drown« ist einfach sagenhaft und ich bin froh, dass ich euch habe.

#mcqueenbloggercrew <3

Love, Ella
(September 2020)

BÜCHER VON ELLA MCQUEEN

Don’t let me drown

ÜBER DIE AUTORIN

Ella McQueen schreibt moderne Liebesromane mit starken männlichen Hauptfiguren und Heldinnen, die über sich hinauswachsen. Sie wurde 1979 geboren und studierte Germanistik und Anglistik in Münster.

Neben ihrer Leidenschaft für Bücher, schlägt Ellas Herz für London, die Fotografie, das Meer, Milchkaffee und ihre Familie. Ihren Traum von einem Haus am Meer hat sie noch nicht aufgegeben und bis dahin ist sie auf Instagram aktiv und tauscht sich dort gerne mit ihren Lesern über ihre Bücher und die beste Location für den perfekten Kaffee aus.

Printed in Poland
by Amazon Fulfillment
Poland Sp. z o.o., Wrocław

62451923R00216